读客文化

花街往事

路内 著

上海文艺出版社

花街往事

路内 著

上海文艺出版社

图书在版编目（CIP）数据

花街往事 / 路内著. -- 上海：上海文艺出版社, 2023

ISBN 978-7-5321-8289-3

Ⅰ.①花… Ⅱ.①路… Ⅲ.①长篇小说－中国－当代

Ⅳ.①I247.5

中国版本图书馆CIP数据核字(2022)第224831号

发 行 人：毕　胜

责任编辑：张诗扬

特约编辑：景柯庆　陆雨晴

封面设计：章婉蓓

书　　名：花街往事

作　　者：路　内

出　　版：上海世纪出版集团　上海文艺出版社

地　　址：上海市闵行区号景路159弄A座2楼 201101

发　　行：上海文艺出版社发行中心

　　　　　上海市闵行区号景路159弄A座2楼206室　201101 www.ewen.co

印　　刷：嘉业印刷（天津）有限公司

开　　本：890×1270⁻ 1/32

印　　张：12

字　　数：305,000

印　　次：2023年4月第1版　2023年4月第1次印刷

I S B N：978-7-5321-8289-3/I.6545

定　　价：59.90元

如有印刷、装订质量问题，请致电010-87681002（免费更换，邮寄到付）

目　录

你从前头发

比太阳更黑暗

锯木人带走你

烧草人带走你

试药人带走你

你飞过苍山

我怎么还在这井中

等着你

带来少年的豌豆

第一部

当年情

1

方屠户那年二十岁，屠户是他的绰号，其实他从来没碰过活猪，连鸡都懒得杀一个。他是红旗桥国营肉店的营业员，长得手短脚短，在紧张年仍然膘满肉厚，一身黑毛从鬓角到脚趾，确实很符合人们对于刽子手的想象。

蔷薇街在城西，靠近护城河，街上住的都是穷人。资本家、地主、反革命一概没有，知识分子也很少，街上一向太平。照他们的说法，即使是日本鬼子进城，也没有波及到此地，阻击战是在城南打的，河里死了两百多个人。四九年，部队从城北过来，一个枪子儿都没打，就把戴城解放了。一百年来，这里虽然脏乱差，却是块福地。直到一九六七年，保派在东边的解放路上架起了街垒。

在蔷薇街上，屠户是我爸爸唯一的朋友，也是隔壁邻居。当时我爸爸是国营光明照相馆的职工，还没认识我妈。故事必须从方屠户说起。

我妈妈叫李苏华，一九六六年，她还住在红旗桥下面，每天早上在菜市场里兜一圈，然后去轴承厂上班。她不常去肉铺，那年头的猪肉凭票供应，日子已经比紧张年好过多了。有一天她的竹篮里忽然多了半个猪心，回头一看，屠户满脸通红地站在眼前，一头乱发和乌七八糟的胡子也挡不住他的羞涩。李苏华伸手替他赶了赶尾随而来的苍蝇，问道："小方你干什么？"

屠户鬼鬼祟祟地笑着跑掉了。有人说他大概是喜欢上李苏华了，这份礼物就是证明，猪心，虽然只有半个。第二天屠户又塞上半个猪心，和原来半个恰好凑成一个整心。李苏华想，一份礼物分两次送，到底算怎么回事。等着屠户拼出一口整猪来。屠户开口了："我想认识一下李红霞同志。"

那是李苏华的妹妹，我的小姨，当时她是第八中学的红卫兵小将。李苏华长了一双丹凤眼，很是温柔可人，李红霞则是年画里的杏眼，直瞪瞪的配上两把匕首一样的眉毛，足可以去镇压一切反革命。她们的长相，一个随我外公，一个随我外婆。以当时的风气，李红霞更受欢迎，也够威风，可以演李铁梅之类的。屠户就喜欢这样的。

李苏华说："李红霞去串联了，现在在北京呢。"口气有点骄傲。屠户哦了一声，很失落地想那两只猪心送得有点多了，其实一只就可以了。

一九六六是个火热的年份，伟大领袖发出一声号召，八月里在天安门广场第一次接见了红卫兵。一个疯狂的暑假从首都辐射到全国，随即又像浪潮一样涌向这颗心脏。我的红霞小姨就在人群中，她年方十八，北上首都，南下瑞金，东征黄浦江，西跨大渡河，坐着免费火车把祖国山河看了个饱。明星一样的气概，绝非卖肉的可以比拟。屠户在她面前一直很自卑，必须得再过上几年，他掌管着整个肉摊，才能恢复自信，可惜那时红霞小姨已经去云南割橡胶了。

这么说吧，事情很简单，方屠户想和红霞小姨谈朋友，他未免太年轻了，又没什么文化，红霞小姨和李苏华都看不上他。半个月以后，李家姐妹在肉铺里谈论着北京的大好形势，谁谁谁和伟大领袖距离只有十米，以至于都不舍得洗衣服，谁谁谁因为激动而当场晕厥。

李红霞一边瞄着方屠户，一边从口袋里掏出照片，那是北京前门著名的大北照相馆的作品，她和几个战友英姿飒爽地站在广场上，背后就是天安门城楼，阳光劈头而下，帽沿的阴影差不多遮住了眼睛。即便如此，也没能让红霞小姨的杏眼减色半分，相反更飒爽了。屠户看得快要吐血，一刀下去，把个猪头劈成了两爿，砧板发出轰的一声巨响。

李苏华说："真好看，我也要去拍一张，穿军装的。"

屠户凑过来说："我介绍你们去光明照相馆吧，我有个邻居在里面上班。"红霞小姨这才正眼看了屠户，其实她以前买肉的时候，一直都是用正眼看他，但那时她还不是红卫兵，她的杏眼看上去也更像是饿出来的。

"他叫顾大宏，长得很资产阶级的，一眼就能认出来。"屠户继续介绍。

我爸爸顾大宏，他是解放路沿线所有小巷里的头号美男子，带有四分之一的俄罗斯血统，鼻梁坚挺，下巴俊朗，眼神迷离。直到八十年代，人们形容他的长相，说他像阿兰·德龙，这算是找到了喻体。六十年代人们什么都不太好说，只能暗暗喜欢，人们由此得出结论说杂种就是好看。戴城离哈尔滨很远，有个专用名词叫"二毛子"，他们都不太知道。

在光明照相馆前面，那是戴城最热闹的街口，秋天的阳光像是给已去的夏天洗了个凉水澡，到处都是焦煳味。情况非常糟糕，有一伙人正堆起老字号商店的各种牌匾，木料很好，极为耐烧。顾大宏站在店门口看到火焰对面的人，被热气蒸腾得歪歪曲曲的，有人骑着三轮车，运来一架风琴，是教堂里的。人们很开心，浇了点煤油，忽的一声就把风琴点着了。它呜哩呜啦自行弹奏起来。

顾大宏有一种忧郁的眼神，这和他灰色的瞳孔有关，在浓烟滚滚的下风处，眼角还沾着一丝泪光。那时他以为光明照相馆也会保不住，被人一把火烧个精光，但是没有，人们络绎不绝地跑进来照相，革命时代的表演欲必须得到充分的展示，生意好得让人害怕。这个街口上每天都有大量的革命小将押着人前来批斗，群众也像一锅逐渐烧开的水，正在加入其中。第八中学的校长被打成了残废，平时不太见得到的和尚尼姑全都拉到了街上。顾大宏的师父，一级摄影师张道轩也被抓走了。他感到很迷惘，那时他还不能掌镜，每天的工作就是站在柜台前面写单子，或者给黑白照片上的人嘴涂上一抹鲜红色。

李苏华和红霞小姨来到了街口，都穿了军装。李苏华的腰际扎了一根武装带，那是红霞小姨借给她的，成色很旧。顾大宏瞥了一眼，觉得新军装配这么一根皮带有点不搭调。他要是知道这根武装带曾经揍过八中校长、校长的老婆、教导主任、语文老师、语文老师的儿子，他要是知道上面的暗斑其实是上述人等的血迹，大概就不会那么矫情了。阳光和火光勾勒出他的英俊，虽然年轻但已颇具内涵的眉头微微皱着。李家姐妹也注意到了他，但并未将他和"长得很资产阶级的顾大宏"联系起来，她们只觉得这个人怪怪的，有一种漫不经心的厌倦。其实他只是对那根武装带有点意见。

李红霞进了照相馆，先问："顾大宏在哪儿？"柜台上的职工以为是张道轩牵连到了顾大宏，招来了红卫兵，便随口应付："顾大宏出去啦。"说完就溜了。于是她们坐下，排队等拍照。过了一会儿，顾大宏回到照相馆，进去画了一会儿口红，又走了出来，走路的样子很文静，嘴角牵着很少一点点笑容。她们坐在那儿仰头看着他，心里都开始犯嘀咕，这时轮到她们拍照了。

顾大宏继续站在门口，八中的小将来了。八中是重灾区，这次牵来的是一位花白头发的音乐老师，她对着烧成焦炭的风琴大哭起来。人太多了，顾大宏想撤回去，忽然脚面上被人踩了一下，一条人影嗖地从照相馆蹿了出去，是我的红霞小姨，她已经拍好了照片，此时看见了革命同志，不免热血沸腾冲了上去。顾大宏痛得叫了一声，小姨在扑向革命浪潮的瞬间还来得及回头瞪了他一眼，这一眼犹如照相机的快门，把顾大宏凛了一下，觉得自己已被摄入了某一张底片中，而冲出来的照片却不知何时才能归还给他。

按照历史记载，红卫兵运动首先是由高中生发动的，这些人比高校红卫兵更为赤诚狂热，斗争水平虽不是很高，打人却足够狠，而且遍布全国，连戴城这种小城市都能找出成百上千。这不能不说是伟大领袖的英明睿智。顾大宏看到很多人抽出腰里的武装带，像一种叫作腰里剑的兵器，很快就把音乐老师的花白头发打成了暗红色，她伏倒在地，哭声淹没在一片吵闹中。

李苏华追出来的时候已经找不到红霞小姨，人潮涌向照相馆的台阶，试图站在高处看清旋涡中心的情景。情急之中，她扶了一把，找到一块礁石。我爸爸柔弱的脊梁被后面的人顶住，想退也来不及了。

那天下班，顾大宏骑着自行车去白柳巷的张道轩家。白柳巷就在蔷薇街附近，一九六六年，人们在张师傅家里抄出了一个封资修博览会，那是数量上百张的照片，四十年代上海滩的明星、军官、阔太太、戏子、买办、洋人、舞女。最要命的是几张来自美军官兵手里的丽泰·海华丝的裸照，张师傅珍藏在抽屉里，每天晚上夜深人静就拿出来看看，过个小瘾，结果成了最大的罪证，看得八中小将血脉偾张。第一轮抄完之后，张师傅家里已经全完了，照相机、收音机、自行车、西装、皮鞋、钞票，什么都没了，以为能躲过一劫，不料第二轮第三轮的袭击接踵而来，各个中学的红卫兵都要他把裸照交出来。张师傅哪有那么多裸照？被人扒光了，仅穿一条短裤绑在电线杆上，并告知：不交出裸照，你就别想穿上衣服。

"我已经完了，你要好好的。"张师傅讲一口上海话，他坐在床架子上，手抖得就像发电报一样。顾大宏说，家里放点值钱东西也就算了，别家也有金条和古董，红卫兵高高兴兴地拿走了，可是您吃饱了撑的还往家里藏照片，既危险又不值钱，实在是得不偿失。张师傅说：

"我就是吃这碗饭的，老照片都是有历史的，以前图书馆还来找我借照片做资料呢。"顾大宏说："黄色照片也是历史？"一边说，一边从包里拿出馒头给张师傅吃。张师傅边吃边抖。顾大宏心想，就凭这样也完了，拍出来的照片肯定都是废片。

张师傅曾经是很风光的，戴城摄影界的名流，直到一九五五年，他还穿着西装皮鞋出入于舞厅，会跳伦巴，会玩斯诺克，家里有电唱机（六一年卖掉换了口粮），这些都是从上海带下来的。顾大宏是赤贫出身，运气好，跟上了这么一位师父，他本人身上的忧郁气质，除了娘胎里自带以外，就数张师傅给他发扬光大了。那不但是他技术上的师父，还是精神上的师父。张师傅曾经对顾大宏说过："国民党的正规军，都是军容整肃，雄赳赳气昂昂。"又说："胡蝶，白光，阮玲玉，那才是电影明星。哪像某某女演员，一张大饼脸，就适合演个烈士。"这都是惊世骇俗之言，要是传出去，那就是现行反革命，可以立即执行枪毙而不必再揍他了。

张师傅曾经有过一任太太，穿着旗袍和他一起来到戴城，也会跳舞，疑似舞女出身，六一年连饿带病地去世了，从此张师傅过上老鳏夫的生活。过去人们都不知道他是靠什么打发日子的，现在知道了，裸照。如果不是张师傅亲口告诉顾大宏，恐怕没人知道那女人是丽泰·海华丝，当然也不会有人知道她曾经是反法西斯的英雄，美军飞行员开着画有她裸体的飞机在太平洋上和神风敢死队性命相搏。张师傅说完这些，听到外面一阵啰唪，不由手脚抽搐，叹道："又来了。"

那正是八中红卫兵以及我的红霞小姨，后面跟着李苏华。顾大宏站起来想溜，被一伙人堵在屋子里，他实在是太醒目了，红卫兵的皮带雨点似的抽过来。顾大宏大喊起来："我是革命群众！"红卫兵说："你是来要黄色照片的吧？"顾大宏心想，这些红卫兵真是要命，精力无限，上午砸，中午烧，下午斗，这会儿天快黑了他们还来抄家。当时他不知道，各个中学的红卫兵自成体系，张师傅固然把裸照都交给了八中小将，但其他中学的还在往他家里跑，传说他家里的裸照不止这么多，打一顿，他就交一张，这还了得？那年头搞一张裸照比搞金子还难，更何况，八中小将拿到那批裸照之后，裸照就消失了，不知道被谁顺走了，为了革命他们必须再找张师傅要一套裸照。

顾大宏被揪到了院子里。张师傅大哭："我没有照片了！你们上次不是已经来过了吗？"有个头头说："听说你给二中和四中发了不少黄色照片，你再给我们一些。"张师傅还没说话，皮带已经下来了。有人揪着顾大宏问："你是他什么人？"顾大宏没敢说自己是他徒弟，只说："我是光明照相馆的，我来了解情况。"红卫兵说："工作证呢？"顾大宏说没带，头上挨了一巴掌，马上按住了要打。

"我认识他，他是光明照相馆的。"

是李苏华救了他。李苏华作为红卫兵骨干的姐姐，本人又是革命群众，穿着军装，扎着杀器似的武装带，说话很有分量。红霞小姨适时地添了一句："赶紧滚蛋，不许再来。"顾大宏捂着左脸蹲地上，并不滚。红卫兵头头举起皮带，红霞小姨忙踹了顾大宏一脚，大骂道："滚！"这时方屠户来了，屠户看见李红霞就笑，说："你们拍照了吗？"话音未落，脸上挨了一下，和顾大宏一起滚了出去。红霞小姨心中叹息，这家伙长得不错，可惜是个戆卵。等到顾大宏骑着自行车，驮着方屠户离开，她又暗骂：戆卵还挺有钱的，居然骑自行车。

过了几天，李苏华去照相馆拿照片，张师傅在自己家里吊死了。那天正是顾大宏站在柜台里，她接过照片，和顾大宏对视了一眼，笑了笑，顾某人哭丧着脸，也笑了笑。这时，光明照相馆的吴师傅从外面冲进来，说："张道轩畏罪自杀了。"众人皆愣住，吴师傅振臂高呼："打倒反革命流氓张道轩！"众人一起呼应，顾客们不知道张道轩是谁，也跟着喊了一通。顾大宏心想，老吴还欠着张师傅三十块钱没还呢。

吴师傅走过来，一本正经地对他说："顾大宏，刚才你为什么

011

不喊？张道轩虽然是你的师父，但他是反革命流氓犯，你是什么立场？"顾大宏看了看吴师傅，又看了看李苏华，只得举起右手，孤零零地喊道："打倒张道轩，打倒张道轩。"觉得嗓子里有痰，掩着嘴巴咳嗽了一声，再补了一句："打倒张道轩。"

2

下一个夏天来临时，顾大宏请李苏华吃过了二十多顿小馄饨，拍了三次照片，看了五场电影。而墙壁的另一边，屠户已经停止向李家提供猪心，屠户觉得自己很背，这个便宜让顾大宏给占去了，而且他根本不带屠户玩，屠户无法通过李苏华而进一步接近红霞小姨。这是一种非常资产阶级的自私。

城里很热闹，先是吵吵嚷嚷的，一拨又一拨的人涌向体育场，在那儿搞辩论。辩得不过瘾了，一拳揍过去，把人从台上打下来，于是两派人对殴起来，武器从砖头木棍迅速升级为大刀长矛。打成这样，双方都不愿意在体育场摆擂台了，直接在街面上开战，涌现了一大批民间军事家和战斗英雄。两大派系简称为"保"和"战"，保派以基层干部为主，算是群众中的精英，战派都是普通工人、学徒、苦力，月薪不超过四十块的。开打以后，战派人数占优，一夜之间，保派全都逃到了城西，在解放路上拦起街垒，举着明晃晃的大刀长矛，要作背水一战。他们的身后就是蔷薇街。

起初，顾大宏还穿过封锁线去上班，一天下午，蔷薇街上徐德的儿子出去买烧饼被个试枪的笨蛋走火打中了后背，当场就死了，往后的日子所有人都缩在家里，好像过年一样。顾大宏的日子过得很逍遥。我爷爷顾长根，我姑姑顾艾兰，他们全都是保派骨干，刚打起来的时候就撤到城外去了。

那时方屠户已经是战派一员，跑到城里，参加了一个叫"尖刀营"的组织，里面全是杀猪卖肉的。论起刀法，屠户可以一刀劈开个猪头，至于他是不是能劈开人头，上面决定考验一下。为了解放屠户的家乡蔷薇街，尖刀营向保派街垒发起了一次试探性的冲锋，不料遭到了强大的火力阻击，打死了两个卖肉的，一个杀鱼的。屠户吓得屁滚尿流，冲锋时他留了一手，跑在了倒数第二个，逃回来的时候是靠爬的。第二天，三具尸体摆在大会堂展览，屠户被请去，声泪俱下控诉保派杀害革命群众。夜里屠户从大会堂出来找地方睡觉，人都走没了，会堂一带阴森森的，忽然听见有人在黑暗处嘲笑他："就你们这几个杀猪的也想打过解放路？"

方屠户回头望去，红霞小姨背着一杆步枪从暗处闪出来，身穿军装，高挽衣袖，脸上沾着几道油污。她的手抄在口袋里，里面全是子弹，不停地抖动着发出叮当的声音，仿佛是阔佬在炫耀着银元。这种姿势，白天看来很帅气，晚上则显得有点邪恶。屠户想起自己的大号剁骨刀早就丢在阵地前面了，不由得又自卑起来。

"我们根本没想到他们会开枪，以前都是用大刀的。"屠户说。

"早就开枪了，是我们先开的枪。"红霞小姨继续抖着子弹，"不过你刚才的控诉很好，我们要让群众知道，是保派先开的枪。这三个人没白死，你要是死了也不会白死。"

屠户听了哆嗦了一下。屠户很年轻，根本没见过什么大场面，甚至连上海都没去过。他初中没念完就在肉店上班，活到二十出头，只认识肋排和蹄髈。红霞小姨一直记得，红旗桥肉店的中午，师傅躺在竹榻上睡觉，发出巨大的鼾声，屠户光膀子坐小凳上给师傅扇扇子，赶苍蝇。有时他也睡着了，师傅就伸出脚，用两根脚趾在他肥嘟嘟的身上拧一下。这场面有多可笑，她亲眼看着他从一身小膘长大成现在的样子，浑身黑毛，家猪变野猪，可是灵魂深处仍然是个蜷缩在砧板下面的小学徒。

那晚上屠户在食堂里吃饱了，只是没地方睡觉，蔷薇街是保派的地盘，回不去。由于屠户本人在大会堂的声泪俱下，他已经成为战派名人，如果落在保派手里怕是不会有好果子吃。尖刀营的人早就散了，营长临走前让他给三具尸体守夜，但屠户不想。

红霞小姨背着枪往第八中学方向走去，屠户就一直跟在她后面。李红霞说她要执行特殊任务，不许跟着，屠户说大家都是一条战壕里的战友，能不能找个地方给他睡觉。屠户觉得很疲倦，五天没洗澡，身上的气味不太像个活人。李红霞说："你还是睡桥墩下面吧。"屠户说他再也不想睡桥墩下了，夜里一群老鼠爬到了身上，非常可怕。红霞小姨差点拉枪栓毙了他，因为他现在已经不是战友了，而是个浑身沾满鼠疫病菌和死尸气味的生化武器。

他们从大会堂一直走到城南，那一带的保派残余已经肃清，第八中学门口戒备森严，两个探照灯，一个照着操场，一个照着校门，卡车开进开出，垒得半人多高的沙包后面露出几顶藤帽、半截枪杆。屠户问："咦？八中变成这样了，这是什么地方？"李红霞告诉他："六月天兵前线司令部。"

战派在城南的人马大多来自化工局，"六月天兵"是他们的番号，我的外公当时是硫酸厂的小头头，管一个小分队，两杆枪，还有二百多个硫酸瓶子，其中一杆枪就在红霞小姨肩膀上。屠户听到六月天兵觉得浑身充满了力气，这是战派最精锐的部队，足有一两千号人，早在拿长矛互捅的时候，他们已经把保派赶过了城南大桥，他们的硫酸瓶子在攻打邮电大楼的时候，差点把整栋楼都给溶了。

红霞小姨从口袋里掏出一个臂章套在左臂，径自往里走。屠户被哨兵拦住了，屠户说自己是尖刀营的，沙包后面的藤帽子下传来一阵嘲笑。哨兵很严肃，问道："你们到底死了几个人？"屠户说："死了三个，还有两个在医院里。"哨兵又问："你们一共多少人？"屠户说："有二十多个。"哨兵叹了口气说："你们也太自以为是了，仗不是这么打的，解放路那儿是敌重兵所在，正面攻，我部必然伤亡惨重，如果从定慧寺绕过去，只要让人把寺院的后门打开，就能攻其不备，抢夺城西大桥，断敌后路。一旦大桥被占，敌必惊慌，从解放路经蔷薇街向城西方向逃窜，那时，我部只需要派十几个人，扔出硫酸瓶子，蔷薇街很窄，可全歼守敌……"屠户心想，真他娘的厉害，哨兵都赶上参谋长了，照你这打法，我们家估计也得被溶了。

接着屠户被红霞小姨带到了操场后面，探照灯照不到的地方。很多草席一字排开，各种姿势躺着的人，大概有一百多个，起初他们都不说话，红霞小姨一出现，他们像雏鸟见到了归巢的母鸟，一起叽里呱啦起来。

"你爸爸去农机厂的水塔下面啦，被人打了一枪。"

"你爸爸这次发育啦，要做战斗英雄。"

"有冷枪手，小心点。"

红霞小姨听了撒腿就跑，口袋里的子弹接二连三蹦出来。屠户站在原地，既没找到自己的铺位，也生怕随便躺下了就被拉去，赤手空拳再次冲向什么地方。那晚上屠户快累死了，只想找张草席躺着，把浑身衣裤都扒了，好好地睡到天亮。他犹豫了一下，远处传来了枪声，他心想去他妈的，提了提裤子跟着红霞小姨向水塔方向狂奔过去，一边追，一边替她捡着叮当落下的子弹。

屠户跑了很久，红霞小姨在小路上拐了个弯，没减速，撒腿跑向一片空地，四周明晃晃的看得真切，子弹跟着来了，打在她身后两米的水泥地上。屠户紧随她，差点把自己送到了弹道上。等到红霞小姨停下脚步，屠户也站住了，吐出了齿缝里发苦的口水，再抬头他看见水塔了。

水塔在空地的侧面，有个探照灯在上面，它最初是照在双方阵地之间，双方都没搞清楚探照灯是谁架上去的，反正有它在，四下里照得贼亮，夜里稍有动静都能看清楚，没事就朝对面打枪。到了前一晚，保派忽然后撤了两百米，退到农机厂的宿舍区去了，战派往前推进，攻到农机厂围墙下面。白天时人们都忘记了这个探照灯，到了夜里忽然亮了，现在它照着的，是战派的后勤补给线。有两个送水的人被枪手打了回来，围墙下面有个吃坏了肚子的人想撤回来，又挨了好几枪，虽然没打中，但在阵地上拉肚子让战友们很不开心。现在这个探照灯成了个大麻烦。

我的外公，绰号大耳朵，他管着二百多瓶硫酸，具体打仗的事情与他毫不相干，他只是建议把探照灯弄灭了，可是负责这片的头头，一个叫季承民的家伙说，探照灯是个好东西，不能弄灭了，把它九十度转向，照着农机厂的宿舍，就是扭转战局的关键。于是一个青工顺着铁制的梯子爬上去，枪手开火，铁梯子迸出一串火星，青工惨叫一声掉了下来，把腿给崴了，剩下的人全都蹲在水塔下面。这时大耳朵站了出来，大耳朵想让季承民知道，自己提得起建议，放得下性命。他爬上去，这次枪手直到他登顶时才开枪，大耳朵高喊："没打中！"那边又打了一枪，大耳朵躲在探照灯后面大喊，没打中没打中没打中，你他娘。随后，只要他想站起来，那边就开枪。

红霞小姨到水塔的时候，大耳朵趴在顶上有一个钟头了。他发现情况并不像季承民说得那么容易，眼前的探照灯没法左右转动，它有两个茶几这么大，重量超过了大耳朵的想象，必须把它搬起来转个向，然而他搬不动，也站不起来。季承民从码头仓库牵了一条杂种狼狗过来，狗没怎么养好，平时尽在码头上讨吃的，看见生人也不太爱叫唤，库区不想要它了。他给杂种狗背了两加仑桶的自来水，一拍屁股，狗慢慢腾腾地跑向围墙。那晚上真的很热，前面的人渴得都想喝阴沟水了。

结果只打了两枪，第一枪打在加仑桶上，狗发出一声可怕的呜咽，返身就逃，第二枪正打在狗背上，狗翻了个筋斗，摔进草丛里没了声音。这下都服气了，对面是个射击冠军，他并不想打死人但他可以打死一只奔跑中的狗，另外，只要他愿意，随时可以打死哪个冒冒失失站起来的傻瓜。他最想打死的肯定是大耳朵。

红霞小姨气得大喊："爸爸，砸了探照灯。"季承民说："探照灯不能砸，这是命令。"大耳朵在顶上说："我没事，找个人上来帮我。"这句话大耳朵已经说过二十遍了，下面的人伸着脖子，半张着嘴巴仰头张望，好像什么都没听见。红霞小姨撂下枪，抬腿往铁梯子上爬，被一群人抱了下来。他们告诉她，枪手最喜欢打女人，枪手对女人耍流氓的唯一办法就是击毙她，虽然她跑得够快，但在爬上水塔的几分钟内她会成为一个几乎静止的活靶子。

屠户是什么时候上去的谁也没注意。屠户还剩下最后一点力气，他的右半边身体暴露在枪手的射杀范围内，雪亮的水泥地映着他，天上的月亮照着他。屠户爬到一半的时候心想，该有一枪打过来了，但是没有。这倒让他更害怕了，仿佛听见子弹卡壳的声音，他飞速爬到水塔顶上，大耳朵赞扬道："真他娘有种。"屠户一看就明白了，那个灯太重了。我的外公，虽然绰号叫大耳朵，但他身体其余的部位都很小，瘦得像个猴子，体重不会超过九十斤。屠户见识过，大耳朵买米扛三十斤连腰都快要断了。

屠户说："我叫方明，我是红旗桥下面卖肉的。"大耳朵想了起来，就是那个黑毛猪。两个人一起趴在水塔顶上，大耳朵从左耳后面拔出两根飞马牌香烟，火柴没带，只能凑在鼻子下面闻一闻了。

屠户伸手抓住探照灯的杆子，试了试分量，说："我觉得还是砸了它算了。"

大耳朵说："那你爬上来干什么呢？我他娘自己不会砸？"

屠户说："我真的不想站起来搬它，太危险了。"

大耳朵说："不要着急，枪手总有走神的时候，等他不注意了我们再站起来。这他娘是革命任务，一定要完成的。"

屠户说："可是你怎么知道他什么时候走神呢？"

大耳朵说："猜呗。"

屠户最看不起的就是那些顽固的人，他们很难相处，充满了偏见，在战争年代又愚蠢得往枪口上送。然后屠户觉得自己也他娘的够顽固的，干吗非要跑到城里来，又跟着李红霞闯进了六月天兵司令部，最后困在水塔顶上和一个老糊涂闻着飞马牌香烟，不由得后悔起来。

屠户后来回忆起这件事，说大耳朵是个老混蛋。在他们闻着香烟、估摸着枪手会不会打盹的时候，他向大耳朵讲述了自己和李红霞的交情，他保护着李红霞从大会堂来到六月天兵司令部，穿过冷枪手瞄着的空地，为了李红霞他奋不顾身地爬上了水塔，对了，还有他去年送给李苏华的两爿猪心。这些话当然有演义的成分，但也不能说是撒谎。反正大耳朵听明白了，横着打量屠户，眼珠子不停地打转，最后说："我家里是要招女婿的。"屠户说："我愿意的，我愿意的。"照屠户的理解，这就算是说好了。等到他们两个下了水塔，大耳朵又说自己完全不记得有这档事，假如像屠户这么个小毛崽子对红霞有非分之想，他一定会把他踹下水塔。

反正屠户说完"我愿意的"就爬了起来，他的身体里又充满了力量，当他搬起那个探照灯的时候，觉得它轻如鸿毛。空地上一下子暗了，灯光照在远处围墙，又越过围墙照向农机厂的宿舍区，这下他成了个发光的靶子。战派欢呼起来："大耳朵，干得漂亮！"屠户正想自报家门，枪响了，探照灯打爆了。冷冷的月光照在屠户身上，第二枪过来的时候，要不是大耳朵拉了他一把，打爆的就该是屠户的脑袋。

所以说，大耳朵和屠户之间，到底谁救了谁的命，根本也没人能说清。水塔上的事情只有他们两个自己知道。屠户后来和红霞小姨一起回去，躺在草席上，看着天上的月亮。红霞小姨一直没睡，为屠户赶了大半夜的蚊子，闻着他身上的恶臭，也没说一句不乐意的话。

屠户二十岁的时候想和李红霞结婚，一直憋着不敢说出来，现在是彻底轻松了。屠户心想，虽然大耳朵失信于人，但目前他和红霞小姨的交情，够顶得上十七八个猪心了，至于这场革命斗争，完全就是打烂仗嘛，他娘的一群蠢卵，居然不明白探照灯转向以后就能直接打爆，还觉得是什么重要任务，重要个屁。

屠户睡着了，觉得放心极了。他口袋里的子弹滚落在草席上，红霞小姨看到了，又捡了回去，揣进了自己口袋里。

3

保存尸体的方法就那么几种，或冷藏，或泡在福尔马林里，一九六七年，他们也确实是这么干的，然而大会堂的三具尸体不知怎么的被忽略了，放了三天，像大头鬼一样膨胀起来，十分可怕。为了激发斗志，战派把三具尸体放在平板车上，推向解放路。这一路上光是推车的人就晕倒了四个。到了阵地上，人皆怒发冲冠毛骨悚然，簇拥着平板车扑向保派，对方看到大头鬼都快吓死了，此时，定慧寺那边也传来了枪声，保派无心恋战，转移到了城西大桥，隔着护城河继续打。六月天兵、红星团、狂派等几路人马在蔷薇街口胜利会师。

当时我爷爷在长风机械厂上班，月薪七十块的老钳工，早就是保派头目，带着四个浑不吝的徒弟去了城郊大本营。我姑姑和她的未婚夫守在面粉厂，那里也是保派重要据点。蔷薇街失守，顾大宏本来应该逃走，但他自认是个逍遥派，不想卷入杀伐之中。当天下午来了两个红星团的人，把他从床上拎起来，五花大绑要押到俘虏营去。

那时互杀俘虏的事情已经有所耳闻，顾大宏知道押走了没好下场，到了街口正看见李苏华，他大叫起来："李苏华救我！"

李苏华跑过来问顾大宏怎么回事，顾大宏还没说话，红星团那两个人用回丝堵了他的嘴。

李苏华说："这可过分了，放人！"

红星团的人说："你算老几啊？"

李苏华只是普通群众，负责给大耳朵送饭洗衣服，讲话没什么分量。她指着红星团的人说："你等着，我去找个老几的过来。"她跑了，红星团的人不理她，继续押了顾大宏走，这时顾大宏已经躺在地上了，必须得抬着走。不多一会儿，大耳朵、李红霞和方屠户全都来了，怒容满面，只有屠户是在笑的。

没什么可说的，红星团不是六月天兵的对手，红霞小姨隶属于联指，更有来头，她背着步枪，现在已经平端在手里。那两个人与他们热情地握了握手，从大耳朵手里接过两包香烟，扔下顾大宏走了。顾大宏躺在地上，依旧是绑着，堵了满嘴的回丝，直塞到喉咙口，恶心得流下了两行热泪。方屠户拔出匕首，割断绳子，让顾大宏自己从嘴里往外掏回丝。这团回丝是从地上捡来的，沾满油污和黑泥，看一眼都觉得恶心，他掏了很久，越掏越多，最后掏出满满一捧。众人骇然地看着他。大耳朵说："我从来不知道，一个人嘴里能塞这么多回丝。"

顾大宏扔下回丝转身就走。红霞小姨不乐意地说："也不谢谢我们。"屠户解释道："他是回去刷牙了，他早上起床，刷牙之前一句话都不说的。"红霞小姨说："资产阶级。"屠户嘻嘻哈哈笑起来，红霞小姨说："你不是也到家门口了吗？我倒觉得你应该回家去刷牙洗澡，你都快臭成什么东西了。"

第二天早晨，顾大宏从家里出来，蹲在门口刷牙，屠户隔着窗户发出鼾声。屠户的老娘抱怨说，保派在的时候还能分到一点吃的，现在战派来了，屠户一顿吃掉了家里仅有的米，城里根本没粮，这下只能喝白开水了。屠户的老娘又嘟囔，以前屠户的爸还活着的时候，家里住在府前街，从来没少过吃的，自从搬到蔷薇街来算是倒了霉，一会儿闹自然灾害，一会儿又打仗。接着她就停止了控诉，站回门槛里朝外张望，战派大军耀武扬威地过来了。

红霞小姨和李苏华都在其中，战派视蔷薇街为白区，刚刚解放，必须受点革命教育，因此大清早安排了一次乱糟糟的阅兵。无数人举着武器和旗子，像赶庙会一样通过蔷薇街，旗杆把过街晾绳上的衣裤都钩了下来。红霞小姨全副武装，背着铺盖卷，捋起袖子，一头新剪的短发像斧子一样尖锐。她招呼顾大宏："走，打过护城河去。"其口气不亚于招呼他去攻克柏林。顾大宏说："我早饭还没吃呢。"红霞小姨鄙夷地一笑，低声说："憨卵。"顾大宏对李苏华说："你吃早饭了吗？"李苏华还没来得及回答，红霞小姨说："哎，有早饭？我饿了。"几个青年战士跟着她闯进屋子，揭开锅盖，把热好的稀饭一口气吃了个精光。

这是她们第一次来到蔷薇街，红霞小姨也是有心来看看家里的情况。我家里很简单，外面一间屋子，连吃饭带睡觉，住着顾大宏和顾长根，我的奶奶已去世多年。里面一间屋子，住着我姑姑顾艾兰，她马上就要嫁走了。另有一间小厨房，用毛竹搭起来的，里面是煤炉和水缸。这个场面得一直维持到九十年代。

红霞小姨看看觉得挺满意。大耳朵家里比这个差多了，四口人挤在十二平方的破房子里，厨房在一百米以外。虽然是足以自傲的赤贫，但谈婚论嫁的时候别人不这么认为，何况大耳朵一天到晚宣称要招女婿，他也不想想，家里还能腾出哪个铺位给人入赘。

顾大宏看出她的心思，指指隔壁说："那儿是方屠户家，你要去看看吗？"

红霞小姨吓了一声，蹿出屋子，对着屠户家大喊："屠户，打仗去喽！"屠户已经被吵醒了，穿着一条短裤，精赤着上身冲出来，屠户的老娘嗷地坐在了门槛上。

打城西大桥那次，伤员一个接一个地抬过蔷薇街，起初鲜血流在路面上，后来是脚印留在血浆上，成群的苍蝇从公厕里飞出来。天气继续热着，解放路上的东方红医院里躺了两百多个伤员，哭喊连天。这是一九六七年夏天令人胆寒的战斗，战派在攻向桥头堡时首次遭遇到机枪扫射，最多的一个挨了二十七颗子弹，像被巨轮压过一样稀烂。之后的战斗变得有点残酷了，保派做了一次反冲锋，大耳朵在阵地上扔光了所有两百个硫酸瓶，最后连自己的饭盒都扔了出去。

大耳朵被红霞小姨和屠户架下来的时候已经呛坏了，还在大喊大叫。屠户说："爸爸，别喊了，我们已经弹尽粮绝就剩下几个毛人了。"

"人在阵地在，"大耳朵说，"谁是你爸爸？"

屠户说："大耳朵同志，撤吧！"

红霞小姨说："废什么话，赶紧把他拉下去，我可不想让我妈做寡妇。"这时他们看见联指的援军坐着五辆卡车过来了，车上跳下来的人端着五六式冲锋枪。大耳朵骂道："有他娘的冲锋枪，偏要让老子扔硫酸瓶，这算什么意思？"

屠户感叹道："战争又升级了。"

傍晚时总算下了一场暴雨，仗没法打了，只能冒雨用大喇叭互骂。天空从赤色变成青蓝，雷电交加，稀释了血浆的雨水漫起来，顺势流进家里。街上的人已经逃走了大半，屠户的老娘也住到亲戚家去了。当晚是在顾大宏家里吃了点饭，米缸告罄。屠户有心让李家父女住在家里，但顾大宏说，这儿离战线太近，万一保派又杀了回来，不免被人一锅端。大耳朵也心灰意冷，他的分队长职务主要依赖于硫酸瓶子，现在全没了，而硫酸厂还被保派占领着。战争虽然升级，但已经没他什么事了，只能带着红霞小姨回了六月天兵司令部，屠户也跟着去了。

保派和战派反复争夺了城西大桥，东方红医院就像一个碗，接住了绞肉机里滚滚而下的肉糜。双方觉得这么打来打去实在是太不划算了，一种办法是直接扛了大炮来轰，一个钟头就能分出胜负（保派在城外有迫击炮），另一种办法是谈判，比比谁的俘虏多（这当然是战派的强项）。最后决定暂时停火，举行谈判，地点在大桥以北的长征小学，那里是双方都未染指的中立地带。战派为壮声势，在轴承厂和玻璃厂点了三百个人，举着红旗喊着口号过去，其中有两百个女的。

顾大宏答应了李苏华，一起去长征小学。到了那天，队伍经过蔷薇街，顾大宏在给自行车打气，说："我觉得保派有阴谋，你别去了。"

"不去不好，我们厂里都去了。"李苏华说。

"你妹妹呢？"

"和屠户一起去城外拉粮食了。"

"你还是别去吧。"

"没事的，已经停战了。不去领导上会说我的。"

换了红霞小姨是绝不会去的，红霞小姨只相信枪杆子，不相信谈判。实际上，前一晚顾长根偷偷溜进了城，带给顾大宏半袋米，两个炼乳罐头。顾大宏说已经停战了，明天就要去谈判，不必再送吃的进来。顾长根极为严厉地警告他："明天不许去长征小学。"余下的事情就不肯细说了。根据多年相处的经验，顾大宏很清楚自己的爸爸，他正直而冷血；他说的话假如有一斤重，那事情起码已经到了十斤重的程度。这也正是他加入保派的原因，因为保派说话都很简洁有力，而那个乱糟糟的战派，里面尽是大耳朵这样的货色。

队伍前呼后拥卷走了李苏华，她离开前回头看了他一眼，好像很担忧地笑了笑，红旗立刻把她的笑容也遮住了。顾大宏继续在家门口擦自行车，擦到后轮第十七根钢丝时，看到一个血人从长征小学方向狂奔过来，大喊："保派打我们的埋伏！"这时街上已经没人了，只剩顾大宏一个，呆呆地看着血人。血人站在他面前又大吼了两声，然后朝解放路狂奔而去。

顾大宏说，不知怎么的，当时自行车铃忽然响了，没人按它它自己响了，好像战马嘶鸣，由不得他多想，跳上自行车独自向出事地点去。

那一带烟尘四起，空气中全是硫酸和石灰的味道，三百个人一起哭喊的声音传得很远。这支队伍经过一条小巷，左边是长征小学的围墙，右边是条小河，然后他们发现道路被一堆课桌堵住了，正想前队改后队，围墙里面什么东西都扔了出来，石灰包，硫酸瓶，板砖，锯成十公分长并磨尖了的钢钎。这些人大多没带武器，也有私藏了匕首的，但是看不见敌人，仍只能活活挨打。

顾大宏想过去，被一队保派战士拦住，其中有两个是顾长根从前的徒弟，说："哎，阿宏，你进去干吗？"顾大宏撒谎说有亲戚在里面。两个师兄说："晚点进去，不然也得死在里面。可不许多带人出来啊，这些人都是我们的俘虏。"

等到袭击停止时，保派慢悠悠地走进来抓人，顾大宏跑在最前面，地上已经完全不成样子，到处都是尖叫的女性。李苏华蜷缩在一根电线杆子后面，她的徒弟，一个叫胖姑的女车工头上挨了一砖头，躺在她身边大哭。胖姑的动静太大，顾大宏一眼就发现了她们。

顾大宏拽起李苏华就跑，胖姑捂着脑袋大叫："苏华师傅，带我走啊！"李苏华和胖姑的感情很好，不忍看她死在这里，回身去拽她，不料没拽动，胖姑实在是太胖了。两个人合力将她抱起，走到巷口，找到那辆自行车。李苏华对此已轻车熟路，顾大宏一跨上车，她就跳上去斜坐在书包架上。胖姑大哭："我怎么办？"于是，我妈妈坐在前面横杠上，胖姑叉腿骑在后面书包架上，由我爸爸负责踩脚踏板。保派战士们看傻了眼，哈哈大笑起来，也就放他们走了。胖姑那个重啊，轮胎都瘪了，顾大宏差不多是滚着两个钢圈回到了蔷薇街。刚到家门口，胖姑打了个喷嚏，战马不堪重负，后轮钢丝齐刷刷断了四根，这下没法走了。

进了屋子，他们给胖姑包扎了一下，胖姑一直在大哭。李苏华骗她:"胖姑,革命战士不能哭。"胖姑说:"我不要革命了,我要回家。"这时听到外面传来保派反攻的枪声,只一个小时的工夫,蔷薇街又落入了敌人手中。

那时胖姑才十六岁,还是个不太懂事的小姑娘,虽然已经很胖。顾大宏从柜子里拿出炼乳罐头,用菜刀敲开了,挖了一勺给她吃。胖姑从来没吃过这个,觉得好吃极了,也就不哭了。胖姑的后半辈子,因为暗恋着我爸爸,陷于一种奇特的回忆中,她大概吃掉了一两千个炼乳罐头。

夜里谁都不敢出去了,街上停电,顾大宏闩了门,点了一根小蜡烛,三个人坐在饭桌前面说话。外面很安静,枪声与人声都平息下来,不知道将要发生些什么。

顾大宏说:"等不打仗了,我和你结婚,好不好?"

李苏华点点头。

顾大宏从床底下摸出一个匣子,打开了,里面是一块女式的瑞士牌手表。李苏华说你怎么会有这么贵重的东西。顾大宏说,这是张道轩师傅送给他的,去年在张师傅家里,红卫兵冲进来,顾大宏的裤兜里就藏着这块手表,以前是张师母的。张师傅说这是他留给徒弟最后的纪念品。当时要不是李苏华救了他,手表也就没了,所以现在送给她。张师傅这个人啊,虽然不太正经,但比很多人都好。

李苏华听了觉得很难过。

胖姑说,那个晚上真是又美好又可怕,她和李苏华睡在里屋,顾大宏睡在外面,半夜里她热醒了,电还没来,一伸手摸到身边的李苏华,正坐在床上发呆。胖姑说:"苏华师傅,你快要结婚了哎。"李苏华说:"是啊。"胖姑说:"我听见你手上嘀嗒嘀嗒的声音了。"李苏华说:"是他送给我的手表。"胖姑说:"是啊,要是也有人送给我手表就好了。"李苏华拍拍胖姑,说:"会有的。"这时听见外面乒乓的敲门声,好像要把门砸烂。李苏华很镇定地摘下手表,摸着黑用手绢包了,塞在鞋子里，又把鞋子扔到床底下。门砸开了，里屋的门也跟着推开，无数手电筒晃着她们的眼睛。有人喊道："这儿有两个。"

顾大宏已经绑了起来，李苏华被押出来，也绑了。有个头头模样的人对顾大宏说："现在怀疑你是叛徒，窝藏奸细，跟我回去说清楚。"里屋的胖姑发出一阵尖叫，两个保派战士和她较劲，挪了右腿挪左腿，胖姑往地上一坐，保派战士也跟着趴下了。胖姑索性躺下，保派战士说："妈呀，压死我了。"这耽误了一点时间，顾长根赶过来了。

保派小头目顾长根说："谁敢在我家里抓人！"那头头模样的人并不买账，说："都是奸细，不是奸细也是流氓，屋子里藏两个女人。"众人嬉笑，指着胖姑说："这个应该不是的。"顾长根大怒，说了一声："打。"后面四个徒弟冲过来，照着头头模样的人猛揍过去，一边打一边说："知道吗，今天晚上老子刚用铁锹打死一个，你倒说说，你打死过几个人？"众人一哄而上劝架，忽然听见枪响了。

那天，我那英勇机智的红霞小姨去运粮，回来以后听说保派使诈，蔷薇街失守，李苏华等人生死不明，二话没说背了步枪就往这儿赶。到解放路发现全是保派的人，只能回去，看到战派正磨刀霍霍要夺回阵地，就叫了那几个吃稀饭的战友，趁夜摸进来。绕了一圈有点迷路，回到蔷薇街，想在顾大宏家里落脚，看见一伙人在厮打。李红霞躲在电线杆后面，猛然发现电筒光下有一个就是李苏华，旁边绑着顾大宏。红霞小姨大怒，拉枪杆子瞄准了人群就打枪，她瞄的是我爷爷，结果因为那一片太黑，加之她枪法稀松，枪口往上抬了两寸，当的一枪打在屋檐上，一块瓦片落下来，正砸在顾长根头顶上。众人大惊失色，呼啦一下全都趴下了。红霞小姨大吼："缴枪不杀！"

这一枪成了反攻信号，战派从四面八方杀过来。夜战并非保派所擅长，工事还没做好，只能仓皇而退。顾长根跑在第一个，那头头模样的人跑在第二个，老顾心中恨他不尊重自己，跑着跑着给了他一个肘锤，此人撞昏了过去，后来做了俘虏被打成个瘫子。

红霞小姨有心再打第二枪，乱糟糟的人群，也不知道该打谁好，走过去给李苏华松绑。李苏华觉得有点不顺眼，这些天来，形影不离于李红霞的那个矮胖黑毛的家伙不见了，就问她："屠户呢？"

红霞小姨愣了半晌，忽然大哭起来。

"戆卵被抓走了！"

4

保派围城以后封锁了大桥和河道，什么东西都运不进来。城里开始缺粮，气氛日益紧张，除了打仗的地方热闹，大部分街道空荡荡的，门户紧闭，市面惨淡。一个偷粮的人被抓住，查出家里有三个保派、一个战派，按比例计算，在定慧寺后面执行了枪决。蔷薇街上有几个丝瓜棚，一夜之间，结好的丝瓜被人薅了个干净，棚也扯翻了，一地的丝瓜藤，没多久叶子全都枯了。

命令传到大耳朵的小分队，要他们在停火期间去面粉厂运一车粮食，那是护城河以外。大耳朵自从扔光了硫酸瓶以后，就从掷弹兵自动升级为运输队了。屠户说这是敢死队干的活，屠户对保派有着深刻的认识，知道他们翻脸无情，随时都可能变卦。屠户一直住在保派的隔壁。

大耳朵说："粮库已经空啦，能吃的东西都背在身上了。"

屠户说："我们抓了很多俘虏，可以用俘虏换粮食嘛，让保派把粮食送进来。"

大耳朵说："他娘的俘虏又不归我管，服从命令听指挥吧。"

到了下午，大耳朵吃了点馊饭，倒在了厕所里。屠户更不想去了，红霞小姨拿了介绍信，跳进汽车，屠户一下子又昏了头，在汽车发动的时候跑了过来，威风凛凛地站在驾驶室一侧的踏板上，和她隔着车窗。车开得飞快，红霞小姨的短发被风吹得凌乱，这时屠户紧紧地搂住了反光镜，好像一只树袋熊。车斗里的小分队战友都在笑话他，好地方不待，待在那儿耍威风，等会儿被电线杆子刮走吧。

车过城南大桥时停了一下，一队人过来检查有没有武器，红霞小姨的枪放在司令部了，口袋里还有几颗子弹，被抄走了。屠户有一把小刀藏在裤脚管里，也被缴获了。保派的人说："就你们六个人装一车面粉？还有女的。"屠户说："没办法，别人都不肯来。"保派的人笑了笑，说："我认识你，你红旗桥下面卖肉的，也来凑热闹啊。"

全城卖肉的就那么几张脸，跟明星似的。屠户心想，傻瓜才愿意出风头做战斗英雄，老子早出名了，这一趟纯粹是为了李红霞。

汽车沿着运河往东走，面粉厂就在公路边，八月的柏油路面已经被烈日晒化了，路边的大树一棵接一棵。树枝刮得屠户受不了了，他又往车斗里爬。红霞小姨说："小心点，掉下去摔死你。"屠户说："我手脚很利索的。"红霞小姨说："戆卵，爬上爬下也不知道干吗。"

在公路上他们又经过两道关卡，都有持枪的人把守着，枪口对着运河对面的戴城。还经历了一次急刹车，有个孤零零的小孩在路上捡子弹壳，车子来了也不躲。屠户跳下去把小孩搬开，发现是个聋子。屠户觉得在公路上遇到这个真是太鬼了，车子发动以后，屠户一直站在车尾，看着孩子渐渐变小。孩子平举右臂，做了一个"八"的手势，瞄着屠户，手臂一震打了幻想中的一枪。这是一九六七年最常见的手势。和其他小孩不同，他嘴里发不出啪的一声呼喊。

到小码头的时候汽车减速，停了下来。半个月前，战派试图偷袭此处，几十个人抱着橡胶轮胎泅渡过来，岸上伸出无数挠钩，俘虏了三个，装进面粉口袋里，扎紧了又扔回到河里。隔着两百米宽的运河，看得清清楚楚。这是冷兵器时代战派的第一次失利，每每说起，总令人胆寒。那个下午码头上倒是很平静，一个人也没有，地上摊着七零八落的面粉口袋。

码头对面就是面粉厂，大门紧闭，里面已经停产了。角门边上站着一个荷枪的卫兵，红霞小姨下车，掏出介绍信走了进去，屠户想一起跟进去，被卫兵拦住了。不多久大门开了，汽车缓缓地开了进去，一个卫兵指路，到仓库门口装粮。始终没有见到更多的人。

屠户问红霞小姨："这里面怎么空荡荡的？"

红霞小姨皱着眉头说："人都在后面呢，你们手脚快点。"又嘱咐司机："你别搬东西了，把车子开到直道口，别让卫兵把大门锁了。你就在车里待着，不要熄火。"

屠户心里七上八下，专心扛面粉。关卡那个人说对了，就他们几个饿鬼，想扛一车面粉是不太现实的。这时仓库的面粉堆后面传来一阵鬼笑声，屠户打了个哆嗦，我的姑姑顾艾兰跟着笑声飘了出来，站在他眼前。

顾艾兰那年二十五岁，如果不是打仗，她应该已经结婚了。她是面粉厂的出纳，开战以后一直守在这里，屠户最怕遇到她，没想到她直接出现了。

屠户和我姑姑的仇是早就结下了，凡是做邻居的都会有不痛快，为了些鸡毛蒜皮的事情。屠户所做的，是在十六岁那年闯进我家里找顾大宏，当时二十岁的顾艾兰正在里屋洗澡，外屋没人。由于羞怯，顾艾兰没有大声宣布自己光着身子，也没有弄出哗哗的水声暗示自己在洗澡，她停止了一切动静，假装家里一个都不在，寄希望于屠户自己退出去，于是屠户推开了里屋的门。

由于是邻居，按流氓罪把屠户抓走是不太好的，屠户的娘在饥饿的岁月里给了顾家十斤粮票，八个鸡蛋。第二年，屠户的娘又有点后悔了，对顾艾兰说："方明说你用毛巾遮住了自己，其实他什么都没看见。"顾艾兰说当时应该把屠户的眼睛挖出来，他才知道何谓"什么都没看见"。

顾艾兰长得很瘦，鼻尖眼凹，两条深纹从鼻翼直插下颚，是那种拍照时极不适合用顶光的面相。那时她尚未踏平整条蔷薇街，可怕得不算很厉害。高兴的时候，她会发出一种很尖的笑声，不高兴的时候，她也这么笑，其中有一点点微妙的差别，只有很熟的人才能听出来。屠户在仓库里听到的是既高兴又不高兴的，他搞不清哪儿出错了，于是害怕起来。

顾艾兰说："我在楼上看见你了，听说你加入六月天兵了，我本来还以为你死了。"

屠户说："没死成。"

顾艾兰说："你抖什么？"

屠户说："面粉太重了。"

顾艾兰说："真热，要喝水吗？"

屠户说："不想喝。"

屠户的声音变得异常轻柔，好像又回到了他在砧板底下给师傅扇扇子的时候。红霞小姨很听不惯，白了顾艾兰一眼，说："屠户，赶紧运面粉。"屠户答应了。顾艾兰再次发出一阵尖笑。

"我知道你们都是六月天兵司令部的，你们的事情我都知道。"

红霞小姨叉腰说："你是怎么知道的？"

"我们有情报员。"顾艾兰说。

"奸细。"

顾艾兰不屑地说："什么奸不奸细不细的，都是认识的人。你，我也认识，不就是红旗桥下面大耳朵的小女儿吗？八中的。你们打张道轩的那次我都看见了。你的姐姐，和我们家顾大宏玩得很要好吧？"

红霞小姨诧异地问："你是谁啊？"

"我是顾大宏的姐姐。"

顾艾兰扔下这句话就走了。屠户点点头说："是他姐姐。"红霞小姨骂道："臭不要脸的，鬼鬼祟祟的。"屠户说："他们家就是这样的。"

他们继续扛面粉。红霞小姨觉得很渴,跑出去找自来水喝,喝了两口,抬头看见墙后面有几十根挠钩露出了它们的钩尖,那几乎就是钩镰枪,既可以把人捅死,也可以把人挂住。这些挠钩正在走动、列队,甚至能听到一些细碎的脚步声和压抑着的呼吸。她悄悄地关了水龙头,跑到汽车跟前,对司机说:"开车!"又狂奔到仓库里,只做了一个手势,战友们全都明白了,扔下面粉袋就跑。这时汽车已经开到厂门口了,众人接二连三爬上车斗,其身手没有一个比屠户差的。汽车逐渐加速,这时他们发现屠户还在仓库里,屠户是新来的,他根本看不懂红霞小姨的手势。

红霞小姨狂叫:"屠户,你他娘的跑啊!"

屠户像狼狗一样从仓库里猛窜出来。一群拿着挠钩和棍棒的人,无声地涌向他的屁股。红霞小姨站在车尾,向屠户伸出手去,拉住了他的手,身体前倾得太厉害,几个战友不得不抱住她的腰。后面的人还在追,汽车继续加速。红霞小姨觉得手上的分量越来越重,屠户的脸都扭曲得像个包子了。红霞小姨从来没见过一辆汽车开得这么快,也从来没见过一个人跑得这么快。这两者之间究竟谁能赢,答案是不证自明的。忽然,屠户笑了笑,虽然笑得也像个包子,但所有的重量骤然消失了。她和战友们仰天倒在面粉口袋上。

屠户站在公路上,喊了一句:"你们小心点,前面那个聋孩子,别撞死了他。"

红霞小姨坐起来,握着屠户的手汗,他正在变小,像那个聋孩子一样。她悲愤难当,大喊道:"我一定会回来救你的。"

屠户心想,操,这回眼睛肯定要被顾艾兰挖出来了,可不可以商量一下,只挖一只眼睛,毕竟独眼龙还是可以继续卖肉的。

5

屠户活到二十岁没吃过大亏，一个卖肉的，普通人见了他都得低三下四的，更别说得罪他了。他往砧板前一站，多一点肥肉还是多一点骨头，关系到顾客的身心健康、家庭和睦，那一刻仿佛掌有世界上最大的权力。屠户没念过什么书，也没干过什么积德的事情，有时候会想，自己这么风光会不会遭报应，听说卖肉的下辈子投胎都会做猪，没听说这辈子像干部一样招人待见的。

他被绑起来的时候一直在嘀咕，这辈子到底值不值。后来觉得挺值的，所以还想继续活下去。人们把他拉进了一个简易的审讯室，屠户一看对面坐着顾艾兰，赶紧说："姐姐，别揍我了，我什么都招。"顾艾兰淡淡地说："什么都招，你是反革命你招吗？"屠户说："这可不能招，招了我就死了。两国交兵，不斩来使。我们是打好招呼来运粮的。再说——"他看了看身后，审讯室的门已经关起来了，只剩下四五个人站在里面，于是壮着胆子说："我们是邻居，要是你打死我，以后还怎么见面？"

他刚说完这句话眼前就黑了，一个面粉袋从天而降套住了脑袋，啪的一声，皮带几乎是在同时落到了他的头皮上。

夜里，屠夫被关进一个小单间，屋子里空荡荡的，只有地上落着十几个带血的面粉袋。屠户从鼻孔里抠出个血块，涂在墙上。鼻血涌了出来，他手指上蘸着血，在墙上写下了李红霞的名字，再往下就不知道写什么了。他估摸着李红霞已经回到城里了，这会儿大概在哭呢。屠户看看墙上的字又觉得不满意，蟹爬的血污，倒像是李红霞要去死的样子。屠户用手去擦，这时门开了，顾艾兰闪了进来。她反手关上门，两个仇家面对面看了一会儿，顾艾兰忽然笑了，说："你也有今天啊方屠户。"

屠户说："别打了，再打就出人命了。"

顾艾兰说:"哎,你可别瞎说,我打你了吗?你看见谁打你了?"

屠户说:"是是,没人打我,我自己摔的。"

顾艾兰嗤笑道:"打就打了嘛,难道我不敢打你吗?"

屠户心想跟这个女人真是没什么可搞的,她神经病,就说:"有吃的吗?我饿了。"

顾艾兰说:"你好好的别闹,面片有的是。告诉你,抓你们不是上级命令,是我临时决定动手的。本来想一锅端的,没想到只抓住你一个。够是也够了,但以防万一起见,还得打你一顿,让你惨点,我好办事情。"

屠户说:"你要办什么事情啊?"

顾艾兰说:"你还不知道吧,穆天顺前天做了六月天兵的俘虏。"

屠户眼珠一转,全都明白了。

我未来的姑父、顾艾兰心爱的男人、面粉厂小科员穆天顺同志,武斗以后他跟着我姑姑做了保派一员,主要任务就是守在面粉厂里。此人生性胆小,说话夹缠不清,只配压粮运草,绝不能上阵交兵。他成为顾艾兰的丈夫,是屠户最高兴的事情之一,因为屠户看到过顾艾兰洗澡,如果换了个心胸狭窄性格暴躁的人,就会找一伙人来揍他。屠户想不明白,这么一个怂货怎么会做了俘虏。顾艾兰很简单地说:"他跑错了方向。"

屠户点头,这太像穆天顺做出来的事情了。屠户说:"我明白了,你是想交换俘虏,对吧?这个主意不错。我和姐夫也认识,拿我换他,我们谁都不亏。"

顾艾兰说:"话是这么说,但他毕竟是被六月天兵抓走的,你们谁有本事把他弄出来?"

屠户说:"如果放我回去,我就有本事弄他出来。"

顾艾兰说:"那可不行,你是个言而无信的家伙,还有你妈,我受够你们家了。你呀,还得指望六月天兵的那个小姑娘。"她说着一指墙上："李红霞。"

然后顾艾兰拿出了纸笔，让屠户按她的口述写了一封信，收信人是顾大宏。大意是，他在面粉厂关着，挨了打，如果不想让他继续挨打就赶紧去六月天兵的俘虏营里把穆天顺捞出来，大家都是自己人，捞谁都是应该的。此信转呈李家姐妹与大耳朵。最后让屠户按了个血手印，差了一个人，夤夜找顾大宏去了。

屠户这下又放心了，他一放心，尾巴又翘了起来。顾艾兰端来了面片，他嫌油太少，又说屋子里太热，想换个空气好点的房间。顾艾兰拍拍他的脸说："你有没有想过，万一穆天顺已经死了呢？"屠户塞着满嘴的面片，停止了咀嚼，新仇旧恨一起涌上心头。顾艾兰嫣然一笑说："穆天顺身上少一样东西，你都得照赔给他，所以你现在要多吃点，吃胖点，保证不能让我亏本。"

信使是面粉厂的老工人，叫王三给，他从城西大桥过来，刚过桥就听见打枪的声音，想往回跑已经来不及了，子弹咻咻地飞过桥面。他钻进一条小巷，缩在垃圾桶后面，直到天亮才混进蔷薇街，顾大宏已经不在了，整条街上都没一个住户，全跑了。王三给壮着胆子来到六月天兵司令部门口，说起顾大宏的名字，没人知道，再说起大耳朵，哨兵说大耳朵吃坏肚子，已经回红旗桥了，王三给只好再跑到红旗桥。到那儿已经快中午，水米未进，李苏华一开门他就晕倒在了门槛上。

该在的人都在，鉴于前一天保派背信弃义，大家对屠户的生命已经不抱希望。唯独顾大宏认为，他姐姐在面粉厂有点地位，如果站出来说情，或许可以保住屠户的性命。大耳朵认为顾大宏想得太天真了，事情不是顾艾兰能说了算的，大耳朵讲了一个不久前发生的事：攻占邮电大楼的时候，有个战派的弟弟把保派的哥哥一矛捅穿了肚子。就算顾艾兰能做主，她也可能把屠户捅穿了。众人听得哆嗦起来，顾大宏忽然想起了屠户和自己姐姐之间的宿怨，不由得吓出一身冷汗，也不敢说出来。大耳朵又悄悄说，现在很过分，打仗都像日本鬼子一样处决俘虏，他都不太想再打下去，反正硫酸瓶子也扔光了。

红霞小姨抱着枪说："还有见面的时候，我饶不了她。"李苏华听见敲门声，一边开门一边说："都是你把屠户搭进去的，还嘴硬，以后你们都不许再去打仗了。"这时王三给栽了进来。顾大宏认识他，赶紧关门，掐人中，喂米汤，喝了三碗。大耳朵说："他娘的，喝上瘾了，快点说正经事。"

王三给拿出屠户的信，已经被他的汗水泡烂了，稍一展开就变成了纸浆。王三给只能结结巴巴把事情说了一遍，由于他不擅长政工，主要的话题都落在了屠户挨打的细节上，屠户被踢到了墙角，屠户脑袋上套了面粉袋，一群人用皮带抽他，后来关在小屋里，抠着鼻血在墙上写下了李红霞的名字。红霞小姨听得又怒又羞，而且有点恶心，要不是觉得米汤太金贵，早就一枪托砸过去了。

大耳朵听了半天算是明白了，对顾大宏说："就是说，是你姐姐指使面粉厂的人抓了屠户，然后要用他来换你姐夫？"

顾大宏说："听上去是这样。"

大耳朵生气地说："可是我他娘的又怎么知道，你那个倒霉姐夫关在哪里？我他娘的又怎么能把他弄出来？弄出来了我他娘的又到哪儿去把屠户换回来？"

王三给说："顾艾兰说了，她不管，穆天顺要是少一个指头，她就剁下方屠户一根指头，穆天顺要是死了，她就把方屠户的尸体抬给你们。"

大耳朵说："关我屁事！"

王三给说："那我回去告诉顾艾兰，把屠户毙了。"说完站起来作势要走，大耳朵从床上跳了下来，破口大骂。众人一起上来劝他小声点，唯有红霞小姨一声不吭穿好鞋子，背起枪说："我知道俘虏关在什么地方。顾大宏，你跟我走，去认你姐夫。王三给，你就先待在家里。"说完又指指大耳朵："你，去不去？"大耳朵一边穿鞋一边说："我去有屁用。我去！"

大耳朵、顾大宏和李红霞三个人来到六月天兵司令部，一队一队的人马正在往城南开，要和保派真刀实枪再干一场。俘虏有关在这里的，有在其他中学的，也有被单独拉走送到不知什么地方的，既无花名册，也无审讯记录，乱糟糟的一团。红霞小姨谎称自己是联指派来的，要找一个叫穆天顺的人。卫兵说你们自己进去找吧，这时听见远处传来轰轰的声音，卫兵很兴奋地告诉大耳朵："保派用手榴弹啦，比你的硫酸瓶子厉害多了。听说他们的迫击炮已经运到河边了，我们要撤回去，马上又要打巷战。"

大耳朵本来已经不想参战了，这时又高兴起来。这伙人都是化工厂的，见过的爆炸多了去，非但不怕，而且会让他们发狂。像大耳朵这样的，他对杀人和打枪都不感兴趣，但是只要听见爆炸，闻到硫酸浇在路面上的气味，他就忍不住要跑出去凑热闹。红霞小姨拽住他，让他别忘了正经事。他们在俘虏营里细细地搜，那是一栋两层高的教学楼，楼下屯粮，楼上关人，搜了半天没找到穆天顺，倒是有几个相熟的俘虏走过来和顾大宏打了招呼，卫兵紧张起来，熟人一点没含糊，马上告诉卫兵，顾家全都是保派。卫兵看看大耳朵，又看看红霞小姨。红霞小姨不耐烦地说："他早就跟他们家划清界限了，昨天我刚从保派的刺刀下面把他救出来的。现在他是我们的情报员。"那几个俘虏就说："顾大宏，你这个可耻的叛徒。"

接着他们又出了学校边门，穿过那片空地，往农机厂的宿舍里走。这里是屠户和大耳朵曾经并肩战斗过的地方，大耳朵说："要是这次能把屠户救出来，我就不欠他人情了吧？"又对顾大宏说："但是你欠我家的人情就更大了，我连你姐夫都救了出来。这笔账真他娘的乱。"顾大宏心想，怪就怪你生了两个女儿，你哪怕只生一个呢。

农机厂的宿舍里关了更多的人，也更无足轻重，几十个人关一间，分了男女号子，据说都是当人质使的，如果保派要在对岸放炮就得先把自己人给轰了。这次顾大宏学乖了，找了顶草帽把自己脸扣住。红霞小姨到门口一喊："谁是穆天顺？"号子里的人立刻把他扶了过来，她一看就乐了。

这位相貌平庸、长了一对兔子牙、稍微带点佝偻的男青年，看上去一副倒霉相，完全不能和顾艾兰相提并论。不过，世界上的婚姻往往就是这样。红霞小姨觉得很快乐，仿佛已经报复了顾艾兰，就叫卫兵开了锁，把穆天顺提了出来，说："跟我去联指。"穆天顺一听联指，立刻坐在了地上，眼泪下来了。大耳朵和顾大宏合力将他架起来，捆住，穆天顺认出了顾大宏，才喊了半个字，红霞小姨朝他的下巴上砸了一枪托，立刻满嘴鲜血，发出惨叫而说不出话来。红霞小姨想这也是为屠户报仇，你敢拿皮带抽我们家小黑猪，我就敢用枪托揍你们家小白兔。

等到他们架着穆天顺回到红旗桥，事情就变得简单了，现在双方手里都捏着牌，看上去红霞小姨的牌更大些，她不但拥有了顾艾兰的未婚夫，逼急了能把她的亲弟弟一起算上。而顾艾兰手里的方屠户，其实和李家没什么关系。

唯一麻烦的是穆天顺本人。联指的名头，以及那猝不及防的一枪托，把他搞得疯疯癫癫的，松绑以后他满屋子乱窜，很不好收拾，众人一哄而上把他又捆了，顾大宏找了一团回丝，很抱歉地堵了穆天顺的嘴。

约定的地点是城北，那很远，是战派在护城河以外唯一的地盘，可以携带步枪通过大桥而不必挨枪击。穿过一片防守很松散的阵地，离火车站二里地的唐家渡，那一带荒无人烟，很适合用来交换俘虏。时间是明天下午。

红霞小姨背起枪，送王三给出城，到了城南大桥上叮嘱他："过时不候，要是明天下午你们不来人，我就在唐家渡把穆天顺就地枪决了。"又说："到时候我是要验伤的，屠户少一根指头，穆天顺就少两根指头，明白吗？"王三给答应了，顺着大桥一溜烟地跑了。

　　屠户活到四十岁的时候，回忆我的红霞小姨，她的名字就像他用鼻血写在墙上的样子，在他年轻的时候曾经有一晚上看着它，屋子里亮着一盏灯泡，很多飞蛾从窗口的铁栅栏缝隙中钻进来，有一只还挺大的，停在名字下面，平摊着两个眼睛似的翅膀。屠户只是个卖肉的，搞不清事情的意义，实际上也没有人能说清这算怎么一回事。他回忆起她，常常想不起她的长相，只记得一个血淋淋的名字，既美丽又狂暴地涂在墙上。

　　那时屠户觉得事情快要结束了，脑子很清醒，不会有人来救他。至于交换俘虏，天知道穆天顺是不是已经被杀掉，战派杀俘时毫不手软，有些人还没来得及求饶就被枪决了，听说保派更绝，大本营处决俘虏是在他们求饶以后用烧红的钢钎捅进屁眼，杀小羊羔才这样，羊肉更好吃。屠户趴在面粉袋子上睡了一会儿，身上继续痛着，后来居然冻醒了，八月的早晨其实没那么冷。这时进来了几个面容模糊的人，架了他往外走。屠户还有点迷糊，以为是在做梦，但即使在梦里他也告诉自己，完蛋了，事情快要结束了。这个夏天的早晨就像燃尽了的炭灰，既没有颜色也没有温度。他被拉到仓库里，结结实实地绑在一张椅子上，放在仓库的正中央。屠户又想，这看起来是要动刑，无论枪毙还是捅屁眼都不会给他一张椅子，如果求饶，该说些什么好。结果他被扒光了上衣，露出一身黑毛和肉墩墩的身体。有个人说，怎么这么胖？另一个人答道，他是个卖肉的。又一个人说，我讨厌卖肉的。屠户说你他妈的又不是吃素的和尚，凭什么讨厌卖肉的。结果挨了两个耳光，这下彻底醒了。屠户说，别打了，大家说好了不打的。那个人说，我们在这里很无聊的，天天守着面粉，又不能回家，抓住个老鼠都给它灌辣椒水上老虎凳，总得拿你做点什么，要不切个猪鞭下来？这时屠户大喊起来，顾艾兰，你他妈的是不是想让穆天顺的鸡鸡挂在城门上，你这点手段算个屁，明天李红霞来了能杀光你们面粉厂的王八蛋，每一个鸡鸡，都他妈的挂在城门上，还有顾大宏的鸡鸡，也他妈的挂城门上，你他妈的全部全部全部挂在城门上。

顾艾兰的笑声从他身后传来，顾艾兰说："真好玩，吓唬吓唬你，吓成这样。"屠户说："姐姐，就算时候到了，也把我一枪崩了，别搞什么花样了好不好？"顾艾兰说："你总得让我们面粉厂开心开心。"

这些人当着屠户的面商量起来，一个说想揍他，一个说还是切猪鞭，哪怕切半截。顾艾兰说这样都不好，同样的刑罚可能会落到穆天顺头上，屠户只能给他们玩玩。有一个脑子快的人说，这个杀猪的身上有一样东西是穆天顺不具备的——他的毛。屠户又大叫起来："杀猪拔毛不行！"这些人也吓坏了，说，这么大逆不道的话别乱说，传出去大家都得死。毛是肯定要拔的，不算很疼，而且还会长出来。屠户心想这群人都疯了。

后来屠户在空荡荡的仓库里发出了各种叫喊，带着回声的，好像是他自己的灵魂飞到了屋顶上。一个人找来一把生锈的剃刀，刮毛时感到一丝丝尖锐的疼；一个人用手揪，揪毛时是轻微的撕扯的疼；一个人用个汽油打火机细心地燎着，烧毛时烫得他发痒。这个游戏越玩越开心，屠户自己也觉得很好玩，要是有一桶烧热的松香，他大概也会浇在自己身上。最后把他上半身的毛都除干净了，留下了几十道浅浅的伤，这些人还不过瘾，帮他把头发也刮光了，变成一个光溜溜的肉球。顾艾兰说："现在你看起来干净多了。"

屠户说："我也觉得蛮舒服的。"

那些人说："还没完呢，要把你里外都洗干净。"拿了一个铁皮漏斗过来，插在屠户嘴里，把椅子放倒了，又提了一桶自来水。顾艾兰没制止，冷冷地看着屠户。屠户叼着漏斗，含糊不清地说："你们还是杀了我吧。"

6

屠户从那以后得了一种怪病，只要喝凉白开水就吐，即使在夏天他也喝热茶，发出吸溜吸溜的声音。屠户还不能坐车，只要一坐车他就会睡过去，在那种摇摇晃晃的节奏中梦见以前。那次面粉厂的人把他的脑袋套上了，放在一辆平板车上，往唐家渡去。屠户说："你们他妈的能不能把面粉袋子摘下来，热死了。"他听见顾艾兰说："闭嘴。"

后半生，屠户还住在蔷薇街，隔壁是顾大宏和李苏华夫妇。他还得经常看见顾艾兰，他们之间的仇已经烟消云散了，顾艾兰变成了一个瘦削阴沉的中年妇人，嘴角两道深纹，眉心又多了三道竖纹，就算看见过她洗澡也没什么了不起的。屠户那时也变成了一个更为粗鲁的胖子，他把砧板剁得乒乒直响，稍不如意，就把肉块扔到顾客的脸上。在取消肉类计划供应之前，他就是王。不过他也挨过顾客的拳头，真要是打起来你就会发现，他完全丧失了年轻时的凶猛和迅捷，变得臃肿迟缓，很快就会败下阵来。

屠户那时听见了炮声，问道："哪儿在打炮？谁在打炮？"

顾艾兰说："我们正在轰你们柴油机厂。"

屠户说："打炮了，仗快打完了吧？"

顾艾兰说："你们肯定输了，我们有炮。"

屠户说："你们真坏，比鬼子还坏，用炮打的。"

顾艾兰说："是啊，我就怕你现在投降了，不肯回去，那我怎么办？"

屠户说："屁，我还得回去找李红霞，我还要告诉他们你给我用酷刑。"

顾艾兰说："我才不怕，我什么都不怕。"

事实上战争并没有结束，那年夏天炮击柴油机厂阵地，战派的人挺到了最后，有一些手挽手唱着歌被轰成了齑粉。以后的一年里，打打停停，直到一九六八年解放军开进城，才稳住了局势。但那一刻屠户以为，一切都结束了，以后的日子不知道该干什么，或许可以继续回去剁肉，时不时地带出二两，送到红旗桥下面的李家。这倒也不错。

屠户说："我真的快要闷死了，能不能把面粉袋子摘了？你怕什么，我又不会再回来找你麻烦。"顾艾兰说："你烦死了。"伸手摘了面粉袋子。屠户觉得眼前一亮，烈日照在眼睛上有点受不了。他说："你把袋子盖我肚子上吧，我赤膊躺着，会着凉拉肚子的。"

顾艾兰说："放屁，你多少次都赤膊躺在家门口睡觉。"

屠户说："可我那时候身上有毛啊，现在没有了，很凉的。"

顾艾兰说："你这张嘴得白挨多少打吧。"

屠户躺在平板车上，顾艾兰走在他身边，从他那个角度可以穿过她衬衫纽扣的隙缝，看到里面的局部内容。屠户想起十六岁时候闯进顾家，真他娘吓人。顾艾兰的乳房比很多女的都大，烈日从正上方照下来，她活像一个女特务。屠户想自己还是喜欢李红霞，于是闭上了眼睛，想了一会儿李红霞的身体，也想不出个所以然来，一切都是模模糊糊的。他三十岁以后想起她，也是那个样子。他的记忆停留在一个死胡同里，那时她已经去了云南，在中缅边境上割橡胶。

屠户睡着了。后来很多个夏天，屠户躺在肉摊的竹榻上睡午觉，小徒弟在一边给他扇扇子，屠户会产生同样的梦境，像是在水上，身体被缚住了，耳蜗里盘旋着远处的炮声。一九六七年以后的时光都停留在了死胡同里，一觉醒来，他会看看自己身上的毛还在不在，然后确定自己已经回到了未来。

后来平板车从柏油路上推进了一条土路，屠户有点醒了，视野里是蓝天和草尖。草长得有半人多高，路很窄。屠户努力想坐起来，但是被顾艾兰按了下去。又走了很久，炮声停了，四周很安静，只有些窸窸窣窣的脚步声。有一片云挡住了太阳，屠户觉得凉快了些。这时平板车停了下来，屠户仍然看不见前方，勉强看见左右簇拥着很多人。太阳一直没出来，顾艾兰举手做了个手势，然后她走了过去。

屠户急于看到对面。后来，王三给把他扶了起来，屠户看到远处的天空中硝烟弥漫，像墨汁洇在水中，渐渐消散，渐渐浓重。屠户眼前站着顾大宏，他只问了一句："没事吧？"屠户说："挨打了。"然后有人给他松绑，顾大宏抓过他的手，看了看，手指头都在。屠户问："穆天顺来了吧？"

顾大宏说："来了。"

很多年以后，顾大宏也是这样走到肉店里，分开买肉的人群，那些人吵吵嚷嚷的，屠户愤然挥动着剁骨刀，一块一块猪肉分离出来。屠户那时已经结婚，娶了一个戴城郊县的女人，并且生下一个和我同岁的儿子。顾大宏说："他们在云南出事了，我刚收到电报。"屠户的手一软，剁骨刀猛然砍在砧板上，吃进木头里，立在那儿。那是大耳朵和李苏华，他们去云南看李红霞，她已经割了八年的橡胶，有一个昆明的男人要娶她，这样她就可以不用再割橡胶。他们三个搭上了一辆去县城的汽车，后来那车翻在山沟里，他们全都死了。

屠户也是这样茫然地看着顾大宏，试图越过他的身体看到后面，好像在那条道路的尽头站着她，和他们。屠户愣了很久，人们注视着他，他抬头对我爸爸说："刚才我差点把自己的手剁下来。"他不再管那把刀，摘了身上的围裙，一个人走了。

屠户那时不要顾大宏扶着，一个人走了过去。对面顾艾兰扶着穆天顺走了过来。穆天顺好像很热，脸色惨白，满头是汗。屠户心想自己必须潇洒些，让顾艾兰难过。错身的时候屠户还对穆天顺打了个招呼："姐夫，你好。"

穆天顺含糊不清地说："我要回家。"穆天顺根本不是在和他说话。屠户说："你回不了家了，你只能回面粉厂。"这时顾艾兰伸出手，很爱怜地抚摸了穆天顺的额头。她根本没有看屠户。

他们后来也结婚了，婚期和顾大宏李苏华几乎同时，他们在面粉厂里办了极为简陋的喜事。一九六八年春天，一颗跳弹飞到了穆天顺额头上，他居然没死，救活以后变得有点傻，常犯头痛病。他会指着自己额头的弹孔，问每一个人："你们看，这像不像一朵花？"那时顾艾兰仍会抚摸他的额头，带着一丝爱怜，直到他真的变成一个疯子。那时他说的是，你们看，这像不像一个屁眼。

　　屠户不知道那是一个尽头，他向对面看去。有一辆黄鱼车，大耳朵扶着车把，红霞小姨站在车子上，居高临下看着他。屠户咧嘴一笑，红霞小姨大声说："你怎么回事？……毛呢？"

　　屠户说："剃掉了！"

　　红霞小姨差点气昏过去。屠户觉得她生气的样子最美，他撒了欢地向她跑过去。

　　屠户说那是红霞小姨最英姿飒爽的一天，她站在黄鱼车上，越来越高，背景是浓烟弥漫的天空。她腰系武装带，打着绑腿，一手提枪，一手拿着军刺。他觉得自己也挺好看的，毛都没了，喝过两桶水，还被人踩着肚子做了几次喷泉，有一种脱胎换骨的感觉。

　　屠户说："我知道你会来救我的。"

　　红霞小姨说："猪猡！"

第二部

相册

黯然

苏华照相馆在蔷薇街东边,摄影师的家在西边,从家里到照相馆得穿过整条巷子。街区的人都知道这个名字是为了纪念男孩的妈妈、摄影师的亡妻李苏华,人们对此抱有一种过度的尊敬,觉得死者为大。其实这小铺子连工作室都谈不上,门面低矮,生意清淡,看上去随时都会倒闭的样子,但它竟然坚持存活到了九十年代。

街道在城西,过去不远就是护城河了,最初是石子路面,后来铺了柏油。这里地势低平,下水道始终没修好,一到梅雨季节就形成内涝,石子路柏油路一概难以通行。街道的东面是著名的解放路,戴城的宗教旅游商业胜地,拐角的墙上是摄影师用红漆刷的美术字:苏华照相馆,蔷薇街13号,向内20米,证件照,艺术照,冲印彩扩。这块唯一的广告牌为他招徕了一些生意。有一次,男孩的姐姐和摄影师吵架,一怒之下把20米涂改成了200米,摄影师竟然没有发现。那个月的生意少了一半。

照相馆诞生于一九八四年,这一年男孩十岁,姐姐快满十六了。如果你查阅中国的改革开放史,会发现一九八四是个重要的年份,这一年个体户风行于神州,以劳改释放分子为先锋队的摆摊大军如雨后春笋般出现在城市里，场面极其热闹。那些有公职的人幸灾乐祸地看着穷光蛋和二流子出来现眼，随即惊讶地发现他们在短短数月之内成为了有钱人。

那年代要变成有钱人真是太容易了，只要你放得下面子。那年代不再认为有钱是件罪恶的事，但仍然觉得，只有罪恶才能导致有钱。

男孩的爸爸，摄影师，原先在国营光明照相馆上班，他既文静又帅，很多人看着他的脸说他像阿兰·德龙，他是整片街区最好看的男人。做摄影师也是要讲究点面相的，那些爱拍照的女性都很挑剔。在这方面，摄影师既赢得了尊重，也招来了妒忌。有一天照相馆的吴主任让他打扫卫生，摄影师很自负地说不想干杂活，他就被派去修理道具了。没过几天，摄影师递上了辞职信。

人们觉得他疯了，好好的铁饭碗不要，出来做个体户，与劳改释放分子为伍。男孩的姑妈质问他："你为什么要做个体户？"他翻着眼珠说："我不要做个体户，我只想要一个自己的照相馆。"男孩的姑妈完全搞不明白。她本身只是一个面粉厂的做账会计，她不可能明白一个摄影师的想法。

总之，个体户是当时最先进的阶级，它超过了工农兵，也超过了知识分子，仅次于海外关系户。一不小心，这个单亲家庭也当上了时代标兵，前任国营光明照相馆的摄影师顾大宏，他现在是一个响当当的个体户，挣来的钱全是自己的，这固然可喜，但要是有个什么天灾人祸的也只能靠自己了。像他这么一个脆弱、柔软、还带点娇气的中年人，是怎么破釜沉舟把自己拴在上吊绳上的，天知道。

照相馆的原址，最初是一家南货店，一九八四年南货店关门，留下一个空荡荡的门面，摄影师租了其中的三分之一，剩下三分之二，一家是烟杂店，一家是寿衣店。男孩的姐姐吓得要死，她胆子很大但是怕鬼，她说她爸爸是个大笨蛋，竟然和寿衣店比邻而居。其实，寿衣店为苏华照相馆带来了不少生意，有些死去的人需要翻拍遗像，就在照相馆里办了。烟杂店也因此受益，人们置办寿衣的同时不免要买些烟酒招待客人。更何况，寿衣店是二十四小时营业，半夜亮着一个灯，虽然吓人，但是它防贼。

男孩的少年时代，有一大半的时光都在照相馆里度过，以至于他长大后说不清照相馆是什么样子。起初是木制的柜台，后来变成铝合金的；起初是一台海鸥定焦，后来有了佳能；起初是单调的蓝色布景，后来换成卷帘式的，印着书房、花园、大海等等图案，拍出来一看就知道是假的，但人们喜欢。唯一不变的是门口一根水泥电线杆，在装修门面的时候，它曾经让摄影师伤透了脑筋，要不挡住门，要不挡住展示窗，最后还是决定挡住展示窗。总不能让顾客从电线杆旁边挤进来吧？

摄影师呢，他就坐在柜台后面，一年四季，他都穿着挺刮的衣服，脚上是一双擦得很亮的皮鞋，有时是黑皮鞋，有时是黄皮鞋。他比较喜欢黄皮鞋，有时把脚高高地跷起来，搁在凳子上，像旧社会的花花公子。这时他会注视着皮鞋，让人以为鞋面上有个镜子。他和其他个体户真的很不一样。

照相馆里面还有一间摄影室，摄影师有时在里面工作，柜台上由男孩或是他姐姐顶着，姐姐是个没什么耐心的人，经常跑出去玩，有时摄影师也会出去采风或者干脆是找女人跳舞，留下男孩一个人。男孩觉得照相馆像个港湾，包括不远处的家，包括这条街道，蔷薇街。男孩那时还不觉得这种生活很乏味。

姐姐恰好相反，她一点也不喜欢这里，她觉得在这条街上住着，在这条街上上班，生病去解放路的第二人民医院，甚至念大学都选择附近的职业技术学院，是件极其无聊的事。在照相馆里能看到这片街区的很多熟人，他们的脸，他们定格着渐渐长大或者变老，全家福的照片上多了某个人，少了某个人。姐姐说，看着照片，所有的熟人都像是陌生人。

有那样一个长得帅的爸爸，姐姐当然也是美人。照相馆开业的时候她正好念初三，她的照片理所当然地放在展示窗里，但它被电线杆挡住了。寿衣店的老板娘，那个喜欢乱出主意的林雪凤就跑出来提醒摄影师，最好把照片挂在电线杆上。摄影师那时因为开张志喜已经昏了头，他照办了。这是姐姐十五岁那年拍的最美的照片，手里握着一支钢笔，坐在课桌后面微笑，天生的鬈发略带凌乱，看上去像十八岁，或更大些，下面贴了一张红纸，用毛笔写着"欢迎光顾"。这张被她视若珍宝的黑白艺术照，成为了众人嘲笑、嬉笑、讪笑和淫笑的对象。姐姐大怒，指着顾大宏和林雪凤骂：戆卵。

这句骂人话是她小时候跟着自己小姨学的，她觉得帅极了，就爱这么骂。可是有骂自己爹是戆卵的吗？双方反目。那一年的派司照，她是去汉民照相馆拍的，非常难看，直瞪瞪的大眼睛，头发全都向后梳着，根本看不出它是直的还是弯的。摄影师伤心欲绝，她是他艺术巅峰时期最优秀的模特，在她一生中最重要的时刻，永远留存在档案里的派司照，居然不是他顾大宏的杰作。他看着毕业照心想：汉民照相馆，戆卵！

男孩觉得爸爸太自负了，可是又没什么手段能保持这种自负，于是懒洋洋的，于是有点沉默，隔壁的方屠户说他从年轻时就是这样。另有人说，他中年丧妻，心灰意冷。他本来有机会再婚的，因为这个原因耽误了下来，但他并不寂寞，当他还在国营照相馆拍照的时候，经常有一些女的慕名而来，有的看到他，很满足地走了，有些意犹未尽的就在他的注视下拍一张照片，还有一些每年都来找他拍照的，把自己的青春年华交给他来记录。后来他自己搞生意，这些女的都还来，她们仍然爱他，别说拍照，就是募捐都乐意。落魄的摄影师，四十岁的鳏夫，中年美男，在这座无聊的小城里他甚至成了名人。

不过，事情并不如意。

拿一九八四年来说，照相馆开业后没几天，街道被水淹了。河水倒灌过来，阴沟全都变成了喷泉，先是家里进水了，拖鞋和脚盆漂了起来，唯一的那台落地式电风扇被搬到了床上。男孩已经习惯了这种场面，每年的雨季都是这样，但是照相馆——它修葺一新，刚刷了雪白的墙粉，里面是摄影师毕生的积蓄和毕生的欠债。他骑着自行车，疯狂地冲向照相馆，对着大水中的店面欲哭无泪。忽然听到身后一声巨响，马福大叔家的房子被水浸塌了，马福大叔死了。开业那天他在苏华照相馆拍了一张照片，以示友情赞助，但钱还没付，这下成了摄影师赞助给他的遗像了。

大水如期而来，如期而去，它是照相馆的噩梦。

马福大叔死后，街上的栀子花都开了，早上开门，很多花瓣涌进屋子。本以为开张大吉，这下生意全都泡了汤。雨季的某个午后，男孩蹲在照相馆门口发呆，街上一个人都没有，水是臭的，它和栀子花的香味混合在一起，一种令人情欲膨胀的气味。这时，大破鞋关文梨从街口走过来，大破鞋是东方点心店炸油条的，她炸了一上午的油条，中午晃过来勾搭摄影师。她穿着红色的衬衫，脚上是珍珠色的塑料凉鞋，高高地绾着裤管，露出修长的小腿。她走到店门口，曼声呼唤顾大宏，后者坐在椅子上，双腿搁在柜台上，说：“发大水了，停电，过几天再来吧。”关文梨就蹲下摸了摸男孩的头，身后咔嚓一声，摄影师按下了快门。

男孩忌讳别人摸他的头，但那次他不知为何，顺从地承受了这一摸。关文梨柔声提醒摄影师：“小出的歪脖子，你该给他治治了，他快长大了。”摄影师用一种懒洋洋的口气严肃地回答：“很难治的，上海都治不了。”关文梨说：“刚才你拍照了？”摄影师说：“嗯，冲出来我给你一张。”关文梨就满意地走了。

这张照片连同姐姐的“欢迎光顾”一起，被摄影师投稿到了戴城日报的副刊，它们竟然顺利发表出来。尽管那报纸印刷粗糙，但并没有妨碍女孩的美丽，相反，她脸上的光线更为朦胧了，带着点柔光的效果，令人心生万般怜爱。这照片被命名为"早晨"。至于男孩的那张叫作"雨季"，大破鞋关文梨正在抚弄着他的歪头，在照片上，她才是主角，而男孩只是一个迎合着她的动作、类似于道具的背影，歪着脑袋好像还挺可爱的，你无法判断出人物的关系，整张照片显出了一种迷惘的气息。

这是摄影师最得意的时刻，几乎抵消了洪涝带来的损失。摄影师将报纸压在柜台的玻璃台面下，昭告天下，他顾大宏不但是个开照相馆的个体户，还是个上了日报副刊的知名摄影师。这是何等光彩的事情。他根本不知道，"早晨"给女孩带来了巨大的麻烦，她美丽的脸蛋被城里几十万人看到了，很多二流子慕名前来，堵在学校门口嘘她，不但早晨，还有黄昏。

至于男孩，很少正面出现在摄影师的作品中，在那里他是一个需要和场景浑然一体才具备价值的模特，每次拍完他，摄影师都会黯然地垂下眼帘。

因为他是一个先天的歪头，本来应该迟一点说出来，但是很不幸，就像他的人生，每次都是躲躲藏藏、闪烁其词，每次都是在一开始就被人看出问题所在。

迷惘

男孩早就知道自己是个歪头，那是比记忆更深刻的东西，与生俱来，无法抹去。男孩听说，有的钟表天生走不准时间，但那并不等于报废，只要你忍受着它的走不准，它还是可以为你报时的。没必要去修它，修了，它很可能真的不走了。

出生那天，男孩的姑妈说产房外面有棵歪脖树，李苏华一定是看多了歪脖树才会牛出歪头。这是他姑妈最幸灾乐祸的时刻，因为男孩的姑父，在武斗那年脑袋上挨了一枪子儿，到一九七四年时已经快疯癫了。她嫉妒一切幸福的婚姻。然后她顺便又看了一下男孩的小鸡鸡，说："还好，下面不是歪的。"当时男孩大哭不止，可能是在提抗议：我情愿下面是歪的。

这种病叫作肌性斜颈，刚出生的时候在他的右胸有个硬块，后来消失了，变成了一根无比坚强的缆绳，把他的脑袋硬生生地拉向右边，下巴则指向左边。摄影师这半辈子见过的人脸何止万千，知道这歪头不是好材料，正愁眉苦脸，旁边的护士说："这孩子挺可爱的，像个外国人。"倒是医生更明白事理，冷冷地告诉护士："用不了两年，他就会变成一个左右脸不对称的丑八怪。"又问摄影师："你是少数民族？"摄影师说："汉族，不过我家里有俄罗斯血统。"医生说："啊，苏联啊。"那会儿正在反帝反修，批林批孔，摄影师赶紧说："是上上代的事情了，我连苏联在哪儿都不知道。"医生指着孩子说："他脑袋歪过去的方向，一直往前走就是苏修。"

世界上有很多可笑的病，比如疝气、斑秃、麦粒肿，当然也有可笑的残疾，比如歪头。它甚至连残疾都算不上，那个年代街上有很多乱七八糟的人，全都像加工不成形的废品，任其到处乱跑。男孩曾经看过老中医，喝了半个月又腥又臭的浓汤，曾经找过西医，他们给出的治疗方案是让他朝右睡，永远朝右，还有一个江湖郎中用夹板夹着他的脖子，后来长征小学的顽童们用同样的方法整治他——总而言之，一切无效。男孩的幼儿期像当时的很多孩子一样，放在一个木桶里，木桶有时放在街边，让他看看外面的风景。到处都是脖子竖不起来的大头孩子，他不算特别扎眼，但缺钙和斜颈毕竟是两回事，前者是时代病，后者是怪物。

男孩出生时，隔壁的方屠户也生了个儿子，唤作方小兵。他健康活泼，和方屠户十分相似，拥有一个强壮而端正的脖子。老方屡次在摄影师面前夸耀，顺带埋汰一下顾家的基因有问题。摄影师自认倒霉。过了几个月，男孩的脖子还是歪的，大家差不多看习惯了，方小兵忽然发烧，送到医院打了十天的链霉素，出来成了个聋子。从此蔷薇街上又多了一个残疾人。这下摄影师又赢了。

不是赢了屠户，而是赢了他自己内心的愧疚。

男孩从知事起就接受了歪头的事实，凡有人问起，他就回答：天生的。好像这件事的责任，只能怪到老天爷头上。男孩被很多人扳过脑袋，那些不懂医术的人都以为自己拥有一双神手，可以赢了老天爷。他脖子下面的缆绳像是捏在一个恶作剧的小鬼手里，每当人们将脑袋扳直的时候，它就会清晰地突出于锁骨上方，绷得像弓弦一样，看得人们倒吸一口凉气，手一松，缆绳又把男孩拽了回去。一切无可挽回地顺着斜坡滚下去了。他成为一个歪头、斜肩、左右脸不对称的小怪物，到两岁时赢得了"花街申公豹"的美名，放在木桶里，旁边是另一个木桶，里面放着聋哑儿方小兵。

男孩的名字叫顾小山，摄影师希望他像山那样结实。乳名小出，两座山，希望他有出息。强人所难。

男孩的姐姐，那个叫顾小妍的女孩，她完全是另一种样子。

她出生时医院里就剩两个护士，其他都下乡学习去了，等她着陆以后，连那两个护士都打了绑腿背了铺盖走了。整个医院里，空荡荡黑漆漆的，她哭得气势如虹，不屈不挠。天亮以后，人们看清了她的长相，浓密而卷曲的头发，皮肤雪白，粉嘟嘟的嘴唇，等她睁开眼睛之后，人们发现她长了一对像花玻璃弹珠般美丽的瞳仁，略带褐色，从圆心向圆周放射状的丝丝纹理，绝非汉人所有。

蔷薇街最美的女孩就此登场。五年后，歪头顾小山诞生。男孩估计自己要是没病，一定会继承摄影师的相貌特征，成为这条街上的新一代美男，可惜，事不遂人愿，又或好事不成双，领衔美男的重任只能由摄影师继续担当，男孩则成为了这条街上的另一道风景。帅哥，美女，歪头怪物，都出自他们家。

落下这种不明不白的残疾，被人骑在脖子上简直是肯定的。瘸子拄拐棍，盲人戴墨镜，都能保持着尊严，歪头何为？没有任何办法，只能歪着。街道主任鲍翠芬跑到蔷薇街来搞宣传，说残废应该得到尊重，不能欺负聋子和呆卵（街上的一个智障）。男孩来到鲍翠芬面前，结结巴巴说起他曾经受到的一些委屈，鲍主任为难地说："今天是残废的节日，你不是残废。"过了一会儿，她又说："小出，你歪头歪得不是很厉害的，要有信心，不要自卑。我看见过一个歪头，那歪得简直像打断了脖子一样。"

鲍主任惯于一针见血以小见大。那是一九七九年，她还安慰他："别的不说，像你这样的歪头，长大了肯定当不了兵，当不了兵你就去不了云南，去不了云南你就不用打仗。自卫反击战，多残酷的战斗，国家不用你出力，在家等着听捷报，多高兴啊。歪头又不耽误什么事。"众人抬杠说，小出的脑袋歪向右边，打枪的也是这个姿势，未必就不能去南疆。鲍主任说，拼刺刀呢？扔手榴弹呢？

这条街上的人都很啰唆，惯于展开话题，然后进行大规模的辩论和抬杠，头天没讲够的，第二天接着聊，据说都是"文化大革命"惯出来的毛病。只有歪头和聋子，他们安静而自律，手牵手地在街上走着，人们视之为难兄难弟。街道往东，靠近解放路的地方是国营南货店，营业员都认识他们，会说："顾小山，别走出去啊，外面有警察抓你们。"街道往西，走到尽头是马福大叔的修车摊，马福大叔要是看见了他们，会说："小出，当心长征小学的学生把你们扔河里。"于是哪儿都去不了。对男孩来说，世界的印象仅仅局限在蔷薇街内，至于街道在城市的哪里，城市又在世界的哪里，他完全没概念。蔷薇街属于一个旧世界的范畴，它太小，所以一切都被放大了。

男孩的童年时代过得还算平安，无非是领受些嘲笑。歪头这个问题，必须到成年以后才会显出它的可怕——从先天疾病定格为终身残疾。小时候他不太明白，只知道聋子是真的不方便，也不受人待见。聋子三岁那年，隔壁的屠户又生了个儿子，唤作方大聪，意思是大大地听得见。于是哥哥叫小兵，弟弟叫大聪。屠户还挺得意，儿子和摄影师一样，都是大字辈的。有了大聪，小兵就成了可有可无的人，方家的人在晚上喊吃饭都懒得跟聋子比划，只站在门口曼声吆喝："小出，叫小兵回来吃饭。"男孩对着聋子做了个扒饭的动作，聋子就默然地回去了。

男孩回忆起来，那段时间他和聋子就像两个刚从地里拔出来的土豆，呆头呆脑脏兮兮地扔在某个角落里。聋子到五岁时还不太会与人交流，手语仅限于吃饭拉屎等简单需求，又不认字，两人日日厮混，其友谊只是建立在这些粗浅的沟通之上。倒是沉默的时候，呆立在街边，好像还能体会到彼此的存在。

方大聪小时候也被放置在木桶里，戳在街边，最初学会的一句话是"杀掉你"，不知道哪个过路的教的。孩子似乎领会了杀掉的意思，语气严厉，目露凶光，令人担忧他的未来。男孩的姐姐走过去给了他一个爆栗，孩子大哭，哭了几声之后又说：杀掉你。男孩的姐姐从小就很毒辣，她告诉屠户：大聪以后会成为一个杀人犯。方屠户很扫兴，就把大聪挪到了屋子里。大聪对着自己的奶奶说，杀掉你。方家老太太已经被沉默的方小兵搞怕了，听到大聪说话，乐得忘乎所以，说："杀吧杀吧，只要你会说话，你想杀谁就杀谁。"大聪非常得意，顿时丧失了学习语言的欲望，除了会喊爹妈以外，满世界大喊的就是那句"杀掉你"。

有一天摄影师和屠户决定把两个残疾的儿子都送到幼儿园去。第一天，聋子被幼儿园阿姨关在了柜子里，阿姨忘记了他的存在，等到想起来的时候已经快放学了，聋子在柜子里睡着了，并且拉了一堆屎。而歪头由于失去了聋子的陪伴，在幼儿园里大哭不止，被阿姨放在了另一个柜子的顶上，他就坐在那里哭了一整天。那以后他们就再也没去过幼儿园，继续像两个矮小的幽魂般游荡在蔷薇街上。

不久之后，聋子消失了，而歪头还在。

那个陌生人先是鬼鬼祟祟地钻进了方小兵家。男孩对聋子说："你们家来小偷啦。"聋子无动于衷。屋子里的方大聪大喊："杀掉你！"陌生人吓得一溜烟窜了出来，随后来到了两个男孩面前。

这条街上很少有陌生人。男孩定定地看着她，发现这是个面相凌厉的女人，长了一张瘦削的瓜子脸，目光如炬，炯炯照人。聋子始终低垂着头，做出一副犯了错误需要教育批评的样子。这个女人对他们说了一些话，她精透了，立即看出男孩是个有毛病的人，用手掰了掰他的脑袋，摇摇头。她后面说的话男孩听懂了："这个没人要的。"接着她就把聋子给领走了。那天马福大叔在巷口摆摊，本来应该阻止这件事的发生，但他睡着了，下午没活干他就睡觉。于是，聋哑儿方小兵不见了。

男孩搞不清那女人为什么要带走聋子，她的态度很亲切，还给聋子吃了颗糖，比幼儿园的阿姨好上一百倍，只是那眼神有点不太干净。男孩伸出手去，女人也给了他一颗糖，塞住了他的嘴。他发了一会儿呆就回家了。

到了晚上，屠户的老婆又在吆喝："小出，叫方小兵回家吃饭。"男孩还在发呆，一直到晚饭吃过了，屠户气势汹汹跑过来找人，男孩说："他跟别人走了。"摄影师急了，说："是不是遇到人贩子了？"屠户说："人贩子要一个聋子干吗？"男孩说："那个女的说，我这样的没人要。"摄影师说："也许她不知道小兵是聋子。"男孩说："她还给小兵吃了糖，我也吃了。"

小兵的消失是件可悲的事，男孩失去了他唯一的朋友。很多人都说，当时小出要是喊一声就好了，可惜嘴馋，为一颗糖就出卖了朋友。男孩心想，你们不知道我心里有多难过，我哪知道世界上还有人贩子这种东西？只有小兵的奶奶宽慰他。老太太一边洗脚一边大声说："拐走就拐走吧，放着也是个麻烦。"

男孩的童年很孤独，失去了聋子就更孤独了。他问姐姐："人贩子为什么不拐走我？"姐姐很生气地说："这都想不通？因为你是歪头啊，小出。"

男孩摸摸自己的脖子觉得这个世界真是不可理喻。

后来屠户拿着聋子的照片，到处问人家。这张照片是在光明照相馆拍的，也是摄影师的杰作，聋子虎头虎脑，一脸傻笑，手里端着一把苏式转盘冲锋枪（玩具），头上戴着小军帽，并不是解放军的那种，而是非常罕见的红军八角帽。人们看见聋子的照片都说他像潘冬子，这样的孩子应该不难找，也难怪人贩子选择了他，而不是歪头。他们像没头苍蝇一样到处乱窜，火车站，汽车站，轮船码头，后来连警察都出动了。

男孩心想被拐走原来是要去很远的地方啊，看上去都出城了。男孩看着聋子的照片，有点羡慕也有点害怕，然后另一个问题钻进了脑子里：

你说，工农红军到底有没有可能拥有一把转盘式冲锋枪呢？

哀伤

男孩小时候发现这个家里充满了死去的人。首先是他的奶奶，很早就过世了。其次是他的妈妈、小姨和外公，一九七七年在云南发生了一次惨烈的翻车事故，他们是一起死的。然后是他的爷爷，一九八〇年死于脑溢血，同年他的外婆也去世。在短短四年里，这个家中阴风恻恻，墙上挂了一排黑框照片，很像革命历史博物馆。

因为妈妈去世得太早，在他的记忆中只有一点模糊的印象了，她的名字后来成为照相馆的招牌，长久地悬挂在那里，化身为另一种事物，好像家里的图腾，母爱变成了空虚的佑护，如此生疏而又温暖。

然而男孩的姐姐并不喜欢这样，她觉得把妈妈的名字挂在街上是件很讨厌的事，她不想看见。

后来他发现，街上的人对此也有禁忌，人们说起照相馆，总是说"顾大宏的照相馆"，而不会说"苏华照相馆"，正如人们看见关文梨勾搭他爸爸，总是说她去了顾大宏那里。假如说去了李苏华那里，就太可怕了。这么说来，摄影师确实是个傻瓜，他一厢情愿，左右为难，一辈子就是生活在夹板中了。

妈妈的遗物保存在一个木箱里，加了一把小铜锁，钥匙在摄影师那里。孩子还小的时候，这个箱子是不给打开的。男孩有时会说："爸爸，我想看看箱子。"摄影师皱着眉头回答："这又不是糖果，没什么好多看的。"姐姐小时候提出这种要求也会被拒绝，她试着撬箱子，但是没成功。直到某一天她发怒了，扛着箱子跑到修自行车的马福大叔那儿，一锤子砸开，里面有一百多张照片，每一张都被精心存放在光明照相馆的纸袋里，另有记账的流水日记两本，结婚证，死亡证，墓地证，妈妈生前佩戴的戒指一枚，还有一块手表好像挺值钱的。

在这些照片上男孩和姐姐看到了很多人，李苏华，顾大宏，外公外婆小姨还有其他人。李苏华保持着一种温婉而悲伤的表情，仿佛在她留影的那一刻就已预见到了自己的死，而红霞小姨英姿飒爽地站在天安门城楼前，一脸灿烂，好像死神也拿她没奈何。最古怪的是居然还有隔壁屠户和小姨的合影，屠户那时还年轻，头没秃，下巴上的肉也只是挂在喉结上方。人物的关系有点不明朗。马福大叔是这条街上的老住户，他解释说，屠户以前和小姨有过一段，那叫作轧朋友。马福大叔又拿起手表说，嚯，瑞士牌手表，可惜坏掉了。姐姐煞有介事地说："在云南撞坏的，我爸爸就拿回来一块破手表和三个骨灰盒。"

男孩那时才六岁，在一边玩着马福大叔满地乱滚的螺丝钉，并不明白照片有何可贵之处。马福大叔用他沾满油污的手捏着照片，与姐姐共同浏览一番，并对之品头论足。黄昏时，摄影师骑着那辆哐哐乱响的自行车来到车摊前面，对马福大叔说："脚踏板不太好。"猛然看见男孩五根手指头套满了螺丝帽，其中一个黄色的是李苏华的戒指！而姐姐正在一边急急地收拢着照片，上面已经沾满了马福大叔的黑色指纹。那块坏掉的手表，愚蠢的马福大叔正企图用扳手拧开后盖，按他修自行车的技术，或许真的可以做到。

摄影师握拳透爪，一把拎起姐姐，夹在腋窝里，后者遭遇到有史以来的第一顿暴打，并且是在街头公演。男孩呆看着这一幕，不知道该帮谁好，最后还是决定扑上去咬爸爸，他抱住腿吭哧一口咬下去，觉得口感不对头，原来是歪头没准，咬在了姐姐的鞋子上。姐姐早已哭得双脚乱踢，结果蔷薇街的人看到的是，顾大宏夹着顾小妍痛打，而歪头顾小山叼着一只黑色的布鞋站在旁边，满脸油污，手指上套满了螺丝帽，嘴里发出呜呜的嚎叫声。马福大叔有心去劝，脸上挨了一下，人们都害怕起来，这是摄影师第一次打人。看来鳏夫的确是不能惹的。人们说，该给摄影师介绍个新老婆了，他都快疯魔了。

箱子是摄影师的宝贝，箱子里的一切都不能分享。现在大家都知道了。

姐姐念初中那年，摄影师把她叫到身边，给了她木箱子的钥匙，并说："以后你可以开这个箱子了，以前你太小，爸爸怕你把照片弄坏了。"她接过钥匙，诡异地一笑。摄影师哪里能想到，她在挨打之后已经偷了他的钥匙串，找到了个锁匠，给这个木箱配了一把属于自己的钥匙。

那时，摄影师说，姐姐的脾气既不像他也不像妈妈，倒有点像死去的小姨李红霞。后来男孩听说方屠户曾经和红霞小姨轧过朋友，这就难怪，屠户平时对谁都很凶恶，只有看见顾小妍尚保持着一点礼貌，或许还有睹人思情。

每一年的清明节，家里都会大大地准备一番，按照城里的风俗，折了锡箔，带上供品，到城外的墓地去扫墓。那片公墓区，过了城西大桥，骑自行车沿着公路走半个小时，前不着村后不着店。每次去，那辆破自行车都不堪重负，男孩坐在前面横杠上，姐姐侧坐在后面书包架上。清明节常常是下雨，摄影师有一件半透明的塑料雨披，已经旧得发硬，前面遮住男孩，后面遮不住姐姐只能让她打一把伞。他们骑车上公路，两旁是绿得发亮的田野，看到山，看到山上密密麻麻的白色墓碑。到了公墓以后，按次序先到山顶给奶奶扫墓，再到山腰给外公和小姨扫墓，最后到山脚给妈妈扫墓。李苏华的墓碑上只有她的名字，墓穴却是双穴，顾大宏和姐弟俩的名字刻在左下角。摄影师说，立碑人刻着顾大宏的名字，人是不能给自己立碑的，所以他的名字不能和李苏华并列，得等他死了，换一块碑，就可以在一起了，那时左下角立碑人的名字就只剩下男孩和姐姐。

到一九八〇年，扫墓还是这个次序，不过墓穴中又多了两个人。男孩觉得把双穴填满了可谓是一种圆满，虽然人活着的时候就预订了那个位置，但还真未必能如愿以偿地躺进去。同时又为小姨感到惋惜，只有她是单穴。扫墓的时候男孩会哭一次，小时候是大哭，稍微长大一点就哼哼地哭，摄影师和姐姐从来不哭。姐姐小时候可害怕鬼了，如果天气不好她就急着想回家，长大以后，她独自去墓地，有时甚至是秋天。

那年春天，男孩记得很清楚，在回家的路上他的脚卡进了自行车前轮，在车杠和轮子之间弯成了九十度。他惊恐万分，大哭起来。摄影师也吓傻了，儿子已经是个歪头，如果再变成瘸子，岂不是天崩地裂？姐姐拽着他的袖子大喊："你快想想办法呀！"摄影师说得把前轮卸下来，只需要一把扳手，但这一路上也没有自行车摊，到处都是农田，即便有几户人家也都是住泥糊房子的农民，他们家里只有钉耙，没有扳手。公路上偶尔有疾驰过的卡车，摄影师去拦，没有一辆停下。后来他把自行车放倒，让男孩坐在地上，叮嘱姐姐："弟弟就交给你了。"姐姐用力点头，摄影师朝着市里狂奔过去。

雨下了起来，男孩不知道在公路边坐了多久，姐姐守着他，两个人很快湿透了。农民赶着水牛经过，停下来看看，又走了，也有扫墓的人经过他们，评头论足一番，谁都没带扳手，很快也走了。后来荒凉的公路上只剩下他和姐姐。一直到中午，远远地看见马福大叔骑着他的三轮车，摄影师坐在三轮车后面，急急赶来。然后，马福大叔一边卸下车轮，一边数落摄影师，没有在自行车轮子上装个铁丝罩子。摄影师浑身湿透，一言不发。他不久前刚揍过马福大叔，但马福大叔并没有记仇，这让他更狼狈。

回去的路上，男孩和姐姐坐在小三轮车里。摄影师骑自行车，他灰色的瞳孔外面蒙着一层水汽，仿佛是既委屈又自责，全然无可奈何。每当这种时候，男孩就会觉得这个爸爸正在渐行渐远。

男孩说："我会变成一个瘸子吗？"

姐姐说："瘸子都是天生的。"

男孩知道小儿麻痹症，白柳巷有个大孩子就是，他必须拄着拐杖才能出门，人们的目光沿着拐杖，从他的腋窝一直移到残腿。男孩说小儿麻痹症不是天生的。姐姐说："反正你这样是不会变成瘸子的，很多小孩都在自行车里面卡过腿，他们都好好的。"

最后姐姐说："反正你是个歪头就够了。"

和摄影师不同，男孩的姐姐，一直是强悍而无畏，做错了事情也绝不内疚，对于一切赞美和诋毁都报以轻蔑的笑容。除了怕鬼以外，她无懈可击。她从来没学会安慰人，也没学会安慰自己。

那以后男孩对马福大叔产生了严重的依恋感，他是一个穷困潦倒的修车人，住在南货店对面，房子又破又矮。他无儿无女，只有一个操着苏北口音的老婆，人们喊她福婶，她在家里糊火柴盒。这是整条蔷薇街上最不受待见的一户人家。后来他听说，出生以后马福大叔曾经问摄影师，这个歪头男孩到底想不想要，如果不想要就给他马福做养子吧，被摄影师断然拒绝了。

男孩在街上已经没有朋友了，聋子拐走以后，长征小学附近有一条街道挖开了修路，很多小学生取道蔷薇街上下学。早晨还好，中午以后简直是男孩的灾难。在四月冰冷的雨中，他被各个年级的孩子揪住了难以脱身，他们穷尽一切手段打算治好他的歪脖子病，最可怕的是用雨伞的钩形手柄挂住他的脖子，哪怕他在逃跑，也会一钩子钩回来。还有一部分用直柄油纸伞的孩子很不高兴，他们钩不住他，就把书包挂在他脖子上，让他穿过整条蔷薇街，有点像游行，但更像一匹驮马。

那时马福大叔就很凶恶地扑了过来，他听到男孩的尖叫，破口大骂直追向那帮小学生。后者必然四散而逃，没有哪个小学生敢和修车的较量。

"以后放学的时候你不要站在外面。"马福大叔说。

男孩根本搞不清什么时候放学，中午会放学一次，然后上学一次，下午又会放学一次，有些小学生放得比较早，有些放得比较晚。男孩呢，上午是聋子的奶奶带看着，下午待在自己家里，不可能一直待在家里，他总得出来走走，哪怕下雨天坐在门槛上看雨水从屋檐上淌下来呢。

最要命的是他经常发呆，伞柄伸到脖子下面的时候还没明白是怎么回事。

摄影师是管不了这种事情的，他得去光明照相馆上班，下班回家一切都已经发生过了。姐姐固然凶悍，但她是在师范附小上学，中午在学校吃饭，等她放学回来的时候只剩下男孩在哭。路迟迟没修好，有一天马福大叔急了，他躲在屠户家里，从斜刺里忽然冲了出来，用两只大手抓住了三个小孩和四把雨伞，一起送到长征小学去。马福大叔说，再敢欺负歪头，他就把路给封了，以后这帮孩子谁都别想从蔷薇街走。

于是，太平了。

马福大叔当然是个好人，男孩在念书之前几乎天天混在他的车摊上，你随便扫一眼就会发现他是个热心而又自卑的人，怕老婆，怕邻居，怕干部。他的修车摊一直摆在巷子西口，那里生意比较差，远不如东边，靠近解放路，有很多行人。内情是，解放路上一百米之外有另一个修车摊，那个摊主只过来说了一句"马福，滚"，马福大叔就搬到西边去了。他那么好欺负，男孩却一直觉得他是可以倚靠的对象，而他确实也没有辜负了男孩。

马福大叔后来还是死了，被他的房子压死的，这件事后面还会再说。男孩心痛极了，觉得那些对他好的人就像破墙上的泥灰，一个一个、接二连三地掉下来，有一天这破墙大概也会坍塌。这到底是怎么回事？

啜泣

男孩的姐姐是从什么时候开始偷东西的？大概是从那把私配的钥匙开始，她尝到了甜头。男孩觉得，有那么一阵子，姐姐简直是这条街上的魔星，毫无顾忌，左突右冲，一直到她的青年时代，此后就没那么灿烂了，但是一个中过邪的人谁知道她会不会复发呢？

这条街上从来没有小偷，虽不至于夜不闭户，起码可以做到白天敞开大门。男孩家里的房门钥匙，就放在门楣上的一个铁皮罐头里，街上谁都知道，也没有人闯进来。后来聋子被拐走了，大家才警惕起来。

一九八〇年的春天，男孩看到对门汪仙居家里的门框上多了一个小木箱，上面还装着一把挂锁，觉得很好奇，他走出去看，发现隔壁方屠户家也有这么个小木箱，和信箱并列在一起，也挂着锁。过了一会儿，江仙居走了出来，用一把小钥匙打开木箱，从中取出一瓶白色的液体。男孩问姐姐，那是什么东西。姐姐说那是牛奶，得去奶站订，每天清晨送奶工会把牛奶塞进铁箱里。

"你喝过吗？"

"没有。"

"我在上海表姑妈家里喝过。"

男孩知道牛奶，在看图识字的卡片上看到过，男孩还知道奶牛是什么样的，可就是没喝过牛奶。清晨的方大聪从屋子里蹿了出来，他站在门口，端着奶瓶，揭开纸盖，慢慢舔舔着盖子上凝结的奶糊，用四岁小孩的骄傲眼神看着男孩，说："牛奶真好喝。"姐姐说："来，给我喝一口。"方大聪扭屁股往里跑，说："杀掉你！"

仿佛是一夜之间，牛奶出现在了生活中，鸡蛋糕也有了，商店里甚至还有巧克力。相比之下牛奶更神秘，因为买不到，如果想喝就必须订半年，想要解个馋、过个瘾是绝对没可能的。男孩家里订不起牛奶。

某一天醒来，床头多了一瓶牛奶，与此同时听到汪仙居的老婆在大喊："我家的牛奶被人偷走了！"

奶箱是锁着的。姐姐私配过的那把钥匙发挥了作用，那个锁匠曾经告诉过她，这世界并不是一把钥匙对一把锁，其实一把钥匙可以开很多锁，关键是要不断地尝试。那天清晨姐姐早早地溜出家门，拿着钥匙，照着蔷薇街上的奶箱一通乱戳，最后打开的竟然就是汪仙居家的锁。

锁匠忘记告诉她另一件事：兔子不吃窝边草。

男孩终于吃到了纸盖上的奶糊，又喝了半瓶牛奶，那滋味很奇怪，既不甜也不咸，带着独特的腥味，柔软地滑进食道。这对从小只吃水果糖和咸萝卜条的孩子来说，多少显得异样。姐姐喝掉了剩下的半瓶，说："好喝。"然后把牛奶瓶藏在了床底下。中午姐姐就拉稀了，看来是牛奶害的。男孩没事，坐在床上听姐姐抱怨了一通。

尝过一次就可以了，但男孩爱上了牛奶，他再次提出要求。那时发大水了，整条街都被倒灌的河水淹没，星期天大清早，姐姐蹚水出门，到解放路上去买油条，那儿有一家东方点心店。她先趁着没人，用钥匙捅开了汪仙居家的奶箱，把奶瓶放在了篮子里，用一张报纸盖住，然后拐出蔷薇街。男孩和摄影师都在睡觉，这件事是她偷偷干的。等到男孩睡醒了，床头就会有一瓶牛奶。

姐姐到了东方点心店门口。大破鞋关文梨正在炸油条，这女人长得奇美无比，水蛇腰，桃花眼，小葱一样的手指，用来炸油条真是倚天剑当苍蝇拍使唤。附近的男人，好的赖的，都愿意到她跟前来排一排队，眼睛闪闪的，他们之中有些人甚至只穿了一条三角裤。

姐姐排了一会儿队，轮到她的时候，关文梨瞄了她一眼，认出她是光明照相馆顾大宏的女儿。关文梨喜欢拍照，破鞋都喜欢拍照，故此和摄影师混了个半熟。为了报答摄影师，关文梨特地给了姐姐比较粗的油条。那时姐姐已经十二岁，有点懂事了，至少知道破鞋是什么意思，她只对油条感兴趣，并不把关文梨放在眼里。油条到手，她拎起一根咬了一口，不幸咬到了一口碱，又辣又苦地吐了出来。

她把油条扔了回去，对关文梨说："碱。"

关文梨皱了皱眉头，尝了一口，带碱的那一段已经被姐姐咬掉了，油条味道不错。关文梨说："没碱。"

姐姐说："换换换。"

关文梨有点生气，觉得她太不识抬举，就把油条扔回了筐子里，用筷子夹了一根细油条放进了她的篮子里。姐姐说："这根太细了。"关文梨说："等你长大了再来要粗的吧。"这句话暗藏杀机，姐姐没听明白，后面的男人们已经哈哈大笑起来。

姐姐真的生气了，她真的生气了谁也挡不住。她对关文梨说："大破鞋。"后面的男人们惊了一下，须知，一九七九年以来，凡是敢当面骂破鞋的人都被关文梨挠花了脸。人们不由得插队到前面，打量这个深眼窝、鬈头发的女孩。与此同时,关文梨微笑着解开自己的围裙,说:"你是不是叫顾小妍啊?你爸爸是光明照相馆的顾大宏。"顾小妍一阵自豪,觉得自己也是名人了,便大声说:"是的!"其实她看到关文梨解围裙,就应该知道事情不妙,她这辈子总是陷于这种骄傲的错觉中。关文梨说:"各位,今天生意不做了。"一脚踢封了炉子,从油锅后面跑出来揪住顾小妍,说:"带我去找你爸爸。"

东方点心店的顾客们,以及揉面的师傅,烘大饼的阿姨,收账的大叔,全都面面相觑,眼瞅着关文梨揪住姐姐往蔷薇街走去。到了街口看到深达脚踝的水,姐姐穿着高筒套鞋,关文梨穿着皮鞋。姐姐还没来得及得意,大破鞋把她的皮鞋踢掉,拎在手里,赤脚奉陪到底。

几年以后姐姐才明白,关文梨纯粹是为了和摄影师搭讪才这么干的,破鞋果然诡计多端。

那天她被关文梨揪着,哭丧着脸走到家门口,忘记了篮子里还有一瓶牛奶。对门的汪仙居正等着她呢。汪仙居说:"小妍,你别赖了,这瓶牛奶我让送奶的人做了记号的,带我去找你爸爸。"

这件事让摄影师丢尽了脸面,最丢人的是他穿着汗衫短裤出来开门,他以为是姐姐买早点回家了,没想到门口站着关文梨。他跑回去穿裤子,心急慌忙地忘记了把拉链拉上,问关文梨什么事,关文梨说:"没什么事,过来看看你。这是你女儿吧?"摄影师点点头,看看姐姐,姐姐指了指他的小腹以下。摄影师又回过身去拉拉链。关文梨微笑着说:"我走了。"她撂下这对父女,穿过围观的人群,拎着皮鞋,赤脚走向解放路。她的双脚踩出轻盈的水花,像白鹤那样,简直快要飞起来。后面的汪仙居都看傻了。

轮到汪仙居来告状,他是这条街上最有文化的人,仅有的摘帽右派。当年批斗他的时候,男孩的爷爷、姑姑、外公、小姨都曾经站在他身后,拧过他的胳膊,抓过他的头发,逼其吃过街上的烂菜叶。顾家对于汪家有一种强烈的心理优势。时过境迁,汪某人现在已经是一介人民教师，但这并不妨碍他继续害怕顾家的一群煞星。

汪仙居说："牛奶的事情我就不计较了，可你是怎么打开奶箱的呢？"

男孩在一边说："她有钥匙。"

汪仙居使劲地把眼镜往鼻梁上推，说："你为了喝我们家的牛奶，所以配了我们家奶箱的钥匙？"

男孩说："她一直有这把钥匙，开我爸爸的木箱的，正好也可以开你的奶箱。"

姐姐说："算了，钥匙我也不要了，给你好了。"

汪仙居说："我还是去换把锁吧。"

摄影师抄着鸡毛掸子冲了出来。他从未用鸡毛掸子打过孩子，这样子看来只是给汪仙居消消气，但姐姐不想配合，她撒腿狂奔，很快追上了关文梨。摄影师追到关文梨身后，自然而然地停住了脚步，好像这个女人美丽的曲线之外有一道无形的屏障。她回头看了看他，他实在有点狼狈。她说："裤脚管全都湿了。"

这条街上的男人，在一九八〇年发大水的夏季，都是穿着短裤进进出出的，连最有文化的汪仙居都是这样，只有摄影师穿着长裤。姐姐心想，今天这条裤子算是出风头了。摄影师在那儿讪讪地挽裤脚管，关文梨替他拿着鸡毛掸子，等他把裤脚管一层一层挽得妥帖了，她又递上鸡毛掸子，这时姐姐早就跑到不知什么地方去了。摄影师茫然四顾，关文梨笑了一下，又温柔又嘲讽地，好像看见了一只四处乱跑假装凶恶的小狗。这种眼神是她卖油条时候从未有过的，甚至是摄影师，大半生对着人们的笑容，也不太见到这种样子。过了一会儿隔壁的方屠户出来看热闹，关文梨已经走远了，屠户勾着摄影师的肩膀说："你追她干什么？你不知道她是府前街最有名的破鞋吗？去年她轧姘头，她男人一拳打瞎了姘头的眼睛，进去坐牢了。她单位开除出来炸油条。"

这些摄影师可能都知道，也可能不知道。反正他哼哼哈哈了几声，意兴阑珊地握着鸡毛掸子回家了。到中午时姐姐回家看见他还在蒙头大睡。

这件事过去没多久，某一个黄昏，姐姐背着一杆枪出现在了街上。

那是一把气枪，轻易搞不到手。有些青年拿着气枪沿街打麻雀的，大部分也是私货，未经派出所登记。姐姐背着枪走进来，后面跟着一大群小孩，适逢摄影师和方屠户在家门口说话，都吓了一跳。屠户更是毛发耸立，眼睛里流露出异样的神色，他一句话没说，返身回家了。姐姐本来不想搭理这两个男人，看到这副样子倒奇怪了，问摄影师："老方怎么了？"

摄影师摇摇头，什么都没说。摄影师觉得她太像十几年前的小姨，李红霞，如果她再长大一点恐怕会更像。后来他才想起来问她，枪是从哪儿来的。她不说，用力掰开枪杆，押了一颗子弹，用力合上，照着墙上打出了一个弹坑。

满街都是在跳猴皮筋的女孩子，只有姐姐拥有一把气枪，满街的男孩子都发疯了，大的小的，不大不小的，都来到家门口，恭敬有礼地说："小妍，给我们看看气枪吧。"过去他们不是这样，他们站在很远的地方喊，歪头申公豹，外国女人顾大嫂。

男孩看到了气枪，在他的童年时代对任何武器类的玩具都没有兴趣，他只想要个洋娃娃，又说不出口。姐姐说："小出，看，枪。"男孩说："我摸过气枪的，太重了。"

这把枪就放在了饭桌上，摄影师去厨房做饭了。姐姐在做作业，但那些孩子们的叫声令她心烦，她拉开门，看见解放路上的孩子王，一个绰号叫作猫脸的男孩，后面是一群小喽啰。小妍不耐烦地说："猫脸，滚远点。"

猫脸的手插在裤兜里，用鞋尖踢着门槛，以一种猫咪般的声音说："给我看看气枪吧。"

"拿什么东西来换？"她冷冷地说。

猫脸说："以后再也不欺负歪头了，行不行？"

一瞬间男孩想起了猫脸一伙把他摁倒在地上、用脚踩着他的脖子、让他发出呜呜的嚎叫、或是用两块木板夹住他的脑袋、企图让他成为健康人、扒下他的衣服、拨弄他脖子下面那根鬼魂般的缆绳……种种一切，下手的人未必是猫脸，但现在都成了猫脸。男孩大叫一声，趴在床上哭了起来。

姐姐完全没有理会他的哭泣，她站在门口想了想，然后就把气枪交给了猫脸，并叮嘱："只给你玩一个钟头。"猫脸兴奋地点头，又接过半盒气枪子弹，尖叫一声跑掉了，一群小喽啰齐声发喊，跟在他身后狂奔。等他们都走了，她掩上房门，对男孩说："你哭个屁啊？"男孩说："我不哭了，以后猫脸不会来欺负我了。"姐姐说："你想得美，最多让你好过两个礼拜啦。"

十分钟以后，摄影师回到房间里，发现枪已经不见了，接着他就听见外面的路灯发出噗噗的爆炸声，是猫脸一伙在用枪打灯泡。摄影师越想越害怕，用不了多久，这条街上的路灯就会被全部打爆掉，他刚想出去阻拦，只见两个穿劳动布工作服的小青年快步冲过来，一把夺下了猫脸手里的气枪，一巴掌把猫脸扇到了烂泥坑里。五秒钟前还在欢呼的小喽啰们，忽然跑得没了踪影，猫脸倒在地上，既不哭也不动，好像是休克过去了。接着，这两个青年来到了摄影师眼前。

枪是他们的。

"我们是文化宫保卫科的，你女儿偷了我们的枪。"

文化宫就在解放路上，是姐姐放学回家的必经之地。这一天她穿过文化宫，看到一间屋子里没人，一杆气枪竖在墙边，她觉得好玩，就走进去把枪背了出来，顺便捞走了桌子上的半盒子弹。这个举动非常疯狂，因为她背枪回家的途中，至少有一百个人都看见了，包括她的仇家，东方点心店的关文梨。保卫科的人丢了枪，跑出来一问，所有人的手都指向了蔷薇街。

摄影师觉得自己该说点什么，还没说呢，肚子上挨了一枪托，弓下腰时还不忘抬头看看，眼神很哀怨，心想你们怎么跟红卫兵一个德性，"文革"不是结束了吗。那两个青年更生气，瞧你的样子，活该是被打的。举起枪托想照着摄影师的脸上再来一下，顾某人识相，立刻惨叫了一下，躺倒在地，顺便打了个滚。那俩青年不便进屋子打人，便扛着枪走掉了。

男孩吓傻了，头一回看见爸爸挨打，这种震撼简直无与伦比，男孩不能相信自己那个帅气伟岸的爸爸也会被人揍趴在地上。这时屠户闻声赶来，屠户目睹了一切但他并没有阻拦这两个青年离去。直到他们真的离去了，屠户才用脚尖踢了踢摄影师，说："你这辈子只要一挨打，就往地上躺。是不是？"摄影师闭着眼睛，牙关紧咬，身体蜷成一团。姐姐缩在饭桌后面，过了一会儿也走了过来，凑上来说："打昏过去了吗？"摄影师跳起来抓她，她尖叫一声，嗖地蹿出屋子，拽过那辆老掉牙的自行车，左脚踩着脚踏板，右脚猛蹬几下，早已蹿到远处去了。

摄影师喊道："你什么时候学会骑车的？"

远远地传来姐姐的声音："不用你教！"

摄影师曾经教会了妻子骑自行车。一九八〇年，他对姐姐说："你快念初中了，等个子再长高点，我教你学车，再给你买辆自行车。"这份舔犊之情夹杂着他对亡妻的怀念，此刻被女儿矫健的身姿击打得粉碎，再回头看看男孩，男孩歪着头，麻木的脸上忽然迸出皱巴巴的迟到的哭泣。他抽噎着说："别打我爸爸。"

多么无奈，多么缺乏真实感。

猫脸从泥坑里爬了起来，现在他看起来就像一块肮脏的拖把。他走到男孩家门口，抹了一把脸上的污泥，淡淡地说："你等死吧，歪头。"

男孩再次大哭起来。屠户摇头说:"小出,你都快上小学了,你以后怎么办?"

惊骇

靳家花园在解放路尽头的一条小马路上,那是戴城少见的法国式洋房,有一个大院子,前面是草坪,后面是树林。高达三米的围墙,上面纵横交错着生锈的铁丝网。男孩的爷爷,长风机械厂老钳工顾长根在这里看门。一九六八年武斗期间,他带着几个徒弟抓了些人,用铅丝缚住了关在审讯室里,不料半夜里这人运气挣断了铅丝,企图逃跑,顾长根的徒弟上去就给了他一锤子,当场红的白的都出来了,虽经包扎,仍因抢救无效而死亡。后来武斗结束,双方各自算账,杀人的徒弟判了无期徒刑,顾长根连带倒霉,吃了几年官司,放出来以后沦为看门人,守着这个靳家花园。人们说他一生的凶恶奸猾,都变成了门房里的终年炖在炉子上的一壶开水,嘀嘀咕咕,冒着一点灰溜溜的热气。

靳家花园已经荒废多年,按照它的规格,本来应该是个机关办公室,或者疗养院,至少也可以成为区级图书馆,但关于它的故事中,不但飘荡着孤零零的鬼魂,还有屠杀的血腥。它最后一任主人就是在后院跳井自杀的,此后多年,时不时会从井里爬出来,吓到某个深夜流连不去的傻瓜。到了一九六七年,武斗期间这里关押着很多俘虏,一边审,一边杀,一边埋。井里哀怨的鬼魂已经无足轻重了,他就算可以爬出来,也会被诸多暴怒的亡魂乱脚踹回去。这地方没人敢来,但它还是需要一个看门人。人们有时都糊涂,顾长根究竟是守着大门不让人进去呢,还是不让那些鬼魂跑出来乱嚷嚷。

对男孩来说,最大的好处是它收容了自己的爷爷,否则这个傲慢、顽固的老头子就得住到蔷薇街，和他们生活在一起。

男孩在念小学之前总算独自踏出了蔷薇街，现在他向靳家花园走去，这是他活动半径的极限。已经是夏天，情况有了点变化，一个古怪的流言，据说靳家花园里埋着财宝。那并非完全的空穴来风，根据报纸上的新闻人们知道，不久前翻修的定慧寺大殿里挖出了很多经书，很多奇珍异宝。如果定慧寺可以，那么这个神秘而可怕的靳家花园也可以。

男孩趿着鞋子走在滚烫的马路上，鞋子是一双中号的解放鞋，把鞋帮剪掉了一圈，变成拖鞋。这非常难受，它集合了解放鞋和拖鞋的缺陷，既不跟脚，又磨脚趾头。男孩夏天只有这么一双鞋，否则只能穿布鞋，他根本就不爱出门，但这一趟却必须去。

因为那个猫脸，他声称要在靳家花园挖到金银财宝，他根本进不去，就把男孩揪了过来。

"去把你爷爷引开，今天晚上我要去挖财宝。"

男孩心想，真蠢，怎么可能有财宝？他无力反抗也提不出什么建设性的意见，如果拒绝跑这一趟，他就会被猫脸整得很惨。男孩现在策略是，混过眼前就是胜利，只要今天不被人欺负，管它明天会发生什么。

沿着围墙往靳家花园的大门走去，墙内的大树落下厚重的阴影，这条路上白天也很安静，夏季明亮的午后使那种阴森感稍微淡了，男孩听见自己的鞋子在地上发出噗噗的声音。他有点紧张，倒不是因为鬼魂，而是他的爷爷顾长根，从未对他有过好脸色。

男孩走进靳家花园，发现顾长根在睡觉。他坐在一把破旧的藤椅里，微微地歪着头，发出沉重的鼾声。男孩走过去拍拍他的胳膊，他没有醒，继续打鼾。这把藤椅平时都在门房里，这会儿像宝座一样放在院子的正中央，面对着大门，背后是一排乱七八糟的灌木，灌木后面是两棵银杏树。得绕过这个花圃，从侧面进去才能看见洋房。男孩不记得自己去过那里，每次到靳家花园来，他和姐姐都只能在门房周围走一圈，顾长根不给他们进去。

男孩看到一杆长枪斜靠在树边。它太长了，放在屋子里几乎可以戳到天花板，铁灰色的枪头，上面还焊着四个倒钩。这是门房顾长根最擅长使用的武器，在一九八〇年的夏天，令各路盗贼闻风丧胆的丈八钩镰枪。

那个关于财宝的谣言越传越邪乎，有人声称自己在花圃里挖到了一坛银元。猫脸说，你们知道银元值多少钱吗，每一枚，都顶得上你们爹妈一个月的工资。那时猫脸也来过靳家花园，他当然算不上什么角色，只是个看热闹的小学生，混在真正的社会青年、二流子、不良少年之中，企图进入园子。他们没把顾长根放在眼里，不过他们很快发现，这老头子并不好对付，那把钩镰枪是他特制的，既可以把人从墙上钩下去，也可以从门口捅出去。他弄伤了很多人，整夜不睡扛着大枪在花园里巡逻，有一次他赤手空拳制伏了一个翻墙进来的高中生，把人胳膊弄脱臼了。

猫脸也害怕这老头。那是不久前，顾长根回到蔷薇街，适逢猫脸在捉弄男孩，边上围了一群孩子起哄，顾长根走过去把猫脸拎起来，扔了出去。男孩仅有的一次干净利落的胜利。顾长根弯下腰，对男孩说："无能。"男孩无所谓地说："我打不过他们，猫脸都十一岁了，我才七岁。而且他们人多。"顾长根说："你跟你爸爸一样。"男孩心想，我爸爸，那还有什么可说的，他看到别人揍我，只会皱眉头，但是像你这样把猫脸扔出去，下回你不在了我更倒霉。

男孩再次推了推顾长根，他还在睡，鼾声转了个弯又响了起来。男孩看见他的嘴角挂着白沫，可能是太累了。男孩想起了猫脸的命令，晚上把你爷爷引开。他说："爷爷，爸爸叫你去吃晚饭。"顾长根还是没醒。男孩不敢再说话了，他绕过藤椅向里面走去。

高大的银杏树在头顶发出低吟，没有蝉声，夏季太茂密的荒草里有一种奇怪的焦味，好像是那些草的内部被太阳烤干了。男孩看到那栋高大宽阔的外国建筑，有两层楼，圆弧形的台阶正对面是一个干涸的水池，里面有一些树叶。大门敞开着，他走上台阶，这根本就是个空房子，里面一无所有，很多玻璃窗都碎了，地上有一些脚印，看来是那些闯入者留下的。男孩走进去，一股热气腾腾的灰尘味钻进了鼻孔，像是在某个巨大兽类的口腔里，明晃晃的正午，他的眼睛盲了半拍，慢慢地恢复过来，看到墙上的陈年标语，不知道写着什么字。地上铺着深色与浅色的棋盘格地砖，一条弧形的楼梯旋转着升向二楼，到处都是灰，以及撕碎的纸屑。这是他从来没有见过的房子，高大，阴沉，骸骨般呼啦一下兜头而来。

你是想找到财宝呢，还是想找到亡魂呢？

男孩吓呆了，慢慢地退了出来。过后很多年，他不明白自己的爷爷为什么要守着这么个鬼地方，不让人进去。这房子按林雪凤的说法，最好是很多男人在里面脱光了衣服撒尿，才能解除一点阴气。

男孩回到自己的爷爷身边，他还靠在藤椅里，头歪得更低了。男孩忽然发现，刚才在他绕过藤椅的时候，顾长根的鼾声就停止了，否则他不可能那么清晰地听到银杏树的沙沙声。这真是奇怪。他抬头看了看顾长根的脸，有一些血管正在变成紫色，逐渐浮现在皮肤的表面。

这时有人走进了园子，两个穿衬衫的青年，都戴着墨镜，留着小胡子。他们停下脚步，说："老头。"过了一会儿又喊："老头。"男孩说："我爷爷睡着了。"这两个人犹豫了一下，走过来，弯下腰看了看，然后一起竖起了身子，倒吸了一口冷气。其中一个人说："真倒霉，赶紧走。"男孩说："你们是谁？这儿不许别人随便进来的。"那个人说："你最好赶紧去找你爸爸，你爷爷死了。"

男孩站在园子里，呆呆地继续听着银杏树的声音。直到后来他才知道，顾长根脑子里的血管破了，大面积的脑溢血，就像无数螽贼蜂拥而入占领了他的园子。男孩长大以后回忆这段往事，很多细节都记不清了，但树木发出的声音，又像歌唱，又像哗然，一直留在了耳蜗深处。

那以后男孩远离了靳家花园，新的看门人是一个稀松平常的乡下老头，他挡不住汹汹而来的宝藏探险家们，甚至对前来晾被子的妇女都束手无策。这园子被人们恶狠狠地犁了一遍，财宝没发现，很多人都被碎玻璃扎破了脚。那是顾长根生前设下的埋伏，他把敲碎的玻璃瓶撒在了花圃里。直至一九八四年，靳家花园忽然成为了商业局的俱乐部，一楼化身为茶室，二楼是舞厅。房子重新修葺，又找了一个花匠来打理园子，花匠同样着了道，送到医院把脚缝得像粽子一样。没有人知道顾长根到底埋了多少玻璃渣子。

男孩觉得这个世界充满了遗迹，你走过的每一条街道，住过的每一栋房子，都可能有很多人留下过他们的身影，时间中的事物是死去又复活的东西，在有生之年，周而复始，重叠交错。人的一生往往比这些事物活得更长久，但人无法复活，只能徒然地走向衰亡。

几年以后，男孩还看见过那杆枪。它被一个身披刺青的流氓握在手里，参与了一次相当残酷的街头斗殴，它虽然不是很精美，但具有足够的杀伤力，那些望风披靡的人甚至还被铁钩钩了回来。后来更多的人涌来，刺青流氓把枪舞得密不透风，陶醉在冷兵器的快感中。那杆大枪威风八面，发出阵阵啸叫，似乎完全忘记了，在那个夏天曾经和男孩一起目睹了主人的死去。

失望

男孩的姐姐在著名的师范附小念书，这里的老师都是正规师范学院毕业，教育质量高，对学生也温和。所有孩子的梦想，师范附小，机关小学，实验小学。所有的孩子都不想去那种破破烂烂的野鸡小学，被一群黑脸老师管教着，拎耳朵打手板罚站罚跪罚倒立。等到小学毕业之后就有一所同样破烂的中学等着你，运气不好的甚至被送到工读学校去。

现在这个男孩必须上小学了，虽然没上过预备班，但他对学校也并非一无所知，他曾经去师范附小看过姐姐上课（这让姐姐很不乐意），明白很多规矩，比如上课得把手背在后面，发言之前要举手征得老师的同意，学习成绩优秀的孩子才有机会加入少先队，在早晨升国旗的时候他们可以高举右手行少先队礼，而其他没有红领巾的孩子只能把手放在裤腿缝上。

师范附小不远，穿过文化宫就是，有一次男孩独自来到这里，操场上静悄悄的，教室里正在上课，传来阵阵朗读声，午后的阳光照着柔软的沙坑，他走过去抓了一把，很细很细的沙子从指缝间无声地流下，它们是浅灰色的，像肌肤一样有着温度。男孩在沙坑里跳了几下，觉得莫名的愉快，仿佛一条鱼接触到了水，接着他躺在了沙坑里，看着满眼的蓝天和微微的云丝，这真是一个惬意的日子。他从沙坑里跳起来，跑到操场司令台上，对着高悬于蓝天下的国旗敬了一个标准的少先队队礼。接着，他参观了学校的教室，虽然看过了好几次但总是看不厌，它们是一排排高大的红砖瓦房，砌得十分讲究，看上去有年头了。教室前面的花坛里有茶花盛开着，他想去摘一朵，这时走过一个青年女教师，她看出男孩是一个学龄前的儿童——他穿着脏兮兮的汗背心，趿着一双剪去了鞋帮的解放鞋，她蹲下身子，温和地对他说："不要破坏公物啊。"又把食指竖在她丰润的嘴唇前，轻轻地"嘘"了一声，示意他要安静地玩。男孩被这柔情打动，一时失禁，有几滴尿悄悄地喷了出来。

她走了。男孩呆立了一会儿，撅尿的痛苦使他暂时丧失了思考的能力，等到他回过神来，跑到教学楼边上的厕所里，站在小便池前痛痛快快地尿了一场。这儿比蔷薇街上的公共厕所干净了一百倍，透过水泥格子的窗洞，看到一只鸟在树杈上无聊地扑棱着翅膀。

他听到了歌声，是那首"我们的祖国是花园"，循声而去，找到了音乐教室。这时他们在唱，娃哈哈，娃哈哈，每个人脸上都笑开颜。男孩躲在柱子后面探出头去张望，有一个女老师正在教室里弹奏着风琴，学生们跟着她歌唱。男孩热爱音乐，他有一副不错的嗓子，但这件事并不能成为他的骄傲，而是无穷的自卑，人们在表扬他的歌声的同时总不会忘记添一句：可惜长歪了。

在师范附小的下午，男孩跟随着音乐课痛快地唱了二十分钟，学会了著名的儿童歌曲"娃哈哈"。直到下课铃响，各个教室里的学生蜂拥而出，他意识到自己可能会撞上姐姐，她曾经恶狠狠地警告他："不许到我们学校来！"他便趿着解放鞋快速地溜走了。

这段幸福的记忆藏在了男孩的心里，一九八〇年的夏天，男孩去师范附小报名，他盼着这一天的到来，就像他后来盼着尽快离开学校这个鬼地方。

摄影师骑着自行车，带他来到师范附小。他以为是去上学，摄影师说："我们是去考试，考试通过了才能进去，小妍也是考进去的。"男孩问："考什么呢？"摄影师说："识字，算术，唱歌跳舞。反正师范附小很严格的。"

暑假的学校安静而温和，撤空了的教舍像是被遗弃的巨大玩具，草长高了，有几个刈草的女人正在走廊下忙碌，将割下草堆放在一边，散发出淡淡的草香。一只蚂蚱从那儿跳了出来。它本该向着更深的草丛隐匿而去，却极为愚蠢地来到了水泥地坪上。

接待他们的是一位中年女教师，男孩叫她马老师。她非常温和却又十分固执，坚决不让男孩报名入学，其不容置疑的口吻让摄影师手足无措，同时她也捧起了男孩的脸，怪同情地看着他，柔声说："顾小妍是我们学校很优秀的孩子，但是这个……太可惜了。"

是的，赫赫有名的师范附小，这里的孩子都是祖国的花朵，他们经常被组织起来给领导做汇报演出，经常有一些头头脑脑的人物来参观，甚至是外宾。把这个歪头放在一堆祖国的花朵中，怎么看都像是被掐坏了花萼的，给祖国添了很多麻烦。

男孩急切地说："马老师我会唱娃哈哈，我们的祖国像花园，我唱给你听。"马老师像被他的脸烫了一下，赶紧缩回了手。没等她拒绝，他已然不知羞耻地唱了起来。一条大河波浪宽，我们的祖国像花园，九九那个艳阳天，浏阳河弯过了几道弯。马老师出神地听着。一个胖胖的女老师从外面走了进来，特地问："唱得真不错，谁在唱？"特地走进来看了看，顿时又欣赏又惋惜，又着腰对摄影师说："你该带他去治治脖子，挺好的孩子被你耽误了。"

穿过走廊，他看到操场上有几个孩子在训练着升旗，他们戴着红领巾，把鲜红的国旗展开、升起、降下，如此反复。在静默中，一名老师指点着他们的节奏，动作热烈，却听不到他说些什么。男孩神思恍惚，妄想着自己飞到司令台前，操场上人潮涌动，像一个无边的广场，他升旗，他歌唱，他敬礼。摄影师把他揪到马老师面前，让他鞠躬，说再见。男孩神志不清地弯腰说："马老师再见。"马老师看到他撇着脑袋鞠向旁边的热水瓶就乐了。

噢，这孩子唱得不错，可他该怎么谢幕呢？

看来只能回家了。

路上，摄影师说："小出，我们可以去长征小学报名。"男孩问他，长征小学有没有音乐老师。摄影师说："哪个小学都有音乐老师。"男孩又问他，长征小学有没有国旗。摄影师有点不耐烦地说："都有。"男孩说什么时候去长征小学考试呢？摄影师说："那是地段小学，不用考。"男孩思量了一下，说："那我们就去长征小学吧。"

长征小学就在蔷薇街西边，男孩忘记了，曾经欺负他的那帮孩子都是长征小学的，连猫脸都是。

转眼到了九月，那个早上男孩挥别了摄影师，并牢牢地记住了姐姐的话:学校里要是有人欺负你,千万别找老师,长征小学的老师不管这种事,告诉老师你就惨了。就在教室门口,一个形销骨立的女老师对着他尖叫起来:

"天哪,这个学生穿的是什么裤子!"

他穿着姐姐穿不下的花裤子,女款,尿洞开在旁边,挽起了三层裤腿,拖曳飘渺宛如裙裤。

女老师摇晃着男孩的肩膀,好像他是一团脏衣服,而他的背后有一块无形的搓衣板。"为什么要穿这样的裤子来上学!"

"我什么都不知道!"男孩尖叫起来。

"穿这样的裤子怎么小便?"她继续吼。

"蹲着尿!"

她是班主任,她也姓马,不过和师范附小的马老师相比犹如——男孩实在不知道该怎么比喻,反正那个马老师是个女人,这个同样是女性的马老师却是个男人。

她按着男孩的后脖子,也许她早就知道他是个斜颈,也许她阅人无数,对于这种身体上的缺陷早已视若无睹,总之,她那只粗糙的大手把他按图钉似的按在了座位上。教室里很安静,四五十个人呆坐着鸦雀无声,有好几位的脸上泪痕未干,看来都已经被马老师收拾过了。过了好一会儿,同桌的女生忽然大哭起来,说:"老师我不要和这个妖怪坐在一起,他的头是歪的!"

马老师不耐烦地说:"闭嘴,要哭就站到后面去哭。"

同桌的女生被马老师的气势镇住,激灵了一下,立刻收声,没刹住,又激灵了一下。男孩低声说:"我叫顾小山,我是歪头但我不是妖怪。"女生说:"我叫罗佳……"没说完,一个粉笔头从马老师手中飞出,精准地弹在她额头。

"不许交头接耳。"

这叫杀鸡给猴看,一般来说,老师们都会挑一只很像样的鸡。男孩仔细打量了罗佳，她长得挺好看的，男孩活了七年半，还没怎么和同龄的女孩打过交道，但好看难看还是分得清的。他正看着，忽然脑门上托的一下，被第二粒粉笔头直线射中，小小的白色固体像弹头一样掉在桌子上。

"不许左顾右盼。"

名不虚传。初次见识到长征小学的厉害，男孩羞惭地哆嗦了一下，马老师捏起第三个粉笔头，掐在手指之间仿佛暗器，目光横扫底下一大片，颧骨高耸的脸上忽然露出了武侠小说中的绝世高手才会有的寂寞和孤傲之色。

下课了，好多人过来鉴赏了男孩的歪头，然后很肯定地告诉罗佳："他是妖怪。"也有为他打抱不平的，说："歪头不是妖怪，我叔叔就是个歪头。"罗佳问他："你什么时候变成歪头的？"男孩说我从小就这样，她很莫名其妙地顾影自怜道："我从小就很白。"

你白关我屁事啊，男孩心想。

他有点心烦，独自走出教室透透气。这里的风景让他心惊肉跳，操场四周长满了荒草，荒草上点缀着揉成面筋状的纸团，厕所臭不可闻，密密麻麻爬满了白色的蛆，沙坑里的黄沙粗粝而潮湿，泛着锐利的金属光芒，他走过去用脚捣了一下，捣出两块玻璃渣子，这与师范附小不可同日而语。最可悲的是国旗，旗杆已经生锈了，而且比师范附小的矮了不止一截，在同样的国歌中，它必须很慢很慢地升起，才能在"前进进"的一刹那准时到达顶部。黑黑的旗杆，矮矮的国旗，看上去有点像蔷薇街上晾晒的什么衣物。

在操场上，他看见了一个拄着拐棍的瘸子，一个癞痢头，一个罗圈腿，在厕所里他看见了一个弱智，在走廊里他看见了一个白化病的女孩，他们全都是长征小学的学生。男孩有点明白了，师范附小并不是为他准备的，真正适合他的是长征小学。师范附小云集着鲜花般的孩子们，而长征小学，邋遢，破败，从头到尾无可奈何，它或许是世界上最悲伤的小学。

认命吧。长征小学才是属于他的地方，不，应该说，是他属于长征小学。

上课铃声响起，瘸子、瘌痢头、罗圈腿、弱智和白化病们以及其他邋里邋遢的孩子一起奔跑着回到教室，就像马福大叔讲的西游记，嗖的一下把人都吸走了，留下一个空荡荡的校园。男孩环顾四周，浑身颤抖，考虑着是不是应该从大门那儿逃出去，回到他的蔷薇街上，继续做一个无所事事满街游荡的孩子，但那扇冷气森森的铁门令他感到无能为力，连逃跑的勇气都丧失了。一分钟后，一个戴着红臂章的老师把他揪回了教室，确定无疑地将他按在了座位上。他发现课桌的正中部分画了一条白线，偷偷问罗佳："这是谁画的？"

"我。"罗佳双手背在身后，目不转睛地盯着黑板说，"你不可以过这条线。"

"因为我是妖怪？"

"人人都有这条线的，因为你是男生啦。"

男孩羞惭地低下了头，罗佳，美丽的女同桌，就在相识的第一天，她心目中的歪头已经从妖怪升格为男生。看来长征小学也并非全无可取之处，为此他不由得又要喷尿。

哗笑

长征小学是个奇怪的地方，老师管学生管得非常严格，可是某些时候，又近似于放任自流。比如男孩穿了花裤子，那是要受到严厉惩罚的，而男孩被人欺负的时候却没有任何老师愿意出来管一管。男孩的姐姐说过，长征小学嘛，记得千万别去告状，老师不管的。男孩起初是记得这句话的，后来实在受不过去了，跑到办公室去哭诉，马老师以及其他老师连看都没看他，只说了一句："现在的学生真是缺乏管教。"男孩觉得自己撞上了大头鬼，后来发现，老师们对付那些捣蛋鬼的方法很简单：留级、处分、开除。老师们不需要谁来告状，不需要谁来告诉他们何人捣蛋何人听话，他们只按自己的方式行事，这对男孩来说可谓天威难测。最令男孩伤心的是，该校连音乐老师都不是善茬，他是个五十来岁的老鳏夫，喜欢用火筷子打学生屁股。他住在学校，自己点煤炉开伙，每天早上熏得操场上一片焦味。火筷子是他烧饭必备的家什。

这里充斥着大量的留级生，各班坐在最后三排的全都是，大部分蔫头巴脑，好像加了刑期的囚徒，也有十分不好管教的，在学校里称王称霸，老师也拿他们没办法。只要不怕挨打的，都能成为学校里的滚刀肉，而留级生一般都已经在自己家里经历了血与火的洗礼，马老师那点伎俩对他们来说简直不算什么。

那个叫康健的男孩是长征小学五年级的留级生，当时的小学实行五年制，他快要毕业了，终于，可以升初中或者毕业回家，反正不用再忍受留级之苦。他在这所学校里已经待到了第七个年头。

他是长征小学的孩子王，金字招牌，臭名昭著，即使是形销骨立的马老师也不禁畏惧他三分。他有两个更为霸道的哥哥，一个在坐牢，另一个在工读学校。

瘸腿的孩子被他绑了一根木头在腿上，于是不瘸了；癞痢头孩子被他抹了一脑袋的花露水，说花露水治这个病；弱智每天被他和他的同伙戳几十个爆栗，这样傻子才能变聪明；白化病的孩子被他用墨汁涂了黑色的头发和眉毛，看起来又像个正常人了。某一天他在操场上看到了男孩，后面还有七八个同伙，像是一群捕蝶爱好者终于找到了新品种，很快把他擒住。这个好玩，这个歪头新来的。

男孩在他们动手之前就大哭起来。康健饶有兴趣地端详着他。长征小学的土霸王长着一张扁脸，既不凶恶，也不英俊，褐黄的头发，有点营养不良的样子。假如他不是这么厉害，也许会被人叫作"黄毛"之类的，街头巷尾所有头发褐黄的孩子都有一个这样的绰号。但在长征小学没人敢给他起绰号。他有一个很明显的特征，在下巴偏左的位置上长了一块枣红色的胎记，如此明显，大概也让他得意，以至于他经常用右手端着下巴，微微地掩住胎记，又从指缝里露出一些，仿佛那是一颗獠牙，既需要隐藏，也应该时不时地拿出来炫耀一下。这胎记差不多是所有人的噩梦，先是远远地看到一张平淡无奇的脸，随后是枣红色的一道光刺穿你的视网膜，这时他已经近在眼前了。

猫脸也来了。在蔷薇街上，男孩是猫脸欺负的对象，也是猫脸的跟班。男孩喊道，猫脸救救我。猫脸谄媚地跟在康健身后，说："小心啊，这个歪头急了会咬人的。"

男孩的秘密武器是咬人，不过这仅限于对付方屠户之流，把他逗急了一口咬过去，对方假装害怕哇哇大叫。男孩不是傻子，知道这只是闹着玩，用来对付好人的，让善良的人觉得有点不好意思，其他都不管用。康健来了兴趣，也逗他，小歪头，来，咬我一口试试看。男孩紧闭牙关，知道这一口要是咬出去，大概满嘴的牙齿都会被敲下来。康健夹住他的脖子，来，咬，他妈的你咬不咬。男孩张大了嘴，泪水四溅，绝不上当。最后，康健无趣地扔下了他，给了猫脸一个巴掌，说："一点也不好玩，他根本不咬人。"猫脸说："下次等他咬人的时候我再叫你来。"康健又给了他一个巴掌。

现在男孩明白了，猫脸是康健的跟班，他也是五年级但他只留过一级，无法与康健比肩而立。男孩一直以为猫脸独霸长征小学呢。

这是噩梦的开始，他才读一年级，每天都会受到上面四个年级的孩子欺负，同班同学根本都来不及欺负他，排不上队。男孩一度以为自己也能像面对猫脸一样，先是被康健践踏一下，然后成为他的跟班。这差不多是他童年时代的生存手段，但他失算了，康健不需要歪头，做他的跟班只能是丢他的脸，男孩只需站在那里被他欺负就够了，从歪头的呻吟中得到的快感大大地高于他谄媚的眼神，这不能不说是男孩人生的大败局。要是这世界与康健的观念一致，连投降的权利都被剥夺，那还不如早点死了算了——可悲，很多时候它正是如此。

九月末，长征小学召开了一次文艺汇演，以庆祝建国三十一周年。在马老师的带领下，这个班级的学生拎着自己的凳子去大会堂看演出，罗佳走在男孩身边，对一年级的孩子来说凳子很重，他看到她有点吃力，主动要求帮她拎凳子，但被她拒绝了。

"管好你自己别被人夹了脖子吧。"罗佳说。

她笑了一下。男孩心里一震，像黑色沼泽里冒出来的气泡。她太好看了，穿着绿色的裙子，脚下是一双黑色的搭扣小皮鞋。男孩没有皮鞋，不久之前他刚刚永久性地脱下了那双解放拖鞋，换上了布鞋。然而那条花裤子，这一天仍然出现在了他的身上，门襟开在旁边，束着一根灰沉沉的裤带。

这时他看到了康健。这个霸王站在五年级的队伍末尾，两手空空，而他身前的一个男孩愁眉苦脸地拎着两个凳子。二列纵队中只有他这尾巴是孤零零的，没有同桌，谁都不敢做他的同桌，他只能一个人了。男孩愣愣地看着，康健敏感地觉察到了，忽然转过头来对他说："歪头，不许看我。"还没等男孩收回目光，康健从地上捡起一个破篮子，套在了他的头上。

"不许摘下来。"

他的话就是命令，男孩无助地看了一眼罗佳，她已经笑得弯下了腰。是啊，为什么要看她呢？难道他需要等她的另一道命令才敢把篮子摘下来吗？即使她用笑声来表达出嘲讽，或者是愤怒地为他打抱不平，他是否就真的敢摘下这个篮子？

一直到他走进大礼堂。灰扑扑的大礼堂像是一个车间，四周人头攒动，喧闹无比，他坐定，透过竹篮的缝隙，看到的场面倒也别开生面，不料被台上的校长发现了，指着男孩大喊："第三排那个同学为什么戴着竹篮子？"马老师扭头，一张瘦脸瞬时扭曲成了麻花，她一把捋走了篮子，顺便把男孩的耳朵也拧成了麻花。

"为什么要作怪？"她说，"叫你作怪！叫你作怪！叫你作怪！"他的耳朵已经从麻花变成收音机的旋钮，从他嘴里发出的叫喊随之提高了分贝。她一松手，男孩简直怀疑自己会像上了发条的铁皮玩具一样直奔出去。

罗佳说："马老师，是康健套在他头上的。"

马老师说："你闭嘴！"

男孩眼泪汪汪地坐着，赢得了校长的片刻关注。他是一个秃头黄牙的中年人，看上去有点像修自行车的马福大叔，不过他很严肃。他们对视了一会儿，校长逐渐地歪过头来看着他，后来校长忽然明白过来了，扳正了脑袋，对着麦克风说："第三排那个同学你为什么歪着头？"

男孩还没想好该怎么解释，有人替他回答了："他是天生的歪头，哈哈哈哈。"

很多人一起笑。罗佳没笑，倒不是她同情男孩，而是被马老师训得不高兴了，但男孩还是从中得到了些许安慰。她没笑，只有她没笑，管她为什么不笑呢反正她没笑，这就够了。

校长讲话，大队辅导员发言，脸上涂得像猴屁股的报幕员宣布演出开始，一些人在风琴的伴奏下唱歌，一些人在风琴的伴奏下跳舞，一些人在风琴的伴奏下朗诵，弹风琴的鳏夫音乐老师手脚并用满头大汗，好几个地方弹走音了也无所谓。每一个节目的开始和结束都需要孩子们鼓掌，男孩卖力地拍手，并未获得马老师的表扬。所有人都在比着谁更卖力，在这种情况下，即使最卖力的人也不可能得到表扬。

马老师用眼角的余光瞥他们，既警惕又带着一丝满足显然并不想把同样的快感赐予他们。

男孩不得不承认，有那么一阵子，马老师就是他的神，他可以随时向她下跪，只要她愿意；而康健是他的魔，他同样可以跪下，哪怕康健不愿意。

那是一次非常糟糕的文艺表演，台上台下都乱哄哄的，轮到五年级表演大合唱的时候，霸王康健一脚把猫脸踹出了队伍，台下哈哈大笑，猫脸也哈哈大笑，他站回去，再次被踹出来。这个节目赢得了最多的笑声，连马老师都笑了。

男孩心想你们真难过啊，如此需要笑声，好像没有笑声就会让你们立即死去。

表演结束后，校长又上了台，他说，国庆节以后会有领导到长征小学来参观，这大概是长征小学二百年以来首次有领导莅临，因此校长也显得很激动。他提出了一项要求，男同学必须穿白衬衫蓝裤子来上学，女同学穿各色裙子，否则就不给进校门。同时他又拿男孩做典型，说："第三排那个歪头的男同学，叫你妈妈给你把花裤子换下来。不成体统！"

再次大笑。

男孩终于离开了礼堂，由于被校长连续地点名批评，他能感觉到马老师的目光扎在身后，所谓芒刺在背。到了教室里，马老师让他走到讲台边："把你的裤子脱下来。"男孩歪着脑袋哭丧着脸，马老师用教鞭戳了戳他的腚沟，男孩一时发昏，手指捏住裤带一抽，这条过于宽大本来属于姐姐的花裤子顿时掉在了脚背上。

"全部脱掉。"马老师连他的脚背都不放过。男孩向前跨步，走出了他的裤子。他想哭但哭不出来，全班的孩子都在笑，这次连罗佳都笑了。男孩顺手把裤带挂在了自己的脖子上。

"你就光着回家吧，"马老师说，"告诉你爸爸，给你换条蓝色的裤子。"

那天放学男孩光着两条细腿，在众目睽睽之下，排队走出长征小学。花裤子像罪证一样捏在手里。队伍向蔷薇街方向走去，同学一个接一个地离开，男孩发现罗佳在自己身后，过去她一直在另一列队伍里，向另一个方向走。

"你和我一起走吗？"他问。

"我要去解放路，我妈妈住医院了。"

"我就住在蔷薇街，你去解放路会经过我家。"

"你真的想这样回家？"罗佳看了看他的光腿。

"马老师让我这样回家。"

"马老师已经看不见你了，你可以把裤子穿上。"

"我觉得这样挺好的，我想要一条蓝裤子。"男孩愤怒地说，"我再也不要穿我姐姐的裤子了。"

罗佳抓抓头皮说："我真搞不懂你，你怪透了。"

狂暴

白衬衫和蓝裤子意味着什么？仅仅是秩序吗？也不尽然。那是一种稍嫌奢侈的格调，像风琴上的键盘，可以弹奏出美妙的音乐，既艺术又娱乐。花裤子在这里连杂音都算不上，只能是琴键上的一滴鼻屎。男孩回家一说，摄影师觉得不可思议，只有师范附小才会提出这种要求，这对一个师范附小的学生来说并不为过，但是，长征小学算什么东西？男孩大声说："领导要来参观！"

"领导怎么会来你们学校？"姐姐疑惑地问。

"我不知道，"男孩光着腿往床上一躺，"要是没有白衬衫蓝裤子，校长就不给我上学。反正我也不想上学了，随便你们。"

"咖啡色的裤子不行吗？"摄影师说。

"蓝裤子！"

结果是在光明照相馆里找到了一套衣服，发黄的白衬衫，沾着灰尘的蓝裤子。它们是道具，给同样需要这种格调的孩子，摄影师甚至还带回来一条红领巾。男孩觉得衣服的成色都不对，这就没办法了，光明照相馆拍的都是黑白照片，原则上就是一条紫色的裤子也可以冒充蓝裤子。男孩问："这套衣服归我了吗？"摄影师说："先应付过去，这是要还给照相馆的。"男孩沮丧极了，穿上这套衣服的时候闻到一股陈年的酸臭味，来自几年前甚至是几十年前的孩子身上，经过时间发酵的气味。衬衫偏大，裤子偏小，只能凑合了，它毕竟是戏装。姐姐替他把衬衫的下摆束到裤子里，看上去还挺不错，有点像年画上的新中国儿童。

在男孩的童年时代，穿的都是姐姐的旧衣服，女款，偏大，这种衣服穿久了会产生性别错乱，其迹象是：翘着兰花指拿东西，并拢双腿坐在门槛上，吃东西时闭着嘴巴咀嚼。如果不是那位秃头黄牙的校长，他会朝此一路发展下去，最后成为一个异装癖也未可知。

男孩宣布：以后再也不穿花裤子了，给我去做新衣服。

国庆节之后的第一天，他穿着照相馆的戏服，洋洋得意地去往学校，不料被值日生拦住了，说他没穿白球鞋。男孩想了半天，不记得有白球鞋这件事，但已然被拦在学校外面。回家的路上，他看到康健孤零零地站在一个冰棍摊旁边，霸王身上既没有白衬衫也没有蓝裤子，更别提白球鞋了。他发现了男孩，似乎想扑过来，但手上的硬币已经递给了卖冰棍的小贩，男孩趁这个机会一溜烟地跑了。

回到蔷薇街，男孩在马福大叔的修车摊上玩了一上午，混了几口饭，下午又回到学校。领导已经走了，这样他又坐在了教室里，尽管没有白球鞋，但白衬衫蓝裤子还是让他自豪了一小下，连罗佳都夸他："你今天看起来干净多了。"

"可我还没有白球鞋。"

他打量罗佳。天哪，她穿着一条红色的背带裙子，脚上是搭扣黑皮鞋，脑袋上还有个蝴蝶结。这些衣服很香，可能是樟脑丸的味道，遮掩了男孩身上的酸臭味。男孩听她讲了整个上午发生的事情，领导来参观，敲鼓队绕着操场走了一圈又一圈，穿天蓝色裙子的三道杠大队长升旗，奏国歌，献上一束塑料花。整齐划一的男生和花枝招展的女生跟随着大队辅导员的口令一会儿奔向这边，一会儿奔向那边，热闹极了。罗佳说："他们说，我以后也会做大队长的。"男孩表示同意，所有的大队长都应该是一个洋娃娃似的女孩，由她来升旗，由她来敬礼。这样的女孩在长征小学可谓凤毛麟角。罗佳说："我会成为大队长的。"男孩又想，不对吧，大队长还得是学习成绩优秀，每年都是三好学生，就连他姐姐这么出挑的，也只混到了一个中队长而已。这很难。罗佳推了推他，想听到他再次肯定的答复，讲台上的马老师一个粉笔头直射她的额头，咚的一声击中，弹到了男孩的课本上。

"不许说话。"马老师恶狠狠地说，"把你的蝴蝶结摘下来，它挡住后面同学的视线了。"

男孩此后不能再回归旧衣服花裤子了，他必须和罗佳相匹配。白衬衫蓝裤子白球鞋，这是他所能想到的极限，当然忘记了秋天过去就是冬天，还得有灯芯绒棉袄和空军皮帽什么的，这些行头要全套置齐了，摄影师就得破产。男孩只是闹着要白球鞋，而且拒绝归还那套戏装。

摄影师已经不想理他了，觉得他得寸进尺，想把自己打扮成小开。解放鞋又结实又耐脏，白球鞋既昂贵也很难买到，在一九八〇年的戴城，它就像某种进口的奢侈品，即使穿在男孩脚上，用不了多久大概也会被人抢走吧。这件事姐姐一直没说什么，有一天早晨男孩起床，发现床脚边多了双白球鞋，有一点点泛黄，还沾着早晨的露水，而且，它没有鞋带。

这是姐姐从某一户人家的窗台上偷来的，她轻描淡写地说："人家忘记收回去了，晾了一晚上，稍微晒晒就能穿了。鞋带我去给你买一副。"

男孩说:"哪儿偷来的?"

"挺远的地方,他们不会发现的。"

"你不害怕?"

"偷完了就不太害怕了。"

男孩捧着球鞋说:"你小心点,你上次偷牛奶已经被抓住了。"

姐姐说:"你自己小心点吧,到处都有抢白球鞋的人。"

配了新鞋,走到学校去觉得很有面子。罗佳说:"这鞋不是你的。"

"你怎么知道?"

"半新不旧的,肯定是借来的。"

男孩松了口气。

罗佳说:"旧的好,新的穿在你脚上不用多久就被人抢走了。"

她们都是有洞见的,仿佛早已知道了世界施之于男孩身上的会是什么,反正八九不离十。没熬到放学,男孩就在厕所里遇到了康健,他身边有着一群跟班。鞋子很快就被扒下来,太小,这群大孩子没法穿,一只扔在男厕所,一只扔在女厕所。男孩也不要了,索性光脚回家。姐姐知道了大怒,说要揍死那个小巴拉子。男孩说:"他和你一样是五年级,而且留级留过两年。"姐姐也有点犯怵,算起来康健该是初二的男生。男孩说:"你还是别打了,你迟早打不过男生的。"

男孩在长征小学度过了很不如意的一个学期,对于学校的那点向往已经完全变质,幸运的是他学习成绩还算不错,按照通常规律,如果你有个成绩优异的哥哥姐姐,那你也不会差到哪里去,更何况长征小学本来就是个垫底的货色,在这里想要表现出智力上的优秀,似乎也不是很难。令男孩感到遗憾的是,同桌罗佳竟然是个又粗心又不用功的女孩,反应迟钝,记忆力也不太好,看样子做大队长是没希望了,做小队长也不可能啊。男孩曾经暗暗地鄙视过罗佳,成绩不好的孩子都应该受到鄙视,他希望同桌的是个美丽而聪明的女生。后来他又想,如果在美丽和聪明之间只能选择一个呢?还是美丽比较好,让他那黑色沼泽般的内心冒出各种气泡，很惬意，很充满期待。

冬去春来，男孩在第二个学期交到了一些朋友，让自己不那么孤独。其中有白化病、罗圈腿和萝卜眼，一度和他关系最密切的，是一个来自乡下的孩子，他念四年级了，每天和男孩同路回家。这个孩子是举家从农村迁入戴城，他还没有学会戴城的温软方言，讲一口笨拙的农村土话。他的外形也清楚地表明了自己的身份，黑而壮，脸上两坨暗红色的农村红，经久不褪。男孩和他在一起倒是匹配，一个是胆战心惊的兔子，一个是憨厚无畏的大熊，可以保护兔子。至少有两次，大熊顺利地击退了猫脸，令男孩感到十分放心。

现在他们遇到了康健。

那是一九八一年的春天了，康健在长征小学的黄金时代即将过去。看来他爸爸并不想再浪费这份学费，据他自己说，小学毕业以后他就去电影院收门票。这一年他已经十四岁了，所有人都巴不得他快点离开，包括他的同伙，大概连他自己都有点不耐烦了。小学，的确已经不再适合他，像一颗苹果在树上挂了太久，既不摘下也不掉落，久而久之成了一个僵块。

他才是这所学校的怪物。

猫脸指着大熊，对康健说："就是他。"

康健大笑起来："你想做歪头的保护伞吗？"

他们都听不懂什么是"保护伞"，这很像是个新名词。男孩恐惧地摇了摇头，对方人太多了，足足八个。康健说："那你们为什么会凑在一起？"

"我们放学一起回家。"男孩嗫嚅着说。

"我不喜欢你们在一起，"康健说，"你，歪头，瘸子，癞痢头，乡下人，不可以在一起。"

"为什么？"猫脸凑过来不解地问。

"因为我说了算。"

男孩继续嗫嚅着说："你放过我吧，你马上就要去电影院收门票了……"

这句话激怒了康健，也令猫脸他们哈哈大笑，嘲笑地看着康健。男孩心想，又不是我让你去收门票的，想恨就恨你自己爸爸去。他看见康健下巴上红色的胎记变得晶莹透亮，好像被油擦过一样，只有真正愤怒的时候他才会变得这样。男孩脸上挨了一拳，蹲在了地上。下一个挨拳的是乡下男孩，在一群猎犬的猎猎狂吠声中，大熊发出了怒吼，双掌抡圆了一阵乱拍，居然把一个家伙打翻在地。众人骇然，一起望着康健，他是首领，这种时候他必须出手。康健扑过来拧住乡下男孩的手，两人较力，不分胜负。男孩早就发现，在同龄的男孩中，康健并不是强壮的那一类，他甚至还有些孱弱，他只是在长征小学显得高人一头罢了。

有人想上来助拳，被猫脸按住了，一伙人明白了他的意思，都坏坏地看着康健，看他在乡下男孩身上占不到半点便宜的窘态，这很像是一次期末考试。很快，康健松开了手，用一种很大度的口气对乡下男孩说："我不打你，你走吧。"大熊刚才还在咆哮怒吼，此刻一溜烟地跑了。

男孩觉得孤独了，与乡下男孩曾有的那点同病相怜顿时烟消云散。天哪，你怎么就跑了呢，难道我们不是朋友吗？现在猫脸他们又有点佩服康健了，因为他很智慧，他从根本上击溃了男孩——你并不是输于体力和年龄，而是输于那种孤独，没有人和你在一起。

男孩如丧考妣，心若死灰。

康健说："我听他们说，你的头是歪的，鸡鸡也是歪的，你把裤子脱下来给我看看，我就不打你。"男孩说："你听谁说的？"猫脸他们一阵狂笑。男孩说："不是歪的。"康健给了他一个爆栗，说："脱不脱？"

他被康健推到了土墙上，猫脸把他的蓝裤子扒了下来，现在只剩下一条短裤。男孩死死抓住腰际的松紧带，感觉自己的手指被人掰开，胯下微凉，短裤被撸到了膝盖。男孩像受难的耶稣一样张开双臂，歪过头，闭上眼睛。然后他听见接二连三的哐哐声，抓住他的那些手都消失了，他几乎是瘫软了一下，睁眼一看，姐姐正拿着铁皮铅笔盒子，照着八个男孩的脑袋上轮番猛揍。

那天正是顾小妍放学回家，看到这个场面，她怒容满面，花玻璃弹珠般的瞳孔像钻石一样闪出寒光。猫脸退缩到了一边，猫脸知道她要是真生气了可以揪着修车的马福、卖肉的方明一起到他家里来找麻烦，而猫脸的爸爸虽然不怕摄影师，却害怕修车和卖肉的。于是只剩下顾小妍和康健，双方简单地交代了一下身份，立刻厮打在一起。猫脸带着其余人在一边观战。

男孩的姐姐，从小身高码大，能跑能跳，在和一个比自己大两岁的男生的较量中，她采取了声东击西的办法，先照着他脸上捆了一掌，不知为何，康健很夸张地举起拳头挡住了下巴。姐姐飞起一脚踢在了他的两腿之间，康健蹲了下去，不过他很快又站了起来，揪住姐姐的衣领，试图把她按倒在地。姐姐在后退中不慎摔倒在地，康健骑在了她的身上，双方互相拍打着对方的头部和脸部。男孩这时被某种力量驱使了，忽然扑过去照着康健的脑袋咬下巨大的一口，可惜嘴巴太小，没能吞下这个脑袋。康健用力一顶，男孩听见自己的嘴巴里发出咔嚓一声，一颗乳牙折断了，掉在了舌头上。姐姐箕张五指，向着康健的脸上不分青红皂白地挠了过去。

康健痛苦地喊了一声，跳了起来，他的脑袋再次撞在男孩的嘴巴上，男孩的另一颗乳牙也折断了，捂着嘴巴说不出话来。但康健的痛苦似乎远甚于他，康健捂着下巴上的胎记，两行泪水滑落下来。

"哈哈，他的胎记不能碰！"姐姐扑过去掰开康健的手，照着胎记上又挠了一下，那儿出血了，康健大哭起来。这下猫脸也觉得好奇了，走过去也挠了一下，康健惨叫着爬起来狂奔而去。

男孩心想，这就结束了？他张开嘴巴，吐出了两颗牙齿，露出上下两个缺齿的黑洞，对姐姐说："我换牙了。"

猫脸说："小妍，你真厉害，你打败了康健！"

姐姐说你滚一边去，捏了男孩的牙齿，一个扔到了房顶上，一个扔到了地沟里。

男孩心想，这下终于长大了。

谁都不会想到，康健的霸王生涯终结于顾小妍之手，从此以后，人人都知道他的命门在胎记上，无论是谁用手随便戳一下，他就会疼痛到瘫痪，下手再重些他就会大小便失禁。胎记像是一个出卖了他的按钮，他迅速沦落成为歪头、瘸子、白化病一样的角色。人们经常看到他被猫脸一伙追得到处乱跑，人们听到他的惨叫，像每战必败的野猫。男孩说："那是我姐姐干的。"秋天到来的时候，这个曾经叱咤长征小学的霸王，他再也没有回来。

男孩后来真的在电影院门口见到过康健，那时彼此都长大了一点，康健，变成一个瘦小苍白的青年，穿着一件很时髦的高领毛衣，微微遮住下巴上的胎记。他显得安静而无害。对此男孩抱有戒心，所有安静的怪物都是这样，你焉能知道他什么时候又变成个疯子？过了一阵子听说他的两个哥哥都放出来了，他跟着他们混社会。男孩心想怪物果然是怪物。

一九八一年的儿童节，男孩去了区少年宫观摩一场汇报演出。只有成绩优秀的学生才能获得这个机会，而他在小学的第一个学期就拿到了"好孩子"的奖状，若不是体育成绩烂到了极点，他就应该是"三好学生"。在这场全区小学的文艺汇演中，男孩看到了姐姐站在台上，她是领唱，前排有一群孩子在跳舞。领队是他曾经见过的那位马老师。师范附小的演出赢得了长久的掌声，而长征小学呢，居然派了两个神经兮兮的男孩上台表演相声，逗哏的居然忘词了，站在台上傻看着观众，观众也傻看着他们，足足有五分钟，最后这个笨蛋朝着台下吐了吐舌头，鞠了个躬，扔下捧哏的自己下台啦。真是丢尽了脸面，同时也让男孩感到愉快。

男孩告诉带队的老师，师范附小那个领唱的女孩是他姐姐。这位老师完全不相信他的话，他感到气愤，巴不得她脸上也长一个胎记，像康健那样，让小妍挠一把，她就会相信了。

直到他长大以后，仍然憎恨这样的局面。他们只是部分地了解他，而这部分在他们看来就是全部了。对此他无能为力，每当他要展现出超乎歪头的那一部分时，他们不是显得麻木不仁，就是压根不愿意相信。有时候他真是羡慕康健，被人认为是邪恶也好，顽皮也好，这只是表象，得等到很久以后人们才知道他的致命弱点，这等于是打开了另一扇门，在康健的身上或许还有很多这样的门。而歪头顾小山则恰恰是反向的，他的弱点早在宇宙之初就呈现在众人眼前，在这扇门后面到底有多少门，人们根本无所谓，他们只是把玩着他的弱点，说几句不痛不痒的话，然后就走开了。

毫无办法。

惊异

蔷薇街上的第一台电视机出现在一九八〇年的秋天，是方屠户家里买的，这是划时代的电器，它很快战胜了收音机，唯有四喇叭录音机可以与其媲美。

这台十二吋孔雀牌黑白电视机让方屠户出尽了风头，整条街的人都来到他家里看电视，自从方小兵被拐走以后，屠户很久都抬不起头来，现在终于可以扬眉吐气了。十一频道是中央台，六频道是上海台，就这两个台，很多人围着电视机，看了中央台看上海台，看了上海台看中央台。其时方大聪已经四岁，他奋力阻止着各色人等在晚饭后涌入家门，并大叫道："不许来我家，电视机是我的，杀掉你杀掉你杀掉你！"人们尽管讨厌他，却并不怕他，照样蹲在那儿看电视。起初大家对电视机抱有敬畏之心，只敢看，不敢碰，后来熟了也就无所谓了，拧频道的，拨拉天线的，惹得方大聪嗷嗷乱叫。

对屠户来说，扬眉归扬眉，时间久了有点架不住，每天晚上都有几十号人蹲在家里看电视。方家老太太的床在电视机旁边，她在众目睽睽之下洗脚，脱了衣服上床睡觉，众人仍不散去，电视机音量开得巨大，人们一边看着她躺下，一边看着电视机的画面，反正她是老太太也不用避讳什么。看电视的时候大家都很安静，男孩通常坐在第一排，姐姐坐在靠角落的位置，摄影师在后面，方大聪肯定是在前排正中。人们按高矮胖瘦自动排列好座序，很像是在拍集体照，有时候又觉得是在瞻仰方家老太太的遗体。

有一天屠户家门紧闭，一群人急着看电视剧，就在外面拍门，过了很久，方屠户的老婆在里面说："今天不开放。"众人大骂，说方屠户你这个缺德的，有种就不要买电视机，爷今天还非要看《加里森敢死队》了。屠户隔着窗户骂道："他妈的，天天晚上都来，你们也让我过过夫妻生活，好不好？"众人骂道，死胖子，吃多了猪鞭，八点钟你就想搞？爷在门口等着，看你搞多久，搞完了赶紧给爷看电视剧。过了五分钟屠户老老实实地出来开门了，众人又骂，吹什么牛，你不就是一根香烟的工夫吗，片头曲还没放完呢你就结束了，以为自己是驴啊？

轮到屠户讨饶，众人一阵嘲笑。有人说："还是把电视机搬到老顾家去吧，反正老顾也没有夫妻生活。老方，让你过个痛快。"说完动手搬电视，方屠户叫道："别搬，别搬，我已经过好了，今天不过了，以后也不过了。求你们行不行？"

方屠户开风气之先，不但儿子被拐，还拥有了电视机，还发明了一个动词：过。后来在蔷薇街上，人们说到搞性关系都很隐晦地用了这个"过"字，今天你过了吗，你想不想和关文梨过一过，其实关文梨只想和顾大宏过……

关文梨常来，她不住在这一片，东方点心店下午打烊了，她在店里吃过晚饭，就晃到蔷薇街上来了。其实白柳巷也有一台电视机，九时黑白，机主是个非常爱慕她的老色鬼，人称瘸子老炳，但她不爱去，她只爱和摄影师坐在一起，非常安静地，几乎不说什么话。偶尔会有不知情的人感到奇怪，为什么这个女人下班了不回家，屠户就会告诉他们："她的男人坐牢去了，她回家就是独守空房。"

"像她这样的女人还会有空房吗？"知情者反问。

屠户认真地回答说："其实我也不知道她房间空不空。就算不是空的，你还能把她怎么样？挂破鞋游街吗？"

于是，每当关文梨出现，人们就会主动地把摄影师身边的座位让出来，还挤眉弄眼的。男孩尚不知事，姐姐却被惹怒了，她决定坐到爸爸身边，但摄影师的位置是在后排，前面一堆脑袋，她看不到电视节目，再说关文梨也不是天天都来，这个座位占得很没意思。几次之后，姐姐也就放弃了，毕竟看电视更重要。姐姐认为，摄影师应该主动地对关文梨这种女人表示抗拒，她过来了，他就坐到别的地方去，或者干脆回家，但是很显然，摄影师并不想这样。他也想看电视，而且希望身边坐一个安静的人。

有一次，摄影师和关文梨都不在，人们忽然在广告时段谈到了他们。马福大叔说："小妍，看来关文梨是想做你的后妈。"姐姐撇嘴说："我再借给她一个胆子！"这时方屠户端着茶壶说了一句近似于真相的话，"我觉得她不会想做任何人的后妈，她就是想和老顾过一过，这个胆子她一直都有。小妍，你应该借个胆子给你爸爸。"方屠户的老婆骂道："当着小孩说这个干吗，你是不是也想和关文梨过一过？"

人们说现在的日子不一样了，有电视看，不用天天开批斗会，即便是关文梨这样的女人也能自由出入，换了以前，早就挂上一个烂布鞋去游街了，就连老实巴交的摄影师也脱不了干系，老实巴交的照样可以游街，这才是旨趣所在。现在不能游街了，不好玩。过了几天，有个回城的知青在看电视的时候说，真没劲，只能看中央台和上海台，要是能看香港台和台湾台就有意思了，以前在乡下经常抱着个短波收音机偷听敌台的。言者自以为潇洒，听者吓得全都不敢说话。第二天，街道干部从回城知青家里缴出短波收音机和黄色歌曲磁带，送到公安局的卡车上游了一回街，这说明游街还是存在的，只是破鞋不用再去娱乐大众罢了。

时至一九八一年，蔷薇街上又发生了惊天动地的大事——很多人家同时搬走了，场面有点恐怖，但搬走的人都是欢天喜地的。护城河之外的农田上造起了很多六层楼的公房，这都是戴城各个工厂的福利房，有阳台，有抽水马桶，这就足够让人们疯狂了。各单位狼烟四起，为了分房子的事情走后门拉关系打破脑壳的大有人在，这时你就能看出谁在单位里混得比较好，谁混得比较差。哪怕分到房子的人，从他们家的楼层和户型也能比出一个高下。

男孩家里没指望。光明照相馆是个小单位，造不起公房，单亲家庭就更没可能了，按照当时的规定，即便摄影师能分到房，也只能拥有半套——和另外一个单亲家庭合住一个两室户。

有人来动员摄影师再婚。李苏华去世已经四年，大概是过了守节期，反正续弦这种事情也不需要找什么借口，毕竟他还很年轻。男孩期待或者害怕着有一个后妈出现在眼前，男孩听说所有的后妈都会毒打小孩，想打姐姐估计很难，打他那绝对是手到擒来。其实他觉得关文梨也不错，对他一直很温和，如果是关文梨做后妈，男孩是可以接受的。可惜，介绍过来的全都是离婚丧偶的。以前他总觉得只有自己没妈，是个特例，进了这集市才恍然大悟，世界上竟有这么多旷男怨女。摄影师见了几个，发现对方的目的都不太纯洁，一般都问"你们单位分房吗"，看到他摇头就跟着一起摇头，彼此摇很久很久，让人觉得挺冷的。也有气粗胆大的，曾经有一位拖油瓶阿姨带着两个儿子主动出击，来到蔷薇街。拖油瓶阿姨放出豪言，只要摄影师和她过在一起，她单位里就能分一套大两室户。听起来不错，但算到人均居住面积时，大家又不免要摇头，夫妻俩住一间，剩下那间住四个小孩赶上集体宿舍了。这阿姨的两个儿子顽皮无比，到家不由分说翻箱倒柜，临走前终于忍不住过来玩弄男孩的歪头。姐姐还忍着，拖油瓶阿姨已经暴怒起来，分别赏了他们一人两个耳光。这阿姨怎么看也不合适，对自己儿子都那么狠，真要在一起了肯定鸡飞狗跳。

　　来得比较勤快的是胖姑，那是李苏华当年的工友兼徒弟，武斗时曾经被摄影师救过一命，她一直没嫁出去，一直暗恋着他，并有着为他守身的疯狂念头。男孩和姐姐都喜欢她，不过她实在是太胖了，自从一九六七年逃过一劫之后，她便看透了人生，穿着打扮越来越接近于隐士，唯独那张嘴没闲着，挣来的钱全都花在吃食上了，本身又是脑垂体分泌异常，"文化大革命"那么困难的十年她都没瘦，打倒"四人帮"之后就别提了，一路狂飙增肥，达到了两百二十斤的水平。男孩亲眼看见过，胖姑掬起一捧自来水，那水过了一分钟还没流掉多少。

　　李苏华去世那会儿，胖姑感念当初的友情，发誓要让摄影师及其一双儿女过好日子——她唯一能做的，就是经常带点好吃的过来，大家一起趴在桌子上吃东西。有一天姐姐吃着胖姑的蛋黄花生，问道："胖姑，我妈厂里分房子吗？"胖姑吃着自己的蛋黄花生，说："分的，不过我没有。我一个人，不给分房子。"姐姐含着蛋黄花生说："要是你和我爸爸结婚了，就能分到房子了，对不对？"胖姑含着蛋黄花生说："那就会分房子了，也许明年也许后年，肯定能分一套。"姐姐拍桌子说："你嫁给我爸爸，我来做主。"胖姑又吃了一粒蛋黄花生，说："你觉得有把握吗？"姐姐说："我觉得你挺好的。"

　　第二天姐姐就对摄影师说了："胖姑要做我后妈，我和小出都同意了。"摄影师吓了一跳，随后嘲笑道："你想让她做你妈，你就尽管喊她妈妈好了。"姐姐不由分说，把摄影师关在里屋，等胖姑来了也一起关了进去，顺便截下她手里的一袋梅花糕。男孩和姐姐在外面吃糕，他们在里面说话。很快胖姑就出来了，摄影师说自己还有点事，拔脚就跑。姐姐知道事情砸锅了，抱歉地看着胖姑，胖姑倒是显得比较冷静，吃了一块糕，也就不难过了，自言自语说："我又不是非要嫁给他，我是看小孩可怜没人管。"姐姐说："胖姑你别难过，我爸爸主要是长得太好看了，被很多女的捧得不知道自己在哪里。等他老了就知道你的好了。"胖姑摸了摸男孩的头说："唉，他要是像小出一样是个歪头就好了。"

这事就这么吹了，摄影师始终没能结成婚，很多年里，他们一直住在蔷薇街破旧的平房里，看着别人搬出去，搬进来，年年享受大水淹没房子的感觉，年年闻到栀子花肥厚浓烈的香味。

一九八一年，对门的汪仙居搬走了。直至搬家那天人们才发现，汪仙居家里竟然也有电视机。这个曾经的右派真是太不上道了。有人怀疑他的电视机是藏在立柜里的，晚上看电视了就打开立柜，拉紧窗帘，压低音量。反正他就不乐意人们去蹭电视。这无形中又体现了方屠户的伟大，屠户为了街道群众的娱乐生活，连夫妻生活都不过了。汪仙居搬家那天招致了无数嘲讽，他现在是一个中学教师，右派的帽子早已摘掉，历史清白得犹如被漂白粉漂过，但在人民群众眼里仍然带有鬼鬼祟祟的气质。当他连同那些破烂家具和崭新的电视机一起上了卡车之后，他对着蔷薇街大喊了一声："我恨透了这个地方！"人们齐声起哄："再见，戆卵！"

街上陆续有人家添置电视机，但很吊诡，买了电视机的人家很快就搬走了。大概他们也明白，搬去新公房以后就不能蹭电视看了，必须得自力更生。数来数去，还是方屠户最可靠，老方的名声如日中天。忽然有一天，方小兵回来啦。

这简直是最大的大头鬼，简直是诈尸。因为聋哑的小兵早已被众人遗忘，甚至连男孩都想不起他的模样。根据公安同志的介绍，当年小兵被一个拐子带离了戴城，坐上火车来到一个遥远的小山村，那儿有一对头发花白的中老年夫妇等着要做他爹妈。小兵从一个城市里的残疾儿变成了农村里的沉默孩子，跟在一群小孩后面捡麦穗，原以为他认生，不多时日发现其实是个聋哑儿、残次品，不由大骂这拐子坑人，转手把小兵低价卖给了一个盗窃团伙。在那里，小兵算是进了哑巴大本营了，虽然挨打不少，但也学会了哑语和认字，当然还有吃饭的本钱：掏钱包。

可怜的小兵深陷泥潭，仍记得自己的身世。都说哑巴聪明，不是吹的。没多久，该团伙被公安部门一网打尽，逮住了小兵，他用哑语说出了自己的身世。几经周折，送回了蔷薇街。

小兵一去两年，如今长得和男孩一样高，比从前更黑更壮，当然，他仍是个聋哑。当他在公安干警的陪同下出现在蔷薇街时，屠户的老婆一声惨嚎："我的儿啊！"躲在屋子里不肯出来。众人搞不懂她的意思，是太激动了呢，还是太悲伤。后来明白了，原来是她怕小兵像旧社会的乞儿一样，被拐子剁了手脚，挖了眼珠。人们劝她："已经是个哑巴了，不会再残害他的。"她还是不肯出来，只能由方屠户接待了小兵。平日里雄赳赳不可一世的方屠户，此时流下了两行清泪。小兵也认得自己的爹，两个人像电视里一样拥抱在一起。

男孩很不识趣地凑过去看热闹，方小兵发现了他，对着他扬了扬拳头。男孩明白了方小兵的意思：当初我被人贩子拐走了，你他妈的就在旁边发呆，你欠揍吧。男孩呆呆地看着他的拳头，有点害怕，随后方小兵走过来抱了抱男孩。这就算是皆大欢喜了，后来屠户发现小兵既会写字也会哑语，那就更是赚大了。

方小兵回家之后，出了两件事。其一是他仗着拳头大，胖揍了方大聪一顿。在农村和犯罪团伙锻炼过的小兵已今非昔比，再说大聪还是个五岁的孩子，两下就把他打翻了。究其原因，是大聪不停地骂他哑巴。聋子虽然听不见，但看得懂一点唇语（屠户又赚了），尤其是"哑巴"这个词。打人的时候被方家老太太看见了，老太太生平最疼大聪,她才不管小兵是不是哑巴有没有受过苦难,她只要守住一个方大聪就可以了。

方老太太对着屠户大喊:"把那个哑巴送走!不许他欺负大聪!"她向着方小兵扑过去,却倒在了屠户的脚边。同样是脑溢血,她的血管像炮仗一样炸开了。

第二件事是方老太太断七之后,人们送了白包,又陆续返回方家看电视,表情很肃穆。忽然有人发现自己的钱包不见了,一星期内有五个人在方家被掏了腰包。人们留了个心眼,有一天晚上把方小兵的贼手给捏住了,又在他被褥下面找到了赃物,分文未少,全部都在。屠户走上去打了小兵一个耳光,众人劝道:"别打,他小孩子,不是自己要学坏的。要怪还得怪你,怎么就让他进了贼窝呢?"

这种伟大的知书达理革命情操,被方小兵击打得粉碎,他被活擒之后仍不收手,继续作案。他不偷别的,就爱掏腰包,这似乎是在炫技,因为他得手以后会把东西还给失主,脸上挂着一丝得意的笑容。有一次摄影师着了道,当小兵把钱包递给他时,他看了看小兵,从钱包里掏出一角钱,指了指嘴巴,意思是让他去买点零食吃。小兵微笑着摆手拒绝,他一无所求地继续掏人们的腰包。这下大家都觉得很害怕,方家越来越古怪了。后来,大人都不太愿意来了,只剩一群没钱的小孩在屋子里赖着看电视。

男孩最后一次去方家看电视是冬天里。一群小孩蹲在屋子里,姐姐让一个孩子去换频道,这小孩拧了两下,电视机发出噗的一声,从屁股后面静静地冒起一缕白烟,画面和声音全部消失。方大聪愣了半晌,嗷地哭了起来,众人一声发喊全都跑得没了影子,剩下男孩和姐姐在那儿傻了眼。

天哪,他们把电视机弄坏了。全世界最昂贵的东西,电视机,它值三百多块钱,商店里没有什么玩意儿比它更贵,现在它坏了,坏在他们手里。方屠户饶是大方,也不能放过他们,揪着姐姐去找摄影师索赔。姐姐大声喊冤，她根本没碰电视机，但屠户说她是教唆犯，比一切犯罪分子判得都重些。摄影师为难了一会儿，对屠户说："你去修吧，修的钱都我来出。"一修修掉了一百五十块钱，再跑来结账的时候摄影师脸上挂不住了，铁青着脸从抽屉里掏出十五张大团结。姐姐问他："你怎么有这么多钱？"摄影师愤怒地说："我也在攒钱买电视机啊，现在没有了。"姐姐骂道："干吗不早点买呢？人家都借钱买电视机的。"摄影师说："我这辈子只有借钱给别人，从不找人借钱。"

这以后，家里又恢复了以前的生活，夜晚开一盏二十瓦的灯泡，听着收音机在饭桌上做功课。有时候，侧耳听一听隔壁传来的欢笑声。越来越多的人家都拥有了电视机，倒是没有电视机的人家渐渐地成为了异数。男孩等着摄影师把钱攒够了，但这一天遥遥无期，到了一九八四年，他忽然辞去了光明照相馆的工作，做起了个体户，电视机变成了照相机，这事情整个地泡了汤。

癫狂

有一天，男孩的表哥穆巽出现在了蔷薇街上，他住在解放路上，平时从来不过来串门。那是穆天顺与顾艾兰唯一的儿子，比男孩大三岁。关于他的身世有一些谣传，比如说他不是穆天顺的亲生儿子，而是顾艾兰和面粉厂某个干部的产物。人们认为穆天顺根本不具备性能力，他是个脑袋上挨过一枪的疯子。

后来的事情又证明了穆天顺是有性能力的。人们在解放路的公共厕所里看到他手淫，他就站在小便池前面，头顶着墙壁，疯狂地干着这件事，把小孩都吓哭了。闹到很多人来围观，穆天顺就把裤子一拉，大大方方地说："顾艾兰不许我碰她。"事情传到顾艾兰耳朵里，顾艾兰大哭，"他是个精神病，他就想让我丢人。"确实，就算没有性生活，也完全可以在家里手淫嘛，何必去公共厕所里呢？

在男孩小的时候，姑父还算正常，他只是语无伦次，一到下雨天就烦躁不安，经常侧耳倾听着某种不存在的声音。后来发展成这样，谁也没想到。那是一九八一年的事情了。男孩很熟悉姑父前额的伤疤，那个凹进去的地方可以放一枚棋子，男孩很奇怪这个部位挨了子弹居然可以不死，看来命很大，但他确实是脑子不正常了。根据姐姐说法，姑父甚至不是被子弹打疯的，而是吓成了一个疯子。

穆巽曾经描述过他爸爸受伤的情景："我爸爸在冲锋的时候，一颗子弹飞过来，射向我妈妈。我爸爸替她挡了子弹，自己负伤了。"这个故事讲了很多次，有时穆巽还会感叹着下一个结论："所以我妈妈嫁给了我爸爸。"男孩差点以为那是一次残酷的革命战争，而他全家都为胜利做出了贡献。结果姐姐告诉他："姑父是武斗挨的子弹，他躺在屋子里睡觉，一颗子弹飞进屋子，撞来撞去的，撞到了他的头上。"

那时他的病恶化了，在面粉厂待不下去了，提前病退回家，这使得他有大量的空余时间给顾艾兰丢人。有一次他在澡堂里也干这个，被人们发现了，一池热水就此完蛋。澡堂的师傅认识他，戴城著名的疯癫，也不可能让他赔偿，对付疯癫唯一的办法就是让他知道疼痛，下次不敢再来。于是他们揍他，用木屐抽他的屁股，然后让顾艾兰来领人。顾艾兰见面只说了一句话："你们为什么不打死他？打死了我就清净了。"

人们一直记得，在整个七十年代，顾艾兰扶着穆天顺在街上走，虽然她鼻翼下面那两道法令纹更深了，虽然她皱着眉头，但起码她还会爱怜地看他一眼。这种目光后来再也没有出现过。

穆巽就是在这种阴影下成长起来的，仅就相貌而言，他继承了顾家的传统，有一条挺直的鼻梁和一双微微凹下去的眼睛，浓密的睫毛，手长腿长，十足的美男坯子，这本应使他的人生多姿多彩、一帆风顺，但他从童年时代起就拥有了一颗阴郁的心。

现在，猫脸把他拦住了。

猫脸说："穆巽，你爹在公共厕所里捋炮！"

穆巽的脸立即变得苍白失血，他咬着下嘴唇说："滚开，猫脸。"

猫脸身边还跟着几个小孩，小孩不解地问："什么是捋炮？"猫脸就把那孩子的短裤顺势褪下来，给他捋了一下，手太重，小孩大哭着跑掉了。穆巽冷冷地看着说："猫脸你真恶心。"

人们说穆巽沉下脸的一刹那是最英俊的，人们说他生气的时候眼睛里喷出的不是怒火，而是冰一样的光芒，这很迷人，但在猫脸看来，穆巽是个怪物，他必须让怪物明白什么是正常的孩子。穆巽在街上奋力挣扎，很快他就被制伏了，裤子被猫脸扒了下来。猫脸没兴趣再捋他，只是向周围的小孩了介绍，看，这个叫穆巽的人，他的爸爸就是那个在公共厕所里捋炮的精神病。然后他们就扔下他，舞着棍子到别处玩去了。这种简单直白的羞辱，并不需要找什么理由来释怀，只需习惯了就好。对穆巽来说实在是个巨大的打击。

男孩一直站在不远处观望，看着自己的表哥平白无故地遭到袭击。等到穆巽站起来，男孩说："下次记得不要和猫脸说话，赶紧跑。"穆巽不说话，来到男孩家门口，他蹲在门框上，用仇恨的目光盯着正在做作业的小妍。姐姐淡淡地问他："刚才被猫脸欺负了？"穆巽沉默，姐姐说："以后少来。"

姐姐不喜欢顾艾兰，也不喜欢神经病的穆天顺，连带着讨厌穆巽，觉得他从小就冷冰冰的，过度自恋。小时候他们曾经在一起玩，穆巽骄傲地说："他们说我是美男子。"姐姐嫌恶地说："滚开，傻瓜。"穆巽愣了一下便真的走开了，独自去角落里享受他的美。姐姐说，他就是个傻瓜，而且看来要傻一辈子。

此时穆巽蹲在门框上大声说："我妈让我来找你们，到新房子里去吃午饭。舅舅已经先去了。"

"什么新房子？"

"我们家搬到新公房去了。"穆巽说。

那是面粉厂分配的房子，位于护城河以南的新村里。男孩听说为了分到这套房子，顾艾兰至少让穆天顺在厂长办公室里捋过两次炮。那年头为了房子，打架的，脱衣服的，比比皆是，但指使自己的疯癫丈夫去捋炮的，只有顾艾兰这一个孤例。那确实是惊世骇俗，也难以模仿。

他们三人向城外走去，穆巽一言不发走在前面。路上很荒凉，跨过漫长的城西大桥，沿着公路向南走，夏季的太阳将路面晒得滚烫，有很浓重的柴油味道弥漫在空气里。再往前走，连柏油路都消失了，只剩下乡下的土路和四面八方被稻子包裹起来的田埂，几栋浅灰色的公房矗立在远处，周围是工地，吊车正在将巨大的预制板吊上未完工的楼房。男孩第一次见识到公房，觉得很奇异，又荒芜又豪华的。

穆巽忽然回过头来说："前面就是我家，二幢六〇四，可以看得到。"

他站着不动，男孩和姐姐等着他把话说完。穆巽说："可是我不想回家了，你们自己找过去吧。"一瞬间他泪流满面，也许是害怕他们把扒裤子的事情说给家里听？他扔下他们，独自向着稻田深处走去，田埂细窄犹如钢轨，他一个人走刚好。姐姐翻了个白眼，低声说："戆卵。"

男孩说："他哭是因为猫脸欺负他了？"

姐姐说："就算没有人欺负他，他也是这个样子。别管他，他哭一会儿就回家了。"

男孩说："我觉得他不会回家的，他一赌气就什么都不要了，一直这样的。"

穆巽消失在一排树木后面，那里隐约还有农村的草房，一些云紧紧地压在绿色的稻田上方。男孩和姐姐不再管他，沿着土路向新村走去。男孩说他也想住公房，姐姐没接茬，沿路采了一些野花，在走进顾艾兰家的时候，她把这些花全都扔进了草丛里。

"穆冀呢？"摄影师问。

男孩一时嘴快，把穆冀受辱的事情说了出来，内心也有几分高兴，因为他也曾被人扒了裤子，只是时过境迁有点忘记了那种痛苦，现在变成了幸灾乐祸。顾艾兰拍桌子大骂："什么猫脸？谁是猫脸？"摄影师说："就是造漆厂保卫科长季承民的儿子。"顾艾兰说她要去教训教训猫脸，无缘无故欺负穆冀。姐姐说："没有无缘无故，猫脸说姑父在公共厕所里捋炮。"顾艾兰顿时蔫了三分之二。摄影师说："小姑娘不许说这个！"姐姐说："猫脸天天都在街上说这个，比我小的小姑娘都知道什么是捋炮了。"男孩点头说："其实就是玩鸡鸡，小孩子才玩这个，我已经不玩了。"

男孩发现自己的姑妈一下子歪了，她坐在新打的单人沙发上喘气，仿佛已经没有力气再申辩什么。摄影师指着两个孩子说："快去把穆冀找回来！"姐姐说："我不知道他去了哪里，他钻进稻田里了。"

为了等待穆冀，饭菜都凉了。趁这个工夫，男孩参观了一下新公房，真不赖，有水槽和液化气，有抽水马桶和阳台，水泥地坪上刷着暗红色的漆。朝北的房间有一张小床，是穆冀的卧室；朝南的房间有一张大床和一张钢丝床，穆天顺独占大床，钢丝床是顾艾兰睡的。一台崭新的十二时电视机用绒面罩子罩住，端放在翻板式缝纫机之上。一切显得崭新、明亮、充满希望，只有那张钢丝床有点不合时宜，它仿佛是没找到自己的位置，只能将就着横在大床边上。

到下午时穆冀灰头土脸地回来了，身上全是污泥。他在稻田里迷路了，绕进了附近农村的稻草房边上，看见了两头水牛、一只山羊和二十多个农村的孩子，被人按到了稻田里，生吃了一条蚂蟥，仓皇逃回。顾艾兰怒不可遏，给了他一个耳光，穆冀悲从中来，倒在地上大哭起来。

这时有一个面粉厂的干部在楼下喊顾艾兰的名字，她伸出头去答应，干部大喊："顾艾兰，派出所找到厂里保卫科了，你快去看看吧。"
顾艾兰的声音已经有点发虚："派出所找我干什么？"干部说："还能
有什么事，当然是穆天顺，他又在公共厕所里捋炮。"这时已经有好几
个邻居伸出头来看热闹。顾艾兰骂道："他不是一直干这个吗，找我有
什么用？不去！"干部快乐地说："你别搭架子了，你自己让穆天顺到
处捋炮，捋到厂长办公室也拿你没办法。但是这次不一样，这次他在
女厕所里捋炮，而且他把炮伸到女同志的嘴巴里去啦！"

男孩听见嗷的一声，他那坚强泼辣无畏无知的姑妈，她晕了过去。

后来男孩才知道，他的姑父那天在外游荡，忘记自己家已经搬走
了，他又回到了解放路的家里，那儿空荡荡的，一切熟悉的物件连同
顾艾兰和穆巽都消失了。这可能刺激了他，他跑到蔷薇街，但并没有
去摄影师家里，而是直接走进了公共厕所——男厕所的隔壁。

摄影师和顾艾兰骑自行车先走了，三个孩子在后面，这次他们
沿着土路走过了城南大桥，在那儿等一趟去城西的公共汽车，周围是
翻起来的干裂的泥土，堆成了小山包，所谓的公共汽车站只有一根
站牌，和一些下雨天用来垫脚的红砖。这还是下午，男孩渴得嗓子冒
烟，他看到穆巽靠在站牌的铁杆子上，一下一下，认真地抠着指甲缝
里的泥巴。

"姑父会不会被抓走？"男孩讪讪地问。

穆巽说："闭嘴。这事不要再说了。"

姐姐说："那你还去蔷薇街干吗，喜欢被人笑吗？你赶紧回家吧。"

穆巽抬起头，他并没有看姐姐，而是侧过脸，望向远处。这次他
没有撂摊子走掉，他一直靠在那儿，一直侧着脸。男孩觉得自己的表
哥还是很英俊的，他继承了摄影师的相貌，再过几年他可能会更迷
人，不过他有个疯爹，这也是无法抹去的事实。在以后的时日里，那
个人将会变成整个家庭中谈论的禁区，他被关进了精神病医院，每个
星期，顾艾兰去看他一次，他竟再也没有出来。捋炮是件极度羞耻的

事情，它是巷议的话题，但是时间终究会磨灭掉它的新鲜感，使之缩水，几个月之后人们就会忘记它，几年之后人们将它当作陈年的故事来讲一通：那对住在新村里的母子，尤其是那个母亲，当年她怂恿自己的男人去厂长办公室掷炮，得到了一套两居室，现在她是后悔呢还是得意呢？

男孩心想，其实他们都是有点疯的。他被自己的念头吓了一跳，仿佛是嗅到了道路的某处有陷阱的气味，仅仅是嗅到，却无法证明它在何处，徒然感到恐惧。

欢喜

苏华照相馆开张那年，街上出现了很多摆摊的，这些人大部分都是社会闲杂人员，包括劳改释放分子，当地所谓"山上下来的"。他们连个体户都算不上，个体户必须有固定的店面，他们只是小贩，占据着人行道上大约两平米的空间，抢地盘，抗税，骗顾客。这些贩子一概很穷，一概没什么教养，他们大多经营服装生意，一夜之间，人们仿佛穿腻了中山装和土布棉袄，需要换点新花样。倒卖服装相当容易，只要跑到附近县城里拿点货，找个地头吆喝几声接着就数钱。更有门道的人摆香烟摊，基本都是走私烟和假烟。这些人很快发了财。

后来定慧寺一带也成为了集市，那是戴城著名的旅游景点，外地人来这里必须参观的地方。那里有天王殿和大雄宝殿，以及一座破破烂烂的塔，在夏天的傍晚飞出成群的蝙蝠。小贩们云集于此，卖香烛，卖零食，卖鞋子，还有一些并不好玩的玩具是用来引诱那些没见过世面的乡下孩子。男孩听说，哪儿乡下人多，哪儿的生意就好做，但你不能把生意做到乡下人的家门口去，那会被抢光。

有了这个集市，再加上附近的医院，这一带变得热闹起来。有时候会看见一个农民模样的人，沿着解放路狂奔，后面是个煞气腾腾的小贩在追杀他。有时候看见小贩狂奔，后面是收税的人在追。还有一些时候，所有人都在狂奔，后面是打群架。

男孩十岁了，到了可以围观打群架的年龄，他爱看这个。那种有固定时间地点的约架式群殴很少发生在城里，更不会在闹市。男孩所见的，都是两三个人的口角，发展成打斗，输掉的一方很快召集了一群人把赢家暴打一顿，有时像滚雪球一样，挨打的人又去叫人，就会演变成一场非常惨烈的战斗，而这种战斗往往发生在街面上。警察不来，或者不把人打成重伤乃至死亡，是不会罢休的。

那是《少林寺》和《上海滩》风靡大街的年代，它们分别代表了两种思路：《少林寺》讲究强身健体，练出绝世武功，可以一个打二十个；《上海滩》讲究人多势众，心狠手黑，由一个帅气而冷酷的帮主带领着，可以二十个打一个。政府为此搞了几次严打，男孩记得有个小青年经常到长征小学门口来抄钱，把小学生口袋里的毛票占为己有，有一天他被擒获了，五花大绑押在卡车上游街，按抢劫罪判了十五年。

巷口贴满了告示，全是判刑的。所犯的案子，有打架伤人，有抢劫盗窃，有强奸猥亵，居然还有一个叫顾大宏的，持刀抢储蓄所，和摄影师同名同姓但他只有二十一岁。越是严打，犯罪分子越是猖獗，告示刷了一层又一层，男孩感到越来越放心，城里的垃圾终于去了他们该去的地方，听说是青海，那儿的监狱连围墙都没有，四周全是戈壁，如果你想越狱就往戈壁里面走吧，在那样的监狱里，警察只需要把自己关在笼子里就可以了。这些都是马老师在法制教育的时候告诉他们的。马老师讲这些的时候越来越生气，最后她也感到很无奈，说："我也搞不懂，既然要严打，干吗还给你们看《少林寺》呢？"

谁知道他们想干吗呢，他们一边点火一边浇水，一边哈哈大笑一边又怒容满面。

男孩起初并不知道摄影师辞去了工作，过了好几天发现他不上班，经由姐姐的口中才知道了这件事。那会儿摄影师还没找到店面，他带了一台海鸥相机，揣着胶卷，在定慧寺门口摆摊，想靠拍照挣钱，另外还想学点做生意的门道。这其实很容易，甚至不需要三脚架，只要一块广告板，上面贴着各种彩照，照片上是各种人站在定慧寺的各种景观前面。其中最引人注目的那张，是男孩的姐姐站在山门前，穿着一件豹纹的短大衣，头上戴了一顶贝雷帽，骄傲地、深情地、居高临下地看着镜头。这张照片为摄影师带来了很多生意。

摄影师在这一带是有点人缘的，收税的、卖票的、骑三轮车的都认识他，他长着一张童叟无欺的脸，又带了点落魄的样子，事实上他也是童叟无欺地落魄着，引来了很多同情。现在，光明照相馆的顾大宏已经不复存在了，个体户之星正在冉冉升起。顺便说一句，离定慧寺不远处就是东方点心店，他每天就在关文梨的眼皮底下忙活着，有时下雨，生意没得做了，他就去点心店里避雨，顺便吃一碗小馄饨。后来，流氓找上了他。

那是四个戴墨镜的青年，他们先是拍了一张合影，然后用普通话问摄影师："你相机里面有胶卷吗？"摄影师说当然有胶卷。四个青年说，那你把相机打开给我们看看。这时他们的齿缝间露出了戴城的口音，显然不是什么游客。摄影师的一生，大风大浪也是见过些的，但从来没和新时代的街痞打过交道，有点犹豫，这时关文梨从点心店冲出来，大喊道："老顾，跑啊！"

摄影师抱着照相机拔腿就跑。世界上的摄影师，但凡喜欢拍点外景的，都很能跑。他冲出去的一瞬间觉得自己后脑被人揍了一拳，按他以前的风格，就躺在地上装死了，但这次不能，因为那台照相机，它才是真正的目标。他跑过东方点心店，脸上带着微笑，向关文梨招手致谢，看到关文梨满脸的惊恐，回头一看那四个戴墨镜的紧跟在屁股后面，其中一个是一米九的高个子，他伸出的手，离摄影师的衣领只有半尺距离。摄影师吓得大喊一声，挺胸收臀发力狂奔，一口气跑到蔷薇街口，总算可以喘一喘了，回头一看还有两个墨镜，大高个子的手离他仍然只有一尺来远。这个街痞的毅力都快赶上警察了。

这次他聪明了一点，没有拐进蔷薇街，而是一边大喊着"抢劫"，一边往解放路的派出所跑。等他跑到派出所门口，再次回头，身后空空如也，什么人都没有了。他叉着小腹，弯腰喘气，照相机挂在脖子上晃悠，觉得自己的心脏疯狂地跳动，快要撑不住了。他慢慢地走回蔷薇街，到家把照相机藏进柜子里，喝了一口水，看见家里一群亡故者在墙上对着他大眼瞪小眼。

摄影师在家睡了一觉，醒来已经是下午，他孤身走回定慧寺，去拿那块广告板。经过东方点心店门口，看见关文梨在里面，他还没说谢谢，别人就告诉他："关文梨也被流氓打了，一脚踢在她肚子上。"摄影师慌了。关文梨坐在条凳上摆摆手说："我已经好了，不疼了。你是来找广告板的吧？我帮你收起来了。"她又说："追你的那几个人，是这里有名的流氓，也是靠着定慧寺吃饭的。你以后小心点，他们还会来。"

踢在肚子上该有多疼。晚上摄影师把这件事告诉了姐姐，姐姐说："也就是说，你是关文梨救的，她还为你挨了一脚。"

摄影师说："是啊。"

姐姐说："这下你欠她人情欠大了，比她的破鞋还大。"

摄影师说："不可以再喊她破鞋。"

姐姐转头对男孩说："你听见没有？"

男孩心想关我屁事啊，都是你们在斗。

那以后，摄影师去过其他的旅游景点，想在那里谋生，那里早就已经有人做拍照生意，看见他来了，也没什么废话，一脚踹翻了他的小摊，或者在他按下快门的时候凑到镜头前面扮个鬼脸。摄影师灰头土脸回到家里，男孩幸灾乐祸地想，原来他和我一样，离开了这条街就会被人欺负，他比我更不行，得靠大破鞋来保护。

有一天摄影师宣布：我要开家照相馆。

这真是一件奇妙的事，连姐姐都很激动，他们的日子过得太无聊了，像一锅白水煮着三个土豆。男孩想象着他们马上就要拥有一个照相馆，漆黑幽深，仿如幻境，那里面堆放着各种杂物，有点像工场，但是只要灯光亮起，取景器中看到的是另一个世界，经过裁剪和润色，与外面的一切都无关。这是制造幻觉的地方，他们成为黑暗中操控着幻觉的人，人们自动地走进来，奉献他们的脸。仅仅拥有照相机是不够的，你必须得有个照相馆。对三个土豆来说，还有什么比这个更有吸引力？

摄影师开始筹钱，以前他说过，这辈子从没借过别人的钱，但这一次他必须改变以往的原则。他认真考虑了一下，先把家里的存款拿出来，少得可怜的一点点，然后出去借钱，然后他发现，并不是他不爱借钱人们就会主动地把钱借给他，借钱是件很难很难的事情，即使他枯坐在顾艾兰的家里整整五个小时，后者仍然表示无能为力，她也有一个发疯的丈夫和一个呆头呆脑的儿子要养活。

他又去了屠户家里，屠户一边喝茶一边说："借钱这种事，只能救急，比如你生病了，你要讨老婆了。但你是开店，我的钱借给你，让你去挣大钱，这不太好。有多大的脑袋戴多大的帽子，做生意的本钱绝不能靠借贷。"摄影师被他白白地训了一通，多年的交情全都变成狗屁，非常生气。后来屠户总算心软了，说："你总得拿个东西来抵押。"摄影师从箱子里拿出了那块瑞士牌女表。

那是亡妻的手表，早就坏掉了，正如姐姐向马福大叔介绍的，它在一九七七年从云南的某一处山崖上跟随着主人坠落，后来拿回戴城，再也没修好。它一钱不值，不过很少有人知道，它从一九六九年开始，一直戴在了李红霞的手上。那是李苏华在知青下放那年转赠给自己妹妹的礼物。屠户记得这块表，多年后乍现于眼前，屠户一阵难过，说："顾大宏，你他娘的也太狠了。"

这儿得手了，摄影师又找胖姑借了一点，还不够，就再也借不到了，他又没收入，恨不得全家每天只喝稀饭。这时男孩发现一个事实，他的帅气的爸爸，这辈子根本就没什么朋友。他十分孤独，徒有其表的好看而已。

后来发生了一件事让男孩和姐姐都傻了眼。

那是春天，摄影师在到处找门面，照相馆的店面要求很高，不像那些卖杂货的个体户，只需一个铁棚子，或者在火车站大厅里租一节柜台就能做生意。照相馆需要至少二十平方的空间，房租相应的也会高些。摄影师看中了一块地方，是已故顾长根把守的靳家花园，在一九八四年，它已成为城西著名的娱乐场所，楼下是茶室，楼上是商业局的俱乐部，实质就是舞厅，只对商业局的职工开放，每个周末散出来一些门票，外单位的人也可以进去跳舞。摄影师看中了那栋洋房后面的两间屋子，可谓闹中取静，既优雅又有着足够的客流量。这算盘打得不错，一个星期天的下午，摄影师带着姐姐去了靳家花园。

那时跳舞尚属于国家监管的娱乐活动，尽管满街都是打架的，尽管人们躲在家里打麻将赌钱，尽管文化宫已经出现了电子游戏，令无数中小学生流连忘返荒废学业，但跳舞仍然在禁区以内，公开的营业性舞厅会被公安局取缔。社会上发起了一次又一次的讨论，社会主义国家的群众到底有没有资格跳舞。结论是，不可以随便跳，只能在单位内部跳，大家如果憋不住就先跳起来再说，万一闯祸了算你倒霉。

摄影师说他想去看看门面，姐姐跟着一起去，男孩由于太小就只能留在家里做作业了。实际上，对于靳家花园的格局，摄影师比任何人知道得都更清楚，他甚至知道草丛里仍有顾长根埋下的玻璃渣子。他去看门面实乃另有所图，那天他换上了一件半新不旧的西装，穿上了心爱的黄皮鞋，谁都能看出他想干什么，姐姐却没明白，她不知道爸爸会跳舞。在她心目中的顾大宏就是一个老实巴交的国营照相馆摄影师，最时髦的事情不过是听几首邓丽君的歌，到裁缝那里做了一件细条纹的有点像囚服的西装，托人从上海买黄皮鞋，另外给自己微秃的前额上抹点发乳。够了，他已经像个百乐门的小开，但姐姐还是认为他老实巴交，直到那一天。

他们走进舞厅，四喇叭录音机播放着慢四步的音乐，几对青年男女在舞池中很别扭地抱成一团，像拖把与扫帚不小心放在了一起，但他们都很高兴，嘴角扬起，眉毛扬起。还有几个老头子，头发花白，穿着化纤西装，钉着铁掌的皮鞋，他们的舞姿比较自然，他们是舞蹈老师。姐姐还是第一次来到这种地方，当时她念初三，快满十六岁，不免感到惊奇。摄影师带着她坐在一边，他先是张望了一会儿，观察形势，寻觅舞伴，然后他一言不发甩下了姐姐，笔挺着身体走向人民商场卖热水瓶的女营业员，黄皮鞋在地板上踏出了一串骚唧唧的脚步声。姐姐看到女营业员欣然站起，摄影师的手虚搭在她的腰间，结伴走进舞池。这时是一曲华尔兹，一般的青年们并不擅长跳这个，而有经验的老头子又觉得太晕，体力不济。于是整个舞池里就剩下拍照的和卖热水瓶的，他像是把握着照相机，她像是提着热水瓶，两个人转了起来，绕着舞池一圈两圈三圈，音乐放了很久，他转得利索，轻盈矫健一丝不苟。人们看着摄影师的舞姿又惊讶又赏心悦目，一曲终了，他停下，女营业员微微喘息着有点晕了把两只手搭在他的胳膊上。他就像一根被人扶着的电线杆，不但坚固，而且随时打算接受对方呕吐出来的午饭。

这是摄影师的成名时刻，以前有女的来找他，无非是要求他掌镜拍照，现在又多了一件事：跳舞，以及教她们跳舞。

摄影师回到座位上时，周围来了好多青年，有男有女，都喊他“顾老师”。那个下午他跳了十七八支舞，舞伴有年轻女郎，有中年阿姨，甚至还有男的。反正大家都想领略一下被他带着打转的感觉，卖热水瓶的女营业员很生气，噘着嘴走了。姐姐百感交集，心想，真是没看出来，他还会这个，如此潇洒的爸爸，不能让你卖热水瓶的独霸了，更不能交给炸油条的。

下午三点钟，摄影师很满足地走出洋楼，去往蔷薇街，一阵阳光像暴雨般落在他身上，多瑙河蓝色的水纹倒映在他眼中。舒服。姐姐问："哪儿学的跳舞？"

摄影师说："很早啦，以前照相馆的师父教的，那时候我也就像你这么大。"

"怪不得没念过什么书，从小就不务正业啊。"

"毛主席还会跳舞呢。"摄影师说。

姐姐说："你自己说说，你到底是来跳舞的呢，还是来看门面的？"

摄影师翻了翻眼珠说："看门面。"

"可是你没有去看过门面。"

摄影师停下脚步，懊恼地摇头说："我们回去看门面。"

"不用了！"姐姐大声说，"我已经替你问过了，这里的房子不出租，商业局自己用的。"摄影师叹了口气不说话。姐姐像一个好妒的妻子，冷冷地说："真是不务正业。"

就这样，门面没搞到，摄影师不务正业地开始教各种人跳舞，连东方点心店的单喇叭录音机里都传来了蓝色多瑙河的乐曲，关文梨炸油条的时候，那些油条都像跳华尔兹一样在油锅里打转。有一次摄影师恬不知耻地说："小妍，等你高中毕业了我教你学跳舞。"仿佛是为了弥补没有教她骑自行车的遗憾。姐姐恶狠狠地说："你还是教会关文梨吧，她的脚那么大，当心踩死你。"

那时关文梨也帮他出主意，找合适的门面，找来找去，最后竟还是回到了蔷薇街。有一个叫林雪凤的女人，和一个绰号叫老鬼子的劳改释放分子，愿意和他一起合租原先的南货店，把前面的店面和后面的仓库一股脑地改装成照相馆、烟杂店和寿衣店。投资很少，铺子极其简陋，林雪凤说先搞起来再说，以后会有发展的。林雪凤是个预言家，她不但卖香烛纸钱，还会给人算命，不过她只算对了三分之一，后来发财的只有她一家。

姐姐不喜欢那个地方。她比较中意第一中学附近的商业街，在法国梧桐的浓荫之下，有一个空门面，宽敞，深邃，天花板有四米多高，深灰色的木地板踩上去发出咚咚的声响，简直是为照相馆度身做的。那会儿她是市一中初三年级的语文课代表，能在学校附近拥有一个照相馆，大概也是件自豪的事。摄影师去谈房租，觉得有点贵，稍稍犹豫了一下，它就变成一个服装店了，又过了几年它干脆变成了一个舞厅。

"他一辈子就是在犹豫，等到没办法了，胡乱选择一下。"姐姐沮丧地说。

然后，她指着苏华照相馆的门面，那个曾经的南货店的三分之一，旁边是烟杂店和寿衣店，说："这照相馆跟东方点心店有什么区别？"

悲恸

苏华照相馆开张没几天，大水就来了，马福大叔的房子塌了，他也就死了。马福大叔活着的时候，曾经对男孩说："小出，以后你长大了就来接我的手艺，也摆个自行车摊吧。"男孩说等他长大了就实现四化了，那时候的人们不骑自行车，都开汽车，还会有飘在空中的气垫飞车，这是老师说的。马福大叔说："我是跟你开玩笑的，修自行车太低级了，你要考大学，将来开气垫飞车。"不过他还是很伤感地说："要是我死了，这条街上就没有修自行车的人了。"男孩心想，那也没什么要紧的，到处都有修车摊。等到他死了，男孩又想，马福大叔现在一定很开心地活在天上，不知天上有没有自行车，就算没有，他也可以修修别的，开锁配钥匙钉鞋掌收破烂什么的他都会。

在出事前的一段日子，马福大叔一直说到死，有点伤心，有点自嘲。他去苏华照相馆拍照，拍好了对摄影师说："这个将来可以做我的遗像。"摄影师听了觉得很不吉利，哪有刚开张就给人拍遗像的？

马福大叔死的那个早晨，福婶正好去拉煤球了，不然她也得死在里面，到家看见这场面，很多人把压扁了的马福大叔挖出来，福婶长叹一声："他上个月查出来得肝癌了，这下死痛快了。"

于是大家明白了，觉得马福大叔这么死了挺值的。

火化那天蔷薇街的人去了不少，马福大叔没小孩，大家凑个热闹。街道办鲍翠芬主任念了悼词："马福的一生，是勤劳的一生，他兢兢业业任劳任怨……"方屠户说："鲍主任，你这就不客观了，我们谁怨过他？上次给我补的轮胎又漏气了我也没怨过他。"鲍主任说："是是，你才是任劳任怨，这总可以了吧？"

男孩和方小兵两个坐在火葬场外面，方小兵现在已经是戴城聋哑学校的尖子生，他成绩优秀，能写会算，掏腰包的恶习已经彻底修正了，甚至可以说是忘记了，他变成了一个腼腆柔美的聋哑孩子。男孩从兜里掏出一张小照片，那是马福大叔的遗像，两个人望着半个月前的马福大叔，凭吊了一会儿，然后听见凄厉的哭喊声，那是福婶。男孩知道这是在火化了，他还听说火化的时候尸体会一下子坐起来，非常可怕。不知道马福大叔有没有坐起来。里面乱糟糟的，很多人跟福婶角力，一会儿福婶顶进去了，一会儿她又被拖了出来，一个不注意她又拖着三五个男人艰难地挪了进去，那三五个男人喊着号子把她又拽了出来。直到马福大叔真的化成一股青烟，男孩才松了口气。他们在外面等了很久，装着马福大叔骨灰的黑盒子端了出来，还有他的遗像。歪头和聋子客串了他的儿子，一个捧骨灰，一个捧遗像，坐在一辆破旧面包车的最前面，稀里哗啦地回到了蔷薇街。

此后一段日子，男孩在苏华照相馆里向外望，对面就是马福大叔家的碎砖烂瓦，福婶弓着腰在废墟上扒拉，捡出了马福大叔修车的工具箱，箱子被水浸过了，福婶打开箱子翻出了若干修车工具，还有无数的螺丝螺母，忽然惊叫一声，坐地上大哭起来。众人赶过去看，福婶从箱底摸出一个小塑料包，里面是一张存折，足足有一千两百块。这笔巨款是马福大叔辛苦一生偷偷攒下的。众人啧啧称奇，只有姐姐在看狄更斯的小说，她说这种事情书上早就写过了，怀疑马福大叔也看过狄更斯。

福婶从蔷薇街最穷的人家忽然摇身一变成为了有钱人。房管局把她安排到了白柳巷，两间朝南的房子，还带个小天井。福婶不再悲痛，用那笔巨款给自己买了台电视机，享乐意识太浓厚了。第二年，林雪凤做主把她嫁给了一个鳏夫，轴承厂食堂里的厨子，有工资有劳保，比马福大叔强。福婶从此过上了幸福的生活，而且改了番号，只是大家喊顺了嘴，仍叫她福婶福婶的。男孩想，马福大叔的在天之灵一定很得意。

大水退去之后，林雪凤的寿衣店也开张了。林雪凤不是蔷薇街的人，有了门面以后她才出现在这里。她长着一张茄子脸，两头长，中间略凹，又是个三角眼，看上去命很硬。做这门生意的，命要是不硬，大概早就被克死了。八十年代中期，寿衣店是很罕见的，人们都认为这种生意应该做到火葬场附近而不是街道上，想撵走她，又没人起个头，就搁置了下来。这一搁置，寿衣店在蔷薇街上存活下来，生根发芽，以后凭谁也休想动得了它。

马福大叔刚死那会儿，福婶还挺怨恨林雪凤的，认为家对面有个寿衣店，就会倒霉倒出血来。后来林雪凤告诉她，寿衣店不倒霉的，很多住在寿衣店对面的人家都发财了，原因不明，统计学上非常可靠的数据。福婶将信将疑，挖出了存折就彻底拜服了，她倒还想住回原址，可惜那地方被房管局清理之后就成了个晒场。

林雪凤不太出来，常年缩在她那个阴暗的小铺子里，那是全城第一家二十四小时营业的店铺。有很长一段时间，人们都不敢在蔷薇街上走夜路，觉得太阴森。店里还雇了个中年男人，他沉默寡言，眼圈乌青，人们搞不清他的路数，走过寿衣店只觉得后脖子发凉，转头一看，此人正缩在柜台下面，露出两个眼睛冷冷地看着自己。

最奇怪的是那只公鸡。

它是寿衣店豢养的家禽，立直了几乎有半人高，长着一个触目惊心的大肉冠子，通体透红，羽毛黑亮，眼神威严，走路的样子活像老干部上街。它来了以后，街上的母鸡们惨遭毒手，这一带并无一只公鸡，故而这个家伙找不到对手，就开始欺负猫。它仿佛对猫有一种深切的仇恨，下手非常狠毒，常常是像鱼雷一样直线冲向猫，啄对方的眼睛，也可以飞起来居高临下像老鹰一样抓猫的脑袋。猫被它的气势惊倒，两回合就被撵上了房。

有一阶段，蔷薇街开始整治，各家各户都不准养鸡，鲍翠芬主任带头发动了两次战役，先是很礼貌地敲门，然后冲进去突击杀鸡，各家也就突击吃鸡，过节一样。轮到这只公鸡，要逮住它非常困难，因为它几乎就会飞了。

林雪凤说这只鸡是挡煞鸡，这是有讲究的，如果杀了或是吃了它，煞气就来了。鲍主任才不管这些，在她眼里只有自己才是煞，叫了几个人围它，鸡闪转腾挪从人裤裆里钻过去，振翅一飞，已经在树上了，大中午的开始打鸣。鸣声一起，各处角落里的猫都惨叫着蹿出来往外逃。鲍主任觉得很没面子，到别人家里借了一把米，想把公鸡引下来，它看也不看，自个儿蹲在树上找虫子吃了。看热闹的就说，这只鸡可他妈的不要脸呢，给它一只母鸡，它肯定飞下来骑上去就干，那时候照它脖子上来一刀是最爽利不过的。鲍主任觉得可行，可惜，找半天都没有一只母鸡可供做诱饵的，都被她宰了。

到了夜里，鲍主任又来了。鸡是夜盲。冲进店里一看，踪影皆无，搜不出个道道，鲍主任手下那些人也不太愿意在寿衣和锡纸之间寻找猎物。后来才知道，林雪凤的店面里有一层吊顶，这只鸡半夜是睡在吊顶隔层里的。

有一天长征小学组织踢毽子比赛，男孩必须自制一个毽子去老师那儿交差·（踢不踢毽子随便他），其主要原料无非是铜板、垫片、塑料管子，以及公鸡的尾羽。男孩找半天发现这只挡煞鸡是唯一的下手对象，但又被它的凶猛所震慑，恰好姐姐是个踢毽子大王，尽管那会儿她已经读高中，不太玩毽子了，仍自告奋勇地替男孩去找这只公鸡的麻烦。

她先试了一下，挡煞鸡确实很难逮，普通的公鸡只要偷偷走过去，假装没事人，一把薅住尾巴就能得手，这只鸡不行，它太警惕，而且动作迅猛，当她的手沾到它尾羽的时候，后者已经窜逃出去五六米了。它像一个高傲的教徒，诱惑它吃米吃菜叶子，它视若无睹，深知这是撒旦的礼物。姐姐想了想，抱了一只猫过去，按在公鸡眼前。这只鸡着了道，它像是遇见了异教徒，向着猫猛扑过来，姐姐捏住了公鸡的翅根，拎起来，恶狠狠地将其尾羽拔了个精光，欢天喜地地走了。鸡回到地上以后，伤心欲绝，一头扑倒，后来不知道跑哪儿去了。

男孩的毽子赢得了众人的赞誉，那羽毛确实漂亮，他把它送给了罗佳。放学回家，看到鲍主任带着人在庆祝，原来那鸡自杀了，它郁郁寡欢地走到了居委会门口，正撞上鲍主任，鲍主任逮它，它根本也懒得逃跑，束手就擒，被一脚踩断了脖子。

人们以为鸡死了林雪凤就会跑路，可惜打错了算盘，她不但没走，而且还发了财。第二年她就戴上了金项链，手指上套两个金戒指，街上的人都觉得奇怪，平时看不见寿衣店有什么生意，以为它很快就会倒闭的。后来烟杂店的老鬼子说，寿衣店生意都是半夜里来的，那会儿大家都睡了，附近医院里死了人，就到她店里来置办寿衣，林雪凤和乌青眼平时很沉默，生意上门立即舌灿莲花，诱人把香烛纸钱骨灰盒全都办齐，有时还能卖出墓地，少则几十元，多则数百。众人听得热血沸腾，联想到穷苦的马福大叔攒下了一千两百块的巨款，看来做生意的确是发财的捷径。那一年农村出现了万元户，电视里大大地宣扬一通。戴城的人都觉得日子过颠倒了，农民和劳改犯现在比工人有钱。蔷薇街上有好几个胆大的都开始做起了地摊生意，跑到常熟批发一些衣服鞋子，也学着那群小摊贩，弄个被单往解放路的人行道上一铺，就地做买卖。有挣到钱的，也有亏本的，这更刺激，发财确实是各人各命，有没有命发财，总得试试看才知道。

这时林雪凤成为了蔷薇街的红人，因为她是个商业天才，她指导人们各种稀奇古怪的生意经，从数钱到借钱，从偷税漏税到对付街上收保护费的流氓，她全都知道。她告诉摄影师，借钱的时候，当着债主的面数钱，永远不要把最后一张钞票也点了，因为对方有可能会多给你一张，如果你把最后一张也点了，发现下面还有一张，债主就会讨回去。还钱给你是一样的手法，这是犹太人的数钱法。她还教育摄影师，写欠条嘛，能胡写就胡写，比如借钱的日期可以忘记写，这样，欠条就成了废纸。她同时又告诉方屠户，如果你借钱出去还收利息，那就应该在借出的时候就把利息从本金里扣除出来，这样人家才不敢赖账。蔷薇街的人都是挣工资吃劳保的，从来没见过这号人，一时都自愧无知，迅速把林雪凤捧到了天上。

她曾经建议摄影师不要开照相馆，那并不挣钱，什么才是挣钱的门道呢？去医院门口开大排档。摄影师很无奈地说，他对做菜既无兴趣也不在行。林雪凤说："开大排档，只要地段好，狗屎都能卖得掉。"摄影师说："我为什么要卖狗屎呢？"

这件事便宜了福婶。林雪凤把厨子介绍给了她，真是婚丧嫁娶全都包圆，顺便也指了一条发财之路给她。福婶的新男人开夜排档是再合适不过，于是就搬了两张小圆桌，十来把折叠椅，又弄了一辆黄鱼车，车上一应锅碗瓢盆和煤气炉，每天黄昏在医院对面做起了餐饮业。那是人流量巨大的地方，夜里有很多病人和家属出来找吃的，果然生意红火。摄影师曾经去吃过，那菜的口味完全不对，好像马福大叔还魂了炒出来的，问了才知道，原来这个厨子在食堂里只负责烧大锅饭，小炒并不是很精通。饶是如此，福婶还是赚了不少钱。

数年之后，林雪凤离开了蔷薇街，做起了墓穴生意，并且拥有了一家殡葬公司。寿衣店交给乌青眼管理（他占了少少一点股份），连同摄影师的照相馆，老鬼子的烟杂店，都只是挣点流水钱，难有作为。个体户发大财的时代过去了。倒是福婶，她的大排档终因恶评如潮而歇业，在林雪凤的斡旋下，福婶在解放路上某个不起眼的地方开了一家饭馆，这可不是普通的饭馆，专吃白事饭的，里面肃穆异常，桌子椅子都是黑色的，窗帘桌布都是灰色的，服务员都是乌青眼圈，而且，养了两只巨大的公鸡。一般人走进饭馆里面，立刻就会觉得压抑，再一抬头看见墙角有几个牌位，说不定还供着骨灰盒。懂事的人撂下十块钱，转身就走，不懂事的只好在服务员阴沉沉的狞笑中拔腿狂奔出去。

罗佳

小学时代，罗佳一直坐在男孩身边。男孩思想上有点早熟，从四年级开始就爱上了她，这当然不能说出来，说出来就成了小流氓。这种早熟一方面来自他胡思乱想，另一方面来自于姐姐的课外读物，尽是些言情小说，男孩偷着看过不少。

男孩的学习成绩还不错，二年级加入了少先队，每学期都力争成为"三好学生"，虽然体育方面差到了极点，但至少能捞一个"好孩子"，那是专门为德智体不太全面发展的孩子准备的荣誉。相比之下，罗佳显得平庸而简单，虽然她干净、漂亮、气质优美，但老师们并不因此就喜欢她，相反，这使她格格不入。

甚至连副课老师也讨厌她，美术老师发现她是色盲，绿和蓝分不清，音乐老师发现她是音盲，唱歌基本跑调，体育老师发现她没有一点运动细胞，连跳高都学不会。她不会跳橡皮筋，不会朗诵，不会做植物标本……如果排除掉上述一切，她仍然是个正常的女孩子，然而一旦把所有的缺陷都归拢在一起，她就成了个奇怪的人。很不幸，小学老师最擅长的就是罗列优缺点，然后按照这份菜单来鉴定出人本身的优劣。有一次马老师恶毒地嘲笑罗佳：一个长得不错却什么都学不会的女孩子，她长大了只能去做……马老师发出一声冷笑。男孩心想，她长大了只能去做冷笑的职业吗？

四年级的时候，国家教育部门发出了通告，所有适龄的孩子都必须加入少先队。以前靠努力获得的荣誉，现在变成了平均主义。男孩很不适应这种场面：在国旗下所有的人一起举起右臂，齐刷刷地行队礼，包括留级生、智障、打架大王，他们嘻嘻哈哈，一点没正经地窃取了胜利果实。

这些人之中也包括罗佳，男孩对罗佳入队表示欢迎，因为有过类似的先例，只要你长得好看，也可以优先戴上红领巾，但不知她为何如此背运，一直没能获得老师们的青睐。有一次男孩表达了这层意思，罗佳瞪大了眼睛说："你有什么了不起的？"过了一会儿又说："别以为你很努力，你再努力也是个歪头。"

这倒是实话。再努力也被人踩在脚底下，少先队的幻影反正已经像泡沫一样迸散了。

有一天下午的体育课，老师说今天练习翻跟头，就是鱼跃。不知道人们为何需要鱼跃，这门功课不太适合男孩，老师也怕把他的脖子拧断了，就让他在旁边看着。男孩看得无聊，偷偷溜回了教室，罗佳正独自坐着发呆，忧悒而无所谓，总之闷闷不乐。她是因为穿了皮鞋上课，被老师呵斥回了教室。

男孩坐在她身边。

这感觉有点奇怪，人们总是在人头济济的地方相遇，偶然有一天，这地方变得空荡荡的，他明明可以坐到别的地方去但不得不坐在她身边，因为他就是被安排坐在她身边。

罗佳侧过脸看看他。每学期开学她都会说："给我看看你头是不是更歪了。"这次她说了同样的话。

男孩转过脸给她端详。

"好像比前阵子歪得更厉害了。"她闲闲地说。

"你骗我。"

"真的不骗你。"

她抬手把他的红领巾向右拨过去一点，本来它是六点半的方向，现在变成了七点四十分。她说这样可以显得脖子不那么歪。

男孩将信将疑地说："这样会很滑稽吧？"

"不滑稽。"

男孩与罗佳之间可谓恩怨交错。他们之间最惨烈的一次，她抽了他一个嘴巴，他差点叼下她手上一块肉。最可怕的一次，她给他吃了一把蓖麻子，导致后者几乎丧命。最温情的一次发生在不久前，由于她长高了，必须坐到后排去，后排戴眼镜的李喻芳坐在男孩身边。第二天罗佳被同桌的男生摸了脚，她在课堂上给了他一个耳光，被马老师发配到最后一排，象征着耻辱和惩罚的位子上，孤零零地坐着。男孩遂于同日在李喻芳坐下来的时候抽走了她的凳子，她一屁股摔了下去。男孩也抱着书包来到了后面，罗佳在那儿向他笑盈盈地点头，致以欢迎。

此时男孩又低头看了看她的脚，横搭扣的黑皮鞋，把她的小脚裹成了一个近似椭圆的形状，露出好看的白袜子。一直以来她就穿着这双鞋，哦，他忘了她在长大，她可能换过很多双鞋但都是这个款式，令人觉得，这就是她身上的标志。在男孩身上也有着标签式的特征，他喜欢这样的人，至少让他不那么紧张。他看见马老师这种毫无特征、只有情绪蔓延在嘴角的人就觉得害怕。

罗佳忽然站起来，收拾书包打算离开。下课铃声还没响，这是一天中的倒数第二节课。男孩问："你去哪里？"

"回家。"她挟着书包说，"你走不走？"

每天放学他们都是向着两个相反的方向走去，男孩从来不知道她住在哪里，也从未与她单独出去玩过。显然，患难与共的经历令她对男孩的好感陡增。男孩正犹豫着是不是该为了她而逃课，她说："我带你去个好玩的地方吧。"

　　他义无反顾投笔从戎收拾了书包跟着她走。

　　溜出学校，方向在东边，罗佳走得很快，男孩努力跟在她身后，心里揣摩着到底什么地方才称得上好玩。她带他跳上了公共汽车，花一角钱买了两张车票，汽车横穿市区，开了很久很久，起初他还觉得新鲜，后来晕车的感觉愈发强烈，觉得胃里快要跳出一只猴子来。黄昏时罗佳一声令下，下车，又被莫名其妙地抛在了城郊的一座桥下。男孩两脚着地时，嘴巴也差不多扑向地面，好像要把地球啃下一块，最终吐出了一串黄水。

　　"这是哪儿？"他虚弱地问。

　　"监狱。"

　　男孩抬头望，原来他就在监狱的围墙下面。彼时他尚年幼，高墙显得更高，一轮残日蘸入远方的河道，衬出岗楼上背着刺刀枪的飒爽身影。

　　"我们为什么要来监狱？"

　　"我爸爸在这里。"

　　男孩小心翼翼地问："你爸爸……他是在这里看监狱呢，还是坐牢？"

　　罗佳说："当然是坐牢。"

　　男孩诧异地想，美丽的罗佳，她的爸爸竟然是个在押的劳改分子。有一种轻微的幻想破灭和轻微的幸灾乐祸，忍不住追问下去："你爸爸犯了什么罪？"

　　"他嘛，赌钱，把家里全都输光了。"

　　"判了多少年？"

"问那么清楚干吗呢？"

她走到桥边，爬上桥栏杆并扭身坐在上面，两条腿晃悠着，表现出一种轻松感，完全看不出家里已经输光了的样子。男孩不无悲哀地想到了自己的爸爸，赌棍的女儿尚且还能这么光鲜照人，看来摄影师连赌棍都不如——这一年照相馆刚开张，钱全都砸了进去，他已经连续两个月没吃到肉丝以上的荤菜了。

男孩也坐在桥栏杆上，夕阳从他们的背后照出两条颀长的影子，他在她左边，脑袋歪向她的肩膀，看起来倒像是一对情侣。在教室里他坐她右边，很难体会这种感觉。

"你是带我来探监的吗？"

"今天不是探监的日子。"

"那为什么要来这里？"

"你真啰唆。什么都别问，陪着我就好。"过了一会儿她说，"星期六，他们有一个机会可以出来，如果运气好就能看见我爸爸。"

男孩想知道他怎么才能出来，越狱？但罗佳不再回答他，她坐在桥栏杆上伸了个懒腰，双手高高举起，影子一直摸到了对面的路肩。一艘机帆船散发着浓郁的柴油味道，从他们的屁股下面驶过。黄昏是浪漫的，在她小小的身上，男孩嗅到了一股成熟的味道，这未免太早，未免太让人不可企及。

监狱的大门打开一条缝，两个穿囚服的犯人各提着一个铅桶走出来，到河边打水，身边并没有一个警察跟着。"哪个是你爸爸？"他低声问罗佳。她跳下来，伏在桥栏杆上看着他们，并朝他做了个噤声的手势。

男孩也下来了。犯人始终没有朝他们看一眼，犯人打水，起身离开，往监狱里走去。只是在走上桥堍的一瞬间，其中一个人抬头，向他们俏皮地吐了吐舌头，罗佳一笑，那就是她的爸爸。和所有的犯人一样，他剃着光头，夕阳照得他的脑袋像个大桔子。

等到他们进去之后，很快又出来另外两个犯人，也是提着铅桶。罗佳说："我们走吧。"

"这就走了？"

"走了，他今天不会再出来了。"她说，"今天运气很好，他排在第一个。"

他们过桥等公共汽车，等了很久。男孩说："要是他跳下河，就能逃跑啦。"她靠在公交车站牌生锈的杆子上，略带疲倦地说："那他就会被一枪打死。"

天黑时他们踏上了开往解放路的公共汽车，男孩饿了，她从书包里掏出一个白煮鸡蛋给他，吃了半个把他噎住了，她抢起拳头照着他的后背猛捶一通。车子上只有他们俩，直到进入市区才上来了一些下班的工人，车开得飞快，拉着车杆的人很像是很多年后见到的钢管舞者。这一路上他没再晕车。

过后，罗佳警告他，关于她爸爸坐牢的事情不许在学校里说。男孩巴不得她提出这个警告，这意味着，囚犯爸爸乃是他们之间的秘密，因为有了秘密，故此产生了休戚与共的滋味，可恨他没有什么秘密可以和她分享。男孩只能说："过几天我带你去看我爸爸，他是开照相馆的。"

她对照相馆很感兴趣，有一天下午，她真的跟着他来到了蔷薇街。走进苏华照相馆，姐姐在柜台里面站着，姐姐也很吃惊，没想到男孩带了个漂亮的小姑娘回来。在摄影师的安排下，罗佳拍了一张照片。后来姐姐说："嘿，和顾小山再拍个合影吧。"罗佳犹豫了一会儿，摇了摇头。姐姐有点失望，罗佳说："我走了，什么时候能拿照片？"男孩说："过两天我带给你。"罗佳又露出了那种令人费解的神色，仿佛有什么不快，又难以说出来，或者她根本不想让人知道。

她说："那你别忘了。我走了。"

她走了以后，姐姐问男孩："真的是你同学吗？"

"是啊。"男孩说。

"看上去比你大很多，这小姑娘怎么会这样？"

"因为她爸爸是个劳改犯。"男孩低声告诉姐姐，同时意识到自己破誓了，这件事他不应该告诉任何人的。

回到学校，男孩觉得他和罗佳走得更近些了。因为逃课，而且逃掉了最重要的课——周六下午的大扫除，于是被马老师惩罚做一个月的值日生，每天放学留下来扫地抹桌擦黑板，他得以和罗佳流连于学校，薄暮时分双双离开。这时学校已经变得冷冷清清，连老师都下班了，男孩会与她同路，向着与蔷薇街相反的方向走，一直走到一个邮局门口才转头绕回家。这样的行程不必再列队，他走在罗佳的左边，一直是左边。她背着双肩书包，铅笔盒子在里面发出哗啦哗啦的声响。

男孩觉得这一个月过得真是高兴，可惜暑假就快要来了。期末考试前的某一天，马老师忽然在课堂上宣布："罗佳，你爸爸是个劳改犯。"众人哗然，她像是被人掴了脸似的，愕然转头看男孩，眼睛里充满了恐惧。男孩赶紧说："不是我传出去的。"马老师鄙夷地说："你有什么资格传这个？学校对你们每个人的动向都了解得非常清楚！"

罗佳强忍着眼泪，但禁不住它们无声地掉落。马老师看来打算赶尽杀绝，继续说："罗佳的爸爸，是一个赌棍，他输了很多钱，年初去偷东西被抓住了。同学们，要记住啊，犯罪是可耻的，严打是无情的……"下面有人问："马老师，罗佳的爸爸判几年啊？"马老师指指罗佳："你自己告诉大家。"罗佳趴在课桌上一头扎进肘弯，马老师响亮地宣布："有期徒刑六年！"罗佳猛抬头，拉开凳子，像一只出笼的小鸟般扑棱棱飞出教室。马老师未及呵斥，她已经跑过操场，消失在校门口。卫生委员提醒道："马老师，罗佳今天值日生还没做。"马老师镇定地说："顾小山一个人做。"

等到所有人都消失后，夕阳照在玻璃窗上，世界变成焦黄色。男孩独自扫地，将灰尘扑打得四散飞扬，呛得他自己都待不下去了。他又擦掉了黑板报上的几个字，把"社会主义好孩子"改成"土会主义女孩子"，这种留级生才玩的无聊把戏，获得了一点快感，既搞破坏又搞自残的，但快感很快过去了，他又伤感起来。

马老师是个麻烦精，她本人当然很残酷，但她并不是有意要这样。她主要是觉得班上太清静了，必须弄出点话题来让大家惊悚一下。等到大家真的惊悚了，她便开始行使真正的权力：让你们丫的全闭嘴。掌握了她的这种心理，无论她说什么男孩都不会难过了，也不闹，他除了低头有点费劲之外，其他一切都很配合，她觉得男孩了无生趣，一副已经被虐待成渣子的模样——谁愿意去嚼那些被人嚼剩下的甘蔗呢？男孩一百次地告诉罗佳：对于马老师，甭理她就行，她劲头上来了谁都拦不住，劲头过去了就好。但是罗佳不理解这一点，或者说，她装不出那副渣滓的模样。

四年级就这么过去了，升五年级之后马老师不再担任班主任，她轮换去教一年级的学生，新一拨倒霉蛋替代了他们的位置。男孩对罗佳说，你看，坏日子总会结束的，只要你熬得住。

她再也没有带他去过监狱，虽然她仍经常在星期六的下午消失，逃掉一节大扫除课，或更多。老师有时会问班长，罗佳呢？班长摇头。老师的目光转向男孩，他也摇头。是的，人们固然知道她是囚徒之女，但人们并不知道星期六的下午她去了哪里。男孩甘愿坐在教室里，假如他和她一起跑掉，那就太醒目了。但愿歪头男孩是这个世界上唯一与你分享秘密的人，唯一可以安慰你的人。

有一天她没能逃掉，新来的体育老师把她从校门口截了回来，这是一个刚从学校毕业的家伙，长得孔武有力，脸上密密麻麻的陈年青春痘。他很不好说话，发了几个皮球给学生，让他们自由活动，然后就把罗佳揪走了。

体育老师有一间器材室，就在大礼堂后面的夹弄里，被一片肮脏的泡桐树遮挡着，非常安静，轻易没有人过去。他掌管着钥匙，有时你会看到他很抑郁地站在器材室门口抽烟，时髦的健牌，醒目的白色过滤嘴，一件深蓝色的球衫，袖子上有两道白色的条纹从肩膀直到手腕。他扔掉香烟，走到单杠边上，那是小孩子玩的单杠，他平举起双腿给自己做了二十个引体向上，走到一边，又点起一根健牌。他的香烟抽得比语文老师还厉害。

自从他来了之后，器材室一带就成了禁地，轻易没有人敢过去。他经常把学生揪进去，反锁上门，几秒钟之内传出惨叫和痛哭，好像刑房一样。他揍人比什么语文老师数学老师厉害多了，六年级的一个皮大王在开学第二天就被打成了哑巴，整整一个月说不出话来，上课都瑟缩在墙角。该生的家长还跑到学校来表扬，说这孩子平时打骂都不管用，落在体育老师手里算是现了原形，现在乖多了。当然，事情也有闹大的时候，不久前他打了男孩班上的女留级生，绰号叫野兔子的，野兔子的家长来寻仇，被体育老师一通乱揍，她的爸爸和哥哥全都趴在了地上。

人们畏之如虎，连同角落里的器材室。当罗佳被揪走时，男孩觉得自己的膀胱像火烧一样灼痛。她消失在了泡桐树后面，她还来得及回头看了一眼，知道自己要挨揍，但眼神里没有什么恐惧，仅仅是显得茫然失措，又带着闷闷不乐的神色。

野兔子说："我们去看看吧。"

"看什么？"

"看罗佳挨打啊，你不想看吗？你最喜欢罗佳了。"野兔子对男孩说。

野兔子召集了一些同学，蹑手蹑脚走过去看热闹，男孩混迹在人群里忐忑不安。器材室的门已经反锁，里面很安静，根据一般经验，罗佳很快就会爆发出痛苦的尖叫，但他们等了好久也没听到动静。野兔子趴在门上，穿过一条窄窄的缝隙朝里面瞄，忽然，她直起身体，激昂而悲壮地回过头对后面的人大喊："欧！他在强奸罗佳！"

器材室的门哗地拉开，高大威猛的体育老师填满了黑漆漆的门洞，他惊愕地看着野兔子。野兔子不依不饶地喊道："你在强奸罗佳，你扒她的衣服！我要告诉校长去！"说完一溜烟跑了。

　　罗佳从里面走出来，她的半边衣服被撕裂，从肩膀到脖子一侧有一片明显的红印子。她将挂下来的衣服遮住了伤处，轻声说："他没有强奸我，是我要跑，他抓我，把衣服撕开了。"

　　可惜野兔子已经一路大喊着跑向人头济济的办公室。

　　罗佳的脸抽了一下，像是吃饭时候咬了舌头，她懊恼地摇摇头说："我回家了。"走出去几步，又回到器材室里，拎出一只黑色搭扣皮鞋穿上，她就这么走了。

　　那天大扫除时，野兔子始终在讲着强奸的事。男孩争辩说："罗佳没有被强奸，她自己都不承认。"野兔子说："笨蛋，歪头，没有人会承认这个的。就算没有强奸，也是强奸未遂嘛。"男孩听得云里雾里的，野兔子已经发育了，她是女生，她懂得比别人都多。李喻芳说："小学生不能强奸的。"野兔子信心满满地解释道："罗佳已经可以强奸了，她来月经了。"

　　猫脸曾经告诉过男孩，强奸是要被判刑的，白柳巷的王国栋因为强奸了一个女人最近被枪毙啦。男孩不明白强奸，仅仅是理解了强奸的意思，后来他还去问姐姐，什么是月经啊，被她一脚踢到了墙边。很长时间，他等待着罗佳的归来，也等待着体育老师被抓走，但这两件事都没有发生。

　　有一天体育老师试图把李喻芳也拽进器材室，后者大哭起来，说："不要强奸我！"体育老师的脸色铁青，伸出去的手僵在半空，他说："谁说我强奸？"李喻芳大喊："他们都说你强奸了罗佳，而且，你会把我们一个一个都强奸过来的！"

　　乱糟糟的秋天过去以后，连体育老师都消失了，据说是调到了县城的一所小学，比长征小学更糟糕的地方。男孩仍坐在最后一排，背靠着黑板报，矮小畸形，这下子显得孤零零了。有一天，新的班主任命令他坐到李喻芳身边去，她还是不乐意，但总算没有再哭，大概免遭强奸的际遇让她坚强起来了。男孩不关心这些，他只知道，罗佳是再也不会回来了。

他忽然想起一个问题，就去问野兔子："为什么体育老师没强奸你？"野兔子不耐烦地说："你这个神经病，怎么还在惦记这件事？他谁也没强奸，我造谣一下而已，把他赶走了。我厉害吧？"男孩愣了很久，才说："你这个骗子，妓女，臭留级生。"说完挨了她四个耳光。

男孩在小学毕业那年翻弄照相馆里的照片，很多人的脸凑在一起，很好玩。陌生与熟悉的，美丽与丑陋的，他找到了马福大叔，找到了屠户，找到了关文梨。他把这些脸拼起来觉得像是个特别的游戏，比如，方屠户和关文梨有什么联系呢，福婶和厨子的结婚照边上凑上了马福大叔会不会很滑稽呢。他在无意中看到了一个女孩，那是罗佳，干净，漂亮，平淡，眼睛里闪烁着她固有的犹疑。她的不信任，不只是面对着快乐，甚至连男孩的悲伤都是有问题的。男孩记得他把照片全部给了她，连同底片，但居然遗落了一张，真是有点奇怪。

他很矫情地对着照片上的罗佳说，但愿你知道，有一个男孩他仍然记得你。

那个男孩是谁呢？

那个男孩就是我。

第三部

跳舞时代

1

一九八五年，我爸爸在蔷薇街13号搞他的照相馆，那时他是全城跳舞界的名人。顾大宏少年学舞，得自解放前上海滩舞厅的真传，中年丧妻，不肯续弦，没有人管着他。他长得好看，又爱穿西装，甚至打领带。种种一切，把城里想学跳舞的女人全都引到了蔷薇街上，她们就在光天化日之下搂着他，没有音乐，他们像做早操一样喊着一二三四，在照相馆对面的晒场上转圈圈。

那些女人大多数都步入中年，她们很时髦，通常都烫着头发，穿着街面上流行的衣服，有的还喷洒些香水，气味浓烈，不过我姐姐说那只是香波或者花露水而已，真正的香水不是这样的。她们一茬一茬地来，跳舞之余，有时在我爸爸的照相馆里拍张照，有时更滑稽，来拍照的女人看见我爸爸教跳舞，在拍照之余她们也要求加入学员行列。街上被她们搞得闹哄哄的。那会儿跳舞还是一项被禁止的娱乐，最起码不能在街上公开跳，也不能有营业性的舞厅，街道主任鲍翠芬就冲了过来，指责我爸爸有伤风化。这些女人对鲍主任一概嗤之以鼻，并用我爸爸日常所说的话回敬鲍主任："毛主席还跳舞呢。"我爸爸本人，他是从来不敢对鲍主任提及毛主席的。

对于开放时期受禁阶段的交谊舞，人们的态度很矛盾。比如不爱跳舞的人，说这是淫乱活动，应该取缔，并且把摄影师顾大宏之类的渣滓都送去劳教；比如爱跳舞的人，说交谊舞是一种健康运动，活动活动筋骨，跟做早操没啥两样。这两种思潮都有点说不过去，跳舞不该坐牢，也不该像做早操。如果折中一下，跳舞，它只是跳舞，那人们又会说，这是放屁，世界上有那么单纯的事情吗？

我爸爸之所以没有被送去劳教，在于他的谨慎和潇洒，他教跳舞不收钱！当时有一些老头子就靠这个挣钱，虽然也没把老头子送去劳教，但我爸爸这种中年美男就很难说了，他正是坐牢的好年纪。不过他也不是省油的灯，经过跳舞培训，一传十，十传百，蔷薇街上的苏华照相馆很快挣来了名声。太可悲，他自诩为戴城 TOP 10 的摄影师，结果却靠出卖色相来维持经营。

我姐姐讨厌他不务正业，然而她很快就明白了道理所在。当时顾小妍念高一，是个贪财的女孩，喜欢身上有点零花钱，买书买零食买衣服，既然能挣钱，她就不说什么了。我们家穷得太久，已经没资格再嘲笑金钱了。后来我姐姐说，这就好像商场门口的游戏机，游戏机并不能维持商场的开销，但它带来了人流量，做出了市面。我爸爸就是这台游戏机。

由于名声太响亮，后来的事情发生了一点微妙的变化。那些上门学艺的女人不再是清一色的时髦阿姨，她们的档次逐渐往下降，有的烫了很难看的鸡窝头，有的穿着纺织厂的工作服，有的大嗓门，有的斜眼睛。这他娘的太扫兴了，我爸爸硬着头皮对付了一阵子，自己也觉得很没脸，他藏起了自己心爱的囚服西装和黄皮鞋，打扮得像个工人师傅一样，但阿姨们仍络绎不绝，丝毫没有看不起他。最后有个卖皮鞋的阿姨送给了他两双小方头的牛皮鞋子，并叮嘱我爸爸，下次再教她跳舞，他必须穿上她送的皮鞋。

我爸爸中年以后的红颜知己，就是关文梨，她那时在·个文具品商场里卖毛笔，贼贵的那种货色。与她当初炸油条一样，她的美貌以及破鞋的历史让人们格外青睐，戴城所有的书法家都在她的柜台上买毛笔，然而毛笔毕竟是奢侈品，普通男人再也不可能像买油条一样排队接近她了。

她仍然爱着我爸爸，她跳舞都是我爸爸教的，可是在一九八五年他们之间出了点小问题，那是顾大宏大红的一年，他的门口才排着队，而她那边反而冷清了。有一天她来苏华照相馆找我爸爸，听见碧波饭店的女老板扬言，只要顾大宏愿意，她随时可以嫁给他。关文梨有点受不了，她默默地走开了，后来她转投一个绰号叫"老克拉"的家伙门下，跟着另一伙人跳舞。我爸爸呢，因为太热闹，并且他也没打算娶任何开饭馆或是卖毛笔的女人，时间过去，感情渐淡，竟也没有再去找关文梨。

那时各个单位里都有内部的舞会，我爸爸常去。他对场子的要求很高，最起码得是水磨石的地坪，最好是木地板。他最为中意的地方是靳家花园的商业系统俱乐部，最烦纺织厂的礼堂，那地坪实在太糟糕了，用来开批斗大会还差不多。他没有固定的舞伴，也就是所谓的"舞搭子"，人们觉得他过于清高，不过很快也就理解了，像他这样一个以传授舞蹈为己任的人，是不应该有固定舞伴的。他是蜜蜂，而她们是花朵。他的舞票（或曰入场券）都是别人送的，每每孤身一人骑着自行车去舞厅，就地挑选舞伴，如果没有合适的舞伴他宁愿不跳舞，就在边上看一会儿。被他邀请的女人都有一点点得意，他从来没吃过皮蛋，也没有发展出更深入的感情，甚至连手帕交都没有一个。这成为他的风格、特色、标签，以及做人的原则。

即便如此，他还是闯了祸。有一天一个女人的丈夫找到了他，把他堵在照相馆里，说："你要是再敢带坏我老婆，我就打断你的腿。"我爸爸想半天不知道他老婆是谁。后来他也想通了，就开始教男人跳舞，最起码在有人上门打腿的时候，看见一帮男人在，可以收敛些。

最起码，他可以让自己不那么像个色狼。

2

有一天，从工人文化宫来了两个美艳的阿姨。她们正是我爸爸最喜欢的那种，水蛇腰，不穿外套，一件紧身毛衣勒出身体的线条，中年已婚育妇女特有的妖娆。她们站在照相馆门口问我："顾大宏呢？"我指了指摄影室。他从里面探出头来。她们自我介绍了一下，说："文化宫也要搞俱乐部，我们想请你来教跳舞。"

顾大宏说："我跳得不太好，你们可以去找老克拉。"

她们说："老克拉是个流氓，他迟早要被送去劳教的，还是你的名声比较好。顾老师，你不要谦虚咪，都知道你是跳舞拍照双冠王。"

顾大宏说："我要看店……"

她们说："我们要拍一批工厂机关的宣传照片，做展览用的，有补贴。你来拍照，教我们跳舞。"

无法抵抗的诱惑，既有钱又能玩，还能体现他艺术家的本色。于是他换上皮鞋，套上西装，又问她们要不要带照相机，她们说照相机不必，文化宫的器材比他那个破玩意儿好多了，他就跟着她们走了。临走让我找小妍顶在店里，一般的冲印生意她还是可以接的。

那时工人文化宫已经不太像是工人去的地方了，碰碰车和高空脚踏车，录像馆和溜冰场，乱糟糟的电子游戏房，都是为青少年准备的，到了晚上全是小流氓。那两个美艳阿姨抱怨说，好好的工人文化宫，已经没有工人的容身之地了，领导让把舞厅开出来，管他娘营业不营业呢。半营业！这总可以了吧？

顾大宏点头附和，是啊是啊，跳舞是高尚娱乐，没啥可禁的，看吧，今年年底之前肯定开禁。

文化宫舞厅已经装修好了，诡称工人俱乐部。那是一个大厅，灯光音响俱全，只可惜水磨石的地坪还不够滑，顾大宏建议他们洒点滑石粉，更适合跳华尔兹。那两个阿姨认真地记下了。好多男女坐成一圈等着我爸爸来教舞蹈，其中还有当年揍过他的两位，当然他们已经不太记得这件事了。在那里，顾大宏教了他们各类交谊舞，慢四荡三最简单，快三伦巴不容易，有人想学探戈，我爸爸摇头，探戈你就算学会了也找不到人跳，还是从简单的开始吧。一群人跟着他磕磕绊绊。忽然走过来一面色绯红的中年女人，我爸爸一看就头大，是胖姑。

胖姑说："大宏，真没想到你还会跳舞，以前苏华都没告诉我。"

顾大宏说："苏华以前也不知道的。"

胖姑说："你要教教我。"

顾大宏说："可以的。你先把手里的瓜子放下。"

教胖姑跳舞太费劲了，我爸爸很快汗流浃背，体力耗尽，感觉自己像个搬家具的，脚上被踩得一塌糊涂，很后悔穿了一双新皮鞋过来。教了个七七八八的，我爸爸累趴了，坐在折叠椅上喘气。胖姑站着，手里又多了一把瓜子。我爸爸问她，怎么会想到来学跳舞。胖姑说："大龄青年舞会呀，他们说我也是大龄青年。"

胖姑与共和国同龄，共和国都换了好几茬领导了，她还没找到一个男人。当时，各地以大龄青年交流活动的名义组织起舞会，打打擦边球，抗衡国家禁令。像胖姑这样的，别说公安局，就是国务院都不敢禁止她出来寻找伴侣，遂被文化宫请来做挡箭牌。我爸爸听了暗中摇头，心想就凭胖姑的资质，在舞场上怕是很难找到匹敌的，看她站得很累，就让她坐下一起聊天。胖姑说："这儿的椅子不经坐，我都坐坏两把了。"

我爸爸开照相馆那会儿借了胖姑的钱，一直感念她的友谊，所以尽心尽力地又教了她几天，胖姑是真学不会跳舞，也找不到男人。舞厅里的人不免觉得奇怪，以为顾大宏口味独特，就喜欢胖的，实际上他是有苦难言。过了几天，胖姑不来了，我爸爸才松了口气，没想到胖姑去了苏华照相馆，把他教跳舞的事情全都告诉了小妍。

是的，小妍说过，他只是商场门口的游戏机，现在这台游戏机自己跑了。照相馆有好几天没开张。做这种生意的，如果让顾客吃过一次闭门羹，下回人家就绝不会再来。我姐姐越想越生气，更兼胖姑在后面添油加醋，把顾大宏说成了万人迷：他跳舞时脚底像抹了油一样，皮鞋锃亮，西装笔挺，哎呀呀，跳芭蕾的都没有他好看。一想到跳芭蕾的男人穿着紧身裤，胖姑就有点害羞，这个比喻真是太下流啦。于是胖姑又说：他跳舞跳累了就坐在一边，男的发给他香烟，女的擦了火柴给他点烟。

小妍说："他什么时候会抽烟了？"

胖姑说："我听见有女的说，这个男人抽烟的姿势真好看，而且，难得他的嘴巴一点味道都没有。"

小妍大怒："凑得这么近，连嘴巴都闻到了？"

胖姑挺难为情地说："我闻了闻，真的没有烟味。"

小妍听到这里就骑了自行车去找碴。那是黄昏，各处的小流氓都聚集在文化宫，看见她来了，都朝她吹口哨。她没理，停了车子直杀进舞厅，只见灯光旖旎，女人们全都穿着蝙蝠衫，血红的，雪白的，豆绿的，鹅黄的。我爸爸正坐在折叠椅上，头发梳成中分，一身囚服西装，跷着二郎腿抽烟，鞋底粘两枚瓜子壳。

小妍说："顾大宏，出来！"

蝙蝠衫们一惊，以为正主儿上门了，发现是个小姑娘，漂亮而时髦，小小年纪就烫头发。我爸爸赶紧解释："我女儿。"女人们说："噢，遗传你啊，天生鬈发。"我爸爸来不及敷衍她们，夹着尾巴跟了出来。一路上又是口哨四起。我爸爸觉得奇怪，这丫头怎么那么招流氓？小妍说："自从你把我的照片登在报纸上，全城的小流氓都朝我吹口哨。"

回家以后总算是解释清楚了，原来教跳舞还可以接摄影的生意，这是横财。我姐姐勉强答应了，并提醒他，不用太费心，拍好了照片挣到了钱就赶紧回到店里。世界上哪有那么便宜的事情？她也就是趁着我妈过世了，敢对我爸爸指手画脚。为了补偿她，我爸爸买了一件湖蓝色的蝙蝠衫送给她。这是当时最为时髦的衣服，双手伸开很像蝙蝠，胳肢窝里夹两个炸药包都看不出来。也不知道为什么会流行这么难看的衣服。小妍很喜欢，还打算配条牛仔裤，这又未免太时髦了（当时的高中生是绝对禁止穿牛仔裤的），会引来更多的口哨。

这件事结束以后，有一天硫酸厂来了一批青工，他们都是刚从学校毕业、还在培训的小青年，由于我外公活着的时候是硫酸厂的名人，因此顾大宏在那里也很有号召力。他们生拉硬拽，把他劝到了厂里去教跳舞。为了照顾我姐姐，劳资科长答应给我爸爸一个招工名额，可惜她要考大学，但顾大宏仍可以推荐其他应届高中毕业生去硫酸厂上班。那是效益很好的国营大中型企业。蔷薇街上的人起初对顾大宏抱有成见，后来发现他以舞会友，神通广大，还有招工名额，附近街面上的应届生就全都来了。这造成了一个现象：他不再混迹于中年阿姨之间，而是小姑娘，十八九岁的小姑娘，她们丰润美好，天真可爱，年龄和我姐姐差不多大。这下隔壁的方屠户看不下去了。

屠户那时还在卖肉，他也快四十岁了，当年的潇洒和勇猛已不复存在。他曾经爱过我的红霞小姨，后者在他心里，永远定格在十八九岁的模样，屠户活到四十岁的时候，看见十八九岁的小姑娘就会动情，但谁会搭理一个卖肉的中年男人呢？

屠户先是跑到照相馆，和我爸爸谈心："老顾，你要是正经娶个老婆，大家都能理解，但你现在这样胡搞，太对不起李苏华了，反正你们家老一辈的人都死挂了，也没人管你，但是我今天要告诉你，不能再这样下去了，你会犯错误的，大耳朵和李红霞要是还活着肯定一枪崩了你。"我爸爸说："我没打算结婚，我就想这样。"方屠户被气了一下，过了一阵子，屠户的丈母娘去世了，他老婆带着两个孩子回乡下的娘家奔丧，留了屠户一个人在家，其乐无穷也有点寂寞，他戴着一个黑臂章来我家了。

"教我跳舞。"

顾大宏嘿嘿地笑了："想学啦？"

屠户说："现在就教。我也想通了，我要像你一样风流。"

顾大宏说："你丈母娘刚死，这不太好吧？"

屠户说："过了这次就没机会了，我丈母娘又不会死第二次。"

于是老三篇，慢四荡三华尔兹，方屠户的两只手带着浓重的肉腥味搭在我爸爸身上，看得人心里发毛。屠户家里有一台单喇叭的录音机，他是流行音乐爱好者，攒了很多磁带，趁此机会都搬到我家，这下不用干喊口令了，而是播放着各种舞曲数着节拍。屠户也没亏待我爸爸，把单喇叭录音机送给我姐姐学英语，自己去搞了一台进口的三洋四喇叭。

顾大宏这时才发现，屠户是个跳舞的天才。才两个晚上，他就把该学的都学会了，联想到他年轻时候在枪林弹雨中蹦跶，子弹都打不到他，看来运动细胞是绝对一流的。第三天晚上他自认可以出去招摇了，就换了身干净的衣服，摘了黑臂章，跟着我爸爸跑到文化宫俱乐部。那会儿，他丈母娘尸骨未寒。

屠户也是这一带的名人，很多中年人认识他，在猪肉供给很紧张的年代里（长达三十年），过年过节都会托他弄点热气肉。到了一九八五年，副食品供应已经日趋丰富，但大部分的女人们还是记得凭票买肉的艰难时光，谁他娘的能肯定这种日子不会回来呢？都不敢得罪他。屠户腆着肚子走到某个蝙蝠衫面前，大声说："来！"其口吻完全就像在肉摊上扔出三两猪肝或是半斤排骨，蝙蝠衫只能强忍着恶心站起来，被他搂住，一路转向舞池。

屠户的舞技比很多初学者都强，但他有个很糟糕的习惯：跳舞的时候抽烟。这根烟有时在他嘴巴上，往往正对着舞伴的鼻孔，舞伴只能像跳探戈一样扭开头。有时香烟在他右手，那就是舞伴的腰里，偶尔的，会把人蝙蝠衫的胳肢窝烫出个洞来。有时在他左手，也就是舞伴的右手，像两个钻木取火的原始人在庆祝。有次跳完了舞他找不到左手的烟了，发现留在舞伴的指缝里了。即使他不抽烟，耳朵根子上也会夹着一根，或左右各一根，他随时都会把它摘下来塞到嘴里。

他活年轻了，在他老婆离家的日子里，他用《北国之春》的曲调高唱："真由美啊，大腿张张开！"又用英语猛唱道："三刻丝、三刻丝、三刻丝、三刻丝！莫妮卡啊！"听者无不绝倒。这么癫狂了好几天，丈母娘火化的时候忘记去了，事情终于败露。

有一天下午屠户在文化宫俱乐部跳舞，他老婆终于忍不住杀了过来，看到花花绿绿的场面，站在门口悲泣，硬是没敢进来。不过她还带了两个来自乡下的弟弟，也就是屠户的小舅子，事实证明花花公子最怕的就是孔武有力的小舅子。他们两个，一个养猪的，一个劁猪的，冲进舞厅，像对付公猪一样在众目睽睽之下掰开屠户的手，将其与舞伴分离开来。舞厅工作人员前来阻拦，那两个小舅子表明了身份，工作人员只能向屠户摊摊手，表示无能为力。比较可气的是那个舞伴，她早就看不惯方屠户，只是敢怒不敢言，此刻指着他哈哈大笑，说："知道你会有这一天。"

屠户很遗憾，他对舞伴说："你他娘的真不上道。"然后被两个小舅子架住胳膊倒拖了出去。

3

我姐姐一九八四年在市一中直升高中部，那是戴城比较有名的重点中学，但不是最有名的。这很要命，这意味着该校的女生都还不错，又漂亮又聪明，同时又不是书呆子。流氓要是不来这里，真是对不起她们了。

那会儿我爸爸把"早晨"发表在日报副刊上，很多人都看到了。照片上的小妍美得冒泡，集中代表了八十年代女中学生的风貌，一开始她自己也美得冒泡，不料引来了一些奇形怪状的人，堵在市一中门口对她吹口哨。具体来说，都是些小混混、青头鬼、穷困潦倒的流氓，偶尔也有时髦的。如果说他们是专程来堵她的，那会让她美死，也不太现实。真相是，他们本来就无所事事，市一中附近恰好是青年宫，招惹是非的地方，他们顺路过来吹吹口哨，而命中她的概率由于那张公开发表的照片存在，变得尤其的大。

吹口哨分为好几种。一种是在擦身而过的时候，低声地吹一下，带有一个弯曲向下的尾音，表示暗暗的倾慕和欣赏。一种是像逗鸟一样，啾啾啾地吹，有点急不可耐，表示需要获得回应。一种是在人群中发出大力的呼哨，盖过了一切声音，那表示他是个戆卵。这些小妍都遇到过。

那时她是个美好而文艺的人，抄了很多歌词在小本上，既有流行歌曲也有外国民歌，从"池塘边的榕树上知了在声声叫着夏天"到"深夜花园里四处静悄悄"，大概有两三百首。星期天的下午她会坐在照相馆的柜台里，对着歌词本子唱上几首，高兴了唱一个下午。我在旁边做功课，听她唱歌，街上传来伴奏的口哨声。我说："有人吹口哨啦。"她收声倾听，口哨声又没了。她说："真的有人吹口哨？"我说："你自己听不见，等会儿你再唱。"她唱了起来，口哨声又来了。她停下歌声对我说："出去看看。"我跑出去，口哨声又消失了，街上往来的人都很正常，看不见有什么小街痞。这很像是幻听。

小妍说过，对付口哨，最有力的回击就是同样用口哨嘘他。这是很大胆很厉害的行为。我去市一中门口看过，有人对她吹口哨，她像所有的少女一样低头疾走，没有胆量回击。她也只是在口头上表达一下自己的厉害，并不能真正付诸行动。不过，同样是低头疾走，别人都会涨红了脸，她是神色诡异，嘴角带着一抹轻笑。

我问她："你怎么不把口哨吹回去呢？"

她说："你真想让我像个阿飞吗？笨蛋。"

那时她是个乖女孩，成绩优秀，在学校很受宠。她干的唯一出格的事情，是交了个笔友，双方互通信件，直接寄到我家。我爸爸因为忙于做生意，自己身上也不是很干净，有关我们的一切都只能任其自由发展。信件来自北方的一座大城市，从笔迹来看是个男人，信封的落款是"凌云"，这很难猜，到底凌云是真名还是笔名呢？我问她，她不告诉我，说这是个人隐私。

我学着大孩子写点日记，其中有关于罗佳的片段回忆，这本子藏在我的抽屉里，还加了一把锁，不过这对小妍来说根本不算什么障碍。有一天回家我发现她正在看我的日记本，觉得异常羞辱。我问她："你说的隐私呢？"

她很无耻地说："我看看你的日记有什么了不起的？小屁孩的东西，你还当真了。"

我说："你侵犯我的隐私！"

她说："我就跟你妈一样，当妈的看看儿子的日记有什么要紧的。再说你的文采也不怎么样。"

我对她的报复就是拆了凌云的来信。在这封信中我看到凌云老兄对顾小妍的昵称：娜佳。我差点笑昏过去。娜佳，这是一个俄罗斯姑娘的名字，那我就是瓦西里了。信的内容倒是没什么过分的，谈谈理想，谈谈学习，抄了几句诗，只是显得矫情。那会儿我姐姐的唱歌本儿已经换成了手抄诗集，照我的看法，是凌云先抄给了她，她又抄在了本子上。我笑了很久，等她回家，开口就喊她娜佳，被她一巴掌掀到了桌子底下。

然后双方谈判，她不看我的日记，我也不看她的信。最重要的是她不要再觉得自己是我妈。过了几天她来找我："信箱里的信呢？"我说我不知道怎么回事。她说："邮递员说今天早上有信投递过来的，你藏哪儿去了？"我们为此又吵了一架。晚上我爸爸回家，忽然想起来问："谁是娜佳？"我姐姐大怒，要掀桌子。我爸爸把一封拆开的信拍出来，顺便按住了那张即将四脚朝天的桌子。原来这次凌云在信封上写着"娜佳收"，而不是顾小妍。我爸爸说："我很奇怪我们家哪有娜佳？"

小妍说："我就是！"

我爸爸一边摇头一边往外走，嘀咕说："那么瓦西里又是谁呢……"我拿过信一看，真的笑过去了，凌云老兄这回的落款竟然就是瓦西里。

自此，我姐姐公然自称娜佳。这个名字挺好的，比什么柳德米娜听起来年轻而可爱，名字里有"佳"的姑娘都好。我们街上的邮递员是个糊涂虫，有次他把娜佳的信投到隔壁方屠户家里去，屠户就送过来，说："娜佳，你的信。"然后很自以为是地告诉小妍："我觉得冬妮娅这个名字更好听，哈哈哈。"

"懂你丫个头啊。"她用北京话大声地回击。

暑假以后，瓦西里的来信日渐稀少，我姐姐时不时地去看看信箱，那儿空荡荡的像一个弃置的鸟巢。看上去凌云是另有所寄了。后来她告诉我："凌云考上大学了，他在北京。"她看起来有点惆怅，不过很快她就忘记这件事了，她也快要考大学了。

有一天我在信箱里看到了一张明信片，那是当时非常少见的东西，正面是一幅世界名画，反面写着：娜佳，新年快乐。这不是凌云的笔迹，既没有贴邮票也没有落款，显然是直接投递到我们家信箱里的。我把明信片给了她，她有点疑惑，不知道是谁干的。

"有人喜欢你。"我说。

为了表示无所谓，或是抗议别人随便喊她娜佳，她把明信片撕碎了扔到街上。

过了几天，她放学出来。那正是青年宫举办新年游艺会，虽然不能跳舞，但可以搞搞猜谜语啦、钓金鱼啦、比赛骑自行车谁更慢啦，类似的无聊活动，来了好多青年，其中更无聊的就跑到市一中门口，寒冬腊月在那儿看女高中生，聚了比平时多十倍的人，以及多十倍的口哨。我姐姐挤出去的时候听见有人低声说："娜佳。"她霍然回头，周围乱糟糟的人，找不出这个笨蛋在哪里。

你知道，总有一些小流氓是不满足于吹口哨的。

开年，她有了一辆自行车，不再买月票上下学。简直就是为那个笨蛋准备的，因为小流氓都喜欢骑自行车，他们很少会跟踪一个坐公共汽车的姑娘。那时还下雪，校门口比较冷清，她放学回家的路上必定会穿过几条小巷，听到背后传来口哨的声音，还吹出调门了，正是方屠户最爱唱的那首"莫妮卡"。小妍心想见了鬼，总不见得是屠户在跟她吧？停下自行车，驻足回望，只见一条人影猛踩自行车，嗖地从她后面超了过去。背影是二八凤凰，驼色大衣，飘一条白围巾。她后来观察了一下，学校里没有这号打扮的，就断定是个社会青年。

那会儿屠户把他的单喇叭录音机送给了小妍，用来听英语，也听歌。她多了一项买磁带的开销，基本都是香港流行歌曲的杂锦，其中有一盒张国荣的原声带，八四年出品的俏货。佢好中意哥哥，觉得他鼻子好睇。那首"莫妮卡"也是她最喜欢的歌，可惜被屠户唱得像杀猪。她觉得屠户玷污了这首歌，心里很生气，现在小流氓也对着她吹这个调门，就更生气了。

我姐姐是个自得其乐的人，骑自行车的时候爱唱歌，尤其在无人的小巷里唱得起劲，第二天竟不小心被这流氓带了过去，唱起了"莫妮卡"，后面口哨声跟着又来了。她没理，歌声响亮，自行车骑得飞快，听见后面哐哐的声音，她猛然捏闸，一曲口哨版的"莫妮卡"顺着左耳滑了出去。又是那个戴围巾的。于是这个学期她几无宁日，每隔几天口哨就出现，每次都是"莫妮卡"，成了他们的接头暗号。但她始终没看清这个人的模样。

冬去春来，小妍放学有时走大路，有时拖课很晚回家，这样遇到他的机会就不是很大了。某一天她忽然发现，很久没见过这个家伙了，去哪儿了呢？天暖和了，街痞明明又都出来了嘛。过了一阵子学校开运动会，门口又站满好多人，隔着栅栏看女生在操场上比赛，发出阵阵喝彩。忽然有个戴墨镜的家伙出现在人群里，飞机头，花色夹克衫，手里拎着一台四喇叭，"莫妮卡"的巨响声从喇叭里传来。小妍正在绕圈跑八百米，听见音乐，转过头去看他，他冲着她招手："娜佳，加油！"小妍气不打一处来，第二圈跑过去发现他被几个人按倒在草堆里，十分凄凉地大喊："不要抢我的录音机！"他想爬起来又被踹回去，如此挨了七八脚。我姐姐大为得意，发足狂奔，一口气跑了个全校冠军。

那天放学比较早，我姐姐在学校里偷了个哨子，挂在脖子上出门。她看见飞机头郁郁寡欢地坐在人行道上，墨镜没了，花色夹克撕坏了，头发里粘着几根草棍。她推着自行车经过他身边，噗地笑了，他非常严肃。她又居高临下端详了一会儿，他没反应，她就骑着自行车走了。

她经过小巷时，用口哨吹着"莫妮卡"，没有回应。她回头望去，只见飞机头骑着自行车，双目无光，慢慢腾腾，像一具僵尸跟在后面。她停下车子，飞机头走神了，哭丧着脸从她身边经过，我姐姐把胸前的哨子塞进嘴里，在他耳边吹出了一声巨响。他从车上掉了下来，仍没理她，推了自行车就走，我姐姐索性吹出了"一、二、一"的哨音。这下飞机头受不了啦，他停下来，很严肃地说："不要嘲笑我。"

小妍说："你，跟了我有半年了吧？"

他说："最近我可没跟你。"

小妍说："最近在忙什么？"

"找到工作了。"他说，忽然又有点得意，"我现在在外宾招待所上班，我叫陈勉，你可以叫我勉子。"

外宾招待所是个很神秘的地方，轻易进不去。根据我爸爸的说法，那里有个不错的舞厅和不错的咖啡厅，不过都不对外开放，只用来招待外宾。堵我姐姐的那些人，无业的、待业的、念职校的，要不就是什么糖精厂和机配厂的，十分没有品位。难得有一个和外宾沾边的，倒也不俗。

小妍问："在外宾招待所干什么？刷地板？"

"威特儿！"勉子昂着头颈说，"端咖啡的。"

"咖啡……"她很惆怅，从来没喝过，也不知道该上哪儿去偷。

勉子说："我请你喝咖啡吧。对了，今天你跑了第几名？"

她从书包里掏出一本硬面笔记簿，翻开，上面写着授奖辞和她的名字。"自己看。"

"第一名。跑得真快。"

"应该说，跑得比你快。"

"不要嘲笑我嘛，我请你喝咖啡呢。"

"你是跟着一起喝呢，还是给我端咖啡呢？"

这下他脸上挂不住了。我姐姐发现他自尊心还挺重的，而且很脆弱，她不想再刺伤他，就说："四喇叭抢走了，你赶紧去找警察吧。"

勉子撸撸头发，无所谓地说："没事的，这些抢我的人都认识，过两天我让他们自己给我送回来。找警察有什么用啊？"

小妍心想，这种大话听多了，过两年也未必能兑现。她说："头发里有草棍。"勉子立刻从上衣口袋里掏出外宾招待所的小梳子，梳了一下，问："还有吗？"小妍说："还有。"勉子又梳了梳："还有？"小妍说："还有。"勉子弓下身子，双手捧头扒拉了几下。小妍说："还有。"最后她不耐烦了，伸手替他摘掉了草棍，然后警告他："以后不许喊我娜佳！"

勉子笑了。还有以后，这就好办了。

我姐姐没预料到，这个叫勉子的人就此闯进了她的生活，以及我们的生活。如果她说完那句刺伤他的话就掉头而走，事情可能就简单了，谁让她非要替他摘草棍呢？不过话又说回来，谁能想到一个端咖啡的小混混会如此执着？他就此爱上了她。

我姐姐回到家里一直在哼着"莫妮卡"，心情非常不错，别人只以为她跑步拿了冠军才这么高兴。第二天是星期天，她睡了个大懒觉，起床听见隔壁的方屠户在街上，一边刷牙一边高唱着"三刻丝三刻丝莫妮卡"。这次她实在忍不住了，就跑了出去，对屠户说："方叔。"

屠户一哆嗦。凡她喊方叔的时候都不会有好事，喊老方的时候比较正常。屠户说："干吗？"

"你为什么这么爱唱'莫妮卡'？"

屠户捏着牙刷，含着满嘴的泡沫说："这个问题很难回答，我也不知道。"

"你看歌词——你以往爱我爱我不顾一切，将一生青春牺牲给我光辉，好多谢一天你改变了我，无言来奉献，柔情常令我个心有愧。"小妍把广东话的歌词用普通话背得头头是道。屠户越听越发毛，说："那到底说明什么呢？"

"我觉得是你心里还惦记着红霞小姨，而且觉得对不起她。"

屠户像吐血一样吐出了白色的泡沫，喷在自己衣服上。小妍怪同情地看着他，从此以后他不会再唱这首歌了，它属于她。

4

屠户虽然被他小舅子揍了一顿但他们根本拦不住他，除非那两个

152

猪倌天天在家里监视他，这不现实，猪会没人管。等他们回去之后，屠户又开始跳舞。他在文化宫俱乐部颜面丢尽，不好意思再去，后来到哪儿鬼混，我爸爸也不知道。

屠户一辈子没穿过什么好衣服，即使在他热恋的时候。其实他比我爸爸有钱，但他不在乎外表，觉得把钱花在这方面是穷威风，宁愿攒下来买电视机和四喇叭，那才是享受。到了一九八五年他的人生观算是彻底颠覆了，以前的衣服，只是一些劳动布的外套，上班的时候加一条围裙，下班把围裙摘了。人们对他的认识，就是穿围裙和不穿围裙，现在他以西装示人，穿起了皮鞋，最可怕的是他给自己配了副平光眼镜，一下子文静了。

他也戴领带。学着电影里的国民党和资本家，让他老婆给他打领带，他老婆织毛衣还可以，打领带完全外行，不是歪了就是松了，让我爸爸去诊断，我爸爸一看这他娘打的是红领巾的结啊，赶紧纠正了。屠户第二天又是红领巾出来了。我爸爸就告诉他，实在不行就别解开那个结了，像上吊一样把自己脑袋钻进去，再收紧，也是可以的。后面那些年，屠户的老婆给他晾晒领带，都是一圈一圈的挂在竹竿上，很像公共汽车上的拉环。

到了冬天，他又闹着做了一件黑大衣。人家说他脖子太短，黑大衣兜在肩膀上，活像是偷来的，必须有一条围巾来衬托出他是有脖子的。于是他命令老婆给他织了一条腈纶围巾，米色的，在脖子上绕几圈，晚上骑车出去跳舞不那么冷，起静电什么的就无所谓了。然后，他又去旧货市场给自己搞了一顶同文帽，都不知道是哪个年代的产品，看起来很像《上海滩》里的许文强，或是许文强杀死的某个流氓头子。这身打扮让人们觉得街面上凭空多出了一个人，鬼头鬼脑骚唧唧，来自民国，去往未来。

冬天的某个黄昏他来找顾大宏，非常神秘，像十八岁欲火难熬的小王八蛋那样把我爸爸勾到一边，说："老顾，带你去个好地方。"

"去干吗？"

"当然是跳舞。"

天快黑了，顾大宏在吃饭，他不想出去。屠户说："真的很好玩，比你去过的所有场子都好玩。"顾大宏嗤之以鼻，像屠户这样的人，他还能去什么像样的场子？屠户在他耳边低语："家里办的舞会。"

"黑灯舞。"顾大宏放下筷子。

屠户不知道黑灯舞的意思，他对这种切口还不熟，但他领会了意思，说："是啊是啊，黑灯舞。没跳过吧？"我爸爸再次嗤之以鼻，心想老子就是在黑灯下面学会跳舞的，当年张道轩师傅家。他扒了几口饭，起身换衣服，并叮嘱我们："帮我洗碗，早点睡觉。"

小妍说："你不回来了？"

我爸爸说："当然要回来，就是晚一点而已。"

小妍说："你们是去做地下党吧？"

这两个人骑着自行车穿过城区，经过城南大桥，护城河以外很远的地方，都快到郊县了。那儿有一个正在挖土造房子的新村，立着几栋黑漆漆的楼。夜里停工了，很多毛竹棚子里透出灯光，像是个宿营地。屠户说："小心别摔了。"两个人推着自行车进了新村。

那种舞会才是公安局真正会查抄的，城里发生过类似的事情，轮着严打可以把所有参与者都抓进去判刑。可是它真的很刺激，在一九八五年，所有一本正经和没正经的人都想进去看一看，到底什么才叫黑灯舞。

屠户带着顾大宏走进一栋房子，整个楼道里都黑着，看来还没人住进来。可是楼下又停着好些自行车，有男式车，也有女式车，大致说明了状况。到了二楼听见隐隐的萨克斯风，一户人家窗口透出幽微的灯光，屠户敲门，里面有人问："谁？"屠户说："我方明。"门一开，音乐豁然清晰，里面的烟味也跟着飘了出来。

这是一套两居室，只经过简单的装修，头上是灯泡，脚下是刷过清漆的水泥地坪，没有窗帘，贴了报纸遮光。客厅里一张宽大的人造革三人沙发，翻下来就可以当床，一个女的斜坐在沙发上，一个男的坐在扶手上，其余人等在屋子里跳舞。音乐来自一台电唱机，黑胶木唱片转啊转的。那种舞，人们都知道，叫作贴面舞，但它也并非纯正的黑灯舞，纯正的黑灯舞是干脆把灯全部关掉，在黑暗中上下其手，即使是方屠户也会觉得有点不好意思吧？

　　贴面舞是这样的：男性的双手搭在女性的腰里，女性的双手挂在男性的肩膀上。从人体力学的角度来说，它方便于双方贴近，造成了从脖子到腰臀共同扭动的局面。当时为了避嫌，公开的交谊舞要求双方必须保持着比正常标准更远的距离，乳房和胸腔之间得有一肘远，导致舞姿变形，很像是个四条腿的动物在转圈。贴面舞则告诉大家，舞，不是这么跳的。贴得越近，跳得越性感。我爸爸在窗户底下还看到了另一种舞：男的从背后抱住了一个女的，两人跟随着音乐若有若无地扭一下，那个女的，她对着窗户在抽烟。

　　顾大宏当时的反应大概就像我猛然踏进了四化时代，看到了气垫飞车在天上跑来跑去的场面。他是舞界名人，假装很镇定，忽然肩膀上被人拍了一下："顾老师也来啦。"回头一看是个女的，苏华照相馆某一期的舞蹈学员，他赶紧说："过来观摩一下。"然后就坐在了沙发上，点了根烟，表示自己不想跳舞。

　　屠户坐在了扶手上。顾大宏问他："这是谁家？"屠户说："我来给你介绍介绍。"他走进里屋，带出来一个戴眼镜的中年人，文质彬彬，非常潇洒，左手挂着一根拐杖。屠户说："这是文化馆的岑老师。"岑老师说："顾老师，久仰久仰。"我爸爸肃然起敬，掐了香烟和他握了握手。

　　这位岑老师在戴城声名赫赫，他是某个资本家的儿子，家里报得出名字的亲戚全都在海外，剩下他一个不知道怎么回事，没出去，"文革"还被人打断了腿，从此成了个瘸子。多年来他一直被监管着，八〇年以后日子稍微好过了些，在文化馆搞搞美术创作，客串到电台主持古典音乐的节目。以前他住在城里，那间破屋子里有诸多胶木唱片，每个星期天的下午都散发出咖啡的香味——他可能是戴城唯一煮咖啡的人。

岑老师说："这是我新分配的房子。常来玩，过阵子我会把唱片都搬过来。"

顾大宏说："我师父张道轩活着的时候经常提起令尊。"

岑老师苦笑道："不堪回首，不堪回首。"

岑老师离开后，顾大宏问屠户："你来过几次？"屠户说这是第二次。顾大宏追问："一个人来的？"屠户嗤之以鼻："当然不是，我的女人等会儿就来了。"顾大宏一时无语，倒想看看屠户能找到什么样的舞搭子。过了会儿，外面真的来了几个女的，其中一个胖嘟嘟的圆脸盘，一双杏核眼，年纪不过二十多。这回屠户没再介绍，他很快搂住这姑娘在屋子里跳起了贴面舞。顾大宏惊讶地发现，老方的舞技有了长足的进步，尽管他身材矮胖，腿脚局促，但他的舞步中有一种发自内心的情感，像一块刚从猪猡身上割下来的新鲜的肉，温热，柔软，真实。从姑娘的表情来看，很享受，很快乐，那就意味着屠户靠他自身的魅力终于把到了姑娘。我爸爸看着看着，忽然觉得头皮一凛，这姑娘和红霞小姨是同一种长相，在暗促促的灯光下她们甚至可以说非常相似。

回家的路上，顾大宏欲言又止："那个和你跳舞的女人……"

屠户说："她叫小霞。"

我爸爸叹了口气："好吧，小霞。没什么，以后来跳舞小心点，派出所会查的。"

"在这种荒郊野外？"

顾大宏想说，派出所的警察又不是摆地摊的，难道专门在灯红酒绿的市中心活动？这种问题和屠户讨论起来会没完没了，变成车轱辘话，他就没说什么。屠户倒发问了："为什么你现在不和关文梨一起玩了？"

顾大宏说："我就算和关文梨一起玩，也不犯法啊。"

屠户说："那可不一定，关文梨的男人还关在牢里呢，说是离婚了，不过你可别忘了，他是一拳打瞎别人眼睛的老流氓。"顾大宏听了就赶紧说："我和关文梨没什么，她已经不理我了。"屠户说："我知道你心里在嘲笑我，可是你他娘的有什么资格嘲笑我呢？"

第二次再去岑老师家，顾大宏遇到了关文梨。她坐在三人沙发的一侧，没有跳舞，只是用皮靴轻轻踩着音乐节拍。顾大宏走过去和她打了个招呼，她站起来，微笑着说："你怎么能说我不理你了呢？"他知道屠户又在传话，只能说："我请你跳个舞吧。"关文梨诡异地一笑，眼睛向右后方斜过去，我爸爸看到一个穿猎装的男人，长得既瘦且硬，脸上的棱角像假山一样，一口烟牙，浑身上下散发着烟气仿佛他是从大烟缸里酿出来的。顾大宏很知趣地退到一边。

那个男人，他绰号叫作"老克拉"，在戴城的跳舞界，他比顾大宏更有名气，也更有号召力，如果说顾大宏是一根过滤嘴的万宝路，那么老克拉就是雪茄，前者是大众情人，后者才是真正的实力派。虽然他品行不端，爱搞女人，但这正印证了他的厉害，而我爸爸，他只是习惯于搞搞暧昧，属于很软的货色。

老克拉连看都没看顾大宏。我爸爸的好处就是，如果你不想看见他，他就会让你看不见。两个人相安无事，很不像是戴城舞界的两大巨头，既无碰撞，也不切磋。我爸爸站了一会儿打算走，这时屠户又来了。

屠户才不管谁是硬货谁是软货，他拽了关文梨就跳舞，虽然不是贴面舞，也够可以的了。屠户有恃无恐，谁让关文梨当年在他家里蹭看电视的呢，顺便也嘲笑一下顾大宏。可是屠户忘记了舞场上的规矩，如果女方有固定的舞伴，他必须和那个人打个招呼，以征得同意。舞跳到一半，老克拉站起来整了整猎装，走了。关文梨强忍着陪屠户跳到一曲终了，也走了。剩下我爸爸在一边抽烟，对屠户说："你闯祸了，一点规矩都不懂，你得罪老克拉了。"

屠户说："我怎么不懂规矩？我故意的。小气死了，一天到晚假装自己是扑克牌里面的大怪。"

顾大宏说你等着瞧吧，老克拉五十年代就在舞场上玩，可阴了，连张道轩师傅都着过他的道。屠户无所谓，这个仇就这么结下了。老克拉和关文梨再也没有来过。

5

一九八六年的春天，岑老师家里办了好几次黑灯舞会，它很像是私人派对，渐渐有了点名气。新村里陆续有人搬进来，人多眼杂，顾大宏曾经提醒岑老师小心点，但他不以为意。岑老师是个很骄傲的人，也很浪漫，否则不会被人打断腿。

五月里顾大宏和方屠户又去了岑老师家。那阵子屠户玩得特别疯，除了黑灯舞以外，还迷恋上了迪斯科，经常去青年宫门口晃悠，那儿有个露天的迪斯科舞场，不幸总是被人当作社会流氓赶出来。那时小霞已经消失了，换成了小红，我爸爸心想下次就该是小李了，这样屠户就能把"李红霞"三个字给拼凑出来。

屠户和小红跳舞，顾大宏坐了一会儿，那天人特别多，他觉得有点闹，决定先走。虚虚实实地打了一圈招呼，看屠户情在浓处也就没叫他，独自走下楼，刚到门口就听见下面杂沓的脚步，有人压低了声音说："二楼，就在二楼！"

我爸爸是何等聪明的人，一九六七年能从保派的埋伏圈里救出我妈，顺带捎上超重的胖妞。听这动静返身就往楼上跑，楼下的人健步如飞，他根本来不及去岑老师家里报信，顺势刺溜一下跑了上去，直到顶楼。那里漆黑一片，他点了根火柴，看了看周围的情况，一梯四户，大门全都敞开着，里面是脏了吧唧不明所以的毛坯房。我爸爸多了个心眼，没钻进去，要是那天他进去了，其下场和其他人大概也差不多。他在墙角找到一把竹梯，架起来，从天花板上的一个方孔里钻了上去，爬到楼顶上，顺便把梯子也收了上去。

楼下一阵啰唣，来的是派出所和联防队，他们迅速控制了场面，两人一组，全部带走。忽然听见一串脚步声，有人跑了上来，站在方孔下面纳闷："哎？梯子呢？"跟着联防队就追上来了，一阵暴打以及惨叫，把人拽了下去。我爸爸心想，真是不好意思，你自认倒霉吧。这时楼下好像又有人逃跑，警察大喊："站住！开枪啦！"我爸爸心想，要命，抓跳舞还带枪吗。等了很久，到底也没有听见枪响。

等到这些声音都消失时，已经是半夜了。四下里全无声音，他松了口气，站在楼顶上眺望远处，一些汽车和摩托车亮着红色的尾灯离去，戴城城区寥落的灯光，一轮明月挂在天上，脚下的水泥屋顶泛着银灰色的寒光。他找了一张草包铺在地上，坐下来抽烟。当晚天气不错，有点冷。我爸爸看看手表，已经十一点多，但他不敢贸然下去，要是逮住了很有可能被送去游街。他决定，干脆天亮再说。

我爸爸在屋顶上待了一夜。楼顶的风肆无忌惮吹在身上，他在泛着寒光的屋顶上独自跳了一圈华尔兹，停下来抽根烟，又跳了个探戈。这么消磨着，后来撑不住了，躺在草包上睡了一会儿，醒来时发现天还没亮，冷得像是被抛在了月球上。看看手表，原来只是眯着了十来分钟。

熬到天色微亮，他实在不行了，快冻死了，就把梯子放下去，钻回方孔。经过岑老师家时看见门口贴着个封条，隔着窗户朝里探望，黑乎乎的什么都看不清，想必是被抄干净了。他蹑手蹑脚下楼，在楼下开了自行车锁，忽然看见屠户从工棚里钻出他那肥嘟嘟的脑袋。

"老顾，你没有被抓走！"

顾大宏说："你也没有？"

屠户说："我跳楼了，我从阳台上跳了下去，他们没发现。"

"那你还不回家？"

屠户大声呻吟道："我的腿崴了，我是爬进工棚的。"与此同时，工棚里的建筑工人也起床了，有人说："要不是我们藏着你，你就等着被送去劳动教养吧。"方屠户说："你倒不说我给了你们一人十块钱。"建筑工人说："操，警察走了你倒是嘴硬了，昨天晚上还躲被子里哭呢。"

屠户没法骑车了，只能坐在自行车的书包架上，由我爸爸骑车，两个人灰头土脸回家。屠户说："这下岑老师惨了。小红也不知道怎么样了。"顾大宏说："你就别惦记别人了，腿没摔断都算你运气。嗯，岑老师惨了。"屠户说："这种事情肯定是有人告密，我怀疑是老克拉干的。"顾大宏说："你又没证据。"屠户再次感叹："岑老师惨喽。"

我爸爸艰难地骑着车子，由于吃相太难看，他没有取道城南大桥回家，而是从城外绕着，沿着公路经过面粉厂，再从城西大桥折返回蔷薇街。这条路他们很少来，以为还像从前一样人烟稀少，这才发现它热闹了很多，好几个新村的公房都造了起来，上早班的人络绎不绝。面粉厂还在。走着走着，屠户忽然说："你还记得一九六七年吗，那次你骑着黄鱼车把我拉回红旗桥。"

顾大宏说："那次累死我了，车上还有李红霞和大耳朵。"

屠户沉默了一会儿，说："前几天小妍对我说，我还在想着李红霞。这帮小孩怎么什么事情都知道？"

顾大宏说："小妍也不小了，十七岁了。"

屠户说："我他娘的反思了一下，我可能真的还在想着她。我他娘的也不知道这是怎么回事，你们是不是很怨恨我？"

顾大宏说："我们怨恨你什么呢？"

屠户说:"'文化大革命'的时候我要是不结婚,她就不会去昆明相亲,不相亲她就不会翻车死掉。大耳朵不会死,李苏华也不会死。你们都这么想吧?这么多年没说出来而已。"

顾大宏说:"我没这么想过。"

屠户说:"我就是这么想的。"

顾大宏说:"那你也不用说出来,自己想着,就可以了。"

他们回到蔷薇街,一个脚崴了,一个吓破了胆,总算消停了一阵子。没多久传来消息,岑老师判了,特大流氓活动组织者,他经历了审讯、开除、公判、游街、登报等等一系列的标准化流程。公安部发出通知,整顿舞场,清除精神污染,一时风紧,以为从此又要回到旧时代。不料到了一九八七年,一纸令下,开放营业性舞厅,跳舞成了一门合法的娱乐,没多久就连未成年人在舞场里混迹都没人管了,又过了一阵子,连舞女也有了。于是岑老师就成为戴城最后一个因舞获罪的人。事情就像坐了过山车一样惊险刺激,难以预料。那个时候,人们都明白一个道理:任何时代都有它的牺牲品,上个月的牺牲品可能是羊,下个月就成了鸡,谁搞得清呢?

在风声鹤唳的最后一段时光里,一种马海毛的棒针衫悄悄流行起来,它宽大而艳丽,使女性的上半身陷于一片柔光,像海藻或是蒲公英般漂浮着。在舞厅里,女人穿着这种衣服使禁令难以实施,因为它很大,又缺乏明显的边际线,跳舞时根本搞不清乳房和胸膛之间的实际距离。你说贴着了,里面的真材实料还差着一尺多远呢,你说没贴着,这衣服中间的空隙只需稍稍一挺胸就能在暗中消弭。这种衣服其实很有外国鸡的风范,只是人们不知道,以为穿高开衩旗袍的才是鸡。后来时代变幻,人们玩起了国粹穿上了旗袍,又觉得穿马海毛的才是鸡。再后来,旗袍和马海毛都穿在了鸡的身上。总之是他娘的一笔糊涂账。

6

我姐姐从小到大都是学校里的文娱明星,她一直以为自己能歌善舞是家里的异类,试想我爷爷一个古板的老鳏夫,我爸爸一个老实巴交的中鳏夫,我一个沉默的半残废,加上我姑姑一家都像是神经不太正常的,家族体系里找不到她这样的人。猛然发现顾大宏是本地舞王,不禁令人感叹遗传的力量,但她并不想得出这种结论。

那是一个躁动的年份,年轻人跳迪斯科,用四喇叭录音机播放一种叫作"猛士"的磁带,磁带的封面是一个斩妖除魔的肌肉武士,音乐充满节奏,能把房子都震塌了。跳舞时,稍微文雅一点的腰臀轻扭,两腿交错前后踏动好像在骑自行车,如果真的猛士就会张牙舞爪,一会儿把身体打开成大字形,一会儿把脑袋甩得像抽风,这引起了很大的争议。那会儿就是这样,会玩的往死里玩,不会玩的往死里争议。不过戴城毕竟不是什么引人注目的城市,兴邦与亡国在这里微缩、分解、注水。小打小闹,不足为患。

我姐姐去青年宫门口看热闹,戴城著名的露天舞场,后来成了集市,卖衣服卖鞋子的小贩都来了,沿街一片混乱。公安局干脆把联防队也搬到了青年宫对面,一帮戴着红臂章的人守在附近,见有不轨者立即拖出来,玩得最疯的时候,每隔五分钟往外拖一个小混混。即便如此这一带还是成为了戴城治安最差的地区。

小妍在人堆里看见了勉子,勉子说一起跳迪斯科吧,我姐姐很生气地说:"戆卵,我要是被老师看见了会开除的。这儿离我学校那么近。"

勉子说:"这儿全是开除出来的,怕什么。"

小妍说:"我跟你不一样,我是要考大学的。"

勉子嘟哝说考大学的有这么开口就骂戆卵的吗?他不知道,我姐姐对男人虽无任何经验,但天生具有一种怀疑心理,看谁都觉得像戆卵,且找不到其他词来形容。这种怀疑几乎弹无虚发，因为大多数男人的确就是。勉子只觉得她阴晴不定，以前跟踪她的时候，她倒是很温柔，现在变得很粗暴。勉子说："我带你去喝咖啡吧，外宾招待所。"我姐姐立刻温柔了："那现在就去。"

那是戴城少数的涉外饭店之一，门口戒备森严，普通人根本别想进去。我姐姐到了那儿算是被震住了，一条园林式的幽静小道，两旁全是竹子，走了很久才看见里面的排场，洋房、喷泉、花坛，还有防空洞。咖啡厅里铺着柔软的地毯，头上是水晶吊灯，端上来的杯子都是骨瓷的。像我们这种穷得底儿掉的人家，平时能接触到的高尚格调，无非就是我爸爸的囚服西装和黄皮鞋，最多再听他讲点解放前的轶事，何曾见过这种场面？勉子说："这不算什么，等我有钱了带你去北京长城饭店、上海和平饭店、南京金陵饭店，那才是真的豪华。"

她算是遇到了趁钱的主儿。那时学校里也有几个男同学对她心生情愫，但是那些人都挺穷的，完全不能和勉子相提并论，再说也没他帅。这么玩了一阵子以后，有个女同学告诉小妍："你怎么跟那个陈勉在一起玩啊？他看上去有钱，其实是个空心大萝卜。"小妍问她空心大萝卜什么意思。女同学说："他家里很穷的，爸爸没工作，妈妈在环卫站上班，扫街的。"小妍听了有点难过，心想这小子和我爸爸真是有得一比。

下一次见面时，勉子又要带她去吃东西，她说："你还是存点钱吧，我听说你家里条件也不太好。"勉子很尴尬，说："我除了工资以外还有其他外快的，我五年之内就能存下一万块。花我的钱，你不用担心。"小妍说："你脑子坏了，我干吗要花你的钱？"

勉子想了想，觉得她说得也有道理，必须找到一些比较好玩又不太花钱的事情，游戏机和桌球显然不适合女孩子，登山远足又太麻烦，看录像那很可能被其他流氓盯上。想来想去，还是跳舞。某个周末，他拿了两张纺织厂的内部舞票说："今天晚上去跳舞吧，有迪斯科的。"小妍就跟着他一起去了。

纺织厂的大礼堂可以容得下两千女工开批斗会，现在改成舞厅，虽然是水泥地，勉强凑合着用。纺织系统阴盛阳衰，必须请外单位的男性来助阵，于是各路人马集齐，既有资深舞客，也有新学者和形形色色的流氓阿飞小混子，以及不会跳舞来看热闹的。这种场子并不适合跳交谊舞，用我爸爸的说法是太磨鞋底，导致舞者都是高抬腿轻落步，好像水手在跳踢踏舞。如果练出这样的舞步，以后就休想再改过来了。但它并不妨碍人们跳迪斯科。那时候的舞会都是交谊舞，在舞曲间歇会安排几段迪斯科。跳交谊舞的时候年轻人在旁边候着，迪斯科音乐起来，呼啦一声，年老的退了下来，年轻的全都上去了。

小妍一直靠墙站着，她发现勉子并不会跳迪斯科，他像一根风中的腊肠，胡乱扭动身体，在不太适合的时候滴溜溜打个圈，时髦而笨拙，犹如最热忱的革命群众，虽不理解革命的真谛，却在模仿中获得了巨大的快感。小妍冷眼看着。这时舞池中出现了一个真正的风云人物，此人肥头大耳，手短脚短，在七八个女人之间摇摆穿梭，犹如马蜂钻进了花丛，雷公掉落在人间，引起一阵哗然。小妍狂笑起来，那是方屠户。

屠户也看见了小妍，很高兴，迅速旋转到她眼前说："你爸爸呢？"小妍说："我爸爸今天在靳家花园跳舞。"屠户说："跟那个卖热水瓶的营业员？"小妍说："我也不知道。"屠户就打了个榧子，又转回了舞池。勉子跟着就过来了，说："你怎么会认识这个家伙？"小妍说："你跟踪了我那么久，难道不知道他是我们家的邻居吗？"勉子说："哦。他是个出了名的戆卵。"小妍说："虽然如此，跳舞跳得比你好。"

屠户跳得太骚了，激起了众怒，当他又转回那群女的中间时，忽然伸出一条男人的腿，在他屁股上踹了一脚，他趔趄着向前跌去，忽然伸出第二条男人的腿，绊了他一下，这就摔倒在地，第三条男人的腿在他后脑勺踩了一脚。

"操你妈啊！"屠户跳起来扑向不知道哪个人。音乐骤然停止，众人的笑骂清晰起来，两个戴红臂章的纠察队员迅速冲过来，架住他的胳膊。又一次，他被倒拖出去。

勉子说："跳舞好，就是这种下场。做人要谦虚。"

由于屠户的搅局，纺织厂宣布迪斯科取消，接下来全是交谊舞。众人破口大骂，纷纷往外走。勉子说："没什么好玩的了，我们也走吧。"小妍说："头回跟你出来跳舞，我请你跳一个吧。"勉子这才挠着头说："我不会跳交谊舞。你会？"

她当然会，而且不是我爸爸教的，是在照相馆里看会的。小妍打量了勉子一下，这个家伙喊了半天其实并不会跳舞，这件事太滑稽了。勉子说："跳交谊舞嘛，要去上海的和平饭店跳，在这儿有什么意思？"小妍说："你知道我爸爸是谁吗？"勉子说："知道，开照相馆的摄影师。"小妍冷笑一声，说我带你去靳家花园。

两处离得不远。靳家花园每星期六的晚上都开舞会，那天正是我爸爸在里面充当教练，商业系统的女营业员们正在他的带领下打转，跳华尔兹。小妍到了门口，看门的连票都不收，直接放他们俩进去了。勉子很奇怪，进了大厅，小妍指着顾大宏说："我爸爸就是那个跳华尔兹的。"

如果说方屠户是迪斯科风暴的话，我爸爸当时就是华尔兹的风暴眼。

勉子愣了半晌说："你爸爸会跳交谊舞？"

小妍鄙夷而自豪地说："他还会跳伦巴，跳探戈。"

"教教我！"勉子大喊起来。

"让你开开眼，你是要去和平饭店跳舞的人。"小妍适时地嘲笑了他。

勉子已经把持不住自己的情绪，大声说："我一直想找个好师父，让你爸爸教教我吧，我想去外宾招待所的舞厅跳舞！"

小妍说："明天到照相馆来。"

第二天勉子拎了一条香烟过来。我爸爸看着他，忽然说："你以前来过。"小妍诧异地看着他。勉子很不好意思地说："我来拍过照的，当时你也在，可是你忘记了。"

我姐姐不由感叹，自己各方面都很出色，就是遗忘症太厉害，记不住人脸。

教勉子跳舞很累，这出乎意料。我爸爸先观察了一下他的走路姿势，发现是个外八字，走街上是挺威风的，但跳舞不好看。顾大宏告诫他，以后骑自行车得夹住自己的下体，不可以再叉开脚。他的身体，从肩膀到腰臀都很软，随便一站都是歪的，根本不知道自己像条蚯蚓，又被矫正了一通。最可悲的是勉子的膝盖，他是弯着膝盖跳舞的，觉得这样有弹性。我爸爸严肃地告诉他：交谊舞的弹性在脚掌，如果你总是弯着膝盖，你的大腿就会蹭到对方的裤裆里去，这种流氓是不可能请得到舞伴的。勉子敬佩地说："我会学好的，我要学伦巴，伦巴最难是不是？"

"慢四最难。"我爸爸语出惊人，"等你在迪斯科的音乐下跳慢四，每四拍才跨出去一步，脑子里除了数拍子什么都想不起来，你就知道慢四有多难了。"

小妍说："干吗要在迪斯科音乐下跳慢四呢？傻不傻啊？"

我爸爸说："这就是舞技嘛。"

事实证明我爸爸是对的，勉子对节拍不敏感，跳舞踩不上点，后果就是踩鞋。勉子自己也很奇怪，明明是个很时髦的人，为什么会有这种生理缺陷。没办法，就像有的人走音，有的人色盲，他是节奏盲。我爸爸说，人不可貌相，方屠户这么个手短脚短的家伙，两天就把该学的都学会了，而且自创了很多招数；勉子看起来很入流，却是个没用的家伙。后来屠户来看热闹，说卖肉的就是适合跳舞，因为节

166

奏感差了会把自己的手给剁了，倒也令人信服。差不多有半个月，勉子抽空就来，我趴在柜台上幸灾乐祸地看着他的蠢相，他只能在"一二三四"的口令声中跳舞，一旦换成轻柔的音乐就迷失了节拍。小妍嘲笑他："给你配音乐，必须得是战曲才行。"

那时在照相馆放音乐，用的就是屠户送的单喇叭，音质不好，还老是轧磁带，小妍心痛不已。勉子说自己那台四喇叭要是还在就好了，正宗的进口货。小妍就嘲笑他："这都快过去半年了，怎么还没给你送回来？"勉子很郁闷地说："那几个人很难找，不过我会找到他们的。"

里外忙活了一个月，他总算可以去舞厅丢人了。要是再学不会，我爸爸也没心情教下去了，狗熊学跳舞亦不过如此费劲。那时勉子才知道顾大宏先生是戴城著名的舞蹈家，而且他差不多功成名就了，也学会了拿架子，轻易不教人跳舞，如不是仰仗着我姐姐，勉子就算拿十条香烟来也未必能登堂入室。自此，勉子出入于各类舞会，并以"顾大宏的徒弟"自居，这其实没什么可骄傲的，我爸爸带的徒弟有百十来号，这些人又分别授业，到了九十年代，徒子徒孙大概有上千人。以至于顾大宏隐退之后，人们说起他，仍像是一个传奇：华尔兹之王，慢四高手，探戈压场。可悲的勉子是最不成器的徒弟，直到多年之后还踩了我姐姐的脚，至于他最痴迷的伦巴，到死也没有学会。

勉子的舞伴当然是小妍。她还是高中生，如果去舞厅跳舞会被立即处分，因此都是在家里，单喇叭录音机发出危险的音乐，随时都可能轧带子。小妍更担心自己会被踩了脚，时时提心吊胆，一会儿被踩了发出尖叫，一会儿听见磁带声音不对头便甩开勉子扑向她的录音机。我很烦，对他们说："就不能换个地方吗？去勉子家里。"小妍说："你神经病，我怎么好去别人家里跳舞？"勉子讪讪地说："我家里条件很差，还没有你们家大，而且我爸爸总在家的。"

终于有一天他们去了外宾招待所的舞厅，那是最安全的地方，连我爸爸都休想混进去。里面是刷了漆的水曲柳地板，比溜冰场还滑，小沙发，落地灯，周围一圈红地毯。戴城最为豪华的一个舞厅，尽管地方不大，也没有跳舞客。它历史悠久，即使在禁舞的漫长岁月里仍向着极少数人开放，一应器物都精心保存，仿佛那秘密的青春永在。在它身上呈现出来的不是高傲，而是时间凝固的冷漠，又带着一点哀伤，某种难以形容的气质。在戴城这个地方它确实是个异类。

勉子买通了内部工作人员，挑了个不太重要的日子，下午带着小妍走进舞厅。他打开灯，四周的一切让我姐姐有点晕，感觉自己是在享用真正的特权。勉子很得意，觉得她是被镇住了。其实她只是有点吃惊于我爸爸的描述，一九五七年他曾经跟着张道轩师傅来过这里，那是一场末日之舞，此后再也没有机会进来，甚至连黑灯舞都不敢跳了。我爸爸向她说过这里的豪华、优雅和专业，现在她一样一样地印证了过来。

舞厅的音响不给他们用，勉子从包里掏出那台单喇叭的录音机。他们跳了一支华尔兹。我姐姐有点陶醉，忘记了那台录音机的毛病，并且它也格外争气。于是她跳得异常的好，既放松又紧绷，于是勉子也跟着超常发挥了。

勉子说："我以后也要开个舞厅，做舞厅老板。"

小妍说："那好啊。"觉得他只是胡吹，或是某种不切实际的理想罢了。

7

一九八七年的夏天小妍高考结束，成绩一公布，她就把所有的课本都卖了，只待录取通知书送到，她将成为恢复高考以来蔷薇街上第一个本科生。我们家为之骄傲，勉子也很快乐，后来知道小妍的志愿填的都是上海的大学，他就快乐得哭了。

有一天他请小妍去跳舞，坐在照相馆里等她，一边唉声叹气。我说："勉子哥，你是不是很想和我姐姐一起去念大学？"勉子很悲伤地说："等她念了大学，就会忘记我了。"我说："是啊，到时候她就是大学生，而你还是个端咖啡的。"

勉子说："法克尤。"

小妍穿着一条天蓝色的裙子出现在门口。

勉子带她逛了服装市场，给她买衣服，她什么都不要，但最终折服于那条天蓝色的裙子，她喜欢天蓝色，配上她的白色皮鞋，看上去凉爽而锋利。夏季如高烧不退，他们涉足了戴城的各类跳舞场所，好像是进入了一个空荡荡的乐园，即使是笨拙的小孩也能得到属于自己的快乐。乐园打烊时，她的白皮鞋已经被踩坏了，而勉子跳断了两双皮鞋的鞋底。

收到录取通知书的那天傍晚，勉子对小妍说："我们去青年宫跳迪斯科吧。"

那地方依然混乱，如果遇到严打，只需来两队警察把前后门堵了，到里面随便抓一圈就可以把看守所塞满。正经人都躲着走的地方，小妍决定疯狂一下，到了那儿一看，门口两排摆地摊的，全是服装和鞋子，里面用四喇叭收录机猛放迪斯科音乐，无数人在露天场子上乱蹦，他们叼着香烟，散发着汗臭，污言秽语，形同土匪。我姐姐顿时怂了，她和大部分女性一样站在外圈看热闹，并不打算走进这个圈子里去跳舞。

有人凑过来喊了一声："蔷薇街的顾小妍，外国女人。"说完便消失在人群里。这不是什么好话——某某街的谁谁谁，通常是指地痞流氓，如果用在女的身上就是个阿飞。此时的小妍并不感到生气，她马上就要去上海读大学了，接下来的日子，她与蔷薇街不会有太多关系，很可能是永远离开这里。

人太多了，没有空隙，一群人像是集体触电似的在原地抖。勉子挤出一个空当，把自己插进去，他悲伤着呢，跳交谊舞只能使他更难受，只有在迪斯科的节奏下面才能忘却一点忧愁。曾经那些时髦的扭摆动作如今都雪藏起来，只需要抖动，只能够抖动。

小妍站在那儿，她先是看着勉子跳舞，接着看到一个穿着红衬衫的女青年走进舞场，她烫着很细的鬈发，涂着很重的眉毛，用一种非常冷酷的姿势在原地稍微扭了一下，周围的男青年忽然散开，为她留出一个跳舞的空间，然后就像卫星一样绕着她转动起来。

小妍觉得她很有勇气，虽然看起来也就是个阿飞。

勉子很郁闷地走了过来。小妍问他："那个女的是谁啊？"

勉子说："我看见我的录音机了。"

"在哪儿？"

他指了指，原来场子里放音乐的那台四喇叭就是。小妍说："你去把它要回来，敢吗？会打架吗？"

勉子摇头说："好汉不吃眼前亏。抢录音机那几个人就在边上，社会上叫他们康家三兄弟，那个老大是个社会青年，叫康成，给人家做打手的。你看他们都在。"

小妍看过去，她看到了一个很熟悉的人，或者说是很熟悉的标记。那是一九八一年她在小巷中完胜的，下巴上的红色胎记，现在它看起来更大了些。小妍说："那个有胎记的人叫康健吧？"

"你也认识啊。"勉子说，"那个跳舞的女人，就是康成的女朋友。他们霸着这块地头。"

"就是他们抢了你的录音机？"

"不止他们三个，当时还有好多人一起抢的。"勉子解释说，"如果只有他们三个，我还真不一定怕他们。"

"别吹了，你一个也打不过。你就是没用。"小妍说。

其实她只是随口编派他，并不是真的看不起他。勉子听起来却是一种嘲讽，他叹了口气，一转身消失了。小妍掩在人群里看了一会儿迪斯科，回头找勉子发现他已经了无踪影。她巡了一圈，发现他躲在很远的地方，一个人蹲着，从口袋里掏出一根香烟，然后抖抖索索地拍自己的口袋，摸出一包火柴点上。小妍默然地看着，在勉子的身上嗅到了顾大宏的气息，她很讨厌的调调，但熟悉得就像家里的一张凳子、一条窗帘。她心想，怎么会这样，大概是被顾大宏传染了。

这时下了一场雨，跳舞的人都散了。小妍陪勉子待在那里，天黑之前雨停了，勉子推来自行车，他掏出手绢擦干了书包架，拧干了，又把坐垫擦了擦，打算驮小妍。小妍说她想走走，于是两个人踩着积水，踢踢踏踏走过小街。

勉子就是在那时表达了他对小妍的爱意，不过他很快又自嘲地说："你已经是本科生了，我呢，就像你弟弟说的，只是个端咖啡的。我们不在一个世界里。"

小妍说："戆卵，说这些有什么用？"

勉子又重复地说："我们不在一个世界里。"好像是要确认，也好像是等待着她的否认。小妍心想随便你怎么说吧，人要不高兴了就会变成傻瓜，这种问题你说谁能回答？勉子等了半天没有答复，就说："以后等我挣够了钱，我要开一个舞厅，你来了，想跳什么舞就跳什么舞，周围一个人也没有。"

这句话他以前也说过。小妍说："那很好，你要努力挣钱。"听上去很敷衍。勉子失望地摇摇头，一阵风吹来，头顶上的一棵大树也摇了摇头，树叶上积攒的雨水哗啦啦落下，全都浇在了他们脑袋上。

8

那仿佛是一个平静无事的夏天，小妍考取了大学，勉子依旧在外宾招待所端盘子，她等待着在初秋密集的台风间隙买一张火车票离开戴城，而勉子根本什么都不等待，告别以后他打算去找个女朋友，像他这样一表人才的威特儿，应该还是比较吃香的。

我姐姐不爱勉子，这是她亲口告诉我的。我那时并不懂事，只觉得人是分为三六九等的，大学生确实不用和端盘子的谈恋爱，但与此同时，推己及人，我又很反感这种论点。因为我是个歪头，那年十三岁，念初一，我知道自己的歪头病到这个年纪上是休想治好了，而我并不想喜欢一个同样的歪头女孩。我对小妍说："如果你不想和他好，就离他远点，省得他老是惦记你。你现在是大学生了，找不到和你配对的。"她听了不乐意，其实我没说错，那是八十年代中期，大学生仍然可贵，你可以炫耀的任何东西，都会输给这三个字。但我姐姐说不是因为这个原因，她说她渴望冒险，她在平淡的跳跳舞的时光中不可能喜欢上谁，她说："只会跳舞的男人真无聊。"我又觉得费解了，你说什么才是冒险呢？这真是个古怪的词。

她没想到勉子会真的去找那台四喇叭。

康家三兄弟很有名气，老大康成吃过官司，刚放出来半年，老三康健那时还在电影院门口检票，这两个人都很好找，但康成过于凶暴，康健又不像是个能做主的，于是勉子去找了老二，他叫康乐，在面粉厂上班。

勉子骑着自行车穿过城南大桥，公路上常年开过的大卡车就像保龄球一样隆隆推进在球道上，掀起暴雪般的粉尘，灰尘和面粉的混合物，气味很像某种化工产品，弥漫在道路上。到了某一个路段上可以看到横架在头顶的传送带，黑色的带着锈迹，上面簌簌地飘下呛人的面粉。一旦它运转起来，你不免会担心头上掉下一袋面粉，足足有一百斤重，可以把人的脑袋砸到腔子里而不见血。这些面粉经由传送带运到河边的小码头，再由货船运往其他地方。在面粉厂门口，勉子浑身是汗，面粉粘在汗上使他成为了一个人形浆糊桶子。传达室的人根本也认不出他是谁，他混进面粉厂，经过旁人的指点，在车间里找到了康乐。

康乐雪白雪白的，面粉和汗水在他脸上头上结了一层痂，好像涂了白垩的南太平洋土著，瞪着两个黑溜溜的眼睛，挂着手里的铁锹。勉子完全不能相信，这个穷凶极恶在大街上抢劫的家伙，竟然有一份如此不堪的职业。

勉子温婉地说："你就是康乐吧？你还记得我吗，我就是去年被你抢走录音机的人，我叫陈勉，我们有点认识的。"康乐恐惧地退了一步，挂着的铁锹抄了起来，眼珠子四处打转，想看清楚勉子到底带了多少人来。

勉子说："说句不好意思的，我想要回我的录音机，我花了很多钱买来的，而且是进口货，别的地方搞不到。"

康乐说："你在说什么啊？"

勉子说："朋友，大家都是在外面玩的，我不会诬赖你们。那台录音机确实是我的。你们有很多朋友我也都熟的，给我个面子，这台录音机我有用。我请你们吃饭。"

康乐说："这事不归我管，录音机在康成那儿，你去找康成。"

勉子说："你能带信给康成吗？毕竟他脾气不太好，很难说话。外面都说你很讲道理的。"

雪人康乐笑了笑，他脸上的面粉掉了下来。康乐说："我要不是在厂里，就一锹拍死你。"

勉子无可奈何，说："哦，古得。那你慢慢装面粉吧，我改天去找康成，看看这事有没有可能谈成。我走了，古得拜。"

康成说："你就一个人来的？"

勉子说："是啊，这里太远了。"

康乐放下了铁锹，叉腰看着勉子转身，说："等一等。"他走过去把勉子抱了起来，又倒了个个儿，脑袋冲下。康乐告诉勉子："就凭你这么个呆鸟，也配去找康成？你他妈的居然敢一个人到面粉厂来找我磕。"这个每天耍面粉袋的家伙不但孔武有力，而且脾气古怪，他受不了勉子这么客气的口吻还夹带英语单词。勉子早就做好了挨打的准备，很冷静地说："朋友，不要激动，有话好说，我是来谈判的……你想干什么，你干什么，干什么？"康乐把勉子扛到车间外面，放在传送带上，说："我不激动，你也别动。我送你出去。"说完按下了开关。

勉子坐着传送带离开了面粉厂，越升越高，横穿公路到达了河边的码头上，悬崖就在眼前了，他闭上眼睛心想今天准得摔死，结果四仰八叉掉在一堆面粉口袋上，摔闷了，半天才爬出来。码头上的工人气坏了，又照着他屁股上踢了几脚。于是他也变成了一个雪人，还带着很多顽皮的脚印，骑了自行车回城。

这下道路显得漫长了，他沿着公路，再次经过城南大桥回到市区，但他没有回家，尽管他汗流浃背、腰酸腿疼、浑身惨白，为了向小妍证明自己不是那么没用，他竟然就带着这副倒霉相直接来到了照相馆。

我姐姐吓了一大跳，说："你掉石灰堆里了？"

勉子说："是面粉，我去讨回我的四喇叭。"

"讨回来了吗？"

"没有，挨打了，从很高的地方摔下来。"勉子说，"给我喝口水吧。"

我姐姐摇头叹息，但这次没有骂他戆卵，大概也有点佩服他的勇气了。倒是我爸爸比较清醒，他听了事情的原委，告诉勉子："你还是别充大头了，我看你也不像在外面混的，为什么老觉得自己是在外面混的呢？"

勉子说："师傅，这年头，不混哪里会有出线的机会？"

不能说勉子是错的，一九八七年的时候很多事情都倒了过来，个体户比知识分子都威风；摆地摊的优于医生、律师、教师、军人等等高尚职业；开汽车的各类司机可以说是最为吃香的，很多姑娘当时都情愿嫁给司机；做导游的姑娘人人都爱，因为能挣外快还能到处玩。像勉子这样在涉外宾馆里上班的，完全可以说是上等人，横跨黑白两道，要是混不出名堂，实在对不起自己这么好的条件。

9

在小妍离开戴城之前，勉子带着她东玩西逛，度过了一段很奇妙的时光。有一天他们在文化宫跳舞，勉子的几个朋友也在，大家认识了一下，众人都赞叹小妍美貌，觉得勉子很有水平。勉子非常得意，虽然也知道这种威风随着小妍的离去就会自动消失，但好比一辆借来的摩托车，别人还借不到呢。他出去买冷饮，小妍等他，过了很久也没回来。勉子的一个朋友去找他，大惊失色地跑了回来，说："勉子这戆卵，被康成和康乐带走了。"

那伙人全傻了。他们也不是流氓，只是在宾馆里拉门的小哥，或者是饭馆里端盘子的伙计，无一不是搓板身材、花里胡哨。有人说："我去找白锦龙，他和康成是一起的。"另一个说："白锦龙办事都要收钱的。"蹲在那儿商量了半天，扔了好多烟屁股，地上画了无数道道，也没个主意。小妍说："你们最起码先把他的人给找到吧？就算打死了也得有尸体吧？"那伙人说，对哦，分头去找。小妍说："我就在苏华照相馆，找到了来告诉我。"

她回到店里，吃了口饭。一个人追了过来，说："勉子就在定慧寺那边的春光饭店，康成他们也在。"小妍问："挨打了吗？"那人说："我不知道，我不敢去看。"小妍骂了一声，撂下筷子走了过去。

那件事是勉子自找麻烦。他太自信了，以为有足够的筹码可以和流氓谈判，看见康成一个人站在冷饮店旁边，光着膀子，背脊上刺着一只长着蝙蝠翅膀的老虎。此人最大的特点是身高，有一米九，过去他打篮球，勉子也爱掺和这种场面，两个人虽不认识但有点面熟。勉子走过去和他打了个招呼，发了根香烟，然后又说起了四喇叭的事情。

康成没有康乐那么激动，他笑了笑，嘴巴像秦汉一样歪了半边。这种笑容不是每个人都能学会的。康成说："我听康乐说过这件事，没想到你还真敢来找我。"

勉子说："成哥，都是一个道上的，我请你吃饭。"

康成说："行，那你就请我吃晚饭吧。"

他招了招手，从街对面过来了七八个人，其中有康乐和康健，还有其他一堆纹身的家伙。勉子觉得脑袋大了一圈，想跑也来不及了，先挨了一个耳光，后被揪住了衣领。临走时总算还记得对冷饮店的营业员说："要是有人来找我，就说我和康成一起走了。"那营业员当然认得康成，很同情地看了看勉子，说："记得护着脸，破了相你以后咖啡都没得端。"

小妍找到他的时候，他已经被打成了乌青眼，坐在春光饭店里瑟瑟发抖，旁边是七八个流氓。那是夜里，饭馆里的其他顾客全都跑光了，只剩下老板一个劲儿地往上端菜、送啤酒。空瓶子全都堆在地上，大概有二三十个。这伙人食量惊人，风卷残云，说着一些非常残忍的事情，把某某一拳打昏过去了，走私香烟分赃不均砍掉谁一只耳朵了。勉子捧着脑袋，他面前放着一张纸，还有一支圆珠笔。

小妍走了进去。

康健看见她，有点吃惊。我姐姐的样子很好认，正如康健的样子也不会被她忘记。两个人的目光碰了一下。小妍指着勉子说："陈勉，跟我走。"勉子没动。那几个流氓说："你是谁啊？"康健："她是那边照相馆老板的女儿。"众人一起笑了起来。小妍说："是啊，派出所警察的派司照都是我爸爸拍的。"

康成看了看康健。康健说："我们以前认识，念小学时候打过架。"康成问："打得怎么样？"康健说："我骑在了她身上，她把我弄疼了，我哭了就逃走了。"这伙人又笑了起来。有个大下巴醉醺醺地说："我也想让她把我弄疼了。"

勉子说："你们不要胡来，让她走。"康乐拍了他一头皮，说："没你说话的份儿。"勉子站了起来，随即被按倒在桌子上。康成说："你把欠条写了，我就放她走。"

那张欠条就在他眼前，上面写着"陈勉欠康成贰仟圆"，只差他的签名了。勉子拿起圆珠笔，虽然他很爱我姐姐，但两千块的欠债实在不是那么容易下手的。过了好一会儿，抖抖索索地签了名，小妍站一边看着，直到康成收起了欠条她才明白勉子这回是被人敲诈了。

她问康成："这回可以走了吗？"

康成说："饭钱他还没付呢。"

这时大下巴端着酒杯站了起来，他说："你陪我喝了这杯酒，我就让你走。"小妍说："不会喝。"大下巴说："那就喝白酒。"勉子再次打算站起来，又被拍了回去。店主战战兢兢地端上来一瓶白酒，半斤装的，大下巴说不够，拿三瓶上来，好像是要用这个来吓倒小妍。小妍犹豫了一会儿，看着周围一帮穷凶极恶的流氓，纵然她是我的战神此刻也不免脸色惨白。大下巴给她斟上半杯，是小号的玻璃茶杯，又给自己斟了一杯，说："不喝就剁了他的手。"小妍端起酒杯轰的一口喝干。

这是她第一次喝白酒，以前没机会，刚喝下去觉得嗓子里像着了火，一股热线从食道往下爬，眼泪都快出来了。可是她并没有倒，又坐了回去。大下巴有点诧异，小妍指指他的酒杯，他端起来喝了一口发现夏天喝白酒不是个好主意，连呛带灌喝下去半杯。在流氓们的叫好声中，两个人对坐了一会儿，互相瞪视。大下巴忽然摇晃了一下，一脑袋栽倒在桌面上。

康乐给小妍斟了大半杯，给自己也斟上等量的。小妍不屑地指指大下巴的酒杯，说："你先替他把剩下的喝掉。"流氓们表示赞成。康乐也醉了，他喝了大下巴那份，再喝完自己这份，然后就冲出去吐了。一伙人酒兴大发，纷纷前来叫战，小妍连喝五杯，现在是白酒瓶子一个一个往桌子底下扔。康成看着桌面上倒下去的人，忽然发现，如果再有人喝倒，他们就得一个人扛两个醉鬼回家去，这肯定办不到，于是拍桌子说："别喝了！"

康成指着小妍说："你很厉害，后会有期。"说完照着勉子的鼻子上揍了一拳，说："三天之后把债还清。"

人都走光了，勉子一边擦鼻血，一边付账，一边问小妍："你怎么这么能喝？"小妍捧着脑袋说："我也不知道。"店主凑过来说："女人要是能喝酒，就像妖怪一样，十个男人也不是对手。不过你也占便宜的，他们几个人前面喝掉了两箱啤酒。"小妍说："戆卵，刚才为什么不去找警察？滚。"

我姐姐正是在那天发现了自己的喝酒天赋，以前她只是听说过，我们的妈妈和小姨都很能喝，但具体能喝到什么程度不知道，她终于印证了这一点，从母系家族中传下来的特异功能，并且它传女不传男，比如我就什么酒都不能喝。

她撑着桌面站起来，看着勉子说："你居然被人敲诈了两千块，还不如请我去喝咖啡呢。"

勉子说："一开始他们敲我一万的，被我砍到两千。要不是你来搅局，我两千块都不用出，挨顿打而已。"

小妍大骂道："打死你才好。害我喝那么多酒。"

后来他们被饭馆赶了出来。夜还没深，街上三三两两乘凉的人，勉子的鼻血流得非常可怕，两个鼻孔都在往外喷射，从上嘴唇到衬衫下摆上全都是血。小妍让他仰起头，他不干，自觉英勇，脱下了衬衫给自己擦鼻血，人看见他都绕着走。小妍的酒劲也上来了，到定慧寺门口一屁股坐在石凳上，索性躺了卜来。勉子也跟着一起躺，躺在地上，衬衫枕在脑后，两个人一起看星星。

小妍说："勉子。"

勉子说："嗯。"

"我想吃冰激凌。"

"我爬不起来了。"

"我后天去上海，你难过吗？"

"还好。"

"你那帮狐朋狗友啊，一个都没出来，你做人太失败了。"

"我本来就只有你一个朋友。"

小妍侧过身，看着地上的勉子，路灯照着他的脸，鼻血还在流，被他咕噜咕噜吸到肚子里去了。小妍心想，这家伙虽然傻，关键时刻还挺像个男人的。她本来想安慰他几句，但看他的样子是再也不想谈论这件事了，忽然觉得食道拧紧，咬牙说："你让开点，我要吐。"勉子说："你往另一边吐不行吗？"一看她的脸色，又大喊道："不要！"举起衬衫兜住脑袋，小妍哇哇吐出两口，说："现在好受些了。"勉子扔掉衬衫，忽然直起身子也吐了，他吐的是胃里的血。两个人像是侥幸来到人世的饿鬼，自以为见识过了地狱场景，既悲惨又得意地笑了。

然后，我姐姐就离开了戴城。

那是她第一次出远门，勉子替她扛着行李，一直送到了火车上。车子很挤，勉子先把小妍从汹涌的人群里举起来，塞进了车窗，须知我姐姐是个大洋马，要举起她并不是那么容易，但他奋力而为，居然成功了。接着把大包小包扔进车窗，他自己跟着包也一起翻了进来。

发车铃响，小妍很依依不舍地说："你该走了，再见，陈勉。"

勉子说："我不走了，我也去上海，我还从来没去过上海的大学呢。"

小妍说："你别痴心妄想了，走吧。"

勉子说："上海又不是很远，我有很多亲戚在上海，这些行李你到了上海也得拎到学校啊。谁给你拎？当然是我啊，娜佳。"

看着他那张不知斤两的带着伤的脸，小妍说："快给我滚下去！"
火车启动了。

10

一九八七年是我爸爸最风光的一年，小妍考取大学，照相馆生意
日隆，国家开放了舞禁，他本人新做了一套西装，全城最好的裁缝师
傅，干完了这单生意就生病死了，可谓绝响。他以一种上流人士的面
貌出现在众人眼前，假如还有人不信，那么秋天时的一场交谊舞大赛
则充分地证明了这一点。这是戴城文化宫举办的，面向所有舞客，我
爸爸本来不想去，可是文化宫有个女科长非常想拿奖，她本人跳舞确
实不错，做人也够霸气，胁迫着顾大宏下场参赛，头一轮小组淘汰赛
他们轻松过关，第二轮亦复如是，到决赛时他抖擞精神，换上了新西
装，一条宝蓝色的领带配金色的领带夹，以及夏天买的白皮鞋。

评委只有三个人，一个是戴城的资深老舞客，大概和张师傅同辈
的，一个是市总工会的干部，另一个是戴城电视台的女主持人。人数
虽少，眼睛很毒，第一轮就把屠户和勉子都给淘汰了，那位资深老舞
客当众批评了方屠户跳舞"就像黄金荣的徒子徒孙"，慷慨激昂地表
示社会主义新舞厅里不需要他这种病态货色，令老方十分不悦。

至于那场面，我得说，非常混乱。看比赛的人，第一排到第三排
全都坐着，第四排到第六排全都站着，第六排以后就站在凳子上，看
耍猴亦不过如此。选手们服装各异，尤其女的，有衬衫，有连衣裙，有
蝙蝠衫，有女式西装，有运动服，那位女科长急不可耐地在不太冷的
天气里就穿上了马海毛，八仙过海一样。

在场子里我爸爸看见了老克拉。

我爸爸是个很古怪的人，他的人生就像跷跷板，有时很自卑，比如在遇到流氓和街道办主任的时候，有时很高傲，比如在舞场里。他视老克拉为屁，但有一件事他不得不注意到，老克拉身边的舞伴并不是关文梨，而是另一个女人。

她，穿着闪亮的跳舞裙子，凭我爸爸的眼力一看就知道不是国产货，甚至都不是香港货，而是来自欧美。她的珍珠项链，她的皮鞋，她的戒指，她的丝袜，她的发卡……她唯一的缺点是皮肤有一点黑，但这种黑在她的美貌和光彩之下也变成了优点。

女科长说："这个女人叫蓝瑞，家里是印尼华侨。她有个绰号叫黑牡丹。"

顾大宏说："我倒从来没见过她。"

女科长说："闹'文革'的时候离开了戴城，去上海了，现在又回来了。你不知道，那时候从他们家里抄出来的金条就有十来根，一堆人民币放在柜子里，小孩要花钱就随便拿。批斗她妈妈的时候，问那个女人解放前做了些什么，那个女人竟然说，结婚以前做小姐，结婚以后做太太。结果被打死了。黑牡丹现在很有钱的，老克拉都陪她玩。老克拉这个家伙，哪儿有女人，哪儿有钞票，他就去哪儿。"

顾大宏说："老克拉不是一直和关文梨跳舞吗？"

女科长说："关文梨这种人怎么能和黑牡丹相提并论？自己被老克拉玩了还不知道。初赛她找了个老头子一起跳舞，结果老头子被老克拉撞了一下，立马就倒了。"

"老克拉为什么要撞他？"

"鬼知道，大概吃醋了？"女科长说，"喂，老顾，我们可不能输给他们，最起码不能输太多。你撞得过老克拉吗？"

"跳舞撞人那是垃圾瘪三干的事情。"顾大宏无奈地说。

那天决赛，在场的都是个中高手，如我爸爸所预料，老克拉和黑牡丹的组合非常厉害，超过了他和女科长以及其他人，他自忖如果把老克拉替下来，换自己去和黑牡丹跳舞都未必有这么好。这个头顶微秃、整张脸像被斧子一通乱砍又拧过好几把、既难看又格外有轮廓、活像电影里经典反派的家伙，确实是一个很难超越的对手。

公布比赛结果的时候有点乱，主持人像是体育比赛一样先公布了第一名，那是戴城歌舞团的一对专业舞蹈家。众人哗然，因为他们跳得并不是很出色。黑牡丹冷笑了一下，什么都没说，拎了小坤包就走，老克拉护送她而去。这下评委傻了，聚在一起商量了一下，宣布第二名是顾大宏和女科长。女科长高兴死了，倒是我爸爸觉得很尴尬，因为这第二名显然是属于老克拉的。

这件事既是我爸爸的荣誉，也是他的耻辱，不过人们都很体谅他，他主要问题是没有一个像样的舞伴。

那时靳家花园的二楼已成为营业性舞厅，取名"美乐宫"，人们还是习惯于叫它靳家花园。那里面排场很大，铺了木地板，刷了不知道多少层漆，足以和外宾招待所相媲美。有了这个场子，顾大宏就不太爱去文化宫了，毕竟在撒了滑石粉的地坪上跳舞，会像泥瓦匠一样把裤腿和鞋子都弄得灰扑扑的。在靳家花园，他是当之无愧的舞王，无人匹敌，也无人配对，这舞王做得有点孤独，反正他还是那个做派，孤零零懒洋洋地靠在椅子上，见到有合适的女性就上去邀请一次，跳完了舞，继续孤零零懒洋洋。直到有一天，老克拉带着黑牡丹和关文梨出现在了舞厅里。

那场面真是太可笑了，一个孤家寡人，一个左拥右抱。我爸爸有时会和关文梨对一下眼神，微笑一下，但他从不找她跳舞，也不上去搭讪。时光荏苒，柔情不再，东方点心店已没有她炸油条的身影，文化馆的岑老师蹲了大牢，很多事情似乎都过去了。

黑牡丹成了舞厅里的焦点，几乎所有的男人都不顾老克拉寒冷的目光，冲上去邀请她跳舞，结果都是一个皮蛋弹了下来。偶尔给人吃皮蛋不要紧，每回都皮蛋，大家就觉得她太清高了。万屠户率先不念，他知道自己反正也没戏，他反正也不怕老克拉，反正也是黄金荣的徒子徒孙了，每回只要他遇到黑牡丹，就必然会走上去吃皮蛋，吃完了还很高兴。这种疯狂的举动，引得很多人效仿，纯粹是为了捣乱。有一次勉子也上去了，上帝都没想到他居然得手了，黑牡丹站了起来，不过他们只跳了半分钟，勉子就在一片嫉妒的目光中踩了她的鞋子。她皱了皱眉头，什么都没说，摞下他回到了座位上。

只有她和老克拉一起跳舞时，周围是安静的，连屠户这种人都会认真地看着，好像要从老克拉那儿学点东西。老克拉是华尔兹高手，在溜光的地板上转起来，他可以带着黑牡丹绕舞池转四十个大圈，一般人都转晕了，他们还像没事人一样。而顾大宏的最高纪录是转了三十圈，他倒还好，舞伴差点昏过去。

由于顾大宏和老克拉的存在，美乐宫成了当时的顶级舞厅，凡是跳舞的人都会来观摩。渐渐地人们也分成了两派，一派认为顾大宏人品比较好，又很有号召力，虽然有时也像个没吃饱饭的傻瓜一样，但他至少比老克拉强；另一派认为，客观事实摆在那里，没有人可以因为人品好就拿世界冠军，老克拉才是当之无愧的舞王。

反正这两个家伙谁也没走，就在靳家花园耗上了。

秋天时外宾招待所举办了一场特殊的舞会，有一个外国妇女代表团来戴城参观旅游，为了展现一下文化开放的成果，官方安排在那个隐秘的舞厅里举办一场内部舞会，戴城的几个舞界名流都被请了去，其中自然少不了我爸爸。

毫无疑问，这是一项巨大的荣誉，不过也挺恶心的，有点像旧社会的舞女，顾大宏是客串舞男。既然有一技之长，国家征召，责无旁贷。他打扮齐全，坐上了专程来接他的面包车——车上还有七八个同行，绝尘而去。这下子名震蔷薇街，只差载入外交史了。

在车上他看见了老克拉。此时我爸爸的身份是比舞大赛的亚军，深受重视，而老克拉只是一个不太像样的陪衬，群众演员而已。老克拉把脑袋靠在车窗上，一直望着外面，没抬头看我爸爸一眼。

那晚上，我爸爸回家时脸色铁青，我什么都不敢问。后来勉子告诉我，这次老顾丢人了，他在跳华尔兹的时候竟然被老克拉从背后撞了，他觉察得太迟，只来得及保护了外国舞伴，自己用身体硬扛了一下，由于地板太滑，他被撞得单膝跪地，好像是要给外国女宾求婚。就这一下，我爸爸刚得来的荣誉全部归零。

勉子说："老克拉故意的，场子那么空，稍微注意点肯定不会撞。"方屠户捋袖子说："老顾，我叫两个徒弟去收拾老克拉一顿。"我爸爸淡然说："他是不小心撞的。舞场上的事情，怎么能到街上去解决？"方屠户说："我刚跟大聪学了一句成语，叫唾面自干，你就是。"

事情很快传了出来，有人安慰我爸爸，也有妒忌他的，认为他活该，平时太威风了。

那以后，顾大宏还去靳家花园跳舞，这本来就是他的固定场子，但只要老克拉出现在舞池中，他就不会下场跳舞。这是一种尊严，谢绝与垃圾为伍，但别人以为他怕了老克拉，靳家花园的木地板同样很滑，撞一下不免就会摔出去。

跳舞就是这样的，舞场就是人生，你可以和垃圾活在同一个世界，但不要和他们一起跳舞。这句话是我爸爸说的。

11

开年春天，顾大宏去上海探望小妍。那几年他有钱，供得起她吃喝玩乐，大学伙食好，又沾了上海的洋气，她迅速发育成了一个身材婀娜、肩宽臀肥的健壮女子，该有的地方都有了。他们在上海玩得很开心，去了和平饭店，参观了著名的弹簧地板。有一些头发银白的老家伙在跳舞，那才是真正的"老克勒"，而非戴城的"老克拉"。我爸

184

爸说："张师傅要是活着，现在也是这个年纪，也是老克勒。"

正说着，有人向他们举手招呼，冲过来一个五十多岁的半老克勒，雪白的衬衫，三七分头，脖子里挂着很粗的金项链，像俄国人一样抱住顾大宏说："阿宏，我是保生啊！"顾大宏用力推开他，端详着他的脸说："什么？你是保生，你真的是保生！"好像电视剧一样又拥抱了他。

他叫孙保生，顾大宏的大师兄，张道轩师傅的门生。他的登场改变了顾大宏的命运轨迹。

张师傅要是还活着，断断不会承认孙保生是他徒弟，此人在五十年代跟着张师傅学摄影，结果什么都没学会，倒是把张师傅的一身舞技全部窃取到手，又到处学艺，跳得比张师傅还好。禁舞以后，他没一份正经工作，又不爱伺候人，就离开了张师傅，在外谋生。他做走私生意，从上海往戴城贩东西，据说有那么几年，戴城糕团店的必备原料糖精，大部分都是由他手里过去的。此人神通广大，公安局市政府路路通，连警察都帮着他贩私。不料七十年代在上海滩翻了船，因为两听糖精而落网，毕竟上海的水太深，玩不转了，结结实实吃了八年的官司。我爸爸遇到他那次，他已释放出来好几年，没结婚也没工作，不想再回戴城，就在上海玩着。

看他的打扮，以及他在舞厅里混迹的腔调，顾大宏就知道他又挣到了钱，而且不太会是合法的生意，也没再问下去。孙保生出手阔绰，先掏了五十块钱给小妍做见面礼，又赞她美貌，邀她跳了个华尔兹。小妍说："孙伯伯，你跳得比我爸爸好！"孙保生很高兴，说："等会儿带你去吃西餐。"

第二曲开始，她屁股还没坐下来，又走过来一个老克勒，风度翩翩请她跳舞，这下子有点受宠若惊了。结果，那一天花几十块钱买了门票，我爸爸一直在和孙保生聊家常，小妍倒是成了舞厅里的红人。

孙保生对戴城的情况已经不太了解，当他得知我爸爸是个体户，自己拥有了照相馆，而且经常出入于舞厅，不禁很激动，也想回去看看。出了舞厅，他果然带二顾去吃西餐，喝啤酒，又看了场电影，全都由他付账。最后叫了一辆出租车，预付了车钱让他们回学校。小妍没见过这么大方的人，隔着车窗对他说："孙伯伯，我们等你回戴城。"

两个月以后，刚放暑假不久，孙保生出现在了苏华照相馆门口。

他搞得很热闹，拎了两个大箱子，雇了一辆人力三轮车，从火车站斜穿市区来到蔷薇街。这得是多有钱的人才能做出来的事情啊，骑三轮的都累趴了，到站头一件事就是冲到水井旁边，吊了一桶水就喝，喝剩下的全都浇在了自己头上，再不降温他就要休克了。当孙保生掏出十块钱人民币作为酬劳的时候，大家都觉得来了个真正的冤大头。

小妍放假回来，我和她正在照相馆里说话，猛见孙保生到来，她雀跃着跑出去迎接。孙保生像归国华侨一样对着看热闹的乡亲们挥了挥手，说："我孙保生又回来了，回来看看大家。"这些人面面相觑，不知道他是什么来头，后来一听是上海来的，在我们的戴城，每个人都有几个上海亲戚，大家也就无趣地散了。

孙保生见到我，十分客气，先摸了摸我的头说："小弟，叫什么名字？"

我说："顾小山。"

"脖子怎么回事？"

"天生的歪脖子。"

孙保生说："小弟，不要自卑，以前我坐牢，有个难友也是歪脖子，后来放出来，他偷渡到香港就治好了。"我心想这简直是废话，我能偷渡去哪儿？那时我正处于青春期的叛逆和自闭，很礼貌地躲开了他的鼓励，一个人躲到柜台后面去生闷气，细想想，不禁又对香港很神往。

过后，孙保生住在了宾馆里，每天雇着三轮车四处兜风，有时还捎上我爸爸或是我姐姐，依次参观了他的故居，拜会了几个老朋友，逛了逛园林和寺庙，给张师傅上坟，去老字号的饭馆吃饭。盛夏季节，乱糟糟的城市也变得安静起来，道路空旷，阳光杀气腾腾但受阻于高大的行道树，孙保生像一只华丽的昆虫嗖地飞到东边，嗖地飞到西边。很快他就玩腻了，他要去舞厅跳舞。

我爸爸把他带到了靳家花园，那天很热，人不多，几个落地风扇向着舞池里猛吹，老克拉正在和黑牡丹跳舞。孙保生认得老克拉，不动声色地坐下来，寻觅着中意的舞伴，没什么看得上眼的。一曲终了，老克拉和黑牡丹坐定，孙保生站了起来。我爸爸预感到事情不妙，拉了一下孙保生的袖子，没拉住，他径直向着黑牡丹走去。

结果吃了个皮蛋。

舞界皇后黑牡丹，皮蛋专营店，她高傲、冷漠、势利、神秘，那会儿都已经快变成慈禧太后了，她根本没把孙保生放在眼里，尽管后者穿着打扮很洋气，讲一口上海话，但这些在她眼里仍只算个屁。她见得多了。

孙保生一笑了之，回到座位上，把口袋里的墨镜戴上。整个过程中他没看老克拉一眼，老克拉倒有点不自在了，稍微挪了挪屁股，凑到黑牡丹耳朵边上说了些什么。黑牡丹一笑，看了看孙保生，不过他的眼色已经被墨镜遮住了。

夜里吃饭，勉子也来凑热闹了。孙保生不像我爸爸一样爱面子，把事情讲了出来。小妍说："那个家伙绰号叫老克拉。"

孙保生大笑："什么老克拉，这个人我知道，五十年代也在舞厅跳跳舞的，他的绰号叫'小跳蚤'。有一次跳舞他把阿拉师父撞了一下，阿拉师父当场训斥他：小瘪三，跳舞撞人，换地方白相去。跳舞，本来是玩玩的，玩也要玩得有腔调，只有垃圾瘪三才以撞人为乐趣。"

小妍撺掇道："孙伯伯，只有你能杀杀老克拉的威风了。"孙保生说："我才不去跟他别苗头呢，很跌价。"勉子就凑过来，把顾大宏在外宾招待所挨撞的事情说了一遍。孙保生听了有点生气，说："我本来打算后天就走，看来要多待几天了。"

趁着我爸爸不在，小妍主动请缨，要求做孙保生的舞伴。孙保生摇头说："你比黑牡丹差很多，恐怕还是镇不住他们。"小妍说那怎么办，难道真的去歌舞团给他找个同等级别的舞伴？孙保生说："你让我想想。"

第二天孙保生来到照相馆，手里拿着一盒磁带，对小妍说："小妹，我教你跳舞。"

小妍说："我都会的嘛。"

孙保生说："我教你跳狐步。就看你悟性了，三天之内必须学会。"

小妍说："为什么要学狐步？没人会跳狐步的。"

孙保生说："就因为没人会跳嘛。"也不多解释，上午在家里教，下午去了外宾招待所，让勉子帮忙开了舞厅的门。勉子看到孙保生跳舞，佩服到五体投地。我姐姐真是个跳舞坯子，其天赋绝不比我爸爸差，这样学了两天，孙保生说："可以了。"

小妍说："我还想再练练。"

孙保生说："以后自己练吧，目前这个样子可以去舞厅了，反正别人也不会跳。"

接着，小妍让我跑了一趟文具品商场，去那儿找卖毛笔的关文梨。任务很简单，告诉关文梨，明天晚上把老克拉和黑牡丹叫到靳家花园。关文梨笑了，问我："你们想干什么？"

我说："我也不知道，大概是要别苗头吧。不过你可先别告诉老克拉。"

关文梨说："那倒好玩的，我也要来看看。"

我说："少不了你，我姐姐让你也一定去，我们孙伯伯要请你跳舞的。你可不能给他吃皮蛋。"

关文梨说："那你爸爸呢？"

188

我说："他？他在下面看热闹。"

关文梨说："你既然托我办事，那也要有交换条件的。"

"什么条件？"

"明天晚上，让顾大宏请我跳舞。"

其实我对关文梨没有恶感。我看出她想和我爸爸重归于好，自从老克拉带了黑牡丹以后，关文梨就变成了一个局外人，这很没劲，换了谁都会不高兴。我觉得他们这帮成年人之间的感情，也像小孩过家家一样。人一旦踏进舞场，事情就会变得很虚幻。

我悄悄地把关文梨的意思告诉了爸爸，他露出一种很奇怪的神色，好像屁股被夹住了。接下来的事情我就不管了，他爱怎么样就怎么样吧。

12

星期六的傍晚下了一场雨，很凉快，孙保生坐着三轮车又来了，后面还跟着一辆空三轮。小妍已经打扮齐全，穿上了勉子送给她的蓝裙子。孙保生是一件米白色的府绸衬衫，长袖的，下面配亚麻裤子白皮鞋，又把金项链挂上，这副模样在舞厅里足以鹤立鸡群了。他们坐一辆三轮，勉子和我爸爸坐另一辆三轮。我也很想看热闹，倒霉的是他们不让我去，只能留在店里了。

路上，小妍问孙保生："我们是不是该晚一点去，等老克拉他们先到？"

孙保生说："跳舞，玩玩而已，输赢心不要那么重。我们先到，他们看见我们在，就不好意思掉头走掉。我们要是后到，人家说不定找个理由就溜了呢？"

小妍说："孙伯伯，你鬼得很。"

到了靳家花园，里面人头济济，勉子拿了磁带去找管音响的，吩咐停当。孙保生把响指打得噼啪响，先要了一杯茶，又站起来请我姐姐跳了个不太长的华尔兹，活动一下筋骨。他立刻成为全场焦点。不多一会儿，老克拉带着黑牡丹和关文梨也来了，看到他们在，老克拉没表现出异常，带着黑牡丹和关文梨分别跳了一支舞。随后，音乐为之一变，人们都愣了一下，孙保生带着小妍又上场了。

　　狐步舞花哨而轻快，虽然小妍并未掌握太多的技巧，但那种步伐足以让人着迷。这是普通舞厅里根本见不到的高档货，只跳了一个羽步，舞池里的人就都撤了下来，眼巴巴看着他们表演，场子空了，他们跳得更好看。在跳犹豫步的时候小妍出了点错，踩了他一脚，孙保生很老练地带着她混了过去，接下来一个波浪步，镇了全场。一伙人围着我爸爸问："这是啥舞？"

　　"福克斯，"我爸爸说，"狐步舞。"

　　"教教我们。"

　　"我也不会跳。"顾大宏遗憾地说，"学会了也没用，一般舞厅要是这么跳舞，来来回回变线，能把人都撞死。再说了，腿短的人跳这个舞，两个搂在一起就像一只爬来爬去的大蜘蛛，有什么好看的？"

　　这一曲只有两分钟，久了怕小妍露馅，跳的也是初级舞步，见好就收，靳家花园第一次响起掌声。老克拉脸色很不好看，似乎想要离座而去，但黑牡丹不想走，她看了孙保生好几眼。

　　接下来一支华尔兹，老克拉带着黑牡丹上场。隔着舞池，顾大宏望到对面的关文梨。他犹豫了一下，走了过去，时隔多年终于向她伸出手。

　　孙保生坐着没动。他喝了口茶，和身边的小妍聊了几句。他一直坐在最显眼的位置上，老克拉带着黑牡丹一次次地掠过他眼前，孙保生就在吹着杯子里的茶叶，顺便掏出手绢，把白皮鞋上的鞋印擦干净。这太过分，拿手绢擦鞋。擦完了，他把手绢交给伺候在一边的勉子。

关文梨问顾大宏："你们今天晚上到底想干什么？"

顾大宏一边转圈一边说："我也不知道啊，我都不知道小妍学会跳狐步了。"

"那个男的是谁啊？"

"我的大师兄啊，从上海回来探亲的。"

"我看你们今天晚上是要把老克拉比下去吧？"

"跳跳舞而已，比下去也没什么嘛。"

等到这一曲终了，孙保生带着小妍又上去了，一支慢四，跳得内涵无限。这得说是我姐姐的功劳，她比黑牡丹年轻而美丽，身材妖娆，皮肤雪白，相比之下黑牡丹确实有点搓板，而且她并不年轻。

老克拉没动，他也喝茶，黑牡丹坐在一边定定地看着孙保生。

这支舞跳完之后又是华尔兹，老克拉带着黑牡丹再次上场。孙保生喝茶。人们看出来了，孙保生不敢和老克拉拼华尔兹，原因很简单，我姐姐并不擅长跳这个，她转不动，会晕。不料孙保生把茶杯交给了勉子，穿过舞池，走向关文梨。

"关小姐，赏个脸。"

尽管事先已有暗约，关文梨仍受宠若惊。她很快就体会到了被天外高手带着转的感觉，晕眩与酥麻内外夹击，飘摇与失重上下齐攻，无可言表的快感笼罩全身。在旁观者看来，则是一对精灵装上了马达，精确而翩跹地沿着舞池边缘嗖嗖转过去。与之相比，同样在舞池里旋转的老克拉和黑牡丹只不过两头缓慢而绵软的水母罢了。忽然之间，孙保生减速，变线，将老克拉逼进了角落里，当精灵即将和水母相撞的一瞬间，人们哄的一声，以为要出洋相了，老克拉像受惊的章鱼一样收缩起身体，舞步散乱，孙保生却忽然加速，翩翩地掠过他的身边，转到很远处去了。一波未平，孙保生忽然又来了一手，带着关文梨直冲向黑牡丹，老克拉为了保护舞伴不惜将身体拧转过来，试图挡住失控的关文梨，但孙保生有力地把持住了局面，他把三步换作了两步，轻巧地偏移出半尺，以一衣带水的距离划过了黑牡丹的肩膀。

勉子打了个呼哨，被我爸爸制止了。

曲毕，老克拉铁青着脸回到了座位上，孙保生意犹未尽，又带着关文梨跳了一支慢四，时不时和她交谈几句，看关文梨的脸色反正已经是彻底被征服了，别说赏脸，赏什么都乐意。接下来是一曲探戈。人们都知道，探戈在靳家花园仅仅只有顾大宏一个人会跳，他找不到舞伴，也从来不教，每次舞会中仅有的一曲探戈都是以空场而告终，但是今天孙保生来了，他跳女，顾大宏跳男，两个人大大地表演了一通。小妍心想，这家伙也太厉害了，女步都会跳！

孙保生连跳四曲，回到座位上。小妍很夸张地说："哇，孙伯伯，你身上一滴汗都没有，厉害！怎么练出来的？"孙保生说："这是天分，我夏天不出汗。一般的男人早就臭汗淋漓啦，苏东坡说过，冰肌玉骨，自清凉无汗。"小妍说："佩服，佩服。"

他们赢得很彻底，老克拉是绝不会再下场了。他本来应该走掉，但黑牡丹还坐着，那是在等孙保生。最后一支华尔兹，孙保生果然留给了皮蛋皇后，所有人都明白，如果她再给他吃皮蛋，那只能说是在羞辱自己。他走过去，她笑了笑站起来，当他们踏入舞池的时候，老克拉离座而去。

那是最精彩的，如果有人为靳家花园修史，这支舞可以载入史册。全场只有他们，其他人都站着看，黑牡丹同样经历了晕眩与酥麻，飘摇与失重，是不是被征服了没有人知道。那一曲是孙保生串通了音响师特选的，简直像交响乐那么长，沿着舞池，他拉开架势，一丝不苟地转了足足五十五个大圈，其速率超过了正常人所能承受的。黑牡丹有点招架不住，在孙保生一脸严肃中微微透出得意和邪恶，他的舞步愈发失控。我爸爸看出端倪，暗暗摇头。忽然听见一声惊叫，一只皮鞋飞了出来，舞曲戛然而止，黑牡丹光着一只脚站在舞池中央，头发乱了，很长的珍珠项链甩到了后背。过了两秒钟，她一屁股坐在了地板上。孙保生很绅士，抱着胳膊淡淡地说："抱歉抱歉，我去帮你把鞋子捡回来。"

老克拉和黑牡丹再也没有来过靳家花园。

13

孙保生第二天就买火车票回了上海，如果他再多待几天，大概就走不了了，一拨一拨的跳舞爱好者来到苏华照相馆，找顾大宏打听他。顾大宏只能摊手表示无奈，昔人已乘黄鹤去，狐步舞遂成绝响。从此顾大宏独霸靳家花园，孙保生成为一个传奇。到了九十年代，我们收到了一封来自巴西的信，原来孙保生去南美洲做生意了，在到处都是拉丁舞的地方，想必他已找到了自己的归宿。

虽然赢了，但顾大宏高兴不起来，他说把人牌子砸了这种事情很不好。这并不说明他道德高尚，只说明他越来越像个做生意的人。

那个夏天雨水很多，蔷薇街又被淹了，水一直漫到店门口。顾大宏挽着裤腿，把脚搁高了坐在椅子上，给自己泡了杯茶。单喇叭录音机里播放着孙保生留下的舞曲磁带，那首著名的"Por una Cabeza"——只差一步。电风扇吹得他的头发全都立了起来，他闭着眼睛，听到有人叩击玻璃，眯眼一看是关文梨。

她也挽着裤腿，凉鞋湿淋淋的。她靠在柜台上低声说："老克拉去上海了。"

"跟黑牡丹一起？"

"是啊。"

顾大宏再次闭上眼睛。音乐放完了，关文梨按下倒带键，过了一会儿"Por una Cabeza"的音乐重又响起。她说："教我学探戈吧。"

"这种舞没有人会跳的，不流行。"他说，"你学会了也只能跟我跳。"

"那就跟你跳吧。"

他睁开眼睛叹了口气，觉得自己确实需要一个固定的舞伴了。

那以后人们在靳家花园看到的，顾大宏带着关文梨跳探戈。探戈是一种很奇怪的舞，可以很奔放也可以很安静，可以很严肃也可以很放荡。整个舞厅里，甚至整座城里，只有他们在跳探戈。人们对这种舞的了解，仅限于那标志性的甩头动作，据说那是为了防范情敌偷袭。然而我爸爸跳探戈的时候从不甩头，大概他以为没有情敌的存在。

有一天晚上他们跳完舞出来，在黑漆漆的巷子里被一个人拦住了，他抡砖头照着顾大宏的脑袋上来了一下，立刻血流如注。这人冷笑着走掉了。关文梨连喊都没喊，眼睁睁地看着，后来把他送到医院里，缝了几针，做了一个完美的包扎。他们走出医院，在夜排档吃了一碗猪血粉丝，补补元气。顾大宏说："老克拉不是已经去上海了吗？居然还惦记我，指使人来打我。"

"你怎么知道是老克拉？"

"我好像只得罪过他一个人。"他说，"迟来不如早来，过几年老了再被人打成这样就真的没面子了。我一直等着这一天呢。"

"那不是老克拉指使的。"关文梨说，"那是我前夫。"

我爸爸叼着嘴里的粉丝，一半挂在下巴上，抬头看了她一眼，过了半天才郁闷地说："为什么不拦住他？"

"如果我去拦，他会当街杀了你。"关文梨说。

这个谜底揭晓得恰到好处。

他一个人回家，那天晚上蔷薇街热闹得很，方屠户也出事了，他把舞伴变成了姘头，姘头又变成了仙人跳，一个叫丽丽的姑娘带着四条壮汉上门索债，并拿出了一张五千块的欠条。这四条壮汉都是丽丽的丈夫，看起来很想把唯一的奸夫给活吞了。方屠户缩在门边，不让他们进去，于是大家都不睡了，跑出来看热闹。

丽丽说了一句惊天动地的话："姓方的，你要知道，世界上只有白吃鸡，没有白操逼。"大家纷纷点头，很有道理，但是你四个丈夫一起冲出来有点没道理。方屠户哭着说："欠条是你们逼我写的，你们在陷害我！"丽丽说："打！"

于是方屠户也被开了瓢。

我听到人们大喊："老方！"又听见有人喊："啊呀，老顾，你也白操逼去了？"

乱战中，方大聪和方小兵扑了出来，大聪仍是他的看家本领："杀掉你杀掉你杀掉你！"小兵不能说话，重拾旧技，一只手摸向壮汉的腰包，两个人都被拎了起来。方屠户满脸是血，悲愤地喊道："放了我儿子，钱我给你们！"

第二天，屠户和顾大宏两个，头上裹着纱布站在门口抽烟。方屠户问："老顾，谁打的你？"老顾悲伤地摇摇头。

"人的一辈子，总是会遇到麻烦的。"屠户轻松地说，"我觉得我又回到了年轻的时候。"

顾大宏说："你的麻烦结束了，我的麻烦还刚开始呢。"那一瞬间他觉得自己和屠户相反，他中年之后的青春期，恰于此时戛然而止。

第四部

疯人之家

面粉厂的老工人都记得一九七〇年，绵密的雨水拉响了防汛抗洪的警报，运河水位暴涨，码头淹了，河水就要漫上公路。水灾肆虐的夏天，远方的灾民渐次而来，他们面黄肌瘦，拖儿带女，在进入戴城之前总会站在面粉厂门口徒劳地张望。

　　我的姑妈顾艾兰那时已经腆着大肚子，每天早晨坚持搭乘厂车，和她的残疾丈夫一起来到厂里上班。她面色憔悴，鼻尖微红，而我的姑父穆天顺因为两年前脑袋上挨了一枪，不免显得有点迟钝，他似乎没有意识到自己即将成为一个父亲。

　　那个早上电工班的曹刚也在厂车上。车从城北出发，曹刚家是始发站，经过解放路的时候，穆天顺和顾艾兰夫妇上车。平时都会有座位，但那次因为发大水，很多骑车的人都宁愿搭乘厂车，顾艾兰只得站在曹刚身边。曹刚坐着，没理睬她，他稍稍扭过头去，把目光投向徐缓而退的街景。

　　"曹刚，给我让座。"顾艾兰没好气地说。

　　曹刚看了看穆天顺，他正坐在发动机盖上，那儿很烫，冬天的感觉不错，但那是盛夏。曹刚心想这都能坐下去，看来脑子是被枪打坏了。

　　曹刚是个电工，做这个工种的人都会受到额外的尊敬，他说有电就有电，他说没电就没电。曹刚受不了顾艾兰用这种口气和他说话，尽管她也受到额外的尊敬，她是负责发工资的会计，但这并不意味着她就可以冒犯一个电工。

曹刚很不情愿地站了起来，低声说："肚子里的孩子还不知道是谁的呢。"

这是一个传闻，顾艾兰和厂长有染，人们谈到这种事情的时候都尽可能压低声音，尽可能使谣言更像是真相。顾艾兰听到这话身体颤抖了一下，顺着曹刚的目光，她看到发动机盖上自己的丈夫，念念有词，手拿一支铅笔头，在工作手册上记着什么东西，他的裤子上已经洇出一摊汗水，冷不丁看过去还以为他尿裤子了。

顾艾兰坐下去的时候对曹刚说："曹刚，你会倒霉的。"

第二天，曹刚的老婆，面粉厂的仓库管理员王美珍来找顾艾兰，她把她拉到一个无人的角落里，低声抱歉说："曹刚是胡说八道的，他喝醉了，你知道他最爱喝酒的。"顾艾兰说："他没喝醉，谁一大清早就喝醉啊？"王美珍都快哭了，说："曹刚是个粗人，他讲的话都是道听途说。"顾艾兰很不耐烦地说："你烦死了，我要去做账了。"她甩下王美珍走掉了，听到背后的声音："我们都知道你和厂长没有那种事情。"

曹刚很快被调到了码头上做装卸工，王美珍去了车间。人们不禁感叹顾艾兰的报复心，以及她实施报复的能力。几乎没有人同情曹刚，因为他实在是太嚣张了，而且有严重的口臭，他对着厂长说话的时候曾经令其剧烈地向后仰头，这足以让他去码头上扛包了。至于那个悲戚而无能的王美珍，她在仓库管理员的岗位上似乎也待得太久。

一九七〇年顾艾兰生下了她的儿子，取名穆巽。巽这个字很费解，顾艾兰说这是解放路上一个瞎子给算的，至于到底是什么意思，她也不是很知道。穆巽长大以后曾经夸耀说，巽就是风的意思，人们听到风这个词总不免认为，当初那个瞎子是在故意揶揄顾艾兰。

"文革"结束以后，面粉厂的厂长因为犯了事情而被判刑，新的厂长上任，码头装卸工老曹终于又回到了电工岗位上。他已经被长年累月的装卸工作折磨成一个胡子拉碴、满脸横肉的大汉，患有腰肌劳损和小腿静脉曲张，口臭也没治好。有一天老曹来到会计室换灯泡，看见顾艾兰在算账，就站在梯子上阴阴地说："这孩子真可怜，亲爸坐牢，后爸是个傻子。"顾艾兰抄起茶杯向着老曹泼上去，他刚把灯泡摘下来，差一点就给电死。老曹从梯子上重重地摔下来，睁开眼看到顾艾兰那双大眼睛和两道深入鼻翼的法令纹，她低声说："曹刚，穆巽是穆天顺的儿子。我最后警告你，你要是再胡说八道，我就把你和王美珍还有你女儿都扔到河里去。"老曹不由自主点了点头，那一刻他确实认为，顾艾兰是不可战胜的，她什么都不怕，世界上竟然有这种女人。

我曾经说过，八十年代，穆天顺的疯病看来是治不好了，他屡次在公共厕所里手淫，以极其下流的方式成为了解放路一带的名人。事情不再藏着掖着了，它浮现于生活的表面，顾艾兰必须面对它，向任何人警告都无济于事。面粉厂安排穆天顺病休，在一场分配公房的大战中，顾艾兰意识到自己不会有份，我的姑妈是个非常冷酷的人，她想办成的事情即使用匪夷所思的方式也必须得手，她唯一的缺点是做事不留后路。为了分到房子，她安排了穆天顺到厂长办公室去手淫，一套位于顶楼的二居室就此到手，尽管楼层很差，她也满足了，毕竟是靠这么不堪的手段赢得的。

穆天顺在厂长办公室捋炮，一共干了两次，头一次把厂长吓坏了，他冲出办公室，找到顾艾兰。顾艾兰说："我也没有办法，穆天顺只想要一套新房子。他是个疯子，除了干这个以外，也许还会杀人。"厂长看到顾艾兰的目光坚定，绝无一丝玩笑的意思，不由得感到一阵寒意。而第二次穆天顺如法炮制，遇到了在厂长办公室换灯泡的老曹。

那一次，老曹也在为分房子的事情头疼，他冲过去揪住了穆天顺，解救了困窘之中的厂长。为了让厂长更无后顾之忧，老曹照着穆天顺的小肚子踹了一脚。穆天顺发出惊天动地的惨叫，科室里所有的人都跑过来看热闹，顾艾兰也在其中。出乎意料，她并没有找老曹的麻烦，也没有安慰穆天顺，她抱着胳膊淡淡地说："挨打了就好，挨打了就分房子。"

那一脚真是恰到好处，顾艾兰和老曹都有了房子，他们之间曾经是一种双赢关系，可惜自己都不知道。为了让他们更好地成为冤家，厂长把他们安排在一楼和六楼，从此以后他们成为邻居，顾艾兰家的垃圾经常会倾倒在曹家的院子里，老曹还以颜色，跑到配电板前面，一钳子剪断了顾艾兰家的电线。不过这一切都与穆天顺无关了，他在迁入新居的同时，就被永久性地关进了精神病医院。

我的表哥穆巽有一个比较悲惨的童年，具体来说，就是被解放路一带的孩子嘲笑为傻瓜的儿子，被各种女人用狐疑的目光打量，被男人们宽容地拍拍脑袋以示他们理解了这种苦难。而穆巽本人，他长得帅气、英俊、挺拔，他本来不应该受到这种待遇，也许是因为外貌和性格的巨大落差。了解他的人都知道，他会时不时地露出一种厌倦的目光，在逼急了的时候痛彻心肺地嚎叫，以及他的阴郁，他的自负——人们认为他的外貌具有某种欺骗性，如果他长得很难看，那就意味着他很诚实，或许日子会稍微好过些。

我想起一九八二年，我观看了一场全区小学生的文艺汇演。在大会上，五年级的穆巽主演了一幕小话剧，他们学校的老师编排的。讲的是一个品学兼优的小学生因为捡到了个钱包，莫名其妙地被失主认定为小偷（多么不合情理的故事），拿过钱包就走了。于是他忧郁地站在街头，一定要再次捡一个钱包，归还失主，以证明他是个好孩子。这一精神分裂的行为获得了大队辅导员、老师、女同学们的同情，人们劝他回家，但他固执己见，陷入了极度的抑郁和自怜（主要表现在每天放学游荡于街头）。最后，失主也被找到了（根本就是揪出来了），他非常自责，不该对这个好孩子抱有怀疑，更不该出言不逊，于是孩子的抑郁症被治好了，所有的人站在街头微笑（同时谢幕）。在这出吊诡的三幕话剧中，穆巽演得丝丝入扣，天真，迷茫，压抑，愤怒，都稍嫌过火地表现了出来，赢得了应有的掌声，我甚至听到有些老师在议论：这孩子将来能做演员。

这是穆巽最光彩照人的时刻，一不小心竟成了人生的巅峰，也未免太早了些。那阵子全家在一起吃饭，他总是念叨着话剧里的台词，甩出眼风，时而激昂时而沉郁。他甚至还借了一本《雷雨》来翻看。可惜这种荣耀丝毫没有打动顾艾兰，她把《雷雨》扔了出去，骂道："学好算术是正经，当什么臭戏子！"

穆巽的话剧到处现眼，教育系统搞什么文艺表演都会上演这一出，他几乎成为红人。当时他正面临小学毕业考初中，功课也落下了一大截，但据说如果你做演员，哪怕门门课开红灯也无所谓。这给了他动力，演得愈发卖力。忽然有一天，他被撤换下来，B角顶替了他。我们这才知道，穆巽在一次表演中过于地投入，最后的高潮中他控制不住情绪打了失主一个耳光，剧本上根本没有的，失主被打懵了，稀里糊涂演到了结束。很不幸，饰演失主的是学校里的体育老师，他一贯讨厌穆巽，清醒过来以后他觉得非常愤怒，为了这个耳光声称要罢演，学校顺势撤了穆巽。

于是我们看见他忧郁地站在阳台上，紧锁双眉，愤怒地嘀咕："这是为什么？"我都快笑翻了。

每个人的少年时代大概都需要某种东西的滋养和浸润，只有穆巽，我在他身上没有发现任何其他的东西，他靠自身分裂出来的东西培育着，自我生长，自我腐烂。后来他长大了一点，他爸爸公然捋炮，他也跟着一起出名，从傻瓜的儿子晋升为变态精神病的嫡传。在学校里他经常被人嘲笑，上厕所的时候，踏上小便池的台阶，掏出阳具，被后面人一把抓住裤子，用力向上提，搞得他尿不出来，后面的人还会问他："穆巽，在捋炮呢？"这谈不上是羞辱，仅仅是提醒，把他和远在精神病医院大楼里的疯爹联系在一起。他无动于衷地站在小便池前面，等着后面的人闹够了继续尿。在他的生活中，一切与他敌对或交好的人都不重要，都是话剧里的角色。他时而也会失控，向着肇事者猛扑过去，以至于人们像玩游戏机一样地玩弄他。来吧傻瓜，追我，追上了你又能怎么样呢？

穆巽十四岁以后变得更为英俊，在一堆男生中间显得卓尔不群。他酷爱穿白色的外套，有的是雪白的，有的是米白的，总之像个厨子或者理发师。他穿不下的衣服有时会落在我手里，我早已不再迷恋白衬衫，穿上他的白衣服觉得神经过敏，每天都要担心自己弄脏了，真不知道他是怎么忍受的。

穆巽喜欢那种温婉型的女孩，满世界都是这样的女孩可他却遇不到。他的英俊除了给他惹来麻烦之外，当然还有一些爱慕和暗恋，尽管他天生倒霉相，该来的桃花运还是会来，可惜都是些很剽悍的女子，拉帮结伙在放学路上堵着他，说："嘿，跟姐姐出去玩玩。"穆巽既得意又恐惧，撒腿就跑，后面传来一连串的戆卵。

他爱看录像片，童年时代的舞台经历是他最光彩的时候，他经常回忆起来，自己在众目睽睽之下潇洒自如地表演，赢得一致的掌声。很多人终其一生也不可能获得的感受，对他来说，这是梦开始的地方，梦的唯一的源泉和动力，梦的沼泽地。只要攒到了钱，他就会一头扎进黑漆漆的录像馆，别人只为娱乐，他是学习。他最喜欢的电影明星是阿尔·帕西诺。

"不好好念书，你只能去马戏团演小丑。"顾艾兰告诉他。

他曾经有一个机会可以去昆剧学校。那时候唱昆剧是件极没有前途的事，工资低微，几无观众。不过他没资格选择，顾艾兰替他一口回绝了，并告诉他，那些在昆剧院唱戏的女孩子，最终的去向，是在商场里站柜台。顾艾兰只希望他数理化优秀，甚至连语文和英语都可以忽略不计，数理化学好了才能成为一个理智而聪明的人。我爸爸曾经劝过顾艾兰，做人要扬长避短，如果他长得好看又很糊涂，他最好不要试图去做一个工程师，这很没意思。顾艾兰不以为然，认为我爸爸在给自己找理由。当然，在这一点上，穆巽是一点没剩地全部辜负了她的期望。

他念高二以后，顾艾兰患上了一种叫作子宫肌瘤的病，经常休息在家。不上班的妈妈有多可怕，穆巽算是领教了，她时而出现在学校门口，时而出现在录像厅里。其时物价飞涨，家境艰难，她把穆巽的零花钱压缩到了极限，白衣服是肯定不给买了，因为不耐脏，他又经常被人捉弄得灰头土脸，这太浪费洗衣粉。穆巽从一个光鲜美貌的半大孩子迅速成长为破衣烂衫、神色萎靡的少年，成天穿着面粉厂配发的工作服，囊空如洗，一文不名。穷困和孤傲之下，他根本没有朋友，昔日对他颇有好感的女孩子也仿佛是集体消失了。有时他会来我爸爸的照相馆，借点钱，或者瞻仰瞻仰我爸爸的跳舞行头。他竟然也提出要学跳舞，被我爸爸一口拒绝，实在惹不起顾艾兰。

那时我们听说，他在城南中学里，被一群男同学抬起来扔进了女厕所，招致一片尖叫。被送到教导处后，他想不起来谁是肇事者了，翻着眼珠说："是我自己跑错厕所了。"老师说："你别胡扯了，都知道你是被扔进去的。"穆巽说："我只记得自己是被扔出来的。"这种台词式的对话激怒了老师，"那就请你家长来一趟吧，记住，叫你妈来，你爸就算了。"顾艾兰到了学校，毫不客气地劈手给了穆巽一个耳光，打得他原地转了半圈。这太狠，连老师都觉得害怕，穆巽会不会从楼上跳下去，死在花坛里。学校不想担这个责任，就过来劝慰顾艾兰，顾艾兰说："下次他要还跑错厕所，你们就照这个样子打他耳光，我没意见。"

她脱身了，惨剧却一再地发生在穆巽身上。那个学期他被人扔进女厕所五次，捉弄他的人都想看看，学校是不是真的会打穆巽的耳光。他也习惯了，人们抬起他往女厕所走的时候，他会闭上眼睛，落地之后再闭着眼睛摸出来。

有一次他摸到了一个软物，周围发出一阵哄笑。那个被摸了乳房的女生尖叫起来，代表所有女生给了穆巽一个耳光。穆巽睁眼，在女厕所的昏暗和门口的逆光中，他勉强辨清了，她是老曹的女儿曹小珍，住在一个楼里的。穆巽捂着脸，绕过曹小珍，逃出女厕所。

曹小珍比他高一届，她长得像王美珍，但性格上毫无疑问就是老曹的嫡传，甚至比老曹更厉害，自从她念初中以后，连顾艾兰都不敢朝楼下院子里扔垃圾。穆巽看见这对父女都绕着道走。多年来他和曹小珍住在一栋楼里，就读于同一所小学和同一所中学，基本上没主动和她说过话，有时他上学，觉得背后有人跟着，回头一看是曹小珍，似笑非笑地盯着他看，好像他既是猎物也是玩物。这都十分可怕，最可怕的是她有一种当众挖鼻孔的恶习，穆巽挨了那个耳光之后忍不住想，会不会有鼻屎留在自己的脸上。耳光不重要，他反正总是被女人打耳光，沾上鼻屎那就太恶心了。

夏天的时候穆巽在公房里抄电表，这是每户轮流做的事情，意味着他必须跑遍这单元的二十四户人家。在老曹家门口他犹豫了一下，恰好曹小珍出来倒垃圾，两个人隔着纱门愣了一会儿。穆巽说："我来倒垃圾。"然后纠正道："不对，我来抄电表。"这个口误让曹小珍笑了起来，她回过头对屋子里的老曹说："爸爸，抄电表。"

老曹走过来，隔着纱门报出了电表上的数字，然后瞪了穆巽一眼，说："这么热的天，你怎么穿了条劳动裤？"

穆巽没搭理他，穆巽看到老曹光着身子，全部的家当就是一条破了洞的平脚短裤，尽管步入中年，他身上的肌肉和汗毛还是很威风。穆巽离开时听到老曹说："他们家的都是这样，不知冷热的。"然后是王美珍的声音："你就少说几句吧。"

第二天他在楼底下遇到曹小珍，曹小珍说："等会儿来收电费，晚上我们家没人。"

那是中午，夏天的公房里静悄悄的，整点的时候甚至能听到各家各户的台钟轮番敲响十二下。穆巽回到家里，算好账，拿着单子跑到楼下，为了避免更多的纠缠他在口袋里塞了一把零钱。曹小珍果然给出了一张整钱，穆巽从裤兜里掏钱出来。曹小珍说："你还是穿着长裤啊。"

穆巽一边数钱一边说："一楼的蚊子太多了。"

"蚊子专咬坏人。"

这是没什么意思的话，从她嘴巴里说出来的话即使可笑的也笑不出来。穆巽想起她不久前飞过来的耳光，既热又麻的感觉又涌上了左脸。他一紧张，手里的钢镚掉了下来，他满地追着钢镚跑。曹小珍笑了："你真好玩。"过了一会儿她又说："放暑假真没劲，这是我最后一个暑假了。"

穆巽说："你毕业了吗？"

曹小珍说："是啊。"

"考大学吗？"

"不考，毕业会考结束就回家了，去找工作。"

"找到了吗？"

"找到了。"曹小珍说，"去面粉厂顶替我妈，她退休下来。"

穆巽记得那个叫王美珍的女人，她体弱多病，面色浮肿，沉默寡言。这户人家，父亲和女儿是主角，妻子连配角都算不上，只是个拉幕的。穆巽说："那也好。"

曹小珍问："你呢？明年考大学吗？"

穆巽想了想说："我想做演员。"

"哦，演员。"曹小珍愣了一会儿，又说，"你可以的。"

他当然可以，在他小半生遇到的男人之中，没有一个比他更帅，更帅的都在电视里或者画报上。通过纱门微微推开的缝隙，穆巽把找钱交到她手里，他打算回去，曹小珍忽然说："你想吃西瓜吗？冰西瓜，我家刚买了一台电冰箱。"

穆巽左顾右盼，四下无人，这个安静的下午他不知道还有什么事可做，到处都是锃亮的阳光，只有楼道里是阴的，光线辐射进来，他所处的位置像一块又脆又硬的饼干。他想象着那些冰凉的东西，带着凝结的水汽，有着奇异而神秘的质感，这个世界所不具备的。于是他决定走进那扇纱门。

然后，纱门和大门都被关上了。当他那只摸过冰西瓜的手放在一个温热带汗水、同样瓜状但很绵软的东西上，当他想要往后退却被曹小珍捏住手腕，继续停留在那东西上，穆巽忘记了自己的帅，也忘记了她曾经是个喜欢挖鼻孔的姑娘。他确实很害怕，曹小珍说："放心，我爸妈都出去了，吃晚饭以后才回来。"穆巽看到她的嘴唇上有细密的汗珠，她长得不错，皮肤是小麦色的，乳晕收缩得极为紧致。那时他还没有经验，以为她冷，其实她也是有点紧张。

"再让你摸一下。"曹小珍严肃地说，"喊我姐姐。"

"姐姐。"

新村里的生活和老街不太一样，人们被分割在一个立体的空间里，那种规整的格局似乎限制了人们的交流，也限制了各种各样的窥探、吵闹和嬉戏。然而它又是开放的，整栋楼的户主都在同一个工厂里上班，有点像拖家带口的集体宿舍，真正的秘密一个都藏不住。夏天过去时，人们清楚地知道，穆家的儿子时不时地窜进曹家，而曹家的女儿也会去穆家，彼此都挑双方家长不在的下午。这是势如水火的两家人，他们的儿女除了那件事以外，绝无理由需要如此频繁地交流。在那些安静而无聊的日子，蝉声缭绕，烈日当空或大雨滂沱，到处都是西瓜皮腐烂的气味，他们在家里干了什么呢？

顾艾兰那边听到了风声，她找穆巽谈了一次，问明了当时的细节，当她听说曹小珍并非处女时，不禁感叹这户人家家教之差，既庆幸又愤怒，总算没有拍穆巽的耳光，而是语重心长地告诉他："我知道你是个意志力薄弱的人。"穆巽心想这和意志力有什么关系，很多意志力很坚强的人还不是照样做了这档子事。顾艾兰说："可是你怎么能和那个成天到晚挖鼻孔的女人？"穆巽低头想了想，他确实想不起来曹小珍在他面前挖过鼻孔，也许她已经改掉了恶习，比之鼻孔更要紧的部位倒是经常萦绕于穆巽眼前。顾艾兰说："好好考你的大学吧，再去找曹小珍，就算我不打断你的腿，曹刚也会。"

过了几天，王美珍跑到楼上来找顾艾兰。两个人关在房间里说了几个小时，穆巽听到顾艾兰说："那不行，穆巽是要考大学的。"王美珍说："他考得上吗？"顾艾兰大怒，这个王美珍从年轻时到现在就没学会怎么说话，也丝毫不能把握顾艾兰的心理。顾艾兰说："你管他考得上考不上。你问问曹小珍到底是怎么勾引我们家穆巽的。"王美珍听了这话就唉声叹气地退了出来，再也没来过第二回。

穆巽这才知道，王美珍是来谈婚论嫁的，这也未免太早了，不由得感到震惊，原来事情败露了不会打断腿，而是要结婚。王美珍自己的婚姻很不幸，不想让女儿也不幸，问题是顾艾兰更不幸，她才懒得管谁幸不幸，于是我的表哥穆巽不幸中的万幸，躲过了这一劫。以后他要承受的，无非就是邂逅老曹时他射过来的假装无所谓的目光，以及曹小珍略显孤单的身影，他觉得事情已经混过去了，并不知道，所有人都在等着他高三毕业。

曹小珍后来去了面粉厂，在车间里开行车。穆巽呢，高三的上学期参加了一次电视台的晚会，他只是观众，但导播却出乎意料地给了他两次近镜头特写，我们所有人都看到了，这令他大为得意，当初没有和曹小珍继续下去，真是明智之选。最起码一个上了地方台文艺节目的帅小伙子，是不应该娶一个开行车的女人的。那时他又重拾信心，人一旦有了自信，喝白开水都觉得甜，也容易招来关注，他终于遇到了一个在事业上能帮助他的人。

那是他隔壁班级的女同学,家里很有钱,她的姨妈在电影厂工作。她告诉穆巽,想做演员,最简单直接的办法就是去考电影学院。穆巽对于电影圈子里的事情两眼一抹黑,全然不知深浅,觉得考电影学院未免太难,他本人的目标其实是像童年时那样,登台演话剧。对于话剧他知道得比电影更少,但他觉得自己演过,体验过在台上的感觉,这就是优势。女同学说,电影学院不难考,瞄准表演系,一旦通过了,文化考试很容易糊弄过去,再托人走关系就万事大吉了。女同学狠狠地鼓励他:"考表演系很容易的,只要演个小品,朗诵个诗歌。凭你的长相什么都不做也能考上。"

春天的一个傍晚,穆巽带着女同学来到青年宫门口,他想学跳舞,交谊舞迪斯科霹雳舞都可以,他决定在考电影学院时除了来一段话剧表演以外再增添一个舞蹈之类的,那就可以稳操胜券。那里确实很热闹,头缠红布的青年们满地打滚跳着最为新潮的霹雳舞,穆巽想挤进去看个究竟,但他被一个人拦住了。

这个人就是解放路上的孩子王,童年时代曾经扒下他裤子的猫脸,他也二十岁了,带着一个红臂章,冷冷地站在人堆里。穆巽没看到那个臂章的内容,如果他看见了或许就不会那么嫌恶,更不会粗暴地推开猫脸。他被猫脸揪住了往外送的时候才明白这家伙现在已经在联防队上班了。

"猫脸,放开我。"穆巽说。

"你得叫我季国华。"猫脸说。

毫无办法,他这辈子都输给猫脸,永远不可能翻身。联防队员季国华命令他把皮带解下来,再拉开长裤的拉链蹲在墙根。这是我军在南疆对付敌国俘虏的办法,然后季国华就出去了。穆巽应该庆幸自己没挨打,但解开裤子蹲在墙根一个小时,毕竟也不是什么舒服的事,哪怕是穆巽这么个久经考验的老敢死队。他蹲着,里外进出的联防队员既不审他，也不让他走，仿佛他只是墙根的一把扫帚。穆巽蹲得双腿发麻，腰里像是别了一根烧火棍，他扶着墙站起来，提了提裤子。那几个联防队员忍着笑看着他。穆巽说："季国华让我蹲这里，我什么事儿都没犯。"联防队员说："猫脸已经下班啦。"穆巽听罢摇摇头，束好皮带挪了出去。

女同学早就不见了，穆巽拿了自行车独自回家。在新村里他看到了曹小珍，仿佛很多天没有见到她了，她正抱着一个小花盆往家走。穆巽讪讪地跟在她身后，曹小珍说："你最近很忙吧，怎么样，在准备考大学吗？"

她带有一丝讥讽。城南中学，平均每年考取本科学生只有三个半，穆巽不可能为这所学校的升学率做出任何贡献。

穆巽说："我要考电影学院。"

曹小珍说："真的吗？"

穆巽说："我要去做演员。"

曹小珍的眼睛里掠过一丝失落。穆巽搭讪说："你手里抱的什么，仙人球吗？"

曹小珍说："是的，仙人球。"

"养花了？"

"是啊，无聊，解解闷。"曹小珍说，"天天在面粉厂开行车，无聊死了。"

"是啊，很无聊。"

"万一你考不上电影学院，就来面粉厂上班吧，我可以教你开行车。"

穆巽听见这句话不由冷笑兼大笑起来。这个曹小珍实在是太有意思了，开行车固然无聊，一个又矮又小的仙人球凭什么可以解闷。她居然还想让他也开行车，不知道她是开玩笑的呢还是说真的。穆巽回到家里还在为这件事发笑，后来他意识到，在曹小珍的眼里，自己和仙人球一样，都是开行车之余用以解闷的，不禁又有几分沮丧和气愤。

人们都知道曹小珍在面粉厂干了些什么，只有老曹不知道。那时王美珍已经病退在家，听到些风声，说她女儿天性放荡，和面粉厂一个叫康乐的小流氓混在一起。王美珍不相信，她觉得曹小珍很上进，每天晚上去夜校上课，后来她跑到夜校去查了查出勤表，算是明白了，像老曹这么响当当的角色，居然屡次被人在眼皮底下偷了瓜，传出去都没法做人。最可气的是那个叫康乐的，居然甩了曹小珍，而且他辞职了，开舞厅做老板去了。老曹实在气不过，到舞厅里找康乐评理，被一伙人打得鼻青脸肿回来。

顾艾兰就对穆巽说："看吧，我让你和曹小珍断了，是有先见之明的。"

穆巽有点吃不准，因为老曹挨打回来那次，他亲耳听见一楼传来的咆哮：都是楼上那个疯子的儿子害的。穆巽心想这关我什么事，已经有好久没人嘲笑他是疯子的儿子，并且这次并不是嘲笑，而是咆哮。他怀疑老曹还会来找他麻烦。

顾艾兰冷冷地说："现在曹刚别想抬起头来了。"这一次穆巽比她更冷，他说："你就别再去说人家了，我们家早就抬不起头了。"一瞬间，顾艾兰满脸紫涨，瞪视着穆巽。穆巽说："我是疯子的儿子。等我考上电影学院，就再也不会回到戴城来。"

穆巽后来又遇到了曹小珍，她不再开行车了，她离开面粉厂去长途汽车站的私人柜台做营业员。穆巽觉得她变化很大，衣着时髦，还烫了个头发，眉毛也仿佛变细了。她从小包里掏出一包摩尔烟，发了一支给他，两个人像是多年的牌友，在楼道里抽了一会儿烟。穆巽并不会抽烟，香烟在嘴巴里过了一圈就吐了出来，曹小珍是深深地吸进肺里去。他觉得这种烟的薄荷味很重，估计不会太呛，也试着吸进去一口，果然没有呛出来。他想，这个曹小珍教会了我多少事情啊，这个曹小珍。

"你比较适合做营业员。"穆巽安慰她。

"卖服装和磁带的，你如果想要磁带我可以带给你，比音像店的便宜。"曹小珍扔下烟蒂，用脚踩灭，说，"如果你想翻录什么磁带也可以来找我。"那种平淡的语气中隐藏的失落和无所谓，像一只熟透的香蕉在角落里静静地散发着它应有的气息。

后来穆巽确实是去了长途汽车站，他第一次见识到如此场面，成百上千人聚集在候车厅，全是去往各个县城的农民，他们背着大大小小的箩筐，牵着大大小小的孩子，完全像个集贸市场。烟味、汗味和屎尿的气味在近乎密闭的空间里发酵，跑进去就像脑袋上挨了一拳。各种声音，旅客的叫喊，车站工作人员的叫喊，家禽的叫喊。那些开出站的长途汽车上伸出无数脑袋和胳膊好像是个插满糖人的稻草杆。穆巽在这混乱的地方找到了曹小珍，一排柜台，其中两节是她的，如她所说，一节卖衣服，一节卖磁带。她正在接待一个衣衫不整脸上脏兮兮的乡下青年，看上去像是被人抢劫过，或正要去抢劫别人，他掏出二十块钱买了四盒磁带，并软磨硬泡地要饶一盒。曹小珍不为所动，但也不想让这笔生意飞了，她详细解释了磁带不是青菜萝卜，可以饶一根的。她说："外面卖得更贵的，也不给还价。"乡下青年似乎很激动，他告诉曹小珍（顺便饶上了身边的穆巽），磁带并不是他想要，而是他乡下的女朋友要听让世界充满爱或者是春节联欢晚会上出现的费翔，他的女朋友是个非常时髦的人，是整个村里第一个拥有录音机的姑娘。他说得很详细，很真诚，穆巽却糊涂了，不知道这些事和讨价还价有何关系，也许乡下来的青年都是这样，急于想把自己的经历告诉城里人吧。最后曹小珍说："磁带肯定是不能送的，要不我送你一块手帕吧，印花丝绸的，也卖四块钱呢，你女朋友肯定喜欢。"乡下青年很高兴，拿了磁带和手帕欢天喜地地追赶他的汽车去了。

"这地方真热闹。"穆巽说。

"今天是周末，像赶集一样，平时没这么多人。"

"为什么你宁肯送手帕也不肯送磁带？"穆巽好奇地问。

"因为手帕的进价才几毛钱，送得起。而且那块手帕上面有个洞，卖不掉的。"

"要是他发现了，回来找你怎么办？"

曹小珍笑笑说："等他上了汽车就不会再回来了，再说，本来就是搭送的嘛。"

穆巽说："话这么说，但他送一个有洞的手帕给女朋友，肯定会吹掉。"

曹小珍说："也不一定吧。嗯，要是他回来了，我给他换一块好的手帕吧。"

他觉得这样很好，曹小珍看起来像是个正常人了，他呢，也和那个疯子爸爸没有任何关系了。很快他就要离开戴城，去考电影学院。她并非他留恋的人，在这个城市里他没有任何留恋之物，但作为一个曾经的女人，总要看到她安置于一个妥帖的地方才好，就像仙人球应该种在花盆里——哪怕是个仙人球呢。

劳动节的时候，穆巽被顾艾兰吓了一次，她的妇科病发作了，她在厨房里待着，鲜血顺着两腿之间流了下来。穆巽六神无主，跑到楼下叫了一辆三轮车，再跑上楼，发现顾艾兰已经晕过去了。他在楼道里喊人，几个邻居一起把顾艾兰抬了下去。下楼的时候他听见曹家在吵架，王美珍放声大哭，老曹满嘴酒气地踢开纱门走出来，瞪着血红的眼睛，冷冷地看着顾艾兰被抬走。

顾艾兰救回来以后就住在医院里，马上要动手术。这是她一辈子最软弱的时候，她告诉穆巽："最近我照顾不了你了，你去舅舅家吃饭吧。如果想考电影学院，那就好好准备，别辜负了你自己。你爸爸那边医院里反正也没什么事，你不爱去就别去了，万一我死了你也可以

214

永远不去看他。"

穆巽说："我到底是不是穆天顺的儿子？"这个流传已久的谣言，其实没有人再提起了，每个人都觉得他肯定是疯子的儿子，他只是在童年时代偶尔听人说起过。顾艾兰说："当然是，你就是他的儿子。你还能是谁的儿子呢？"

"我是谁的儿子都没什么意思。"穆巽说。

厂里派了人来照顾顾艾兰，穆巽没什么事，这就等于是放了大假。那阵子穆巽并没有来我家吃饭，他跟着那个女同学，日子过得不错。一到清早就起来朗诵诗歌，跳舞虽然没学会，但《雷雨》已经驾轻就熟，他演的大少爷还真有点大少爷的气质，可怜那个女同学一会儿演繁漪，一会儿演四凤，一会儿演侍萍，还要客串着演鲁大海，反正穆巽他只爱演老爷少爷，倒也别有情趣。不久，他们结伴去了南京。

那女同学还想去无锡玩玩，考虑到穆巽万一被淘汰了会很扫兴，她觉得应该先旅游，后考试。穆巽不知道她的鬼主意，只想早点去南京，但她负担了所有盘缠，只能由她做主。两个人舍火车而取长途汽车，来到车站，四下里冷冷清清的，候车厅里曾经闹成一团的农民和家禽都不见了。

穆巽去了曹小珍的柜台，她还在那儿，录音机里播放着新时代的西北风，那年最流行的玩意儿，每一首歌都唱破了喉咙。

曹小珍说："你老远走过来我就看见你了。"穆巽说："我正要去南京，考电影学院。"曹小珍说："南京有电影学院吗？"穆巽说："南京只有招生点。"曹小珍说："我还以为你会去北京。"穆巽说："考取了我就会去北京。"

曹小珍说："你肯定会考上的，没有人比你更适合做演员。"

穆巽听了这话觉得挺高兴的，忽然之间看到曹小珍的眼睛里寒光一闪，他扭过头，发现那个女同学走了过来。

"这不是曹小珍吗？"女同学说，"原来你在这里站柜台了。"

曹小珍没搭理她，这使她十分不悦。穆巽搞不清状况，只觉得寒光噼啪闪耀，简直像除夕的焰火，仔细一看又没了。女同学对曹小珍说："我和穆巽一起去南京，我们去考电影学院。"曹小珍对穆巽说："你身上这件衣服太难看了，我送你一件白衬衫吧，我记得你最爱穿白的。"

穆巽那天穿得确实有点寒酸，一件磨破了领口的灰衬衫，还是面粉厂发的衣服。他也没有更像样的衣服了。曹小珍从柜台里抽出一件包装好的白衬衫，看了看尺码，交到穆巽手里："这件正合适，就算我送你的礼物吧。"

穆巽谢了她，拿着衬衫觉得一阵难过，说："等我考上了电影学院，带你到北京去玩。"

穆巽的南京之行很顺利，两人顺道从无锡玩到镇江，到了南京之后，又陪着女同学去了雨花台、中山陵、长江大桥，对穆巽这么一个常年关在戴城、从来没有去过省会的人来说，可谓饱览祖国河山。第二天他们关在招生点附近的旅馆里，满处都是美男美女还有极其丑陋的（可以做特型演员），或唱歌，或弹琴，或吟诗，或模仿陈佩斯表演小品，还有围在一起探讨人生的。穆巽身上的自信忽然变成了甜腻而廉价的冰棍，赤裸裸地暴露在阳光里，很快就要融化成一摊水。他对女同学说："万一我们考不上，那该怎么办？"那女同学没心没肺地告诉他："可以去学昆剧啊，我邻居就是昆剧院的。"

穆巽说："我不要去学昆剧，我妈说学了昆剧出来都是站柜台的。"

我必须说出穆巽的下场，这件事真是笑死人了，也挺可悲的。当他出现在考场上，用带有戴城口音的普通话吟诵一段《雷雨》时，所有人都笑了。这不能怪穆巽，戴城的方言就像一个曾经装过酒精的瓶子，普通话好比是凉开水，不管你怎么往里面兑水，总不免带有酒精的气味。那种嘶嘶的、册册的、喊喊的、乃乃的发音，在戴城代表了一种地位，一种人文精神，在那伙北方表演艺术家的耳朵里则根本是鸟语，尤其是戴城的男性，备受歧视，这种口音真的只能去唱昆剧。穆巽完全没有想到，他一直以为自己说的是纯正的普通话。

甚至连他引以为傲的相貌，都没有受到充分的重视，因为那天场子里长得好看的男人实在是太多了。

看到那些老师的脸色，他就知道自己考不上了。穆巽活了快二十年，在这二十年里，所有的事物和时间像一张砂纸在打磨着他的心。他第一次想到要自杀。到底是跳长江大桥呢，还是吃耗子药呢，或者干脆就去唱昆剧，这和自杀也没什么两样。他觉得世界太不公平了，他输得十分可惜，仅仅因为口音问题就失去了一切机会。其实他更像是个在拳击台上首回合即被击倒的笨蛋，甚至连读秒的机会都没有，直接判输了，但他不这么认为，他觉得自己只是功亏一篑。

之后的那个夜晚很难熬，旅馆里乱哄哄的，穆巽从悲痛欲绝逐步地快快不乐，又从快快不乐变成烦躁难耐，同屋的人在打牌，民警来查过一次，看来不会再来了。他穿上裤子晃到走廊里，恰好遇到隔壁房间的女同学也走了出来。

"闹，睡不着。"他说。

"到我房间来吧。"

女同学住的是单人间，穆巽坐在床边的凳子上，东摸摸，西摸摸，忽然说："我是绝对不会去唱昆剧的。"

女同学说："我逗你的，昆剧学校都招小学生初中生的，哪有高中毕业去唱昆剧的。再说你也不太会唱歌。"穆巽一时无言。女同学不由同情起他，说："看来我们都被淘汰了，但我没你那么难过。事情要想开点，条条大路通罗马，你这个人心思很重的。"穆巽悲愤地说："我只能顶替我妈，到厂里去做工人了。"女同学是爱着穆巽的，心想你要是考上了电影学院，八成明天一早就会把我抛下，现在倒落得般配。一想到这里，她内心的同情几乎顶不住欢喜。这姑娘既老成又单纯，考虑问题很像是成年妇女，但对穆巽这种异类的爱情又充满了浪漫和无知。她走过去拉住穆巽的手，穆巽骇然地看着她的手背，接着抬起头来，嫌恶地甩开了她的表白。

女同学伤心欲绝，她开始收拾行李，大半夜的也不可能去赶火车，收拾行李乃是一种姿态。这时穆巽发现她的包里竟然有一件白衬衫，那是曹小珍送给他的礼物。这件衬衫从前一天晚上起就失踪了，穆巽以为是同屋的人偷了。穆巽说："你为什么要偷我的衬衫？"女同学抹了一把鼻涕说："我又不傻，你以为我不知道你的事情吗？我有亲戚就住在你们新村里，你的事情我都知道，曹小珍我也知道。"

穆巽听不见她说话。他心里冒出了一个奇怪的念头：假如他穿着曹小珍送他的白衬衫，或许就能考上电影学院了。这件衬衫真的很不错，很像是幸运衬衫。他对那女同学恨之入骨，伸手到包里拿衬衫，那姑娘稀里糊涂抓住衬衫和他对抢起来，被穆巽一巴掌推开。女同学绝望地大哭起来，引来了很多人，她指着穆巽大骂："你是个精神病的儿子，你爸爸就是个疯子。"穆巽举起手来，打算给她一个耳光，但手到半空时停住了。我的表哥，他虽然样样不堪，样样拿不出手，但他不爱打人这一点是真的。那女同学比他利索，一个耳光拍在他左脸，然后把自己也吓呆了。

那个夜晚穆巽徘徊于南京不知名的道路上，虽然是暮春季节，到凌晨时却十分凛冽，他把白衬衫披在身上，仍不能御寒，又抱紧了书包，蹲在街边瑟瑟发抖。假如这时他去照镜子，应该可以看到自己的本来面目：一个寒伧、狼狈、绝望的倒霉鬼。很可惜没有镜子，也没能得到应有的自知之明。

穆巽怀着无限的沮丧回到了戴城，在医院里见到了插着鼻管的顾艾兰。手术很顺利，她没死，这足以令其恢复元气。当她得知穆巽因为口音问题而惨遭冷遇时，她有气无力地说出了一生中最恶毒的话：

"你为什么不表演个哑剧？"

穆巽在戴城游荡，他时而出现在青年宫，时而在我爸爸的照相馆坐着，长时间发呆，像是有什么东西抽走了他内心的一部分。或者他内心本来就没什么东西，现在只是瘪掉而已。他很忧郁，又很邋遢，看上去有精神崩溃的迹象。一九八八年的夏天是很寂寞的，天空万里无云，雨季推迟，腐朽而蒸腾的气味奇迹般地远离了我们。栀子花照样还是开了，甜丝丝的香味，闻起来终于觉得像一种米酒，而不是发臭的酒糟。街道干燥，铺满阳光，这种时候你简直以为，一年一度的梅雨季节从此将不会再出现。

高考已经结束了，他即将去面粉厂上班。他也可以去别的地方，但未必比面粉厂更适合他。直到有一天他明白了，自己在面粉厂的岗位并非由于顾艾兰的病休，而是她早就给他安排好了，顶替他那个关在精神病院的爸爸，他将会在车间里像曹小珍一样开行车，这件事才变得有点残酷了。穆巽断然拒绝了这个安排。

"你没能考上电影学院？"曹小珍问他。

"我运气不好。"

"明年还打算考吗？"

"不考了，我运气一直就没好过。"

"真可怜。"曹小珍说，"要是我还在面粉厂就好了，我可以教你开行车。"

穆巽说："你就别提行车了，你以为那是儿童乐园吗？"

曹小珍忽然非常同情他，也同情自己，他做不成演员倒也没什么，要是真的去开行车就太暴殄天物了。曹小珍走过去拉住了穆巽的手，几乎怀着和那女同学一样的心情，说："别难过了，我会对你好的。"

穆巽说："你们都是神经病！"

某一个下着大雨的日子，穆巽终于想通了，他骑着自行车去找那个女同学道歉，故意把自己淋成了落汤鸡。站在女同学家门口，他浑身上下滴着水，泪水涟涟，《雷雨》都不会比他更惨。女同学心一软，两人重归于好，比以前更好。后来她听他说，能不能帮忙把他弄到电影厂去做个临时工，她心里是有点疑惑的，认为他在利用她，但他的要求似乎也太低了，把自己押上去，只为获得一个临时工的职位，这要么就是他走投无路了，要么就是他脑子出问题了。女同学答应帮他一把。

女同学说："我只有一个条件，把那件白衬衫还给曹小珍。"

于是当着她的面，在楼道里，穆巽把洗得皱巴巴的衬衫还给了曹小珍。后者出奇的冷静，她可以做很多事，把衬衫扔了，把衬衫撕碎，给穆巽一个耳光，痛哭或谩骂，但这些确实都没有发生。她只说了一句意味深长的话："没有人比你更适合做演员。"

这句话她以前说过。

我只是不想去开行车。穆巽在心里抱歉地说。

在那个夏天快要结束之际，穆巽和女同学的关系发展得如火如荼。有一天趁着顾艾兰去医院复查，他带着女同学来到了家里。

这是一次秘密行动，有着深远的意义。我的表哥，他生命中的一切，除了那张脸以外其余几乎都是私货，但是在楼道口他遇到了病休在家的老曹。老曹没拦他，只是淡淡地告诉他："我刚才看见你爸爸在新村里转悠。"

开什么玩笑！穆巽心想。他没搭理老曹，带着女同学上楼去了。

那又是一个阴霾的午后，楼里很安静，只剩些老人小孩。穆巽带着女同学进了屋子，关上门，把录音机放在离门不远的地方，塞进一盒莫利哀乐队的磁带，曼妙的音乐既覆盖了卧室也遮挡了外面的耳朵。女同学走到阳台上看风景，那是顾艾兰的房间，多年来穆巽一直睡在北屋，一张很窄的钢丝折叠床，那并不合适。他得借顾艾兰的床。

穆巽跟着走到阳台上，女同学指着远处说："那儿有一朵黑云。"

穆巽抬头望去，夏季的乌云正在城市上空堆积，空气凝滞，很快就要下雨了。

女同学忽然问他："你真的想去电影厂吗，那样我就见不到你了。我妈妈给我找了份工作，是在波顿宾馆里做接待员。"

穆巽说："宾馆很好。"

女同学说："可是我见不到你了。"

穆巽说："上次去南京，我问过他们，很多人都这样，在剧组里做临时工。慢慢地就会有机会了。"

女同学伤感地说："我会帮你完成心愿的。"

穆巽说："我没有什么心愿，我只有害怕。就像下雨天一个人在街上，想找个地方躲雨，那并不是心愿。"

六楼很热，他们开着阳台门，只拉上一道布帘子，让下雨前的狂风吹进来。穆巽脱了她的衣服，这已经不是第一次，第一次是在她家里，由于紧张他前后捣鼓了她两个小时也没办成。这次他要办成事情。在顾艾兰的大床上，他的表现略微像个成年男人了。但是每一次，甚至在他此生的每一个此时，脑子里都会浮起一张嘲弄的脸，有时是曹小珍的，有时是顾艾兰的。

雨下大了，外面的莫利哀乐队已经停止了演奏，那会儿台钟敲了两下，楼道里有动静，他没在意。顾艾兰不可能这么早回家，位于整幢楼的盲肠位置的家门口也不会有其他人经过。穆巽根本没想到有人在身后打开了房门。

那是他爹穆天顺。

直到穆巽警觉，他和女同学赤裸裸地翻滚下床，狼狈不堪地往身上套衣服，他看到穆天顺穿着精神病医院的号衣，浑身沾满雨水，湿答答地倚在卧室的门框上，一只手伸向自己的私处。穆巽大喊道："不许在我家里捅炮！"穆天顺满不在乎地说："我只是痒，想挠挠。"穆巽光着身子跳到他面前，继续大声喝问："你是怎么出来的？"穆天顺说："我逃出来的，过会儿还得回去，你们很久没有来看我了。"穆巽问："那你又是怎么进来的？"穆天顺说："我有钥匙啊。"穆巽照着疯爹的脖子上就是一巴掌，穆天顺跟跄着向后退去，尖叫起来。

赤裸的穆巽狂暴地扑向他的爸爸，这两个疯子像是要合体一样。后者在凳子上绊了一下，仰面摔倒在地，脸上挨了好几脚，幸好也是光脚，不至于把他踹伤了，但他的叫声实在是太惊人了，穆巽担心把邻居引来，想去关上大门，他一抬头看到老曹、曹小珍和王美珍带着四五个邻居站在门口。这些人幸灾乐祸地看着他的裸身——毫无疑问，他们是跟着穆天顺一起上来的，他们已经看了很久。

所有的目光都是冷冷的，曹小珍甚至是带着疑惑的表情看着他。穆巽心想，有什么可疑惑的。然后他看见曹小珍把右手的尾指伸进了自己的鼻孔，掏出鼻屎，弹在他家地板上。穆巽被这个动作搞疯了，他低头猛踹穆天顺。

老曹一个箭步蹿过来，稳准狠地捏住了穆巽的手腕，那地方也叫脉门。

"你怎么可以打自己的爸爸！"

穆巽继续踹向穆天顺。老曹不由得气愤，心想儿子打爸爸是要遭雷劈的，外面正在下暴雨，一个雷劈下来，不但穆巽会成为炸鸡，他曹刚也不免焦头烂额，这是电工的常识。为了制止这种危险行为，老曹用了吃奶的力气猛攥穆巽的手腕。身后还有人给他出主意："大逆不道啊，淫棍，捏他的蛋！"老曹对着穆巽大吼："你想让我捏碎你的蛋吗？"穆巽早已眼冒金星，心脏都快爆掉了，一股气上不来，忽然松了劲。老曹心想终于不用捏蛋了，这是女子防身术的招式，并不适合他这个电工。看到穆巽从一头发疯的小野兽软化为萎靡不振的剥皮香蕉，瘦骨嶙峋地在众人面前颤抖，他略有一点同情，又觉得这小子确实罪该万死，不值得同情。忽然脚踝一阵剧痛，被穆天顺牢牢地咬住了，精神病人的牙齿咬合力有多惊人，老曹算是领教了，不由得惨叫起来，手一松，穆巽由萎靡忽然又转为狂暴，原来这种萎靡是他惯常的招数，曾经欺负过他的人都知道，这家伙要是发起脾气来，非得搞到他筋疲力尽了才能消停。穆巽的目标不再是他爸爸，他低头一口咬住了曹师傅的手腕，三个人一起滚倒在地上。

人们看到曹小珍和王美珍同时扑向赤裸的穆巽，如不劝开，老曹很可能被发疯的二穆咬成残废，手脚筋俱断，并染上可怕的精神病。王美珍试图拽开穆巽，而穆巽身上光不溜手，他趴下身子夹紧双腿也让她的偷桃之手无从施展。曹小珍则十分冷静地扑向卧室，从床脚边揪出了衣衫凌乱的女同学。

"让他松开嘴巴！"

女同学大喊救命。

穆巽抬头大吼："不许碰她！"他跌跌撞撞地扑向曹小珍，可惜在松口的一瞬间就已经被三五个男人架到了楼道里。

剩下还有一个穆天顺，王美珍喊了半天也没反应，老曹都快疼死了，穆天顺脑袋上挨了好几脚可他仍不肯将老曹吐出来。王美珍长叹一声，走过去，伏下身体，既轻柔又残暴地捏住了疯子的私处，闭上眼睛，奋力一攥。

就像一只迷失方向的老鼠，四面八方都是捕鼠器，你的一生甚至连猫都遇不上，已经自投罗网。穆巽说，他赤身裸体被人架出楼道的时候，感觉自己又回到了少年时代，一次又一次地被无数个强有力的手钳住，抬起，扔进女厕所。

穆巽跑了。当天晚上，顾艾兰回到家里面对这件事，人们以为她会再次炸掉，但她只是用手抚摸着自己手术的刀口位置，牙齿缝里发出噶达噶达的声音，在她空荡荡的盆腔里，曾经孕育过穆巽的子宫，或者说包裹着胎儿穆巽那层皮，已经被切除掉了。伤痛之余，顾艾兰问："穆天顺呢？"

穆天顺是被绑在一辆三轮车上，送回了精神病医院。为了抄近路，骑车人经过了蔷薇街，雨停了，围了很多人看热闹，后来发现是穆天顺，就跑到照相馆来招呼我爸爸，但那天黄昏我爸爸跳舞去了，我一个人看店，得以目睹这个场面：他们用电线缚住了疯子的四肢，嘴里塞了块抹布，呈大字形绑在三轮车上，疯子已经不挣扎了，他平静地躺着，脑门上的枪眼里积着一朵亮晶晶的雨水。

穆天顺从此关进重症病区，再无越狱的可能，而另一个疯子却杳无音讯。

我的表哥穆巽后来就离开了戴城，没有人再见过他。他去了哪里，去干什么，都成为一个谜。大约两年之后，我和我姐姐去看电影，在一部很著名的古装剧中看到穆巽，他饰演一个小厮，这真是一件奇妙的事情，在你的世界中业已消失的人，他出现在电影里，仿佛他从未存在而又总是存在。我渐渐明白了他对演员这个职业的热爱。那部古装剧电影很长，有好几集，根据原著，这个小厮可能会出现很多次，不过我们都没有兴趣等待着穆巽再次出现。我们甚至都没有把这件事告诉姑妈。

在电影里的穆巽依然英俊，一闪而过，我希望他不再被往事所困扰，当我看到银幕上的他时，有一种面对死人的悲伤，只希望他安息。

我的姑妈顾艾兰是个固执的女人，她坚持认为是老曹伤害了穆巽。她来到曹家门口，老曹手脚都裹着纱布，坐在厨房里喝酒。隔着纱门，顾艾兰说："老曹，穆巽一天不回来，我就一天不走。"老曹说："随便你，反正你们家那群疯子都疯了。"顾艾兰拿了一把凳子过来，坐在那儿，说："你把我们家搞成这样，没那么便宜。"曹师傅说："随便你，你也是个疯子，你们家的疯子其实都是你传染出来的。你爱坐就坐吧，我每天喝喝酒，养养伤，看看疯子，很高兴的。"

顾艾兰就每天端着凳子坐在曹家门口，老曹毫不畏惧，隔着纱门喝酒，喝多了就骂骂顾艾兰。后来他觉得自己也疯了，但顾艾兰一天不走，他就一天不能停下他的疯。

那个秋天，戴城发生了一起重大的食品安全事故。花果酒厂的工人一时疏忽，往果酒里面兑的不是食用酒精，而是工业酒精，这批酒出厂以后发往全城，后被迅速收回，唯一的伤亡发生在城西大桥附近，那个卖酒的烟杂店老板，他打开几瓶汽酒，找了两个朋友在店里喝了起来，导致二死一盲。派出所还没来得及赶过来的时候，顾艾兰恰好路过，她趁乱拿了一瓶酒，回到家里，坐在那儿想了一会儿，就提着酒瓶下楼去了。

她对老曹说："我请你喝酒。"老曹说他不爱喝果汁汽酒。顾艾兰说："我也不知道你爱喝什么酒，你喝了我的酒，以后我不来找你了。我要去找穆巽。"老曹想了想就答应了，把酒瓶搁在凳子上，拍掉了瓶盖。顾艾兰隔着纱门，看着他喝掉了半瓶。老曹忽然问："停电了？天黑了？"

顾艾兰说："没有，都好好的。"

老曹说："我什么都看不见了。"

顾艾兰说："你疯了，什么事都没有，天还亮着。"

她听见瓶子掉在地上的声音，老曹想要站起来，动作很慢，很不情愿，就像当年在厂车上给她让座一样，不过这次他什么都没能说出来。

第五部

胖姑结婚

那时胖姑住在定慧寺后面的一条小巷里，独自一人。

那时胖姑三十七岁，没有人娶她。她还在轴承厂做车工，又穷，又胖，心脏不太好，而且有糖尿病。

那时我爸爸有钱，又风光。胖姑和他疏远了，只有在下班的时候，她偶尔会拐进苏华照相馆，看一看我和小妍，打个招呼，然后把自己挪走。

胖姑是什么时候对我爸爸失去信心的？大概是从他跳舞开始，以前胖姑觉得他只是一个很好看的中年鳏夫，带着两个孩子，缺乏生活自理能力，那些来和他相亲的女人都不怎么样，比胖姑好不到哪儿去，后来他出入于靳家花园，身边的女人一下子上了两个档次。胖姑自卑了。

有一天我爸爸骑自行车经过定慧寺，他穿着条纹西装，小方头皮鞋，一看就是从舞厅里出来。他发现胖姑坐在马路牙子上哭，也没有人理她。我爸爸下车问她："胖姑你怎么了？"胖姑说："我脚疼，我走不动路了，我一想到自己以后不能走路就哭了。"

我爸爸看了看自行车。那会儿胖姑比一九六七年更重了，眼角也有了皱纹，脸上长了些褐斑。我爸爸说："胖姑我没法用自行车驮你，我去叫辆三轮车把你拉回家吧。"胖姑说："阿宏，你去跳舞吧，你不要管我了。"

我爸爸的眼前浮现出一九六七年的场景，李苏华和胖姑蜷缩在电线杆后面，到处都是哭爹喊妈的女工。这是他一生中最难忘的场景之一。平时他不爱管闲事，尤其不爱管人家的感情纠纷，这方面他自己屁股都没擦干净，但是面对着胖姑，我爸爸忽然有点昏头，他说："胖姑，结婚吧。"

胖姑心头一喜，以为我爸爸求婚，但马上意识到世界上没这么便宜的事。我爸爸马上补充道："找个男人结婚吧。"胖姑心想你他娘的讲话能不能别这么挤牙膏，害我兴奋了一秒钟。想到这个胖姑又哭了，她说："没有人会娶我的。"

我爸爸沉默了一会儿，说："我帮你去想想办法，给你介绍个男朋友。"

胖姑说："我不要离婚带小孩的，我弄不动小孩，也不要太老的，也不要太胖的，也不要太穷的，也不要残疾的。"

我爸爸说："还有什么不要的一起说出来。"

胖姑说："也不要会跳舞的。"

我爸爸说："我明白了。"

在我爸爸的人际关系中，这样的男性完全不存在，必须通过其他人去找。他先问了问老相好关文梨。关文梨说："这可不太好找，让胖姑把档次降下来一点，不要封得那么死，有点残疾的应该可以吧？"我爸爸说："你最起码找个会跳舞的吧，何必先开了残疾的口子呢。"关文梨说："你在想什么，会跳舞的？"

于是我爸爸又去找了隔壁寿衣店的林雪凤，林雪凤曾经给福婶介绍过男人，双方一拍即合，还开起了小饭馆共同致富。虽然不太吉利，但确实是成功的先例。说到胖姑，林雪凤颇有印象，但是说到胖姑可能有什么样的男人，林雪凤的脑子里也是一片空白，转过头对她店里的乌青眼说："你有什么朋友可以介绍的吗？"乌青眼死样怪气地翻着眼珠说："没有，倒有个朋友是聋哑人，和方小兵一样，但他只想娶个同样聋哑的妻子，最好身材苗条一点，胖子不要，别以为残疾人就稀罕你们正常的，胖，也是一种残疾。"

乌青眼叔叔姓乌，这个绰号真是太适合他了。那时候林雪凤已经去别处做大买卖了，寿衣店交给乌青眼管。他看上去很衰，每天缩在柜台后面的一堆花圈和寿衣中间，用一双骨溜溜的大眼睛打量着街道上的一切。混熟了，我姐姐去揶揄他：乌大叔，你身上阴气太重了，你走出柜台，街上的花都谢了。乌青眼说，没错，乌大叔能看见鬼的，有一个就在你后面。我姐姐怕鬼，嗷的一声吓跑了。

苏华照相馆来来往往的人很多，生意不错，我爸爸想让乌青眼把寿衣店迁走，自己独占两个门面，可以把市面做得更大些。乌青眼不答应，他二十四小时缩在店里，像乌龟爱着它的壳，坚毅而沉默地不允许别人动它。我爸爸是个讲道理的人，也就作罢了。

乌青眼离过婚，有个女儿叫小倩，十五六岁了，跟着她妈妈过日子。有时她会来店里找乌青眼要钱，拿到手就迅速离开，看也不看数目，大概心里也很怵。乌青眼给了钱就会回到自己该在的位置上，继续看外面。有一次小倩把钱塞进口袋走了，过了一会儿又很生气地回来，把钱拍在柜台上，让乌青眼自己看。乌青眼嘿嘿一笑，那是几张冥币，他和女儿开玩笑的。他为什么要开这种倒霉的玩笑，谁也不知道。

开寿衣店的人，多少受到歧视，有点像贱民干的活。他常年不挪窝，又被人视之为怪物。其实乌青眼也没那么沉闷，最起码，在一九八五年的时候他曾经跟我爸爸学过一阵子交谊舞，那是蔷薇街最热闹的时光，很多女的跑到苏华照相馆来跟着顾老师蓬嚓嚓，后来又有骚唧唧的男人前来学艺。乌青眼也曾经被这种气氛打动，他走出了寿衣店，来到对面的晒场，学我爸爸的舞步，好像还学得不错，但他那张脸，所有人都认识，没人愿意做他的舞伴。有一次他是真的心痒痒了，要求林雪凤也学跳舞，他们可以配对一起跳。林雪凤说他神经病，跳舞是很浪费时间的事，再说了，如果她学会了跳舞，她也情愿和顾大宏跳。这很伤害乌大叔。有天凌晨他在晒场上独舞，觉得没劲，就用扫帚挑了一件长长的衣服假装舞伴。可想而知，那是什么衣服。他以为深更半夜没人看见，不料方屠户深夜轧姘头回来，见此场面吓得大喊一声，把乌青眼也吓得大喊，两个人一起大喊。第二天警察上门，勒令乌青眼不许再搞这种迷信的鬼把戏，会把下中班的女人吓死的。那以后乌青眼就再也没动过跳舞的念头。

那时我们才知道，乌青眼吃过官司。他来到蔷薇街，警察视之为不安定因素，需要防范一下。但据林雪凤说，他是帮人顶罪，并不会真的威胁到我们。其实我们也无所谓，做这种买卖的又有几个是正常人呢？我们只是觉得他在搞怪之前最好打个招呼，他缩在店里还好，一旦跑出来就会出乱子，事情就是这样。

胖姑是被我爸爸拉到蔷薇街来的。胖姑一听乌青眼是介绍人就生气，说哪有开寿衣店的给人保媒拉纤，这太晦气了。我爸爸说："胖姑，你不要搞迷信嘛，乌青眼这个人不坏的。"胖姑说："你这个话就不对了，乌青眼才是搞迷信的，再说我又不是找他谈朋友，我管他人好不好呢。"

我爸爸一时语塞，发现胖姑讲话比他有逻辑。到了苏华照相馆，乌青眼也晃了过来，跟胖姑打了个招呼，胖姑爱搭不理的。乌青眼也不计较，知道自己身份特殊，后来又想，他妈的，管这种闲事干吗，碰一鼻子灰，这个开照相馆的真是坑人。

没多久，那个男人来了。他的条件，乌青眼之前就说了：郊县户口，四十岁还没有结婚，吃过三年官司，出来以后靠摆地摊过日子。这种营生，在一九八七年已经不是很风光了，时代不同了，个体户必须有一个店面，店面不能是铁皮棚子，最好有点装潢，雇个伙计。小饭馆、外贸服装、五金建材皆属于高档个体户，烟杂店、旧货店、大排档则是中低档，照相馆是特殊品位，寿衣店则是捞偏门的。

至于摆地摊的那就屁都不是了。

但是那个人出现的时候，乌青眼还是介绍说，他是杨老板。杨老板穿着一件西装，脚上是一双泡沫底的拖鞋。他自我介绍说，最近进了一批拖鞋正在卖，进货量稍微有点大，所以自己也穿拖鞋出入了。

胖姑说："你真的吃过官司吗？"

杨老板说："是的，我和乌兄弟是牢友，我犯的事情不大。"

"什么事？"胖姑问。

杨老板说："开拖拉机撞死了人。"

胖姑狠狠地看了我爸爸一眼，又看看乌青眼。我爸爸摊了摊手，表示你没说过吃官司的不行，而且开拖拉机撞死人也不属于犯罪，只是他倒霉而已。胖姑没明白，她只是看到我爸爸很潇洒地摊手一笑，心想：你笑什么，摊手的动作倒是蛮好看的，这种时候你显得那么帅，有意思吗？胖姑的生活中已经找不到可以商量事情的人了，唯一还能信赖的就是我爸爸，但是这位顾老师，他自己的脑筋也不是很清楚。这时杨老板从包里掏出了一双泡沫底的拖鞋，女式的，送到了胖姑眼前。

"意思意思。"他说。

胖姑说："我才不要你的拖鞋，多少钱，我买下来。"杨老板说："小小礼物，不成敬意，你要是不喜欢，我下次带你去朋友店里搞一双好的鞋子，不要钱的。"胖姑说："我有鞋子。"杨老板就笑笑。

双方谈了谈自己的情况，我爸爸本来想，胖姑有点糊涂，各方面的问题由他来代为回答比较好，没想到胖姑应对如流，出乎意料。说到轴承厂，杨老板就问，轴承厂效益应该不错吧。胖姑说，效益不错，但那个厂长很糟糕，有贪污受贿的嫌疑。杨老板又问，轴承厂的工人应该不少吧。胖姑说，五百个。说到这里，杨老板掏出香烟派发，我爸爸婉拒，乌青眼是不抽烟的，杨老板看看店里，就说："顾老板这个照相馆大概是不给抽烟的吧。"我爸爸说："倒也没有，里面摄影室不能抽。"那个年代，别说照相馆，就是产房都能抽烟。杨老板很识趣地收起了香烟。这让胖姑稍稍有了个好印象。

几个人坐在照相馆里说了一会儿话，杨老板起身告辞。他走后，乌青眼有点不高兴地对胖姑说："一双拖鞋你就别计较了吧，搞得杨老板很下不来台啊。"胖姑平时很傻的，这次大概是我妈妈在佑护她，说了一句非常犀利的话："你会送花圈给别人吗？"

乌青眼一震，说："胖姑，有格调，咱们不稀罕拖鞋。"胖姑缓缓地说："我师傅李苏华谈恋爱的时候，阿宏没送过她任何东西，只有在求婚的时候才拿出一块瑞士牌手表，我师傅立马就答应嫁了，那是一九六七年哦，瑞士牌哦。"乌青眼又看看我爸爸，说："顾老师，佩服。"胖姑冷笑了一下，站起来说："我走了。"

乌青眼看着胖姑的背影说："这样子怎么嫁得掉嘛。"

我爸爸回家说起这件事，就笑着摇头，说胖姑还真看不出来，挺能说的，那种气势把摆地摊的都压倒了。我姐姐说，胖姑不傻的，她亲眼看见过胖姑在小菜场买菜，砍价可厉害呢，顺手还能饶个番茄土豆什么的。我说，你们都不知道吧，胖姑发财啦，定慧寺要扩建，把胖姑家也划了进去，胖姑马上就能拿到一笔钱了。

我爸爸说，这挺好的，胖姑住的地方太差了，所谓衙前庙后不住人，搬家了说不定运气就来了。

那阵子有人给胖姑介绍了好几个男人，有做搬运工的，有开长途卡车的，有农民，都是很木讷的，讲话不太利索，比之杨老板远远不如。胖姑一个都不喜欢。有一天她又来到蔷薇街，说起这件事，很明确地告诉我爸爸：苏华师傅活着的时候对胖姑说过，要找一个稍微热闹一点的伴侣，不然到老了很寂寞；苏华师傅的爸爸，那位大耳朵就很热闹。我爸爸听了这话，一方面觉得很有道理，一方面万千滋味涌上心头，心想：李苏华，你不知道我有多寂寞呐。

九月初是我爸爸的生日，胖姑来我家，下了很多面条，又从饭盒里撩出轴承厂食堂买的油汆大排，每个碗里放一块，端到几个至交好友面前。其中少不了乌青眼的一份。乌青眼挺感动的，端着面条说："顾老师，你去年过生日买了个奶油蛋糕在照相馆切了，但是你没给我吃。"我爸爸说："你怎么连这种事都记得，太奇怪了。"乌青眼说："我记性很好的。"

众人在照相馆吃面，都夸那油汆大排好吃，只有乌青眼说："你们都错了，面条好吃。"胖姑很高兴，面条才是她的作品。乌青眼说："你们不知道，我半夜里守着店，饿了没办法，就想吃碗热面条，实际上呢，我他妈的吃的都是店里的云片糕，吃得我脸色也跟云片糕一样了。"又说："顾老师，胖姑，小妍，小出，你们都是好人，没有人会在生日的时候请我这种人吃面条的，会折寿的，我他妈的吃这碗面条都不敢咬断它。"我们就说，好啦好啦，你少说几句吧，寒毛都竖起来了。

这一天小倩恰好又来，跑店里一看没人，就找到照相馆，指着乌青眼说："你怎么跑隔壁来了？"乌青眼正在感动，忽然被小倩打断了，很扫兴，就说："你又来要钱了，告诉你，今天没钱，今天就不给你钱，你有种扛个花圈回去给你妈。"小倩说："你有种死了不要让我来给你送葬。"乌青眼说："我无所谓的，我死了以后自己跑到火葬场去，让烧锅炉的师傅开了炉子，我自己爬进去烧，多他妈的省钱。"这下我们都听不下去了，说，闭嘴吧你们，这儿在过生日呢。

那顿面条吃得又晦气又开心。胖姑尤其得意，终于有人赏识她的厨艺了，其实胖姑烧菜的手艺不大好，但她下的面条是真棒。我们都不知道为什么。胖姑说："我告诉你们，我的爸爸，是盛全寿下面条的。"盛全寿是城里有名的老字号面馆，大家都去吃过的，纷纷表示佩服，原来是家传的手艺。胖姑的一生，大概头一次这么风光，脸都红了。

胖姑走后，小妍说："乌大叔，你难道就不想再吃胖姑的面条吗？"

乌青眼说："你想多了，我告诉你，胖姑最近和杨老板关系很好的，他们经常见面，杨老板把地摊摆在了轴承厂的门口。"

小妍说："什么杨老板，我要去见识见识。"

我爸爸说："有什么好看的，一个卖拖鞋的。"

实际上那个卖拖鞋的并不简单。

有一天胖姑从厂里出来，看到轴承厂的门口摆了个地摊，全是拖鞋，抬头一看是杨老板。两个人打了招呼，胖姑站在地摊边上，这时工人们纷纷出来，看着泡沫底的拖鞋摇头，对杨老板说，都十月份了，你还在卖凉鞋，谁要啊。杨老板哭丧着脸，对胖姑说："我这批货要砸在手里了。"

胖姑说："我帮你想想办法吧。"

于是，在那年十月底，轴承厂发了泡沫底的拖鞋，每个工人都拿到了两双。拖鞋质量很差，后来有人说，是供销科的科长在帮那个拖鞋贩子销货，而且他拿了回扣。大家也就释然了。

那时杨老板和胖姑连续见面，关系很不错了，杨老板请胖姑吃了顿饭。胖姑在厂里并不是很有地位，但她有个相熟的小姐妹是那科长的老婆，转弯抹角一说，科长答应帮杨老板一把。弄点拖鞋也不是什么大事，厂长不管，厂长有更大的回扣。事情搞好了，科长来要回扣，胖姑去找杨老板，杨老板说，我什么时候答应给你回扣的，我成本价给你们的，要了回扣我就亏本啦。

胖姑傻了，一千双拖鞋，每双一块钱回扣，是她一年的工资奖金。供销科长说，这买卖不大不小，但你独吞回扣还让我背这个罪名，没那么容易吧。那天下午，胖姑只觉得天旋地转，扶着墙走进了蔷薇街。我爸爸不在，胖姑一屁股坐在了寿衣店的门口。

胖姑说："我被杨老板骗了。"

乌青眼坐在一堆寿衣中间打瞌睡，先迷迷糊糊地看到有人挡住了光线，接着又从柜台下面发出了哭声。乌青眼揉着眼睛站起来，趴在柜台上看见了外面坐着的胖姑。

"杨老板骗了你什么。"乌青眼问。

"骗了钱，其实也不是我的。"

乌青眼说："那还算好，不是什么大事，别的东西骗走了就要不回来了。钱嘛，好说。"

胖姑说："很大的一笔钱。"

乌青眼说："你别坐在地上了，能站起来说话吗？"

胖姑说："我一着急一生气就爱往地上坐，对了，杨老板是你介绍我认识的，你得负点责任。"接着她就把杨老板赖回扣的事情说了一遍。乌青眼乐了，说："胖姑真看不出来你还能贿赂干部批发拖鞋，你们厂里要不要发寿衣，云片糕也行，我这里托你销掉一点，回扣大大的有。"胖姑说："你这个混蛋，这当口还有心思跟我说笑话。"乌青眼说："你跟杨老板的事情我其实都知道，他跑到轴承厂门口摆摊，本来是想卖掉几双拖鞋的，没想到，你主动帮他销货，你说你上次还不把他放在眼里，后来干吗又搭理他呢？"

胖姑只得叹气说："这阵子见了几个男的，都很差劲，什么卡车司机搬运工的，回过头来想想，还是杨老板比较有意思，没想到他也太滑头了，把老娘整个地卖了。"

乌青眼说："他要是骗你的钱，那我有责任的，但你们是合伙做买卖，他挣的钱除了给回扣之外还应该有你一份，你是被生意伙伴骗了，这事儿怪不得我。"胖姑说："天地良心，我只想帮他卖掉拖鞋，一分钱都没拿，我冤死了。"

两个人隔着柜台说了一阵子话，我爸爸还是没回来，胖姑找不到做主的人。后来一想，顾大宏能做什么主？出了这种事情他只会搓手摆手摊手。胖姑心里明镜似的，必须吃定乌青眼。乌青眼心里也明镜似的，今天是被胖姑吃定了。

　　乌青眼说："别磨蹭了，这事儿我只能帮你试试看，不一定要得到钱，现在就去找杨老板。"

　　乌青眼关了店，与胖姑并肩走过蔷薇街。正遇到我姐姐从对面过来，大喊道："你们俩出去玩呐！"胖姑不哭了，挥手跟小妍打招呼。乌青眼心想，这叫什么事，难道我是去陪胖姑逛街的吗？

　　两个人找到杨老板家里，杨老板坐在藤椅上十分得意。他那些囤积着没法出手的拖鞋全都销掉了，屋里只剩些纸板箱。杨老板说："乌老板，我知道你的来意，但是兄弟我最近在投钱开鞋店，身上一个角子儿都拿不出来了。"

　　乌青眼说："那你就是认回扣这件事了。"

　　杨老板说："没有白纸黑字，我认什么？"

　　乌青眼说："那你就是不认了？"

　　杨老板说："乌兄弟，我出来摆地摊不容易，总算挣到一点钱，还借了不少，现在可以开个鞋店。我只能咬咬牙了。"

　　乌青眼说："一千块钱也蛮大的，这样吧，你出五百，我认倒霉也出五百。行不行？"

　　杨老板说："老乌，这事不归你管。"

　　乌青眼说："行，有你这句话，我们从此桥归桥、路归路，江湖再见。"

　　乌青眼带着胖姑出来。胖姑说："老乌，你这就走了？"乌青眼说："你看他身上没一分钱的样子，难道我把他砍了？砍人不好，要坐牢的，我不想再坐牢，更不想为了别人的事情坐牢。"胖姑很生气地说："我让你砍人了吗？猪猡。"

那晚上胖姑回家辗转反侧不说，乌青眼一个人坐在寿衣店里继续发呆。小妍带着我来到柜台前面，先啰唆了几句无关的话，然后问他："乌大叔，你觉得胖姑怎么样？"

乌青眼说："你什么意思？撮合？"

小妍说："乌大叔，你看上去呆呆的，其实比谁都聪明。"

乌青眼叹气说："我是一个卖花圈、捞偏门的，当然这也没什么，社会上歧视我，我当他们是狗屁。我的问题主要是穷，连个像样的住所都没有，又坐过牢，不可能找到正经工作。离了婚，年纪偏大……"

小妍说："你越惨，越配得上我们家胖姑。你不会嫌她胖吧？"

乌青眼说："这倒没有，我见过很多胖的。"

小妍说："你上次好像说过，胖，也是一种残疾。"

乌青眼说："我胡说的。"

小妍说："到底嫌不嫌她胖？要有个定论。"

乌青眼说："实话告诉你吧，我的前妻，也就是小倩的妈，比胖姑一点都不差的，也有一百八十斤。我不在乎。胖子好，冬暖夏凉的。问题是，你们问过胖姑了吗？"

小妍说："我爸爸会去问的。"

于是这一晚乌青眼也没睡好。第二天下午，胖姑来了，先到我们家做了一碗面条，配了两个轴承厂食堂里买的大肉丸子，亲手端到寿衣店门口。乌青眼假装不懂，说："今天又谁过生日？"小妍大吼："乌青眼，装蒜不得好死！"

某个星期天的早晨，乌青眼戴了副墨镜，关了店门，提着一个花圈出去了。他骑着自行车，一手扶车把，一手拎花圈，所过之处人皆侧目。他骑了很远很远，直到城北，那儿的一条街上，杨老板的鞋店开张了。

乌青眼站在店门口。杨老板正在招呼客人，崭新的柜台，崭新的皮鞋，满地鞭炮屑，杨老板像新郎一样称头。乌青眼拎着花圈，叉腰曼声唱道："什么时候还钱——"杨老板回头一看，脸都白了。客人知道这里很快就要出人命，纷纷往外走。乌青眼用黑漆漆的墨镜片子盯着杨老板，看了一会儿，说："我已经替你把钱垫了，今天是个好日子，别以为我会天天送你一个花圈。今天，就这一个花圈，你要是不掏钱，要不你把它扛到火葬场，要不我把它扛到火葬场。"

几个年轻的围过来，要揪住乌青眼，杨老板摆手示意别动，对乌青眼说："乌兄弟，有种。胖女人的事情你管到底了。"

乌青眼说："忘记告诉你了，她现在是我的女朋友。你坑她的钱，就等于坑我的钱。"

杨老板想了想，作揖道："好，我给钱，你走。"说完从腰包里掏出钱，数了一千。乌青眼说："你说一千就一千？两千！"杨老板大为心痛，回过头去找刀子要劈了乌青眼。乌青眼说："你置这点产业不容易，还想回去坐牢就劈一个试试？"杨老板冷静了一下，说："一千五。"乌青眼点头，伸手，过了一会儿，拿到一叠钱，数过，分文不差。乌青眼把钱塞进口袋，提起花圈照着杨老板的脸上扔过去："这个你留着！"说完拔腿就走，跳上自行车蹬了出去。

杨老板追出来大骂："老乌，你不怕我把你的店一把火烧了吗？"

乌青眼哈哈大笑："我店里的东西，本来就是用来烧的。"

几天后这件事传到了蔷薇街，众人一致赞叹，乌青眼有种，虎口夺食，真他妈把花圈送出去了。那个年头开小店的个体户都有一帮人罩着，像乌青眼这样，在别人开张的时候送花圈，无论出于什么理由都有可能被打死。乌青眼淡然一笑说："我跟杨老板一起坐过牢，我知道他，不敢的。"后来胖姑也来了，对此表示抗议，她不想让自己的男人去送死，但乌青眼已经平安地回来了，也就不好再多说什么，毕竟她还不是合法妻子嘛，管得太严厉了怕乌青眼不高兴。

那阵子胖姑来蔷薇街是真的勤快，每天下班都来，在我们家里把乌青眼的晚饭做了，端过去。以前是乌青眼蹭我们的吃食，现在倒过来了，我们蹭乌青眼的。吃完了，胖姑和乌青眼就坐在寿衣店里聊天，直到照相馆打烊，胖姑才会回家，这时乌青眼就去送她。我姐姐不乐意，对乌青眼说："你也带胖姑出去玩玩，别一天到晚待在寿衣店，晦气。"乌青眼说："我就是干这行的，百无禁忌吧。"胖姑也无所谓，胖姑比我们想象得更为豁达。

有一天乌青眼打算求婚，恰好他女儿小倩又来了，看到胖姑在店里，以为是个帮工。小倩对乌青眼说："给点钱。"乌青眼掏了十块给她。小倩说不够，乌青眼说："我最近要存钱，没那么多。"小倩是个暴躁而促狭的姑娘，指着乌青眼说："你的钱都存到棺材里去吗？"乌青眼本来心情蛮好的，听了这话大怒，冲出柜台，举起巴掌把小倩逼退三步。众人围过来看热闹。小倩嘴硬，又骂了一串。乌青眼说："我本来不想嚣张的，现在倒给你看看，我的钱存哪儿去了。"

他从柜台底下拿出一个丝绒的盒子，打开，露出一块银光闪闪的全金属女式手表。小妍凑过去看，梅花牌的。乌青眼就当着所有人的面，把这块手表送给了胖姑。胖姑头一昏，转脸看看苏华照相馆的招牌，心想，苏华师傅真灵验呐，真的有人送我手表。胖姑伸出手，有点担心自己戴不上，乌青眼低声说："没问题，表带我加长了六节。"

一九八七年的冬天，胖姑搬家了，她弄了一张房卡，住到了定慧寺前门的街上。房子就靠着街道，乌青眼觉得这地方不错，唆使胖姑把墙砸了个洞，摆了柜台在这里卖香烛。起初房管局和工商局都来找麻烦，但经林雪凤斡旋，事情全部变得合理合法。没过多久，寿衣店也换了个掌柜，乌青眼本人搬到了胖姑家，跟她一起打理香烛店。他们结婚了。后来，他们挣了不少钱。

我必须再说说胖姑的婚礼，元旦那天，由我爸爸在碧波饭店订了十桌酒席。乌青眼这边没什么人，几乎所有的宾客，都来自胖姑家，胖姑那位会下面条的爸爸也出现了，五六十个轴承厂的女工带着她们的家属，还有蔷薇街的人们。乌青眼说自己是二婚，得在中午办，但胖姑是初婚，为了照顾胖姑的情绪，婚礼安排在晚上。同日还有另外两对夫妻在碧波饭店办喜酒，搞得像集体婚礼一样，场面非常热闹，三对新人争奇斗艳，其中就数乌青眼和胖姑最扎眼。

胖姑结婚，毫无阻力，她爸爸坐那儿乐开了花，丝毫不嫌弃乌青眼二婚、难看、卖花圈。老头甚至放出话，自己一辈子都给人下面条（做寿），现在有了个卖花圈的女婿（丧事），也挺不错的，是一种互补。人都夸老头懂事理，豁达。那个年代的婚礼没什么讲究，既不需要发言也没有誓词，就是吃。乌青眼穿着西装，披了一件马裤呢的大衣，胖姑是民族风，穿着锦缎棉袄，头上戴花，虽然不是很美，但是也并没有显得滑稽。那是我见到的最好的胖姑。

我姐姐率先情绪崩溃，抱着胖姑大哭。胖姑想起了苏华师傅，也大哭。后来连我爸爸和屠户都哭了。再后来，轴承厂的女工们一起跟着抹眼泪。

酒喝到一半，听到楼下吵闹，碧波饭店的女老板冲上来，低声告诉我爸爸："有人送了个花圈过来，放在店门口。"

我爸爸说："赶紧收起来。"

碧波饭店的女老板说："娘逼，晦气！怎么可以收起来？"

我爸爸说："你这儿好几对结婚的，声张出来，人家不付账，你怎么办？"

碧波饭店的女老板狂拍我爸爸胸脯："老顾，瞧你说的，我这儿办喜酒都是先付账的。也就是你来订桌可以后付账。"我爸爸说："啊唷，谢谢。"两个人拍来拍去的，那边乌青眼已经知道了花圈的事。

还能有谁送的？当然是杨老板。

酒席乱了套。乌青眼一言不发，走进厨房，拎了一把菜刀往楼下走。众人哗然，拦住那个新郎，别让他出去闯祸。但是拿菜刀的新郎真不是那么容易拦的。小妍抱着胳膊说:"乌大叔也是的,送别人花圈的时候眼睛都不眨,自己受了花圈倒要去拼命。"我爸爸说:"人都是这样的啦,男人就是要保护自己的家庭嘛——谁快点去拦住乌青眼!"他想过去,被碧波饭店的女老板揪住了:"老顾不要去冒险。"

乌青眼冲到门口,前面的人自动为他闪开一条路,忽然,他觉得自己的腰被人抱住了,就此保持了一个倾斜向前的姿势。回头一看是胖姑。

乌青眼说:"放手放手!"

胖姑说:"你不要去啦,不要去啦,你去砍人要坐牢的。"

乌青眼说:"爬到我头上来了,竟然给我乌青眼送花圈。"

胖姑说:"你也送过花圈给他的呀。"

乌青眼说:"我卖花圈的当然送花圈,他凭什么送?他应该送我一双皮鞋。"

乌青眼挣脱了胖姑,跑楼下一看,他妈的,花圈就是当日他送过去的那个,杨老板是把花圈还给他了,这混蛋显然蓄谋已久,花圈都存着。乌青眼举着菜刀往外跑,忽然绊了一下,摔倒在地,菜刀也飞出去了。胖姑追上来一屁股坐在了乌青眼的背上,乌青眼说:"妈呀,松开点,松开点,肋骨,肋骨。"

胖姑抱着乌青眼的头,在他耳边大声说:"你不要去砍人,我不要你坐牢。这个花圈我收下了,你就是卖花圈的,我认了。我认你一直认到死。"

第六部

痴儿

城市被一条护城河环绕，其中有一段就是著名的京杭大运河，少年时代我只是从电视上看到过长江黄河，它们在十二时黑白荧屏上浩荡奔腾，而我对河流的理解却始终停留在这条宽阔、凝滞、浑浊、每到雨季必然泛滥而在旱季水位下降露出陡峭的河岸犹如深渊的护城河。

　　它同时也是一道分界线，正如一九六七年武斗非要隔着护城河对打，如果没有它的存在，说不定就不会死那么多人。它解决了人们对于城市与农村、时尚与土鳖、今与古、内与外、正与反之间的种种疑问。这是一条哲学的河。

　　八十年代以后，城里的人陆续迁去郊外，大量的公房拔地而起，花了整整十年时间，差不多在护城河之外又形成了一个包围圈，这时人们感到这条河的不便，只有几座大桥通往城外，每天上下班都堵得严严实实，疆界逐渐成为绳索，勒在了城市的脖子上。人们对此无能为力，造桥很费钱，也不可能像对待臭水沟那样把河道填上，唯一的办法就是让现状维持下去。

　　河流是复杂的，你会看到河面上漂浮着各种各样的东西，木排、垃圾、水草、货船上的弃物、各种动物的尸体包括死猪。它们分布在河道两侧，终年拍打着河堤，仿佛是经历了透明的埋葬，又被河流的魔法复活，一旦河水泛滥就狂笑着涌向街道。夏天时，每一块西瓜皮、每一寸烂菜叶都在努力分解发酵，那种膨胀起来的臭味烘烤着沿河的人家，而他们所做的就是把垃圾和粪便继续倾倒在河里，使之看上去像是一片沼泽。到了隆冬，枯水季节的河流向下收缩，搂紧了这一切瑟瑟发抖。

偶尔也会有人的尸体。死猪已经够可怕，死人就别提了，每次都会招来很多活人围观，有一次城西大桥下漂来一具赤裸的女尸，那简直像首长进城一样，里里外外全都是人，公共汽车停在桥上走不动，车上的人探出脑袋打听情况，听说是赤裸女尸，全都要求售票员打开车门，他们要看。不久来了一辆救护车，这令人奇怪，人都死了还要救护车干什么？原来尸体漂在了某一户人家的窗下，仰天看着屋子里对河梳妆的女人，微微撞击着她窗下的基石，这个女人吓出了心脏病。

这是唯一必须捞起来的东西。巡逻艇停在不远的地方，他们等待着一艘小船，负责打捞尸体的专营商户。它果然出现了，搭一个破旧的篷，船沿绑着废轮胎，像死神的黑皮鞋蹚过河水和层层垃圾，不徐不疾靠在巡逻艇边上。船上两个老头，一个摇橹，一个站在船头挂着丈余长的挠钩，和警察交谈了几句，就向着浮尸划去。他们是护城河里著名的捞尸人，河里的尸体都归他们管，那个手持挠钩负责捞尸的老头和我一样，也是个歪头。

只要他们到场，周围就会肃穆起来。他们有可能工作很久，如果尸体沉入水中，那通常是失足落水的倒霉鬼，也有可能是城南一带水质较好的河段上游泳的孩子。对于浮尸，打捞的时间一般来说都很短，捞尸船迅速做完工作，迅速把尸体交给警方，随之便消失远去。

尸体出水的一刹那，桥上桥下都会发出低沉的呼喊，既悲痛又惊讶，好像是一种带有宗教性质的祷词。而那次捞赤裸女尸，看的人实在太多了，猫脸站在桥栏杆上发出了剧烈的惨叫，然后就被人推下了河，四脚扑腾着向捞尸船游去。歪头老人说："找巡逻艇去，我的船只收死人。"猫脸本来想骂娘，近距离看了一眼尸体，那具浸得像巨肥症的女尸上半身趴在船头侧过脸从湿漉漉的长发缝隙间瞪了他一眼，吓得他魂飞魄散，双腿抽筋，不由大喊道："救命啊！"

胆大妄为的联防队员猫脸连发了三天高烧，病愈以后，他巨细靡遗地讲给我们听：那个女人，不，尸体，她真的什么都没穿，头像篮球那么大，身上的皮像一层壳，她的嘴巴已经被鱼吃掉了……运河里还有鱼吗？面对我的质疑，猫脸说："你看见那个捞尸体的老头吗？他和你一样也是个歪头。你以后很适合去捞尸。"

这种话并不足以伤害我。歪头顾小山已经十五岁，他同样胆大妄为，并不逊色于猫脸，他只是有自己的风格，一种沉默、阴郁而又无所谓的狂妄。

我独自来到运河边，捞尸船踪影皆无，在没有尸体的日子里，大部分日子，平淡无聊肮脏缓慢，它躲在哪里？我寄希望于它再次出现，那是我的秘密所在。

有那么一阵子，每个星期天的下午，我都会陪伴着方小兵去往城西大桥以外，坐上公共汽车，一直把他送到北郊的聋哑学校。他将在那儿生活学习一个星期，到下个星期六的中午又回到蔷薇街。城外的路不好走，坑坑洼洼，下雨天变得泥泞不堪，环城线的公共汽车无不破破烂烂，车上尽是北郊那一带化工厂里上中班的工人。

小兵十五岁的时候比我高出半个头，常吃肉的孩子发育得早，去澡堂洗澡时可以看到他两腿之间如水藻般漂荡在池子里的黑毛，而我仍是瘦骨嶙峋，说话声音像小鸡一样啾唧啾唧的，歪着头看上去最多也就十二三岁。我并不足以保护他，我只是无聊，想找个机会出去兜兜风。

我们坐那趟汽车直到终点，一个铁塔林立的巨型配电站附近下车，河道散发着浓重的化学品气味，像一锅蒸腾着热气的酸辣汤。小兵的学校就在一片破败的厂房后面，同样破破烂烂，远看还以为是个车间。四下里全是工厂的低频轰鸣，起初还好，听久了你就有一种想大便的念头。我怀疑小兵住在这地方是不是成天肛门发胀，后来想起他是个聋子。

我和小兵的交流靠一个小本子，他随身带着。通过这种书面交流我对聋哑学校有了一个大致的了解，两百多个学生，二十个老师，专供聋哑人使用的课本，大量的关于聋哑人谋生技能的课程，比如刺绣，又比如在蛋壳上画画。等到毕业了，小兵就可以去聋哑职校，所学习的仍然是，刺绣，在蛋壳上画画。反正这里的旅游市场大量地需要这些东西。

我在小本上问小兵：你什么时候毕业？

小兵答：明年。

我问：你想做什么？

小兵答：我去聋哑职校。

我写：听说你爸不让你念书了。

小兵写：你呢？

我写：我也不知道。

内心深处，小兵还是想上学的，聋哑学校很友善，穿过工厂之间的缝隙（它也可以叫街道），走到校门口，一个女老师在门口迎接他，他们互相用手语打招呼，我看不懂什么意思，但手语配合着她脸上的微笑显得和蔼可亲。这让我艳羡，并痛恨起自己悲惨不堪的小学生涯。有一次我企图跟着方小兵一起混进去，一位女老师把我拦住了，柔声说："你不是我们学校的。"我说你怎么看出来的。她说："这个学校每一个学生我都认识。"

我应该去另一种残疾人学校，可惜世界上不存在。如果可能，我宁愿跟着小兵一起来聋哑小学上课，我觉得一个人不说话，光用手比划比划，高兴的时候写几笔，不高兴了什么都不听，这很不错。

经过老师们的教导和软化，方小兵十五岁时彻底忘记了他的扒手技能，这使他成为一个真正无用的残疾人。有一次我送他，在公共汽车上捡到个皮夹子，他居然没有揣进自己的口袋，而是老老实实地交给了售票员。失主就在车上，她是一位勤劳苦闷的靠死工资吃饭的女工，她做了一面锦旗，送到了聋哑学校，上书"拾金不昧，身残志坚"。假如她见识过方小兵从前的样子，大概会把锦旗改成"人小鬼大，耳聋手快"什么的。反正这面旗被学校收藏，学校又发了一张小奖状给方小兵，方屠户骄傲地把奖状贴在了正对大门的墙上。那个位置原来贴的是领袖画像。如此一雪前耻，但他们家的耻辱也未免太多了些，两个儿子聋的聋痴的痴，方屠户本人又在外面拈花惹草，一张奖状显然是不够的。众人怜悯小兵身世多舛，不免刻意多夸了几句，小兵羞惭地低下了头，两个脸红得像红苹果一样。

这一年，小兵的弟弟方大聪又留级了，他功课实在太差，老师认为如果有退级的话更适合大聪。这坚定了方屠户的一个理念：念书没用，念书对方家的人尤其没用。结果是方小兵倒霉，老方决定结束他的学业，出去学门手艺。我爸爸私下里还劝过他：老方，让孩子多读几年吧。方屠户傲慢地说："你还是为小出多想想吧，我家的事你就别管了。"

我的前途确实很成问题，比方小兵好不到哪里去。假如初中毕业去升高中，那就意味着要考大学，可是我不可能通过体检这一关。假如不升高中，而是选择技校职校什么的，一则体检仍然通不过，二则那种学校流氓成群，我爸爸想到我小学时的遭遇也不禁暗自发抖。

那时人们以为我会子承父业，成为一个摄影师，也待在苏华照相馆里。我爸爸叹了口气，他很清楚我这么个瘦弱的歪头是难以撑起门面的，苏华照相馆这几年来一直是靠着他卖帅、跳舞才能维持下来。

有一天我在小兵的本子上写道：我们做捞尸人吧。

小兵迷惑地看着我，写道：什么是捞尸人？

我解释了一下，就是那个歪头的老人，拿着一根挠钩，把尸体拖到船上，然后找死者的家属收钱。如果死者没有家属，警察也会给他一笔劳务费。我知道这能挣很多钱，尸体在船上的时候，你想要多少钱，他们都会给你。

小兵写道：我不是歪头，我不要捞尸。

我写道：我需要一个划船的。

小兵写道：怎么才能做捞尸人？

我写道：找到捞尸人，拜他们做师父。

小兵是我能找到的唯一的同谋。第一他没出路，第二他很健壮（适合划船），第三他哑，不能把这种事情说出去。另外，虽然我童年时代扮演了各种闷葫芦小软蛋跟屁虫的角色，但是在方小兵面前，我可以恢复本色——我是大脑，他是四肢。只有面对着方小兵我才能产生如上的优越感，细想想也挺没意思的。

我和方小兵徘徊在城西大桥上，在河汊纵横的戴城你是很难找到这条捞尸船的，而城西大桥高高地跨过护城河，视野极佳，我们在这里等待它的出现。经历了几个失望的午后，我和小兵都意识到，想再次看到那条船，除非大桥下出现一具尸体。

水很脏，没有人下河游泳，并且这是深秋，雨水稀少，河流寂静干枯。我们站在桥栏杆边俯瞰，水位的下降与河流自身的收缩，令大桥感觉更高。云在远处，运土的汽车不断经过我们身边，它们马力强劲，巨响隆隆，像高速行驶的坦克般一往无前，看起来只可能有压扁的而不会有淹死的。

它不出现，我们只能干等着。小兵其实不爱捞尸，聋子根本也不明白捞尸意味着什么，他只是觉得划船挺好玩的。问题是，如果你热爱划船，那并非一定要去捞尸啊，你可以去参加亚运会。

在等待中我第一次体会到了虚无，那不是雾，而是什么东西消释了，分解了，就像在掉下大桥的途中变成了一根稻草。我的计划只是停留在方小兵那本巴掌大的、用订书机订成的本子上。

不过我还是有额外的收获。

有一天我在桥上遇到了罗佳，她正趴在桥栏杆上，身体弓出，两股长发从肩膀垂向河流。我以为这是一个想要自杀的人，还没想好到底是在她纵身跳下大桥的瞬间冲过去抱住她呢，或是为了我的捞尸船而袖手旁观呢，她忽然直起身子，对我说："顾小山，你鬼鬼祟祟地想干吗？"

我这才认出她。四年不见，这段时间是漫长的，占据了我生命的四分之一，如同你四十岁的时候遇见了一个暌违十年的人。她站在我面前，还是以前那种眼神，恹恹地看着我，好像我是一个已经打碎几经努力也无法再恢复原状的花瓶。我愣了片刻，说："罗佳啊。"

"认不出我了。"

"是啊。"

"我变了。"

也就是发型变了，以前是辫子，现在全都披散下来。她的身材本来就是细长的，现在长高了些，更细长了，从前黑色的搭扣皮鞋代之以流行的旅游鞋。我正想问她这些年去了哪里，她说："过来给我看看，头是不是更歪了。"全世界只有她可以这样说。我走近过去，她端详了一会儿说："更歪了。"

她应该在另一座桥上，远离城市西区，靠近监狱，更晚一些的黄昏。那座桥的栏杆是水泥的，很宽，可以舒服地坐在上面，不像城西大桥用的是圆形铁栏杆，都生锈了，你趴在上面看上去就像厌倦了人生。你应该在另一座桥上等待着赌徒爸爸出来打水。

方小兵迅疾地在小本上写道：她是谁？

罗佳问我："这人怎么了？"

我说："聋哑人。"

我们靠着桥栏杆说了一会儿话。有传闻说她离开了戴城，去了别的地方，可她说她一直在这里，现在和我一样也是初中生了，二十二中。

"二十二中啊。"我说。

这所学校是出了名的混乱。每个中学都会有特产，有些出产大学生，有些出产落榜生，有些出产流氓混子，二十二中的特产是阿飞，女生都不太正经，甚至出过打胎的，虽属凤毛麟角，仍成金字招牌。不过那是高中部，他们的初中部被称为是打胎预备队。

我眼光一闪，她已吃透了我的心思，怪冷傲地说："二十二中怎么了？今年还有两个考上大学的呢。歪头，不要乱想。"

"我什么都没想。"我说。

方小兵拍打我，把小本戳到我眼前，又指指罗佳。罗佳拽过本子，歪着头端详了一下，接过方小兵的自动铅笔写道：我叫罗佳，我是歪头的小学同学。方小兵很高兴，写道：方小兵。然后拿手指猛戳自己的胸部。

我把哑巴拽到身后，哑巴完全体会不到我的不乐意，再次挤到我和罗佳之间，举起本子要写，被我又拽了回去。罗佳饶有兴致地问："他想干什么？"我说我真没想到，一个哑巴也能这么啰唆。罗佳说："你们来桥上干吗？"

寻找捞尸人，我说。跟着又解释了一下，捞尸人和他们的船，他们的挠钩，还有一个和我一样的歪头老人！这个仅仅存在于我和方小兵之间的秘密，被我自己给捅出去了，但她是罗佳，她不一样，她可以分享我所有的秘密。

罗佳轻蔑地摇摇头说："你就是喜欢这种奇怪又恶心的事情。"

"我没有！"我争辩道。但她并不想和我争。

后来她拍拍屁股上的铁锈，说自己要回城里。我很想和她一起去，可是找不到理由。我说："什么时候一起到桥上去看你爸爸吧。"

罗佳说："他快要放出来了。"

我说："那太好了。"

"有什么好的。放出来还是赌钱。"

"那我怎么找你呢？"我说。

她说："到二十二中来呗。"

我心想我这个德性跑自己学校里都很危险，跑二十二中去，搞不好也会被人弄成打胎。看着她郁郁寡欢地踢着石子离开，我心里很伤感。方小兵兴奋地举着小本给我看：漂亮。然后拿手指猛戳罗佳的背影。

我真希望自己能和方小兵互换一部分，我还是我，但拥有方小兵的身体，这样我就会追上罗佳，跟她多说点话。不过我又想，这样互换的结果是，另一个人既聋且哑还是个瘦弱的歪头，别活了（倒也很彻底）。还是趁早收起这种妄想吧。

那次方小兵看到了去往聋哑学校的公共汽车，后来他哭了，我就只能留下安慰他。聋子哭起来的声音很刺耳，引来路人驻足围观，以为我欺负他。我解释了几句，没人听我的，不由耿耿于怀。连罗佳都觉得我恶心又奇怪。

报应很快就来了，谁也没想到方屠户会定期检查方小兵的小本，小本记录着方小兵几乎所有的言论，同时也有我的笔迹，无可抵赖。方屠户拎着小兵冲到我家，对着我爸爸大吼："小出要带小兵去捞尸，什么意思！"其时我姐姐已在上海，老方未免有恃无恐，我爸爸接过本子看半天，也吓了一跳，问我："你真的想去捞尸？"

"说着玩的。"我惭愧地说。

"捞尸体这种事情，是很下等的。"我爸爸说。

"我知道啊。"我继续装出惭愧的样子。

方屠户说："小兵还要去学画画呢，带坏了我们小兵，要捞尸自己去！"我爸爸很不乐意，说他跟小孩子一般见识，同时也很奇怪，难道

255

屠户给儿子寻觅到的手艺，竟然是——美术工作者？

一点没错。那阵子，屠户夜夜用自行车载着小兵出去，在定慧寺附近一个业余画家那儿学国画，此人在工艺品街上开一个小门面，既做生意又教画。方小兵是他众多学生中的一个。这不由令人刮目相看，按照我爸爸对屠户的理解，还以为他会让儿子去学个修车修伞磨剪刀之类的手艺呢。

小兵这孩子天生好学，只要有人肯教，他连扒手都是能学会的。他没辜负屠户的期望，勤奋刻苦，镇日在一堆报纸上画着各类线条，远看像是地图，近看像是鬼画符，问了才知道是枯藤老树。这样画了三个月，小兵已经能用毛笔勾出好几种花鸟鱼虫。方屠户问画家，小兵什么时候能出师，像他一样靠卖画给游客为生（顺便卖点其他假古董），画家说最起码十年。方屠户发急，说十年还不得饿死？业余画家很不高兴，说，屠夫就是屠夫，庸俗无知，你以后不要来了，脏了我的门槛，自从你这个哑巴儿子来了以后，我的好几个学生都去对面那个竞争对手的店里学画了。

就在这样的逆境下，小兵画出了他人生的第一个彩蛋，这个蛋上有柳树，有远山，留白部分是一条河，河上有一艘小船，一个人站在船头，另一个人在划船。方屠户捏着这个蛋，在蔷薇街上作了一个盛大的巡展。过了几天，街口的墙上出现了一匹马，和徐悲鸿的那幅画一模一样，一问之下才知道是小兵的杰作。众人大惊，蔷薇街上第一个艺术家也就这么诞生了。

这给了我一点压力。捞尸显然是没有可能，我也得去学门手艺。我曾经问过我爸爸，是不是能教我拍照，但他说："拍照是个体力活，你这个身体哪干得了？还是先好好念书吧，像你姐姐那样。"于是，在很长时间里，我都输给了方小兵，看着他不断地画出各种稀奇古怪的东西，勇猛精进，当代王冕，而我只能无所事事地游荡在街头，令自己感到相当地失望。

我初中考进了一所新办的中学，全称西环中学，简称西中。它新到什么程度？只有初一年级两个班八十个学生，四层高的教学楼里空荡荡的，放学以后静得可以闹鬼。这所中学面向城郊的新村招生，像我这样住在老街的，本来应该去市六中或者市十八中，但那两所学校都是出了名的野蛮，我爸爸怕我继续小学时代的悲惨生涯，托人把我弄进西中，果然很灵验，除了被人嘲笑几句以外，毕竟没有再发生抢球鞋扒裤子或者被老师揍的事情。

　　老师们也是新鲜水嫩的，高大帅气的生物老师（到了初三他将摇身变为生理卫生老师，为我们讲授万众瞩目姗姗来迟的生殖系统知识），美丽婀娜的英语老师（她的男朋友每天出现在校门口，其高大帅气更胜生物老师一筹），丰盈凶悍的音乐老师（不放过每一个变声期的男生，必须唱出她需要的C调），最为动人的是体育老师，女的，竟然，她穿着玫瑰红的运动衫，在温暖的季节里，胸口的一抹拉链未免开得稍低了些，有的时候，我们甚至能看到更多的内容，对初中生而言实在是太不宜了。

　　班主任姓毕，教语文，是个重度近视的胖老头，为人温和而糊涂。他酷爱中国古典文学，可是又常念白字，把颧骨念成罐骨，又带着很重的口音把鞋子读成"孩子"，这使你不由得怀疑，他的罐骨是不是也来自于某个神秘的乡村。总的来说，他是个好心肠的人，他第一次见到我就露出了感兴趣的眼神，穿透瓶底眼镜打量我，问："你是歪头吗？"

　　我说："毕老师，这病叫斜颈，并不是我自己想要得的，天生的。"

　　毕老师说："不要自卑啊，不要自卑。"我心想你管得还真宽，自卑都不允许吗？他吟哦道："吾有大树，人谓之樗。庄子曰，不夭斤斧，物无害者，无所可用，安所困苦哉。顾小山同学，你就是那个樗哇。"

　　我问他："什么是樗啊？"

毕老师说:"就是没有用的树。"我听了觉得很疑惑。毕老师说:"不要骄傲,不要骄傲,还是要努力做一个新时代的有用的人。"

为了解释樗的问题,我跑了一趟图书馆,借到了《庄子》,带注释的,发现樗基本上属于损人的话,那本书里全都是神经兮兮的残疾人,变着法给自己的存在寻找理由。我心里暗骂毕老师不是好鸟。下一次他再夸我,我说:"毕老师,我们都是樗,你是大本拥肿,我是小枝卷曲。"老头听了非常高兴,夸我是个才子,虽然外形欠佳,但很机敏。老师们都喜欢机敏的孩子,于是我在中学里终于找到了自己的靠山。

只有一个人让我觉得头疼,她就是野兔子。曾经长征小学留级两次的女生,她终于和我一起从那里逃出来,落脚在西中。这次还是同班同学,作为全年级个子最高的女生,她理所当然地坐在最后面。在中学里她差点又留级,可是运气似乎开始照顾她了,一直念到初三,我都没能甩掉她。

我们之间是有仇的,当年她造谣令罗佳转学,还打我,此仇不报,我就让自己的脑袋歪向另一边。

论长相,野兔子并不难看。她肥嘟嘟的,有一双超级大眼睛,可以稍稍抵消掉她的粗俗和混账,不料初一的时候她发育了,除了少女正常的体形变化以外,她下巴上的一颗痣,逐渐地长出了细长的黑毛。她为此烦恼,找到了生物老师,把这英俊高大的帅小伙子当成了私人医生,不断征询关于去痣除毛的问题。生物老师也犯了愁,一时答不出个所以然,于是她趁机暗恋上了他。

那时台湾言情小说已经遍地都是,其中较为著名的《窗外》,不但有书,还有林青霞主演的电影在录像馆里反复播映,深得女性的喜爱。这部小说主要讲一个师生恋的故事,结局虽然很悲惨,却不妨碍女生们的憧憬。于是这憧憬全都砸到了生物老师的脑袋上。彼时大部分男生都还没有进入变声期，等到初二，女生们迫不及待，坐地分赃，成绩优秀的女孩子必然率先得手，领走一个同样成绩不赖的男生，而那些孤独寂寞的、无依无靠的、残缺多余的笨蛋们，比如我和野兔子，就只能相互嫌恶地瞪视着对方，假装自己没有看过任何言情小说了。

生物老师是个外乡人，一口北京腔的普通话，特别招人喜爱。他没女朋友，看上去也挺穷困的，冬天穿着开了线的毛衣来上课。然而初中女生的爱情是绝对超然于人间烟火的，真挚的纯爱加上生物老师本人近似坚贞的王老五生存状态，使这所学校的爱情陷于一种宗教般的气氛。他可以被信仰，却不能有任何实质的染指，否则就是渎神。终于有一天，野兔子打破了沉默，她给生物老师织了一件毛衣，送到了办公室。

这招致双重的嘲笑，女生们讥讽她，毕老师也有点吃醋，心想自己也是破衣烂衫的，但野兔子居然把毛衣送给了一个副课老师。生物老师倒有心把毛衣转赠给他，无奈他太胖，穿不下。毕老师虽然讴歌老庄，骨子里却是孔老二贪图腊肉，但真要是让野兔子给他织毛衣，他准保又会吓死。

由于我们是全班仅有的来自长征小学的学生，所以学号紧挨在一起。这倒也没什么丢人的，只是必须一起做值日生，轮到我们的时候，两个人放学后留下来在教室里打扫卫生。

多么扫兴，在空荡荡的教学楼里，我和她孤男寡女，我更想念罗佳，更讨厌这个野兔子。

有一天她开口问我："顾小山，你觉得生物老师怎么样？"

我说："你不是已经给他织了毛衣吗？还想让我说什么？"

野兔子说："不是我织的，是我妈织的。"

我说："你爸爸不知道这件事吧，要知道了肯定把生物老师打死，你们家打老师都出了名的。"

"你不许传谣言，我念中学以后，我爸爸和我哥哥再也没打过老师。"她说，"你要是敢胡说八道，我就打你耳光，不用我爸爸和我哥哥出手。"

"知道了，不说。"

我心想，就算我不说，难道老师们不知道吗？只能嘴上应承她。她开心了，抢着扫帚把教室里弄得灰尘四起，一个美好的黄昏就这么给她破坏了。

我知道野兔子会倒霉，所有那些招来流言蜚语的人都会是这种下场，他不一定死在这个坑里，也会死在别的地方。樗的寓言告诉我，即使你有毛衣也别随便拿出来，别人不一定会贪图你的毛衣，但会找碴讨伐你。

有一天，野兔子安然地度过了一个上午，运气不错，没人找她麻烦，到了中午她忽然被英语老师叫住了。美丽婀娜而又洋气的英语老师在十米开外就看穿了野兔子的秘密——她半握着拳头经过走廊，好像在打虎形拳。英语老师喝道："站住！你是不是涂了指甲油？"野兔子一哆嗦，被英语老师捏住了胳膊，十瓣指甲亮晶晶的，英语老师说："嚯！眉毛也拔过了，去教导室吧。"

一个下午，她都在教导室里用香蕉水擦指甲，味道非常难闻。擦完了，化学老师过来检查了一下，认为她可以去上课了，但她拔除的眉毛却无论如何也装不上去了，物理老师建议干脆把她的眉毛全部拔光，这样她就能吸取教训。拔毛的事情当然是由生物老师来做，但他感念野兔子送毛衣的情义，又忌惮她的爸爸，遂借口肚子不舒服溜走了。政治老师比较聪明，对野兔子说："从今天开始你必须戴黑框眼镜上课，平光的还是没镜片的随便你，必须是很粗的黑框，挡住你的眉毛，直到它长出来！"

放学以后我们又做值日生，她皱着眉头把指甲送到我眼前，问：

"有味道吗？"

"很香。"

"香蕉水啦，你这个笨蛋。"

我凑过去看看她的眉毛，修剪得像两道触须，十分精致。

"好看吗？"她问。

这要是长在蟋蟀的脸上肯定好看。我违心地说："还不错。"

她知道我在奉承她，但即便是违心的奉承，在她的世界中也是稀有的。她很高兴地说："其实英语老师也修眉毛的，别以为我看不出来。我亏就亏在修得太显眼了，被人抓住了把柄。"我很想告诉她，你亏就亏在送毛衣了，但我没说，她会理解成英语老师暗恋生物老师，所以打击报复她。她头脑太简单，里面塞满了男欢女爱而不会有梼的哲学。

那以后我们开始正常地说话了，没用太多时间，竟建立起了友谊。这是环境造成的：那段日子她就像花园里的毛毛虫，天堂里的一摊鼻涕，已经没有人愿意和她说话；我也有点郁郁寡欢，青春期的到来使我陷入了巨大的惶惑中，我暗恋上了英语课代表，还是老口味，那种干净、漂亮、洋娃娃似的女孩子，像当年的罗佳，不过她比罗佳有品味，从来没有正眼看过我。我暗恋了一阵子，无趣加伤心，野兔子来找我了，她说："去你们家照相馆，给我拍张照。"

为了她那代价惨重的眉毛。

不是派司照，是当时最流行的，朦朦胧胧的艺术照。

我爸爸觉得一个戴黑框眼镜的女生，大概是成绩不错的，那年月都是以学习成绩来衡量一个人的好坏，拍完了也就没收她钱。几天后我把照片带给野兔子，她很生气，因为柔光效果把她的眉毛整个儿淹没了，她成了一个没有眉毛的女人。我赶紧解释，这是永久性的技术难题，并非我爸爸手艺差，唯一的办法就是等她眉毛稍微长粗一点了，再去拍一张朦胧照，同样免费。这下她满意了，很仗义地请我吃了一碗馄饨，我们就此不能罢手。

我是有点寂寞的，我的少年时代相对童年比较平静，什么都没发生，仿佛我掉在了近似沼泽的深河里，任我怎么挣扎也不会有半点水花。那些巨大而密集的浮渣在河流的表面，随着时间，随着我长大，它们会越来越多，越来越难以清除。等到我成年以后，死于这条河中，尸体也会静静地漂起来，它甚至不会引起人们的注意。我意识到了这悲哀的前途，我需要一个人，谈心，解闷，发呆，形影相吊，哪怕她是野兔子呢。

樗是不需要考虑这些的，作为一棵树它天然地占据了一个位置，而我比樗麻烦，我必须走到某个地方去，最好不要独自一人。

坦白地说，我和野兔子在一起玩的时候是很愉快的。她带我去溜冰，我带她去看录像，有一次我们坐上汽车去了邻近一座城市，玩了一整天，回家的路上经过城北化工厂，我向她指点了哪儿是硫酸厂，哪儿是糖精厂，那夹杂在破败厂房之间的是聋哑学校，只是看不到而已。

她觉得我很会玩，很懂，超出了对于歪头的预期。

我们在玩的时候也谈论一点感情问题，比如生物老师，野兔子竟然像言情小说一样充满了柔情蜜意，把我恶心得不行。幸好她及时地恢复了下流的本色，神秘兮兮地告诉我："到了初三他就会教我们生理卫生了，你知道生理卫生的嘛。"

我说："生理卫生怎么了？"

野兔子说："第十章嘛。"

第十章是个暗号，指的就是生殖系统。我说："这些我早就知道了。"小妍的生理卫生课本我在小学六年级的时候就预习过。野兔子撇嘴说："你怎么可能知道男女之间的事情？"我说："没见过人，还没见过狗吗？我们街道上的狗经常……"野兔子说："你真是一只恶心的男

262

人。"说着大力拍我的肩膀。

她有个习惯，爱用手掌扇人，高兴了扇，不高兴了也扇，这是她表达情感的方式，偏生还是个断掌，扇人很疼。有一次在溜冰场我撞了一个小阿飞，被阿飞推倒在地，野兔子奋勇地冲上去，一巴掌扇得阿飞原地打转。这就是留级生的好处，换了英语课代表，或是罗佳，都不会这么干脆利落地替我解决问题。陌生人问起来，我就说这是我姐姐，心里也很内疚，感觉是把小妍给出卖了。我的姐姐她聪明漂亮剽悍无畏，是真正的战神加智慧女神雅典娜，不是野兔子可以比得了的。

一直到那年秋天，我在城西大桥上遇到罗佳，罗佳还在戴城，她就在离我不远的地方，而我竟然和她的仇人野兔子玩在了一起。内疚感像暴雨一样洒向我。

终于野兔子又倒霉了。可怜的孩子，她在地摊上买了一副平光眼镜，质量很差，两个月之后眉毛倒是长出来了，她自己成了个近视眼。这个随时都可能留级的女生，近视眼对她来说没有任何意义，只会让她将来找工作更麻烦些。她不甘如此，摘了眼镜，眯着两个大眼到处探索，等她看清了眼前的事物之后又会忽然瞪圆眼睛，令人毛骨悚然。

"你不会嫌弃我吧？"她说，"对了，你有什么资格嫌弃我？"

我歪着头努力避开她凑过来的眯缝眼，说，"去配副合适的眼镜吧，不要是黑框的。去眼镜店配，别再买地摊货了。我已经是个歪头，不希望你变成斜眼。"

她一时感动抢过来一个直径一米的巴掌，我早有防备，低头闪过。

"我以后找不到工作了。"她又伤心起来。

"你想做什么工作呢？"

"我想考烹饪职校，他们对视力要求很高的。"她说，"除了烹饪职校，当兵啦，做演员啦，都有视力要求。"

"我觉得你还是比较适合烹饪职校。"

这次她没有抢巴掌，她戴上了自己的黑框眼镜，很忧郁地找了一棵树靠在上面。她这种沉静的样子，看起来像是一个二十多岁的大姑娘，实际上她才十七岁。

然后我猛然意识到，她已经十七了，而我才十五，这中间的距离有多远我不知道，但要追上她真得花好几年的工夫才行。

野兔子一直觉得我是个有钱人，因为我爸爸开店做个体户，肯定很来钱。时至一九八八年，下海潮已经过去一波了，各处的门面和柜台租金提高了不止一个档次，后面的人再想下海，就必须把裤子脱得更干净些。野兔子说她也想去做个体户，卖那种很便宜的羊毛衫，苦于没有本钱。我告诉她："我爸爸的照相馆生意也不怎么样，地段不好。他挣钱的方式你学不会的。"

"他怎么挣钱的？"

"他长得好看，很多女的都来找他拍照。"

"你爸爸是长得好看，比生物老师还好看。"野兔子说，"为什么你会长成这样？会不会觉得很自卑？"

"我没什么可自卑的，我早就习惯了。"我说，"我姐姐长得才好看，你要是看见她才会自卑。"

"我才不会自卑，我只会妒忌。"她说了句大实话，又说，"我还以为你会去做摄影师呢，我觉得男人做摄影师也不错的。"

"我要去做捞尸人，捞尸体的，我要去捞尸体，我要举着钩子开着船到河里去捞尸体，每次都能挣好几百块。"我故意说。

"你也就是说说罢了，你胆子比兔子还小。"

"我要找一个搭档，有了搭档胆子就不小了，我觉得你很合适。你划船，我捞尸，赚到的钱三七分账，我七你三。"

野兔子愤怒地说："等你做上了捞尸人再来找我吧！"她扭头就

走，走出去几步又回过头来对我说："你真是个恶心的男人。"

有那么一段时间，她不理我了，我清净了几天很快就觉得难受，没想到竟会对她上瘾。彼时我和她的事情已经在学校里传开，歪头和女流氓搞早恋，我以为会引来无尽的嘲笑，然而没有，究其原因，还是野兔子太可怕了，没人敢公开讲她坏话。有一天开家长会，毕老师倒是把双方的父亲喊到了一起，让他们注意管教一下。野兔子那个可怕的爹，瞪了我爸爸一眼，民间艺术家顾大宏先生立刻吓退了半步，回家就对我说："离那个女生远点，我可不想被她爸爸揍一顿。"

"拉倒吧，我也不想被关文梨的前夫揍一顿。"我恶声恶气地说，心里无限烦闷。

野兔子终于又来找我了。

那时她已停止了发育，同班的适龄男女一个劲地蹿个子，野兔子不再是最高的，但她仍坐在最后一排，仿佛那是她天生所在的位置，背靠着黑板报，不知道是否因为出于自卑，她微微佝偻着身体，总不能是出于嫉妒吧？她戴上了最不想要的近视眼镜，黑板上的字隔着一众人头仍看得清清楚楚，然而她上课几乎已经不看黑板了。初三的课程她几乎全都听不懂，老师也懒得理她，反正她成绩再差也会毕业，毕业了肯定不会去念高中，不必再担心留级这种事。

每当想起她的样子，我总觉得，她来自另一个世界，如果把青春期比作是花朵一样的年龄，她根本不属于学校这个花瓶，她是被强行采下来插在这里。人们憎厌她，觉得她根本就是来捣乱的，于是她自己也会觉得惶惑：我是不是真的来捣乱的呢？面对着这种质疑，她只能无所谓地翻个白眼，这是她唯一可以的表情，然而接受这个白眼的其实是她自己。

她来找我，说："一起玩吧。"不免显得低三下四了。

"去哪里玩？"

"去我家。"

某个星期三的下午，意外地不用上课，我跟着她跨过城西大桥，向那一片的新村里走去。她住在那里。

"我可不想遇到你爸爸。"我说，"还有你哥哥，还有你妈妈。"

"他们都在上班。"野兔子一边走着，一边顺手摘下路边的野花，一种长得半人多高的、叫不出名字的白色小花。她玩弄几下，然后扔掉。

她家和穆巽家一样，位于公房顶楼最里面的那户。楼道里很安静，这不由让我恻恻，想起不久前穆巽的遭遇，不要落在我自己头上。进屋子一看，出乎意料的干净整洁，锅碗瓢盆放置有序，被子叠得整整齐齐，全然不像是老土匪和女流氓的家。两室户的房子，厨房里还有一张床，是她哥哥睡的。

"你们家很干净。"我说。

她告诉我，她妈妈是个能干又聪明的女人，操持家务一把手（还会织毛衣），相比之下，我家里因为目前没有常驻的女人，我爸爸再爱打扮也只是做些表面文章，和她家没法比。我在墙上看到她家的合影，爸爸妈妈可可以及野兔子本人，土匪似的一家人，全靠她妈妈在幕后撑着，有了她，这伙人才可以所向披靡。如果没有一个给他们打扫卫生的女人，我怀疑他们会像过于炽热的恒星，一下子就自我爆炸，成为一个宇宙黑洞。

那个下午，野兔子和我在窗前说了很多话，我们再也没有谈什么远大理想，只是数落数落身边的人，顺带回忆一下小学往事。她忽然说："你从小没有妈妈，一定很缺乏母爱。"

这倒从来没人说起过，甚至连我姐姐都不这么说。我无力地争辩："我家里很和睦的，我有姐姐。"

"姐姐也不能当妈妈使嘛。"

"我们还是不要说这个了。"

"那说说你喜欢什么样的女生吧。"

"以前就告诉过你,王茜(我们的英语课代表)那样的。"

"你小学的时候最喜欢罗佳,人人都知道。"野兔子说,"王茜和罗佳属于同一种类型,不过性格不太一样的。"

想不到她还关心人类的性格,我以为她只关心长相。这个话题渐渐让我烦躁起来。王茜不是罗佳,罗佳和我的距离非常遥远,王茜则是火星人,野兔子呢,大概是山顶洞人。我不怀好意地胡思乱想。

野兔子问:"你还想罗佳吗?"

我说我曾经遇见过她,就在城西大桥上,她现在在二十二中念书。野兔子说:"原来你又遇见了她,我还以为她去了别的城市。"

"要不是因为你,罗佳根本就不会离开……离开我。"

她哈哈大笑起来,太可笑了,罗佳,她不会,离开你,这个歪头。我坐在椅子上,她坐在床沿,我低头看自己的指甲有没有剪干净,十个指甲都看了过来,她还在大笑。好好的一个下午,事情就在此时急转直下。我向她扑过去。她顺势往后一仰,一个翻身把我按了床上。

论打架我完全不是她的对手,论调情更不是,我才十五岁,她比较凶狠,十七了。我们打了几下,翻滚几下。她咯咯地笑着,时而又被我撩拨得恼怒起来,等我想收手时,她又咯咯地笑了。我一欠身看到墙上的全家福,她的土匪爸爸正怒视着我,一想到这家伙有可能会推门进来,我就感到害怕。

她忽然不动了,骑在我肚子上,若有所思地凝视着我。我说你在想什么呢,她说:"别说话。"我呆呆地看着她,假装不明白她的心思,其实我在等待着她下一个动作。她埋下头,照着我的嘴巴亲了过来。

我本来是可以献上初吻的,像班上那些早恋的同学一样,他们表面上很纯洁其实背地里都已经亲过嘴巴了。那真的很容易,只要有人给你亲,你亲了她,事情就办成了。初中的早恋很像是过家家和真实恋爱之间的过渡品,你甚至在亲过之后还可以赖说自己没有初吻,等到十八岁以后再把初吻献给另外一个谁，只要你没在当时做出更过分的事情。

可悲的是我还在过家家，野兔子却是认真的，而且没什么经验。她缓慢地凑向我，最后一厘米她用了太多的时间，我觉得下巴很痒，伸手一撸，摸到了她那颗长了毛的黑痣。

"你的痣，有毛。"我结结巴巴地说，忽然明白了事情的可笑，我说："你痣上的毛比你的嘴巴更长。"

上天作证，我并不是有意要伤害她，更不知道这种伤害让她心碎，我以为这只是普通的玩笑。她把我拎起来，照着水泥地坪扔了下去，她大哭着向我丢过来被子、枕头、拖鞋，在一个茶杯即将飞来的时候我拔腿就跑。

"滚！找你的罗佳去吧！"她对着我的背影大吼。

"我会找到罗佳的。"我很硬气，然后像一条挨了踹的狗一样落荒而逃。

我和她彻底掰了，第二天收到她的一张纸条，说我不珍惜她的感情，以后不要再和她说话了。我承认我是有点狼心狗肺的，在这个世界上我可以珍惜的东西不多，可以浪费的东西就更少了，数来数去，只有野兔子一个。谁让她非要在我面前提起罗佳呢？后来我又想，这也许是我在为罗佳报仇。

不久以后，有四个外校的女孩闯进西中，她们是来寻仇的。在西中建校两年的历史上，这是第一次有人来踢馆（在别的中学则可谓司空见惯），她们看上去十七八岁了，而且不太像是有人管着的样子，如果她们敢于奉献一点的话，说不定身后还有一些很有实力的男人。总之，这四个女孩在学校里左突右冲，马踏连营，她们的仇家是野兔子。

没有人给野兔子报信，甚至那四个女孩问起野兔子，还有人给她们指路。在走廊里她们撞了个正着，野兔子已经变成了近视眼，根本

268

没看清人家的路数，被擒住了，脸上挨了几十个耳光。

大快人心啊，她就像《红楼梦》里的赵姨娘，挨了打以后，就真的一文不值了。各个班级的人蜂拥而出，既害怕又兴奋地围住了这五个人，野兔子挣脱了八只手，企图逃跑，但已无路可走，那包围圈的直径只剩下一米，连打人都不太方便了。我也去看热闹，一不小心，被众人挤到了最前面。野兔子被薅住头发，像揭开锅盖一样朝我抬起头来，某一瞬间她那巨大的眼睛瞪视着我，我十分惊恐，还没来得及撤，她一口血沫向着我的脸上喷来。

然后，她就像曾经的罗佳一样，再也没有出现。所不同的是，野兔子不可能转学，她回家了。

有一度我会梦见她，她满脸血污，低垂着头颅像一个沮丧的女鬼，忽然抬头露出她的眼睛，张牙舞爪，定格，变成银行门口的石狮子。我被这个梦吓醒了好几次，祈祷它不要再出现，那种本身的恐怖，以及随之而来的可笑的恐怖。后来我终于达到了梦遗的崇高境界，这说明我发育了，就个人历史而言，不啻为辛亥革命、解放中国、文攻武卫、包产到户、改革开放。

抛开野兔子不说（她让我头皮发麻），我一直等待着这一天，这意味着我稍稍可以步入成年人的世界，在这里人们比较讲点规矩，不会随时随地扒下你的裤子，在这里更多的残疾人汇集在一起，他们必须出来谋生，必须设法让自己看起来没事，设法比正常人更强悍，比如捞尸的歪头、体格强壮的方小兵、白柳巷里擅长骂各种脏话的瘸子老炳。我这么想着，觉得又可以混过去一段日子了，烦恼的事情却接踵而来，街上新一拨的小孩，他们跟在我屁股后面，欢呼着歪头哥。这使我恼羞成怒，作为一个十五岁的少年，成天被七八岁的小孩追骂，我不可能继续装出一副孱弱的样子，必须予以反击，但那等于说又坠入了儿童世界。

于是人们看到我凶狠地转过身体，对那些小孩说："滚！再胡闹就揍死你们！"小孩大笑着撒腿跑掉，事实上我并不想让自己显得这么凌厉，我是个很温和也很机敏的人。

没有人发现我变得孤独而自闭了，他们认为我本来就是孤独而自闭的，他妈的！

我决定去找罗佳。

二十二中在百花巷，那是戴城的另一条花街，与蔷薇街遥相呼应。出于某种奇怪的自尊心，百花巷的居民都有点藐视我们，因为我们是贫民区，他们是清朝的老街，虽然同样容易着火，他们烧掉的都是雕花梁柱，我们烧掉的无非废砖烂瓦，若一起着火那消防队肯定先浇他们。

那时已经是深秋，我请了半天病假，谎称去做颈部推拿，把唯一的高领毛衣套上，背起书包，跳进满城乱转的中巴车，这一新型交通工具介于公共汽车和出租车之间，可以载我去城里的任何地方。到了百花巷口，车子开不进去了，我下车，走进去一段路，听见眼保健操的音乐，知道自己没找错地方。我溜了进去，这所老牌中学景色迷人，高大的银杏树像下雪一样撒落枯黄的树叶，凉风阵阵，国庆节残留的彩带丝条在头顶舞动。我逛了一圈，找到一个上体育课的女生，问她："初三的罗佳你认识吗？"女生说："哪个班的？"我说我不知道。她很好心地带我去问了另外几个女生，立刻有人告诉我："哦，就是前阵子被人打的那个，处分通知都贴校门口了嘛。"我说："谁被谁打了？"女生说："罗佳啊，有两个女的在我们学校门口找碴，揍了她一顿。"

女生揍人成风了，野兔子惨遭不测，罗佳也是。我十分痛心，暗暗还有几分好奇，揍揍以后的罗佳不知道什么模样。女生说："罗佳还来上学的，眼睛打青了，你去那边二楼初三一班找她吧。喂，你干吗老歪着头跟我说话？我很滑稽吗？娘逼，你好像是个歪头哎。"我暗骂她没见识，转身拔腿就跑。

在二楼的楼道里等了一会儿，下课了，学生们涌出教室。我看到了罗佳，她独自一人下楼，走得很慢。我跟在她身后走了一段路，她没发现我，穿过一条小路，快要到达操场，我才意识到她是要去那边的女厕所，赶紧喊了一声："罗佳。"她猛回头，情况没那么严重，眼睛上的乌青已经褪得差不多了。她茫然地看着我，我朝她艰难地一笑，想以此来唤醒她的记忆，不料她从地上抄了一块砖头，对我说："你要敢过来我就砸死你。"我大声说："我是来看你的！"她说："你是来打我的。"

看样子是被人打出神经病了，我不得不向后退去，她看了我半天，把砖头扔在地上，说："等我上完了厕所回来跟你说话。"

等了好一会儿，她从女厕所出来，表情也稍微缓和了些。这时上课铃声响了，她说还有最后一节课，让我再等她四十分钟。

"但是别站在女厕所门口等，到校门口去。"她说，"这几年你一点长进都没有。"

我答应了，走到校门口，站在公告栏前看了看，二十二中是著名的风流学校，他们出过打胎女生，最要命的是那个女生不但打胎而且死在了手术台上，成为了戴城日报上的社论。我看到公告栏里贴着：高三某女生因作风问题而勒令退学，初三某女生因偷东西而被留校察看，高二某女生在深夜的人民公园被联防队擒获，虽然她干了什么都没人知道但给予记大过。果然名不虚传。然后看到初三一班的女生罗佳，因在校门口挨揍而被警告处分。我无论如何没想通，挨揍的人为什么也要受到行政处罚，看来这几年她也没长进，老师并不喜欢她。顺便说一句，当时的社会风气还很传统，一个初中女生若是受了处分，那简直就是宣告了她破鞋、烂货、老菜皮的未来。

再一次下课铃声响起，学生蜂拥而出，我在小摊上买了两支棉花糖，像握着两朵白云等待与她分享。直到人群稀疏了，罗佳推着一辆淡绿色的自行车走出来，我送上一朵云，她淡然地说："你自己吃吧。"于是我像个傻瓜一样手里拿着两坨棉花糖（现在它们不再是白云了），跟在她屁股后面，吃了几口，觉得自己太不像是个出来约会的男人。她左脚搁在脚踏板上，作势要上车，问我："你没骑车？"我很不好意思地说："我还不会骑车。"她故作惊讶地说："还不会骑车？"我说："我很快就能学会了。"她带着鼻音哼哼地笑了起来，说："那我们得走上好一阵子了，总不能让我驮你吧？你的棉花糖呢？"我说："扔了。"她摇摇头说："你真是个奇怪的人。"

哦，我心目中唯一的罗佳，你还是以前那样，尽管眼睛被揍青了，尽管你挨了处分看上去像是烂货预备队，但歪头男孩对你的爱恋不变，直到永远。我默祷着这些词，它们像纷纷而来的子弹打得我的心脏千疮百孔。

一直走到没人的地方。

她停住脚步，踩下自行车的撑脚，对我说："好吧，你是来看我的。现在给你仔细看，把我打成这样，你来晚了，前几天更厉害。"

我说："我又不知道你被人打。谁打的？"

罗佳说："你怎么可能不知道？是野兔子打的。她在学校门口拦我，打我的眼睛，还掴我的脸。我倒了霉了，被人打，还挨了个处分。"

野兔子！我眼前一黑，还没理清楚事情的大概，罗佳告诉我："野兔子说了，她喜欢你，你喜欢我，所以她来打我。"

我差不多明白了，我什么都说不出来，想了想，总算可以有一件事安慰她："野兔子也被人打了，就在我们学校里，四个女的打她，可惨了，满嘴是血。上个礼拜她退学啦。"罗佳残忍地一笑，说："你猜那四个女的是谁叫来的？"

我说："哦，是你。"

好笑吗，悲凉吗？野兔子和罗佳，这两个女的为了我，居然互相攻伐，一个退学，一个处分。我毫发无损，犹在梦里。罗佳说："我刚看见你的时候还以为你是来给野兔子报仇的，这种事情，男人不要掺和进来。"我说："我不会给她报仇的，我站在你这边。"罗佳轻蔑地说："随便你。"

后来她跳上了自行车，一溜儿远去。我追了几步，喊她，她头也没回地说："我要回家了，你别再跟着我了。"我大声说："以后我常来找你。"她说："等我养好了伤再来。"深秋的凉风鼓动起她的头发，自行车被夕阳照得熠熠闪光，晃了我的眼睛。

我回到蔷薇街，下定决心，排除万难，要学会骑自行车。这无疑又是件出洋相的事，我推着小妍的自行车，黄昏时分羞答答地上街，后面跟过来一群无聊的小孩，大喊："快来看歪头哥要学自行车了！"我上车，我捏闸，我摔倒，都会招致一片喝彩，后来索性连大人都蹲在马路边观看这场免费的马戏表演。这种气氛之下什么都别想学会，我只能改到早晨起来练车，天还没亮，借着路灯的照明，先迎来一拨上早班的人，再迎来一拨下夜班的人，等到买菜和倒马桶的人出现时我就差不多该收摊了。

早起的世界是不同寻常的，因为安静，因为人迹罕见，有些秘密反而清晰地呈现于眼前。那时关文梨也搬到了城西住着，我爸爸每天早晨在家门口刷牙，关文梨去买菜的时候会经过，两人像是掐准了时间，每天都能打一个照面，脸上抹过两丝笑容。自从孙保生大败老克拉以后，顾大宏和关文梨又恢复了以前的暧昧。

我还看到白柳巷的瘫子老炳，某一天凌晨从巷口蒯红英家里溜出来。蒯是花街著名的活寡妇，她男人去日本留学，顺便勤工俭学，搬东西，刷盘子，背尸体，都是些见不得人的活，但挣的是日元。那几年对日本人没那么恨，都喜欢看日本电视剧和动画片，所以也不觉得特别丧失尊严。蒯红英在街上算是有钱人，她家里有正经的日本原产索尼彩电，我对瘫子老炳说："你是不是在蒯红英家里看了一夜的彩色电视啊？"老炳以为我说真的，跺着鞋皮敷衍道："是啊是啊。"我说："她男人明年就回来啦，你死啦死啦的有。"

还遇到过一个陌生人，他衣衫不整，神色慌张，走过我身边时对我说："小朋友，帮忙去解放路16号的朱家告诉他们，我走了，不回来了。"然后他迅速地穿过街道向西走去，消失在即将褪去的夜色中。我不知道在他身上发生了什么，天亮了跑到他说的地址一问，原来他昨夜失手杀了个人，这是去逃亡了。警察已经在家等着，听到我说的，就打电话让人向西追过去。他的老娘已经哭背过气了。

凌晨的街道有另一种气息，被橙色的街灯浸泡了一夜的世界，既温润又寒冷地通往前方，熟悉的人们都消失了，其实他们只是缩在被窝里，隔了一堵墙，但他们置身于梦境确实是另一种消失。那些在凌晨出行的人，带着隔夜面孔，微微浮肿着双眼，半醒不醒，好像是被这个陌生的世界释放出来的游魂，直至晨光熹微，朝阳出现之前有一匹暗蓝色的巨兽跑过天空，它走了，白昼来临，人们逐渐恢复正常，街道热闹起来，我推着自行车从孤独的少年重新回到一个庸常的歪头，魔力瞬间褪去。

某一个凌晨我骑在自行车上，左扭右拐，艰难向前。差不多半个月了，自行车在我胯下始终难以驯服，我摔够了，我想要是再学不会，就学着瘸子老炳那样去搞一辆三轮车。很多瘸子都拥有一辆三轮车，可能它才是我的宿命之选。我在一个下坡处丧失了一切勇气，绝望地叉开双腿，可是奇迹发生了，车子顺坡而下，在获得那种平衡感的瞬间我也体会到了幸福，与暗蓝色的巨兽一起跑过世界，一股触电般的酥麻感从下身蹿到心脏，我把持不住，发出了一声女人般的呻吟。

城市变小了，自行车可以带我去几乎所有地方，二十二中不再遥远。我获得了自由然后决定自投罗网。

那时候我们能去的地方仍然屈指可数，为了避开仇家，我们不敢再去录像厅和溜冰场，她带我去了一个地下室，里面没有顾客，摆着四张小号的台球桌。她要了一局，拿过球杆在壳粉上擦了擦，盯着桌子上的十五个球，毫不理会我的惊讶和无奈，自顾自打了一杆，啪的一声脆响，球撞得四散滚开，她从桌子上扭过头问我："会打吗？"

"不太会打斯诺克。"

"不是斯诺克。最简单的，谁先打进八个球就赢。"

真看不出来她会这个，以前她念小学的时候，学习成绩平平，音盲加色弱，完全不具备打台球的气质（后来她说她不太会打斯诺克就是因为分不清蓝色和绿色球）。我拿过球杆照着她的样子捅了一杆，打出一个跳球，白球飞过红球击中蓝球落袋。这次轮到她傻眼了。可惜这一杆以后我就再也没打出像样的。看着她打球，我说："我从来没见过初三女生会打桌球的。"

"我也没见过。"她说。

灯光照在她的头顶，头发上有一圈亮光，像是一种天使的造型。

我在那台球馆里转了转，这是一九八八年最潮流的场所，看场子的是个打毛线的大妈，一边看罗佳打球一边对着我傻笑，手里的毛线活还没停。她身后的墙壁上贴着一张美女打台球的海报，美女打扮得像香港录像片里的小太妹，短发，巨浪般翘起的前刘海，以及赤裸的臂膀和黑色的半指手套，她紧紧地握着球杆，用一种哀怨的眼神看着我。这和罗佳真是完全不同的两种形象，后者仍是个初中生，但眼睛里除了台球之外什么都不存在。

打完这一局，有一群高中男生走了进来，他们多看了她几眼，她感觉到了，把球杆横放在桌子上，对我说："走吧。"

在路上，我问她："谁教的你？"

"教什么？"

"台球。"

"不用教，"她说，"别人给讲讲，站在边上看看，自己打几次就学会了。我爸爸说只有桥牌是必须认真教的，其他什么都可以自己学。"

"这是赌棍的天分吗？"

"我可以叫他赌棍，你不可以。"她说，"嗬，你竟敢说我也是赌棍。"

"我什么都没说。"

"你嘛，也不陪我玩，你说你来干什么呢？只会看录像片的人。"

我指指自己的头，说："我脖子扭不过来，你打桌球的姿势我摆不出。"

她怪同情地看看我，说："是的，我也看出来了。以后不带你来打台球了。"

我说："我也不想看着老太婆对我怪笑。"

然后我迎来了圣诞节，这个节日以前没有，忽然就出现了、流行了。

有一段时间我们短暂地失去了联系，我找不到她，在十二月二十日那天我寄出了一张贺卡。贺卡很好看，是我姐姐的一个台湾笔友送给她的，我从中挑出最适合罗佳的那一张，一个大头细腿的美女在打台球，写上自己的祝辞寄了出去。没有回音，她像是被冬天的寒流吹走了。过了几天，我在冷飕飕的街道上遇到了她，她和几个女的在一起，然后我认出来她们之中就有曾经捧过野兔子的。

我那时已经喊了她的名字，引起了她们所有人的注意。

"啊，真的是个歪头！"她们捂着嘴巴笑了起来。

我退回到电线杆旁边，靠在那里，从口袋里掏出一包烂糟糟的香烟，抽出一根叼在嘴里。她们笑得前仰后合。罗佳走过来把香烟一把薅走。

"装什么深沉呢你？"

我看着她不说话。那些女的跟了过来，说："我们都知道你的，你的头歪得没她说的那么厉害。"

我说："我也知道你们。"

罗佳回过头说："去去，你们走吧。我要和他说话。"这几个人勾肩搭背离开了。我继续靠在电线杆上，感觉到很无助，很彷徨，总之是被几个举止轻佻言语乏味的女人给捉弄了。罗佳说："你怎么不来找我了？"

"我给你寄过明信片的。"

"没收到。寄我们学校那肯定是被人冒领了。"

"明信片有什么可冒领的。"

"也许他们觉得好玩。"

"你是怎么会认识那种女人的？"我望着那几个女孩的背影问。

"同学。"她说，"有几个是高中部的。她们好玩吗？"

"不好玩，是阿飞。"

"我呢？"

我一时语塞，然后机械地摇摇头。在她脸上刚才还流露出的一丝轻佻忽然又变成了怀疑和厌烦，这种表情我太熟悉了，她从小就是这样，随着成长而变得隐蔽、坚硬，再有一百个马老师恐怕也难以攻破。

我们去了很远的郊区，骑着自行车，顶着寒风。在空旷的公路上她逐渐加快速度，我问她要去哪儿，她不告诉我，继续加速像是要甩掉我。我们离开戴城已经很远，柏油路变成了土路，天色阴霾似乎要下雪，周围全剩下些农舍。我觉得离公墓区越来越近，心里一阵阵的疑惑，后来她停下自行车说："知道吗？我现在和你一样。"

"哪儿一样？"

"我妈妈也死了。"她说，"她是气死的，人要是总在生气就会得癌。"

"我妈妈是车祸死的。"我说，"那你现在住在哪儿？和你爸爸一起住？"

"我爸还没放出来，我和爷爷奶奶一起住。"

我想我渐渐明白了，你为何喜怒无常，但也许两者之间并无关联，也许只是你喜怒无常。

后来她说，她本来是要去墓地，可是又打消了念头，因为天黑了。我们往回走，我说我认识一条小路离城更近，但二十分钟后我们被一条河挡住了，河上的水泥小桥塌了。我们失去了方向。远处的农舍亮起微弱的灯火，河面上的薄冰泛着冷光。我们下了车子，她转头看我，在薄暮下我眼角湿润，泪光盈盈。

"你怎么回事？"

"我一想到你妈妈去世了就难过。"我说。

她愣了半晌，忽然愤怒地说："谁要你同情我？你给我找到回家的路才是正经！"

同病相怜是不存在的，即使是相同的遭遇、相同的残疾，人们也会认为对面那个人患的不是自己那种病。比如我和方小兵在一起，他觉得歪头可悲，我觉得聋子可笑。又比如我和罗佳，我不知道她怎么想的，但至少她不会承认自己落到了和我一样的境地。我也这么认为——她比我更惨些。

冬天里我们又断了联系。我一直记得那个迷路的夜晚，我们从断桥处折返回去，顶着北风，天黑时还在土路上猛踩自行车，内心非常焦急。农村的野狗成群地蹿过眼前，发出一连串的怪叫。我想安慰她几句，刚一张口，一股冷风吹进食道，这一路上我始终在打嗝。等到进城后，我总算松了口气，再一转头发现她已经消失了。

剧情总有起伏，此后我没敢去找她，这样也好，我时常缺课已经引起了毕老师的注意，消停一阵子有助于我恢复元气。到了开年春天罗佳来照相馆找我了。

"我要去看我爸爸。"她说，"陪我去吗？"

"不是说就要放出来了吗？"

"又加了一年刑。"她沮丧地说，"这次是真的去探监。"

"要给他带什么东西吗？"

"不用。"她说，"他要的东西我全都没有。"

我们约好了星期天碰头。到了那一天，罗佳又出现在照相馆门口，这次遇到了我爸爸，他依稀有点记得，几年前她曾经在照相馆拍过一张照。我总共就带过两个女的光顾过他的生意，一个罗佳，一个野兔子，也难怪他会想起来。那天方小兵正好在照相馆里玩，终于，又轮到小兵出场了，我始料未及。

小兵看到罗佳，扔下了手里的一切。我赶紧在他小本上写：我们要出去，你自己玩。但小兵已经无心看他的本子，他微笑着抿着嘴巴站在了罗佳身边，天知道，这个聋子以前看见女孩子都是张着嘴的！我推了自行车想溜，但聋哑人真不是那么好糊弄的，眼尖手快嗅觉灵敏，他早就揣上了自己的小本子，蹿上了我的自行车书包架，并且兴奋地向罗佳打着各种各样的手势。

"下去！"我用力挥手。方小兵闭上了眼睛。罗佳说："带上他吧，他叫什么名字来着？"我说："方小兵啦。"

小兵不会骑车，这和他的残疾有关，聋子的平衡比较差，学会了也容易出交通事故，他听不见汽车喇叭。我的车技有了长足的进步，已经可以带人了，于是方小兵坐在书包架上，我驮着他从城西骑到城东，累成一摊烂泥。小兵嘴里发出一些古怪的声音，罗佳问我："他在干吗？"

我说："唱歌。"

"哑巴唱歌？"

"反正就是这么唱的。"

"天生的哑巴？"

"打链霉素打出来的，聋了，然后就不会讲话了。你可别正对着他的脸说哑巴这两个字，他看得懂口形的，所有的聋哑人都看得懂，会揍你。"

"我既没见过哑巴唱歌也没见过聋子打人。"

快到那座桥时，我问她："我可以进去探监吗？"

"当然不可以。"

"我倒也想去监狱里看看是什么样的。"

"想进监狱很容易。"她微微地嗤之以鼻。

"骑不动了。"我停下车子。前面就是大桥的斜坡，小兵顺从地从书包架上出溜下来，在小本上写道：这是哪里？

监狱。我告诉他。我们是去探监，看罗佳的爸爸。

小兵点点头，一点没露出惊讶的神色。后来我想起小兵八岁的时候就和犯罪团伙生活在一起，他见多识广，比我厉害。

过桥就是监狱。我和罗佳推车上桥，小兵掏出本子写道：和罗佳出门真好玩。

我向罗佳介绍："他现在已经是画家了，每天都在家里画图，他画的彩蛋每个三毛钱有人来收购的，一天画二十个他就挣六块钱，一个月挣一百八十块。不过收购的人只要一百个彩蛋就可以了，所以他现在一个月只能挣三十块，以后等他画出名了，或者学会画扇面啦、屏风啦，就能挣到好几百了。"

"你在讽刺他。"罗佳说。

"都是真的。"

"你在背地里说过我的坏话吗？"过了一会儿她问。

"没有，从来没有。"

她摇摇头，看她的样子是不相信我的话。

大桥上全都是人，他们趴在桥栏杆上向河中探望，河岸上大批警察。一问才知道，是有人越狱了，警察在后面追，这个犯人向警匪片学习，跳进了河里，企图泅水而逃。

"结果他沉下去啦。"看热闹的人说。

罗佳走过去问了一下，被告知今日探视一律取消。罗佳说："真倒霉，白跑一趟。要是有人越狱，狱警都要扣奖金的。"我说："会不会是你爸爸？"忽然想起来那人可能已经淹死了，知道自己说错了话，转头一看，罗佳板着脸说："他没这本事也没这胆子，他只不过是个赌棍。"

她是一个很容易得罪的人，多年来我小心谨慎地和她说话，仍不免冒犯她。我想向她道歉，才露出一点内疚的眼色，她就很敏感地翻了个白眼走到方小兵身边去了，两个人在本子上涂涂写写，进行着秘密的交谈。小兵乐坏了，我暗暗嫉妒，心想等回家了肯定把你的小本抢过来看看，到底谈了些什么。罗佳似乎了解我的心思，写完一张，撕下来，扯碎，纸屑向大桥下纷纷扬扬地飞落。她瞟了我一眼，依然冷峻。

那艘黑色的小船又出现了，歪头的捞尸人站在船头，手执带钩的竹篙，有气无力地东戳一下，西戳一下。这可以理解，凡是无主的或属于政府的尸体，他们都敲不到竹杠，因此也缺乏动力。桥上的人让他们卖力些，再这么捞下去，天就该黑了，明天捞出来一具被鱼吃掉大半的尸体，很不雅观。

方小兵不识相，拽着我的衣袖，对着小船指指点点，意思是让我下去拜师。罗佳说："这不就是你要找的人吗？"我很生气地说："我已经忘记这件事了。"

罗佳趴在桥栏杆上，定神向河中凝视。船越来越近，已经到了桥底下，我说："走吧，别看了。"罗佳不理我，像是要把这场恐怖电影看到底。天色有点暗了，夕阳又一次落在河流的上方，照得金灿灿的。在这过程中，她一直没有说话。忽然听到一声吆喝，歪头老人双手交替从水中拔出竹篙，一具尸体就此漂上水面。距离很近，就在大桥的正下方，围观的人发出"轰"的一声低喊，集体打了个哆嗦。

一直到尸体上岸，罗佳说："我们走吧。"又嘟哝了一句："真恶心，今天晚上做噩梦。"

我说："早就让你回家嘛。"

罗佳恶声恶气地说："我是按你提醒的，看看淹死的人到底是不是我爸爸！"

罗佳曾经问我："为什么我跟你在一起，一点也高兴不起来？我觉得你随时随地都会嘲笑我。"

"你想让我怎么样呢？"

"像方小兵那样。"

"做哑巴不说话？"

"不，稍微笨一点。"她说，"你有时候显得太聪明了。"

若论方小兵的笨，可谓尽心尽力，万死不辞。那次探监回来，罗佳的自行车坏了，后轮捂死，她从车头那儿翻了出去。我下车扶起她，她拍了拍身上的土，说自己没事。这时方小兵已经在捣鼓她的自行车，后轮不转了，小兵和马福大叔学过一点修车的知识，用小本子告诉我们：轴坏了。于是他扛起自行车，一溜小跑。我目瞪口呆，想不到这聋子能使出惊人的力量，是爱情使然吗？足足跑了一刻钟，来到一个修车摊上，换了一根轴，摊主要价二十元。小兵潇洒地从口袋里甩出两张旧钞。他妈的，我竟忘记了他一个月能挣三十块！而他为罗佳付出了大半个月的收入，六十六点六六个彩蛋！

我和罗佳的二人世界终结于方小兵之手，从此他与我们形影不离，在我身边有罗佳的时候基本上都少不了方小兵。聋子不用上学，在家画彩蛋属于早期的自由职业，他有的是空闲时间。罗佳也乐意他跟着，大概觉得他笨头笨脑很可爱，而且掏得出二十元的巨资，在十六岁的同龄少年中非比寻常。

有一天我去方小兵家，他独自画画大概太寂寞了，手里拿着一根拖把杆子，趴在桌子上，摆出打台球的姿势，而那些台球，理所当然是他干活的材料：彩蛋。

我气坏了，他们单独出去过，而且罗佳教了他打台球。这玩意儿我永远学不会，也不想去学，但它也未免太适合聋子了。在和小兵的比赛中我落了下风，为了弥补，我从我爸爸那儿借了一台傻瓜相机，又顺了几盒胶卷，于是在这场欢乐竞赛中我又领先一步，她可爱拍照呢，不知出于什么心理，还不喜欢彩照，就喜欢黑白的。这么干了几次之后我发现拍出来的照片中没有我，只有罗佳，或是方小兵，或是罗佳和方小兵。如果把照相机交给小兵，让他拍我和罗佳的合影，冲出来的照片永远都只有她，我只剩小半个脑袋尖。这聋子有多聪明吧，罗佳根本不知道。

那时我们经常出去，虽然明争暗斗，也没有伤了和气。在这个组合中，罗佳体会到了女王般的快乐，我和方小兵，从远处看，她身边左右各站一个残疾人，很没有品位，然而人间的快乐是不能用常理来解释的。

为了能像正常人一样出行，方小兵也学起了自行车，那确实很危险，当他摔倒时从喉咙里发出的吼叫能把人吓死。方屠户看出端倪，有个美妞正在我和方小兵之间左右摇摆，虽然他此生输给顾大宏，但他的儿子必须赢。有一天屠户从肉摊上骑回来一辆很旧的小三轮，郑重地交给了方小兵，后者终于可以和我并驾齐驱了。为了让小兵更安全，方屠户把该车刷成红色，好像是救火队里出来的，又在车头上绑了一面镜子，充当后视镜，车尾用白漆刷了一行字："聋哑人在骑车！！！"

这辆车子是欢乐的源泉，我和罗佳都不骑车了，坐在三轮后面，由方小兵带我们。好几次去探监都是如此。小兵任劳任怨，方屠户心疼不已，对我说："小出，小姑娘坐三轮我没意见，你能不能自己骑个自行车？"我说："你这就不懂了，要是她一个人坐车，只坐一边，那车子会翻的。"方屠户说:"我情愿让方大聪坐在车上!"我说:"好吧好吧,下次我来骑车,这总可以了吧?谁让你非要写'聋哑人在骑车'的呢?"

那时候我和小兵轮流骑三轮,去城东的监狱。罗佳独自走进去,我和方小兵在大桥上把车子骑成S形路线,另一个人就躺在车子里。天气总是那么好,太阳照在身上,令人想睡觉。我想那岗楼上背着刺刀枪的哨兵一定觉得很奇怪,这两个人是怎么回事,或者干脆说,是什么毛病。

我和方小兵曾经承受过一种嘲笑,即,那美妞是要你们的,你们痴心妄想。这种嘲笑来自瘸子老炳,来自街道主任鲍翠芬,来自蔷薇街上很多闲人,这种嘲笑像天边遥远的雷声,并不足以引起警惕,但我可以看到另一个地方正在下着滂沱大雨。雨也许不会来,也许很快就来,谁知道呢?我和小兵都无所谓,他反正听不见,我假装听不懂。只有一条秘密是我们共同保守的:绝不告诉别人,我们是陪那女孩去监狱。

在我十六岁时,人们把这种感情称之为早恋,也称之为少男少女的友谊,更有一种说法,叫作"朦朦胧胧的感情",好像我们都是近视眼,不知道此生将会爱上A型血呢,还是B型血。事实上就在我更小的时候,我已经知道,将会爱她到很久很久的以后。我承认,这种爱情是朦胧的,可一旦褪去那层雾,它将会变得异常的锐利。

有一次我对罗佳说:"他们都说我们很早熟。"

罗佳说:"你不早熟,我比较早熟。你就像个土豆,我像菠菜。"

这真是一个美妙的比喻,土豆爱着菠菜。那么方小兵又是什么蔬菜呢?罗佳胡诌道:"他是西红柿,生的熟的都可以吃。"我大笑起来,请问土豆菠菜西红柿的好日子还会有多久呢?

她消失在晚春阳光明媚的时节,那时她忽然不愿意再和我们一起玩，我去过二十二中，看见她背着书包，和那群疯疯癫癫的女生一起骑自行车呼啸而去，她的书包架上甚至还带了个人。那种速度不是我能追得上的，必须方小兵骑着三轮才可能让她们笑翻在地。我意识到自己失去了她，至于什么原因，我猜不出来。有一天她又在校门口遇到我，她对我说："别再来找我了。"

"可是为什么呢？"

"前阵子我很伤心，有你们陪着。现在我好一点了。"

"我还以为你一直要和我们玩。"

"那当然也可以。"她犹豫地说，"可是想想又觉得不甘心。"

我暗暗点头，她给了我十六岁时最诚实的理由，即使还有其他原因都不必去猜了。

她跟我说过，小时候看过一个童话叫《绿野仙踪》，多萝西和狮子、铁皮人、稻草人一起去冒险，但在童话结束的时候，狮子、铁皮人和稻草人都得回到自己的地方去，他们不能和多萝西一起回家。那个童话我也看过，我说，多萝西帮助狮子找到了勇气，帮助铁皮人和稻草人找到了心和爱什么的，而你让我伤心。她说这就是她打个比方而已，也许顾小山是多萝西，而她罗佳才是铁皮人呢。后来我想，这不是童话，原来是谜语。

我一度以为她冷酷无情、自甘堕落，但过了一些年，我认为即使是那些糟糕的事情，也应该具有并不糟糕的意义，反正你很快就会度过十六岁，向更远的地方去。

我又回到了自己的世界。

方小兵来找我，他用小本子问：为什么罗佳不来了？我告诉他，罗佳和别人玩了。小兵不解地写道：和别人玩，也可以和我们玩，这有什么关系？我很厌烦地说："带着哑巴和歪头去打台球难道很有意思吗？"小兵无法理解，也听不见，他就走了。

第二天方小兵泪水涟涟，推着三轮车回到了蔷薇街，原来他去二十二中门口找罗佳了，结果小三轮的车链被人卸走，身上的钱也抄空，聋子可能还挨了打，十分悲痛。小兵一生中挨打的次数并不少，且都是被成年人下的狠手，那种痛他受得了，因此我怀疑他有着更惨烈的伤口留在内心深处了。我一问，他果然告诉我：罗佳和很多男生在一起。那天他在二十二中门口苦等，坐在小三轮上既不像个运货的也不像个小贩，招来了很多异样的目光，等到罗佳出现了，他笑眯眯地走上去对着她打手势，她身边还有几个男生女生，显然他们都不喜欢一个太主动的聋哑人，于是教训了他一顿。而我们的罗佳，她始终低着头不说话，最后方小兵发出了撕心裂肺的惨叫，她才跑过去劝解。小兵只看见她说了很多话，具体说什么却不知道，然后，她就抛下他，跟着那伙人走掉了。

为了方小兵，我再一次去了二十二中，防着挨打，在路口的电线杆后面等着她。等了三次才看见她落单，我走过去对她说："以后方小兵可能还会来找你，别让人打他。聋子不懂事，好好地让他回家就可以了。"

"我只看到你又来找我了。"

"我来找你只是为了说这个事，"我说，"再见。"

第七部

日晕月晕

1

男孩活到十六岁时觉得自己已经不是男孩了，可那时社会上开始把男孩女孩的标准往上提，二十五岁以下的都算，于是他又留在了男孩的行列里，等待二十五岁的来临，到那个时候不知道行情会不会又变。

男孩仍住在戴城，几十年来，这座城市始终没有广场，直到九十年代末，崭新的市政府大楼落成，那是一片空旷的花岗岩地带，四周拦起围墙，正面是一个把守森严的滚轮栅栏门，遥远的大楼在空旷地带的尽头，一座方正无误的建筑，看不清什么细节，只有分布均匀的窗口，黑洞洞的，远看像碉堡的射击孔。那片禁止入内的空旷地带永远冷清清，既不长草，也没有半只鸽子。

在他的整个青少年时代，即使是这样的广场也不曾目睹过，成天在逼仄的街巷里走来走去，人们太热衷于植树造林，假如有一大片空地，人们一定会按照某种几何图形，种上冬青，围出一块草地，留下笔直或弧形的小路供人们行走。于是，很大的一块空地最终也变成了小巷，而草坪是不允许践踏的。

小时候，姐姐带男孩去人民公园玩，那地方阴森森的，有几个草坪和一个四周堆满假山的池塘，后面还带一个简陋的儿童乐园，沿着公园的围墙种满高大的乔木，积年的落叶全在脚底下，踩着觉得软绵绵的像地毯。这是个奇怪的地方，有人爬树，有人爬到凉亭顶上，都没人管，只有在草坪中心竖一块木牌：禁止入内。其实那也不是什么草皮，根本就是些长得比较顺眼的杂草，到了星期天有很多人跨过冬青树，在草地上坐着，谈恋爱，看书，写生，什么都有。公园管理者睁一只眼闭一只眼，所谓法不责众。过了星期天，禁令起效了。男孩的姐姐曾经被抓到过，由于她口袋里没半毛钱，也不打算喊摄影师来解释问题，于是接受了一种极为特殊的惩罚：他们让她举着那块木牌在草地上站着，站了一个下午。

这种惩罚在男孩看来根本不算什么，从出生那天起，他就顶着歪头的名声，比木牌更可怕的东西。然而姐姐和他不一样，这是她少女时代最痛心的一次示众，她活得很成功，不能忍受这种羞辱。到十六岁时，男孩发现姐姐成了一个愤世嫉俗的女人，那年她二十一岁。

那年春天男孩知道自己的姐姐失恋了。得与失都发生在她学校里，看她那样子，爱情必然轰轰烈烈，然后像一根烧红的铁棍戳进凉水，发出呲的一声惨叫，事情就结束了。那个谁也没见过的家伙据说出国去了，他飞机后面的尾气大概就是铁棍最后冒出的一缕青烟。

后面几天姐姐回到了戴城，躺在里屋一言不发。她上大学的日子，男孩睡里屋，她回来了男孩和摄影师都得睡到吃饭间。家里就这么大地方。如此睡了三天，她出来的时候人胖了一圈，其实是肿的。

等到精神稍微好点了，她说："他去了纽约。"

男孩说蔷薇街上的朱常勇，他去了日本，在什么地方刷盘子，他的老婆蒯红英正在和瘸子老炳轧姘头。

他的意思是，只要出国的，就会有感情问题产生。不过姐姐没听懂。"那不是一回事。"她说，"朱常勇是去日本做苦力，那个人是去美国留学。"

"反正能出国都是好的。"男孩说，"你想出国吗？"

"能有机会出去当然会，想有什么好想的？"

摄影师坐在一边忧心忡忡，偶尔扔过来一声叹息。姐姐不爱听这声音，问他："你呢？什么时候和关文梨结婚？"摄影师觉得那根凉了的铁棍伸到自己眼前，还有点焦煳味，虽不足以烫人但也可以把人搅得一脸脏兮兮。摄影师只能说："我暂时不会结婚。"姐姐说："结吧，你都快五十了。我就算不出国也不想回戴城了，大学毕业我要去深圳。"

男孩说："那我怎么办？爸爸怎么办？"

"我才不管你们咧，你们喜欢这儿。"

她回到上海以后彻底玩疯了，跟着同学长途旅行，然后打电话到老鬼子的杂货店，让去喊摄影师来接听，再汇点儿钱给她。不久她到达伟大首都，在那儿拍了一张乱糟糟的照片寄回了蔷薇街。她的脸仍然肿着，咧嘴大笑，张牙舞爪，整个人都像是被抢劫过了。摄影师忽然想起，当年她的小姨李红霞也有过一张照片，北京大北照相馆的杰作。不过，相比之下红霞小姨本人与背景的比例十分恰当，其人也赳赳英姿，不可一世，而顾小妍容貌晦暗，稍嫌模糊，那种傻瓜照相机很容易就把焦点对准到背景的一堆垃圾上去。

一个没有广场的城市是可悲的，人都像是在管道里流来流去，稍不注意，就违反了交通规则。男孩活到十六岁时觉得凄惶焦灼，仿佛摇摇欲坠，仿佛走在薄冰上听到吱吱嘎嘎的碎裂声。罗佳已经离他而去，方小兵沉默而哀伤，摄影师日日担心着关文梨的前夫跑过来一拳打瞎他的眼睛，只有顾小妍振翅高飞，但她这次并不打算带上歪头弟弟。初三的毕业会考近在眼前，男孩的选择，要么考一所马马虎虎的高中，要么干脆念个中专技校，总不能让自己十六岁就去上班啊。无论是不是歪头，十六岁都像个门槛，他得跨进去，万一不幸绊倒了，爬也得爬进去。事情就是这样。

他一个人在城里游荡，后来发现自己错怪了戴城，这里有广场，在城北的火车站。他很少涉足此地以至于竟忽略了它的存在，当然，它似是而非，基本上只能称为一个大集市，这样的广场并不惬意，甚至可以说是卑微。在这块占地十亩的水泥地上，用细麻绳拦起的行走通道，破碎的地面，形形色色的人们拎着旅行袋匆忙赶路。盲流们聚集在走廊下面，铺开他们的编织袋，坐着，躺着，散发着酸腐的气味。有四根高达十米的路灯竖在广场中央，顶部做成飞碟的形状，三十二个高能射灯在夜里照得地面一片惨白，底下的人都像是鬼片里出来的。这里还有花坛和雕塑，花坛仍旧是冬青树，围着阶梯状隆起的盆栽植物，一串红，菊花，猫脸花，视季节而定，国庆节它们还会拼成五角星或者是红旗的图案；雕塑则是一座布满灰尘终年不变的不锈钢赤裸人体，在一个禁止进入的花坛深处，足有三米高的健硕男性，夹紧双腿抬起双臂，阴部挡着一片不锈钢树叶，不知道是盘古呢还是亚当。

终年绑着红臂章的老太婆逡巡在广场的每个角落，她们面容近似，衣着近似，每一张罚款单上都印着"五元"，无论吐痰还是扔垃圾都这个价格，骂人打架不归她们管。她们意志坚定，绝不放走一个违章分子，同时也坦然面对一切辱骂。这微小的执法权简直是她们的要塞，攻不破，也休想让她们投降。男孩曾经看见老太婆追着一个中年妇女，纠缠了半个小时，要到了五块钱的罚款，然后被这个中年妇女追着骂了半个小时的"老逼"，她毅然决然充耳不闻地走向了下一个吐痰的人。

姐姐说，所有城市的火车站广场都是这个样子，有些更糟糕，连不锈钢男人都没有，你必须穿过肮脏的广场，坐上肮脏的火车，才能去另一个城市，迎接你的仍然是同样的场景，同样的老太婆，几乎没什么差别。那根本不是什么广场。真正的广场，尽管人满为患，仍让她感到惬意，阳光直直地照在硬地上，没有任何阴影，你可以往四面八方走，甚至走出很远很远时，发现自己仍在广场之内。

但他忽然爱上了这个地方，在最无聊的夜里，他骑车来到火车站广场，四个飞碟正腾空而起，逆光望去，星辰失色。他为什么会在十六岁那年迷恋于此？大概是因为它的宽阔无度，与城里景色截然不同的风貌。但那种乱糟糟的场面，混迹在旅客、小贩、司机和旅馆拉客女之间，并不是很愉快的事情。他很快又会厌倦，看着四个飞碟，吹一会儿风，回家去睡觉。

有一天他在广场上看到个乞丐，腿烂了，斜倚在飞碟路灯下，伤口流脓，紫胀发黑。照男孩的理解，这条腿是肯定要锯掉了，但他安然地躺着，面前一个搪瓷碗里放着几张钞票。以前的乞丐都不是这样的，他们只是衣衫褴褛、蓬头垢面，但绝无一条可怕的烂腿。男孩心想，这到底是烂腿还是道具呢？抱着这样的怀疑，没有人敢走过去摸一下。

男孩坐着，他像是广场的神经，努力为它感知着变化中的一切。世界像一锅水，煮啊煮啊，看不出有什么变化，忽然之间就沸腾了。所有的事情都像是突发事件，那四个飞碟上的灯，有一天忽然掉了一个下来。十米高空坠下一个脸盆大的灯正砸在乞丐的烂腿上，他一点也不疼，但简直害怕死了，警察把他抬上担架的时候，他一直在大喊："这是我吃饭的腿！"

无数个盲流越过男孩的身子，走向他们要去的地方。那年春天他站在火车站的宣传栏前面，看到很多照片，全都是关于火灾的，有人把汽油带上了火车，有人带油漆，有人居然带雷管。它们燃烧或爆炸成了宣传栏上的照片，烧得焦黑的人体，半焦黑的，或者火功恰到好处的。总之都是烧烤人体。这个宣传栏告诉他，没事别坐火车，盲流太多，出了事情想跑掉没那么容易，到处都堵着呢。

某一天黄昏，几个戴城大学的学生来到了广场上，他们看上去很热，坐在飞碟路灯下面说话。男孩提醒他们，不久前这里刚出过事，最好去安全一点的地方待着。一个女大学生很有礼貌地对他表示了谢意，但另外几个则毫不理会，他们对着他的歪头发笑。男孩冷眼看着他们，是的，同一个地方两次掉下灯，把人砸中的概率很小，让他们发笑吧。一个大学生从口袋里掏出一支粉笔，在粗壮的灯杆上写了一首诗，然后他们钻进了检票口，女大学生还回过头来对男孩说了声再见。她很像姐姐。男孩觉得那列火车是再也不会回来了，这感觉像是一个做串了的梦，真是太奇怪了。

后来临近中考，他中止了火车站的徘徊，回到蔷薇街。街上很热闹，电线杆子上贴了很多红红绿绿的纸，上面用毛笔字写了诗，那字颜筋柳骨，断不是常人所为。著名的天才画家方小兵路过，一时兴起，在空白处添了几笔，有些是荷花，有些是杨柳，有些是葡萄。空白处很小，但小兵在彩蛋的方寸之地已经练出了真功夫，众人一起品鉴，说他完全可以和唐伯虎媲美。后来街道主任鲍翠芬来查，带着人撕画，方小兵痛惜不已，跑出去揪着鲍主任，拼命指自己的胸口，意思是此乃方某人大作，撕不得。鲍主任给了他一个耳光，说："你想死也找个好地方去。"

十六岁那年，男孩在蔷薇街上看见过日晕，五月略显单调的天幕上有一个黄色的太阳，太阳之外有一圈紫色的光环。他看得头晕眼花。摄影师说，这是一种自然现象，风景照里面常有的，照片拍得好的话可以刊登在摄影杂志上。方屠户叹息说："这东西不吉利，大概猪肉又要涨价了。"

2

摄影师去了一趟上海，把姐姐拎了回来。男孩见她长发剪短，变成一个游泳头。这是当时很流行的发型，也便宜了理发师，基本就是个男式头。男孩已经到了懂得欣赏女性美的年龄，他看了半天说："头发真难看。"姐姐拿出一盒磁带，指着上面一个女歌星说："看，这个女人叫辛妮德·奥康纳，她剃了个光头，而且，她一直是光头。"男孩问她为什么要剃光头，姐姐说："因为那种叛逆的勇气。"男孩心想，成绩不好的孩子才叛逆，这个词跟你浑身没有关系嘛。

那时男孩在复习功课，迎接升学考试。男孩看见这个最头疼，不但要比成绩，还要体检。他去体检的时候，正好二十二中的毕业生也在那儿，一伙女孩对着他狂笑。但他没有在人群中找到那个叫罗佳的。

在他十六岁时至少有一个好消息——他的歪头病没法治，但似乎也不会恶化，它指向十一点整的方向，在所有的斜颈症之中，这算不上什么。男孩有一次出门被一个同样的歪头打了一顿，那家伙歪得太厉害（几乎九点整），他以为男孩在学他。打完了以后才发现是同类，他不但不道歉，还有点妒忌，说男孩这种样子应该可以伪装成正常人嘛。

姐姐回到家里发现他的功课很差，尤其数学，只要涉及到解析几何他一概不会做。为了让歪头能有个好前途，她不得不待在家里帮他补课。这耽误了她的时间，日日嘲笑他是个笨蛋：平时都干吗去了，也像爸爸一样不务正业吧？男孩说："平时叛逆去了。"姐姐说这个词你倒学得挺快的，但你没什么资本叛逆，好好搞懂你的解析几何吧。男孩就说："像你们这种正常人，非要把自己的头发剃了，把好好的东西弄残了，才能像个叛逆。我什么都不做，站大街上就是人类叛逆。"姐姐听了有点伤感，说："听说有个女同学陪你和方小兵玩？"男孩沮丧地说："她二十二中的，已经不跟我玩了。"姐姐说："看来还挺善变的嘛。"男孩说那个叫罗佳的女孩曾经见过姐姐，她来照相馆拍过照，那会儿罗佳还是个小学生，然而记性糟糕的姐姐已经完全忘记这件事了。

到了六月末，中考已经结束了，男孩哪儿都去不了，姐姐也是，两个人只能守在照相馆里，帮摄影师打杂。照例七月里都会有洪涝，这一年却很干燥，太阳一直照着，街道新铺了一层柏油，原先凹凸不平的铺路石全都撬掉，两边的栀子花也都拔了，街道显得宽而平整，自行车经过不再发出哐当哐当的声音，这下安静了很多。

五年来摄影师一直靠着这个小店维持生计，他干得不错，至少混成了街区的名人。不过这一年来求他教跳舞的人越来越少，因为该学舞的都学会了，不想学舞的都在家里叉麻将。摄影师的固定舞伴仍是关文梨，他们出双入对，非常醒目。对于这个已经过时的历史大破鞋，人们根本懒得猜测她何时与摄影师结婚。很少人知道给摄影师开了瓢的正是她的前夫，那个人目前就住在蔷薇街附近，每隔一段时间，他会打电话给摄影师，让他送点钱过去。

姐姐回到戴城以后，偶尔会去找那个追求她的威特儿，那会儿人们不再喊他勉子，他从外宾招待所辞职出来，去了波顿大酒店做门童。他有一个新的绰号叫"拉门先生"，这份职业比端咖啡辛苦，也更有前途。波顿大酒店有二十多层高，戴城最新的涉外宾馆，他在这里挣很多外快，每天从人手里抢过各色箱包，然后微笑对这些人说，威尔康姆，阿里阿多，雷猴，踢不死（Tips）。他去火车站接摄影师和姐姐，拎着行李回到家，放下行李不由自主朝他们伸出了手，结果被嘲笑了一个礼拜。

他曾经答应过姐姐，要开一家舞厅，这个诺言对记性糟糕的姐姐来说如同罡风吹散了白云，早就忘得一干二净，但他仍牢牢地记着。他一生的理想就是能做个老板，然后把那个大洋马顾小妍娶回家。有一度他听说她谈恋爱了，觉得很沮丧，但她的爱情竟比他的低潮期还短暂，于是他又恢复了以往的信念。

无聊而平淡的六月过去了，这条街更安静，狂风与惊涛离这儿非常遥远，没有人听到遥远的地方火车的汽笛声，没有人企图离开，没有人多说一句话。

七月的最后一天，那个叫牛蒡的诗人出现在街口，阳光炙烤着柏油路面，那儿滋滋冒油，散发出沥青的焦煳味。牛蒡佝偻着身体，右手反扣旅行袋的拎把，将其甩在肩膀后面，衣服被汗水浸透了，乌七八糟的长发被汗水裹着犹如一团泥浆，他的脸上还有两块明显的瘀伤。街道主任鲍翠芬迎面撞上了他，她警觉地用普通话问："找谁的？"牛蒡十分疲惫，低着头用普通话回答："苏华照相馆。"鲍主任说："往里走就是。"牛蒡指着墙上的美术字：苏华照相馆，向内20米，冲印彩扩艺术照。字好久没刷过，有点褪色了。他点头说："我已经看见了。"

他很快走进来，对柜台上的摄影师说："找顾小妍。"摄影师问："你是谁？"牛蒡拽过一支圆珠笔，在纸上写下了自己的名字。摄影师没看明白，这种野生植物他倒是知道的，但很难和某一个人联系起来。牛蒡面露诡异的微笑，说："我的笔名叫牛蒡。顾小妍答应来火车站接我的，可是她没来。"摄影师明白牛蒡是笔名之后，感到很生气，他心想，好端端的干吗要取这种名字，爱文学也不能这样天马行空，他为什么不叫牛粪！另外，这个娈卵脸上有一种隐蔽的傲慢，他的微笑并非礼貌，仅仅是在告诉他自己：眼前这个中年人，他什么都搞不明白。摄影师阅人无数，他不一定理解人们的古怪念头，却看得懂最细微的表情。他问："你是哪个单位的？"

牛蒡说："我到处流浪，我是个诗人。"

笔名牛蒡的家伙，坐了十二个小时的火车，从遥远的北方来找姐姐。她从里面出来，看到他。牛蒡说："你好，娜佳。"她说："坏了，我竟然忘记你要来。"然后她伸出手去，和他握了握手："你好，瓦西里。"

坐在一边的男孩想了起来，他就是多年前和姐姐互通信件的笔友，那个北方人凌云，很可能还是她初恋的对象，相隔四个寒暑，他们第一次见面了。

姐姐念大学以后交过一些笔友，她有写信的癖好，又染上了那个年代呼朋喝友的坏习惯。寒暑假时，他们来到戴城，她带着他们去城里的名胜古迹游览一番，还会下馆子。男孩在旁边蹭吃，顺便长长见识。这些人大部分都是学生，并兼有其他的身份，比如青年作家、青年画家、青年歌手之类，他们通常讲普通话（这在八十年代的戴城非常罕见），迷人的风尘仆仆，令人过目难忘。偶尔也有不像话的，曾经有个相貌古怪的诗人，二十五岁已经开始掉头发了，非常狂妄地说自己要成为中国的金斯堡，然后就开始调戏姐姐。金斯堡有调戏女人的吗？那顿饭吃完了他就去了另一个城市。

男孩见识过这些，觉得他们与自己所处的世界完全不同，在一个固定的、封闭的地方，这些流动的人们，奇奇怪怪的，带着他们各种各样的想法，出现并消失，他们最后都去了哪里？

男孩看着牛蒡，心想这下好了，原配来了。这个比喻会让姐姐杀了他。

后来姐姐带牛蒡下馆子，把男孩和摄影师留在了照相馆里。男孩对摄影师说："你别得罪那个人，他就是瓦西里。"摄影师记得，那年为了瓦西里的信，姐姐差点掀了桌子。摄影师说："她的笔友都是这么邋遢吗？"男孩说："也有不邋遢的，但这个真的特别邋遢，比金斯堡还可怕。"他们都有点担心，平时有点洁癖的姐姐，跟这个浑身酸臭的家伙在一起吃饭，吃着吃着会不会打起来。

夜里，他们在家里，听到外面一阵车铃。开门一看，姐姐坐着三轮车回来了，车上还有一个醉醺醺的牛蒡，像一块融化了的酒心巧克力。姐姐对男孩说："出来，帮我把他扛进去。"男孩不乐意了，说："居然把他带回来了，难道让他睡在家里？"姐姐板着脸说："正是。"

十二个小时的绿皮火车，加上一顿带酒的晚饭以及三十多度的高温，没洗澡的诗人闻起来已经不太像是个人类，家里洋溢着动物园的气味。姐姐很恶心地说："这家伙以前吹牛说自己能喝半斤白酒的，结果四瓶啤酒就这样了。"牛蒡进屋子以后，一屁股坐在地上，抱着肚子，脑袋低垂着夹在膝盖之间，嘟嘟哝哝，天南海北地骂，不知道骂谁，都是些没听说过的名字，后来骂的都是听说过的，摄影师吓得赶紧关门。

他太沉了，喝过酒以后更沉，他们抬不起他。家里本来就很小，没有更多的铺位给他睡，牛蒡的第一宿是躺在地坪上度过的，给他铺了一张草席，姐姐睡在里屋，三个男的挤在外间。又给了牛蒡一个枕头，他不喜欢，伸手把旅行袋拽了过来，垫在脑袋下面。摄影师看着他做完一串缓慢而僵硬的动作，说，这种习惯确实是流浪诗人，或者应该叫跑单帮的。

睡下去没多久，他起来吐了一次，还算清醒，从墙根拉过来一个铅桶，都盛在里面了。屋子里全是酸臭味，他接着睡。摄影师踢了男孩一脚，说："给他去倒掉。"男孩说："凭什么我去啊？"姐姐在里屋说："让你去就去！"男孩说："他妈的！"

后半夜牛蒡又起来喝水，他拉开电灯，摄影师和男孩又给弄醒了。他满屋子找水，后来去了厨房里，找到大水缸，用勺子捞起来喝了大概有两公升，胸口湿淋淋地又回来睡了。摄影师说："这样会拉肚子的。"牛蒡不理会，继续躺下睡，第二天也没事，看来已经锻炼出了一个跑单帮的肠胃。

第二天白天，牛蒡保持了长久的呆头呆脑。这时男孩看清了他的模样，他的长发全部向后梳，露出一个凸起的额头，作为一个男人来说，睫毛可能超长了，显得有点多情，有点迷离。不过他的身形很壮，看胳膊上的肌肉很像是个体力劳动者，这又抵消了他眼中的迷离。男孩知道，姐姐的笔友都是饱读诗书，他们出来时手里不是捧着小说就是捧着哲学（更拉风的背着吉他），好像是那个年代最基本的装饰品。然而牛蒡什么都没有，他也不爱看书，只是坐在窗口发呆，呆够了就看电视，对着电视机两只眼睛又直了。

现在这个家伙有三个名字，牛蒡，凌云，瓦西里。姐姐解释说，他的真名叫凌云，笔名牛蒡，花名瓦西里。男孩扳指头算了算，问她："你的真名和花名我都知道，有没有笔名和他配对呢？苍耳还是猪笼草？"姐姐用北方话骂道："滚你丫的蛋。"

　　摄影师问："他为什么会有牛蒡这样的笔名？"姐姐说："这有什么好奇怪的？更古怪的都有呢。"摄影师问："那么他发表过什么作品呢？"姐姐说："他们自己印点诗刊随便发发，发表作品这种事情多俗气啊。"

　　男孩说："我记得他比你高一届，应该还在念大学嘛。"

　　姐姐瞟了他一眼，说："你怎么什么事情都记得住？"

　　男孩对牛蒡没什么兴趣，诗人他见识过，在姐姐的笔友之中。初中时的体育老师也热爱诗歌，她是女的，有两条雪白的大长腿，用来打排球是再合适不过了，可她偏偏还写点诗，比语文老师更文艺。已故母亲厂里有个诗人，他的笔名叫杨马，在城里赫赫有名，日报副刊上经常可以看到他的名字，然而他本人是一个宣传科的干事。总而言之，诗人可以是各种各样的，牛蒡这样的实属正常。男孩自己也有一本《朦胧诗选》，姐姐送给他的，那上边有他画的各种线条和杠杠，宛如当年姐姐的手抄歌词本。

　　对摄影师而言就是另一回事了，摄影师活到快五十岁没见过一个活的诗人，以为都应该是徐志摩这样的，或者比较激进些，一九七六年清明节的那种。摄影师特地留在家里，和呆头呆脑的诗人聊了几句，他觉得自己在日报副刊上发表过摄影作品，至少也该有点共同语言。他把自己的作品拿给牛蒡看，几张放大了的彩照（风景，肖像，夏天的荷花冬天的雪景，一些搔首弄姿的女性，其中居然有关文梨），诗人呆滞的脸上又露出了诡异的笑容。摄影师很生气，不再搭理他，收拾收拾回店里干活去了。

诗很危险，流浪也很危险。男孩仿佛从一开始就知道。这座城市很小，街道像管道一样闭塞，这里的人们从来不谈什么流浪诗人，如果说到诗人肯定认为是文联办公室里某个喝茶看报的——即便是这样的货色，他们也觉得怪透了。只有男孩，因为看过那本《朦胧诗选》，觉得和诗人的距离很近，但并不亲，仿佛他们是一些枪手，已经走到眼前，随时都可能打爆他的头。

　　下午时，姐姐告诉他们：牛蒡要住在家里。

　　摄影师十分反感，家里太小，容不下第四个人。假如能容得下，他也许早就结婚了。摄影师对姐姐提出抗议，她建议他睡到照相馆去。摄影师不答应，问："到底什么时候让他走？照相馆到了晚上全是蚊子。"

　　"你可以点蚊香。"姐姐说。

　　"我没问你怎么对付蚊子，我问你他什么时候走。"

　　"还得多住几天。"

　　"岂有此理。"

　　那年头人们出来玩，都是住在亲友家里，只有公费出差的才睡旅馆。但是像牛蒡这样，搭住在异性家里，并且超过了两个晚上的，仍属罕见。摄影师怀着不满和猜疑，去杂货店借了一张钢丝床，搭在照相馆里。这时牛蒡终于表现了一点点教养，他说："要不我睡到照相馆去吧。"摄影师吓死了，赶紧表示照相馆蚊子太多，不宜招待客人。那地方是他挣钱的唯一阵地，绝不能给牛蒡占领了。牛蒡又说他不想睡地铺了，能不能和男孩一起睡，男孩强烈地表示拒绝，因为他身上的味道太难闻。摄影师不得不去了方屠户家，又借了一张折叠钢丝床，专门给牛蒡睡。

　　摄影师招呼牛蒡一起掰开折叠床，牛蒡使劲扩胸，他成功了，摄影师的手指还在接缝处，结果那张床像一把巨型的剪刀在摄影师的右手食指上切开一道伤口，又粗又深，血流如注。他惨叫一声，把手指抱在胸口，哀怨地看着牛蒡。牛蒡说："对不起啊叔叔。"

这算是运气，要是摄影师的手指再往里挪两公分，那就会变成一个九指。姐姐一边骂牛蒡是个笨蛋，一边给摄影师包扎。牛蒡手足无措地站一边看着，有点像内疚，也有点像看热闹的。男孩说："食指要是切下来，就没法做摄影师了。"牛蒡讪讪地说："用中指应该也能按快门吧？"摄影师听到这里忍无可忍，说："中指？去你丫的中指。"

男孩白天还去照相馆，把姐姐留在家里陪诗人，两处离得不远，不必担心他们孤男寡女出什么事。即便如此，摄影师还是会让男孩时不时地回一趟家。自从有了钢丝床，牛蒡就一直坐在床上，把双脚搁在床沿，背靠着墙壁。姐姐总是坐在饭桌前面和他说话。他们低声嘀咕，好像有很多不可告人的秘密。

有时也看到牛蒡洗衣服，洗好了，晾在小天井里，那里到了夏天有点背阴，但他似乎并不打算把衣裤挂到大街上去。

后来是姐姐告诉他，牛蒡不会待太久，他要去云南，路费没有了才搭住在这里。男孩问姐姐："你想去云南吗？"

姐姐说："要是攒够了路费，我为什么不去呢？"

男孩胸有成竹地说："你要是去了云南，拉门先生怎么办？"

"每回说我要去什么地方，你都会说，谁谁谁怎么办。你说你有没有出息？"姐姐说，"你居然想做厨子。"

男孩初中毕业时填的志愿，一是高中，二是烹饪职校。男孩觉得做厨子也不错，那会儿发榜了，七门功课加起来四百多分，看样子不是去普通高中混一张没前途的文凭，就是去烹饪职校学习抡菜刀和勺子。相比之下还是菜刀和勺子比较实际些，然而姐姐不喜欢身边都是些第三产业的傻瓜，她觉得诗人比较不错。

男孩心想，如果你跑了，那不是流浪，有一个现成的词等着你：私奔。他吃不准姐姐是不是已经爱上牛蒡，她看起来很需要爱情。

3

雨一直没下，街上仅剩的几棵泡桐树，每到黄昏都晒蔫了，低垂着叶子仿佛那是一些纸片。夏季的街道即使烦闷也不至于死气沉沉，太阳横扫一切，总有意外的事情发生。有一天来了几个警察，把杂货店的老板老鬼子给逮捕了，因为他喝醉了用啤酒瓶砸了一辆无辜的汽车，他当时跑了，可是被旁观者记下了脸。押走的时候老鬼子的脑袋也像泡桐树叶一样低垂着，他老婆吓死了，把店也关了。蔷薇街唯一的公用电话就在柜台上，以前有电话打过来，找街上的谁谁，老鬼子都会冲过去喊人出来接电话，自此之后，人们总是隔着铁门听到里面有电话铃声，谁也没法接电话。老鬼子要是知道自己无意中把摄影师给坑了，他或许就不会扔出那个啤酒瓶。那以后发生的事情全都像是见了鬼。

两个男人是下午一点钟来到蔷薇街的，这是夏季最安静的时候，该上班的都上班去了，不该上班的都在睡午觉。没有人知道他们来。两个男人，一个鼻子是歪的，剃着小平头，长得孔武有力，另一个比较瘦，左眼睛大，右眼睛小，如果你仔细观察会发现他的右眼珠是假的。

壮的那个绰号叫强盗，他吃了很多年官司，去年刚出狱。他的前妻就是关文梨，由于她常常出没在这条街上，附近的人都知道强盗的名声，但没见过他，现在终于可以见识见识了。那个独眼的绰号就叫独眼，他原先是一所工厂里的仓管员，十年前他和同厂的关文梨过了过，不料被人告发出来，双双开除，然后强盗一拳打爆了他的右眼。后来他去做生意，赔光了本钱。如果让脑子正常的人猜，这两个家伙是怎么组合在一起的，估计永远也猜不出来，故曰世事难料，现在他们搭伙来找摄影师的麻烦了。

摄影师正躺在柜台后面睡觉，钢丝床上铺了一张破烂草席，他的双手安详地放在胸口，面朝天，很像一个死去的基督徒。不过当他被强盗拽起来的时候，头发蓬乱，双眼发直，这副样子已经和安详没有任何关系了。

"我打了很多电话，没有人接。"独眼说。

"因为老鬼子被公安局逮捕了。"摄影师整了整衣服说。

独眼说："你该给店里装门电话，这样我们好直接找到你，你也可以挣点电话费。"

"太贵装不起。"摄影师眼珠转了转，看看门外，没一个人，这下有点放心了。他说："你怎么找到店里来了？说好了不到店里来找麻烦的嘛。你把那东西放下——"

强盗正在参观照相馆，他像个好奇的孩子，东摸一下西摸一下。独眼趴在柜台上看照片，因为独了差不多十年的眼，他现在看东西和正常人没什么区别，真要给他一个新的眼珠，他反而不习惯了。

这两个人现在都穷困潦倒，前面说过，每隔两三个月他们就来找摄影师，摄影师没奈何，送点钱过去。起初只有强盗敲诈他，后来又多出来一个独眼。独眼对此的解释是：同是天涯沦落人，现在你在关文梨那儿最吃香，又是个很有钱的个体户，不敲你敲谁啊？

照相馆里的东西是不给随便碰的，独眼说："碰碰又不要紧，不会发霉的。你还碰了关文梨呢。"摄影师和这两个人没什么道理可说，更不想耍嘴皮，摄影师说："你们以后别再来了，我不会再给你们钱了。"独眼说："又不经常来，隔好几个月才找你一次，你还有什么不满意的？"摄影师说："你们这根本就是敲诈勒索。"独眼说："因为你有把柄落在我们手里，如果没把柄，我们凭什么敲诈你呢？"摄影师说："我不跟你废话了。"

这时强盗走进了摄影室，摄影师急了，那里面有器材。他从柜台里走出来，打算制止他，不料强盗从门帘后面伸出一条粗壮的胳膊，抓住他的领子，把他拽了进去。摄影师夏天只穿了一件衬衫，为了不让衬衫撕坏，他只能跟着衣服一起进去了。

强盗一直没说话，他搬了一把凳子过来，坐下了。他说："里面真热。"说完把汗衫脱了，露出一身肌肉和身上的刺青，左胳膊上有一只蝙蝠，右胳膊上比较滑稽，一只大鸭梨。只有知情人才明白大鸭梨是指他的前妻关文梨，可他为什么不刺一朵梨花呢？摄影师心想，真没文化。

强盗说："一次一次地借钱，很烦。"他的声音雄浑低沉，每说一个字，周围的空气都会感觉到振动。沉默了片刻，他又说："所以一笔钱买断吧。"摄影师不说话。强盗点了根烟，眼睛都没抬，抽了一口，说："一万。"

摄影师柔声说："我拿不出这么多钱。"

强盗又抽了一口烟，说："这店值一万，拿不出一万就把店给我。"

摄影师说："店不能给你。"

强盗抽了最后一口烟，他把这根只抽了三口的香烟扔在地上，用脚踩灭了，说："一个星期之后来拿钱。现在你写欠条。"

摄影师终于感到，有废话总比没废话好些，至少可以拖延时间。这个简洁有力的强盗，他根本不在听摄影师说话，每一秒钟他都若有所思，然后，随时都能打过来一拳。

那天摄影师的肋骨上挨了五拳，全是强盗打的，独眼负责数数字。第一拳下去，摄影师就瘫了，第二拳之后他忍不住发出惨叫。过路的方大聪看见了，迅速跑到男孩家门口，大喊了一声："你爸挨揍了。"姐姐和牛蒡率先跑了过去，强盗还在里面，独眼堵着门不让他们进去。牛蒡抢了一拳，打在独眼的脸上，他的假眼珠子飞了出去。接着强盗回过身来，从门里打出一拳，牛蒡闪开了，打回去一拳，两个人在店门口打了五六个回合，后来牛蒡急了，从寿衣店里抄了一根尖利的铜烛台要拼命，强盗和独眼就走了。

摄影师躺在地上，用虚弱的声音对姐姐说："没什么事，就是没什么事，什么都跟你没关系。"

　　摄影师挨揍的事情本来会成为蔷薇街的头号新闻，然而那一天人们的注意力都不在他身上，甚至连牛蒡都被众人忽略。因为，远在日本的朱常勇回来了。

　　朱常勇并非像街上人胡说的那样在日本刷盘子背死人，他是作为劳务输出东渡去做起重机械安装的，三年期满，他攒了一堆日币回到蔷薇街。他成为街上第一个出国的、第一个回国的、最有钱的、目前唯一戴着绿帽子而不自知的，诸多名头冠之于顶。当他坐着一辆小汽车出现在家门口，从车上卸下来好多日本电器，两边全是街坊邻居，众人不但向他行注目礼，还幸灾乐祸地看着他那神色慌张的老婆蒯红英。朱常勇意气风发，他伸手招呼大家："同志们好。"大家都明白，整条街上只有他一个人认为自己是衣锦还乡。

　　瘸子老炳就住在白柳巷。屠户那时经常拿他开玩笑，他对摄影师说："蒯红英怎么说也应该喜欢你嘛，你是单身汉，老炳也是，为什么你竟然输给了一个瘸子？"摄影师让他不要胡说八道，所谓青菜萝卜各有所爱，人家瘸子也没有来勾引你屠户的老婆嘛。

　　这条街上轧姘头的还有好几个，有时候摄影师也能算进去（虽然丧偶但不肯结婚，还跟历史破鞋勾勾搭搭），见怪不怪，但兔子专啃窝边草的，就只有老炳和蒯红英这一对。那时男孩已经在青春期，男女之事也知道了个大概，他在地摊上买到过专门介绍性知识的杂志，不是单纯的解剖知识，而是连性心理和做爱步骤都解释得非常清楚的，足以茶余饭后。他知道没有性生活的夫妻是很痛苦的，知道女性也有高潮，知道老年人也得一个月有一次什么的。这类杂志告诉他，身怀欲望并不可耻，只要你不去害人家，自己摸摸自己也是可以的。在看完杂志以后，男孩比较同情那些没有性生活的人，老炳除外，他活该。他当时唯一没想到的就是：自己爸爸也是个男人，也有这方面的需求。

朱常勇回来的那几天，老炳消失了，开着他的残疾人三轮车避风头去了。那辆车子是天蓝色的，后面能坐两个人，车子的漆水很差，好多地方都生锈了。天气好的日子，他会把它开到长途汽车站，天气不好的日子，长途汽车站没什么人，他就在车上插一个雨篷，开到火车站去。他用这车子接人送人，偶尔也宰客。这是他作为瘸子的权利，如果不是瘸子，开着这种车子上街会立刻被警察拦下来。

所以他开着这车子逃走，并不是因为想逃得快点，而是因为这辆车子是他唯一的家当，吃饭的本钱。他家里没一样值钱的东西。

朱常勇完全蒙在鼓里，没人敢告诉他。这已经是八十年代末，人们稍微懂得了点道理，知道什么叫"隐私"——其实也不是隐私啦，只是不想那么快地闹出人命。那几天朱常勇向街坊四邻出示了他从日本带回来的电器，其中有一台东芝录像机深受群众喜爱，于是又回到了差不多十年前的场面，街上的人都举着凳子到他们家去看录像，并有人自带录像片，录像片随时都能放，下午直到深夜他们家都挤满了人。朱常勇很好客，派烟，安排座位，和众人聊日本风情，顺便说说在日本看到的中国新闻。配上他们家的索尼大彩电，每个人都津津有味。

屠户特地问朱常勇，接下来打算干什么。朱常勇说他马上就要辞职，他认识一个人倒卖旧服装的，从外国用集装箱运进来，再贩给中国人。这门生意很发财，他再也不想和机械打交道了。他在日本很苦，每年让蒯红英给他寄两条牡丹牌香烟，他一天抽一根烟，也捡烟屁股给国家抹黑，这么熬了下来，现在回国了要好好享受一下，每天连抽带发消耗两包万宝路！后来他又告诉屠户，现在有钱了，打算和蒯红英生个小孩，再不生就真的晚了。屠户心想，你要是再晚点回来，说不定已经有小孩了。

有一天不知道哪个缺德的带了几本录像过来，《寡妇村》、《偷情宝贝》、《查泰莱夫人的情人》，悲喜剧皆有，一伙男人把女人和小孩都赶了出去，看半天没有什么黄色镜头，于是就讨论起了轧姘头的事情。朱常勇说，像日本这种国家，女人都不上班的，白天独自歇在家里，有的是轧姘头的时间。于是大家就很同情地看着朱常勇本人，恰好蒯红英在厨房里打翻了一个热水瓶，发出一声惨叫，大家只能告辞散场，出来以后约定好了，谁要是把这件事告诉朱常勇，谁就一辈子做乌龟戴绿帽子。然后又说，他妈的，这种事情怎么可能瞒得住呢？

姐姐是从关文梨那儿知道了事情的大概，非常惊讶。关文梨终于在他们面前流下了眼泪，她说她根本不知道强盗每隔几个月就来敲诈摄影师，要不是挨了打，可能永远不知道。姐姐问，为什么不去报警？关文梨说："强盗是个脾气很古怪的人，报警他会杀了你爸爸。"于是一伙人坐在家里发呆，中间还夹着个不吭声的牛蒡。

男孩发现关文梨也老了，她四十岁了，过早地长出了一绺白发，就在她左侧太阳穴后面。如果你从那个角度看过去，她真的就像个半衰的妇人。人怎么会一下子变老呢，甚至是摄影师的探戈也没能拯救她。

摄影师坐着，沉默了一会儿说："你们都别管了。"

"打算写欠条？"

"我不会写欠条的。"摄影师说，"我不会再给他半毛钱。"

姐姐说："你还有什么办法？溜之大吉？你跑不掉，你的店在这条街上。你搞不清楚，他们找你借钱，并不是为了从你这儿搞到钱，根本就是为了羞辱你。你居然也接受了，太可笑了。现在你又出名了。"她喘了口气，看看摄影师，又看看关文梨，说："我来做主，你们结婚吧。"

男孩看着那两张哭丧着的脸，心想，哪有这样结婚的？简直就是做丧事。这一切仿佛是有人在捣蛋，夏天果然是很疯狂的，哪怕你待在家里不出门呢。

诗人牛蒡还留在家里没走。男孩听到他对姐姐说:"你家里现在这么乱,我留下来或许还能帮帮你。"姐姐说:"你少添乱吧。"牛蒡说:"我已经够乱了,如果你想杀什么人就跟我说,我替你去杀。"她听了这话,露出一脸惨笑,然后用手按了按诗人乱蓬蓬的脑袋。姐姐说:"我不杀什么人。"

于是他们等待着强盗和独眼再次出现。

在男孩的记忆中,夏季就是一道阴影,必须穿着汗衫露出他的歪脖子,曾经有那么多无所事事的孩子把他当作怪物来玩弄。夏季就像诗人和流浪一样都是危险的词,这年他十六岁,他决定为摄影师做点什么。

4

拉门先生在波顿大酒店门口,那个夏天戴城的旅游生意很差,他穿着红色的制服,戴着水果罐头一样的帽子,还有一副白手套,像个仪仗队的士兵,或者是马戏团的小丑。宾馆里有冷气,但他不得不站在门口,接受着外面的热辐射,汗流浃背,面带微笑。对此他无怨无悔,因为想攒更多的钱。

那一带是城市新区,道路宽阔明亮,环卫工人一丝不苟地将其扫得像外国。路旁的树是新栽的,城市最初的一批高楼在这里逐渐竖起,里面全是外贸公司。拉门先生给自己定了一个目标,两年之内攒够钱,开一家气派的舞厅,如果钱不够他可以去借,然后一边拉门一边经营他的舞厅。他想着这件事就像夏天昏了头的午后,被高温胁迫着发梦。也有人劝他实际点,他说这种事情本来就很实际,时代不同了,人人都想发财,但发财的机会越来越少,市区里的店面租金都涨到令人咋舌,市场正在淘汰你们这些不敢下海的人,听说很快就会有股票，你们知道股票吗？那些外国人都买股票发财。

他站在酒店门口。当时很多人为了开开眼界，都去波顿大酒店门口转一圈，都看见了他，对着他咧开嘴巴大笑。人们都觉得滑稽，那些走进宾馆的人又不缺胳膊少腿，凭什么要拉门先生给他们开门，给他们提箱子？这在劳动人民看来简直完全资产阶级。拉门先生就对他们笑笑，说："进来呀，里面有冷气。"这些人冲着他摇头，里面太豪华了，进去喝杯水都得十块钱。拉门先生说："Shit，乡巴佬。"

他挣钱的方式是别人学不会的，瞄准那些拎着箱包的外国人或是港澳人，纸袋子也在他的目标之列，在别人还没反应过来的时候，箱包已经在他手里了。酒店也有中国人，他不理，因为中国人你就是给他表演拿大顶，都不会有踢不死，中国人没这习惯。拉门先生说，这不是因为他们穷，而是没开化，他们刚刚离开一个打砸抢烧的世界，他们来酒店简直像他娘的避难的。

那顶该死的罐头帽子，夏天焐得他脑袋发晕，他索性把头发都剃光了。光头拉门先生也是很帅的，每到吃饭的时候，他躲在休息室里，摘下帽子，从里面掏出各种各样的零钱，一边笑，一边把钱转移到自己的更衣箱里。有时他会觉得很疲倦，坐在凳子上，把光头靠在更衣箱上，抱着他的帽子，想一会儿那个叫顾小妍的女孩。每一张零钱都是他走向她的一步，更近了，又仿佛更远了。如果他此时不慎睡着，她就会飘到空中，让他跑到一个前面空无一人的位置上。

姐姐曾经去找过他，她坐在酒店大堂的沙发里，穿着他送给她的蓝色连衣裙，无聊地晃动着膝盖。拉门先生说他进去换件衣服，过了一会儿他跑出来，露出一个青茬光头。姐姐心想这也太过分了，比谁头发更短吗？不过总比戴着罐头帽子好看些，她根本不知道那顶帽子的功用。

她来找他借两千块钱。拉门先生给自己点了根烟，费劲地抽了一口，问："是不是给你新男朋友啊？"

"你怎么知道的呢？"

"你弟弟都告诉我了。"

姐姐说："是啊，是给他的。我找不到人借钱，只能来找你。不过他不是我男朋友。"

拉门先生又高兴了，他说："我只有一千，给你，不用你还了。"

姐姐说："给一千我还得再找人去借，不高兴费事了，两千块你拿得出来的，都给我。我会还你的。"

这时拉门先生把香烟搁在烟缸上，站了起来，他盯住一个走进大堂的人，此人怀里抱着一个袋子。拉门先生友好而敏捷地试图抢过袋子，此人操着一口粤式普通话气急败坏地说："别抢啦，这是我刚买来的古董，瓷器啦——"拉门先生说："林先生，我帮你拎上去。"林先生说："求求你不要帮我拎啦，你都已经下班了啦，我给你小费啦。"就这样，拉门先生又得到了一张零钱，这次他真的走向了她，得意忘形地伸手摘帽子，发现脑袋上是空的，他就把钱塞进了裤兜。

姐姐说："就这样挣钱？"

拉门先生有点不好意思了，说："我们这儿都这样挣钱。还有更过分的呢，我有个同事被外国人直接带走了，做人家男朋友去了。"

姐姐说："外国女人到中国来找男人？"

拉门先生摇头说："那个外国人也是男人。"

姐姐看着他，想起从前，他还在外宾招待所端咖啡的日子，那时他还年轻，当然现在的他依然年轻，但他不会再给她端咖啡了，也不会再吹着口哨穿着花色的夹克衫跟在她身后。他那身制服实在是太像马戏团，仿佛是心花怒放地甘愿承受一种羞辱，再将其转嫁到一切其他人的头上。他不自知，他只是一个门童，你给他说什么诗啊、流浪啊，他都不懂。他只懂钱。钱就是他的梦想。

当初拉门先生还真跟着她去过大学，未经邀请，在里面晃了几圈，很快就有一种挫败感。大学一年级的时候，拉门先生甚至还跟着她在教室里上课，他穿得比大学生时髦多了，眼神轻佻，有点犯贱，一看就是来混事的。他在食堂跟着她排队打饭，后面的女生嘲笑他："哪儿来的社会青年啊。"人家可能是开玩笑，却触到了他的痛脚。后来他自感羞愧，再也不来了，时不时写个信给她，也是言辞乏味，夹杂着一些错别字，信纸信封都是宾馆里的。她拒绝回信，于是他只能在寒暑假的时候出现在照相馆里，即便如此，她还是躲着他。

拉门先生不知道她的想法，以前他觉得他们是两个世界的人了，后来又推翻了这个想法，觉得世界大同，不应该自卑。其实那会儿姐姐真的觉得，人与人的世界是不同的，大学生和门童是有差距的，这种差距随着经验与时间，会不断地拉开。拉门先生身上有一种奇怪的自信心，觉得自己超前，大学生也好，有钱人也好，其实都不算什么。如果姐姐说他的梦想只是钱，他一定会眨着眼睛说，我梦想的钱比你所估计的还要多，另外，并不是每个有钱人都会愿意给你造一个舞厅的。可是她并不说，他只能认为她就是爱上别人了嘛，这件事很伤脑筋。他现在一文不名，等他做了舞厅老板就不一样了。

拉门先生看着她的蓝色连衣裙，心里又欢喜又凄凉。衣服有点旧了，这两年他没机会给她买新衣服。他当然不会想到，姐姐这么打扮纯粹是为了顺利借到两千块。他说："明天我把钱给你送过去。"

"不用，我来拿钱。"姐姐终于有点露怯，生怕他冒冒失失来到蔷薇街上，可能会引发一场恶战。那地方现在已经是硝烟滚滚了。

男孩找到拉门先生是说另一件事。

"我爸爸被强盗打了。"

拉门先生坐在休息室的凳子上，哼着他的歌："我的好妈妈，下班回到家，劳动了一天多么辛苦了，妈妈妈妈快坐下，让我亲亲你呀，让我亲亲你呀……"他从更衣箱里掏出钱，数了一遍，对其中的大额钞票凌空一吻。男孩心想这个人真是堕落得不像话，以前还会唱唱"莫妮卡"。男孩说："强盗打我爸爸了。"

拉门先生这才听见他的话，说："报警啊，抢走了多少钱？"

"那个强盗不是强盗，他绰号叫强盗。"男孩说，"他是关文梨的前夫。"

"啊，就是那个一拳打瞎姘夫眼睛的人。我早就跟你爸爸说过，别惹那个女人，他长得那么帅，什么有钱女人找不到啊？前年碧波饭店的女老板还说要嫁给他呢，现在好了，人家自己养小白脸了。"

"那个打瞎了眼睛的独眼也来揍了我爸爸。"男孩说，"还让他写一万块的欠条。"

"够乱的，这都什么事啊。你让他报警，敲诈勒索罪。"

"关文梨说如果报警，强盗会杀了我爸爸。"

"也是啊，社会上这种不要命的、破罐破摔的人最讨厌。"拉门先生说，"我以前也遇到过这种事。那么欠条到底写了没有？"

"没写，我爸爸挺住了。"

"那一定揍了不少打吧。"拉门先生叹了口气，"过两天我去看看他，打成什么样子了？"

"肚子上挨了好几拳。"

"那算个屁啊。"拉门先生指了指自己的鼻子，说，"那一年，我被康乐他们一伙人把鼻梁骨都差点打断了。不过考虑到咱师傅快五十了，我还是应该去看看他。"

男孩说："我可不是来找你去安慰他的，我要去和强盗谈判，你陪不陪我去？"

拉门先生这才把钱都揣进了口袋，想了想，又掏出一张十元，塞进男孩的裤兜。他坐在凳子上，稍稍仰视着男孩。男孩很瘦弱，虽然也十六岁了，个头比同龄人矮了半截，他身上的残疾更不用再多说。拉门先生拍了拍男孩的胳膊说："你去会吃亏的，我去也是。这种事情不是你该管的。"

男孩说："你要是不去，我自己去。"

他甩开拉门先生往外走，听到后面跟上来的脚步声，心头暗喜。拉门先生说："恭喜你，顾小山，你发育了。"

于是那个晚上他们走到强盗家门口，男孩事先打听好了，敲开门，里面点着一盏灯泡，强盗和独眼都在灯下，收音机里播放着评弹，咿咿呀呀地唱着。男孩只说了一句话，独眼就跳了起来，照着男孩脖子上拍了一巴掌。拉门先生打算劝开独眼，双方抵在一起，力量不相上下。强盗走过来照着男孩的脸上打了不轻不重的一拳，他倒在地上。强盗又照着拉门先生的脸上打了很重的三拳，拉门先生被独眼揪住了，躲不开，挨了三拳之后满脸是血逃到了街上。过了一会儿男孩也被扔了出来。里面的评弹还没唱完。

拉门先生脱下衣服捂住脸上的伤处，很镇定地说："其实就算不打你，你也谈不出个什么名堂，现在知道厉害了吧？我白陪你挨打了。"两个人一起往回走。男孩忽然觉得心里透明透明的，挨打显然是意料中的事，他上门就是来找打，而不是什么谈判。的确如拉门先生所说，谈得出什么名堂？他仅仅是想体验一下挨打的滋味，摄影师当时所遭受到的羞辱。如果身体条件允许，他也会一拳抡回去，体验一下什么叫斗殴，但他活到十六岁并没有获得这种机会，哪怕一次。

拉门先生看了看衣服上的血迹，说："刚拿走两千，又打破了相，我最起码半个月不能上班，再加医药费，三千块钱白挣了。"

5

男孩后来回想起来，自己这一生中很少有冲出去找碴的激情，体内有一股属于十六岁的怒火，虽然他残疾而瘦弱，火仍然存在。不过他确实找错了对象，他应该找个十二岁的小孩子，而不是强盗。

拉门先生挨打的事情，男孩偷偷告诉了姐姐，姐姐想了想说："以后别去招惹那个孪卵。"男孩说："不去了。"姐姐说："我说的是陈勉，不是强盗。强盗你爱找多少次就找多少次。"男孩说："你对勉子也太残酷了。"姐姐说："你懂个屁，要是不这样，他哪能死心？"男孩想到了罗佳，说："你们女的对自己不喜欢的男人都很残酷，可是这些男人呢，往往都很仗义。你那两千块钱还是他借给你的呢。"姐姐说："我会还给他的。"

牛蒡拿到了那两千块，这是一笔巨款，顶普通工人一年的工资，足够他从戴城玩到云南，再从云南折返回去玩到黑龙江。流浪就是玩。男孩心想他这下可以走了，然而没有。他拿到钱时对姐姐说："这笔钱我恐怕很难还给你了。"姐姐说不要紧。诗人把钱揣进口袋的时候，连数都没数，也没有写任何欠条。

下午姐姐出去了，下起一阵大雨，她可能耽误在什么地方。男孩睡了个午觉，起来看见牛蒡坐在钢丝床上，仍保持着那个姿势。床就像一块舢板，他是舢板上的漂流者，而大海又在何处？男孩心中有点恶毒地想，这丫最好是坐着钢丝床直接漂出去，拉倒。

雨还在下，屋子里凉爽了，男孩正眼打量牛蒡，他换了个姿势，有点像打坐。男孩很突兀地问他："你写诗吗？"

"有时候写诗。"牛蒡说。

"你写什么诗呢？朦胧诗吗？"男孩继续问。

"我不写朦胧诗。"牛蒡说。

谈不下去了，男孩心里想，他很傲慢，根本不屑于和我说话。在拉门先生身上是绝无此种气质的，即使是他最看不起的乡巴佬，也会凑上去和他们聊几句，向电影里的首长学习。俗气归俗气，到底还是亲切的。过了一会儿牛蒡问他："你去找过那个叫强盗的人了？"男孩点头。牛蒡说："你应该带我去。"男孩学着他的傲慢，说："你去也打不过。"于是牛蒡也觉得谈不下去了，低头用手摩挲着脚背。

男孩说："你什么时候走？"

牛蒡说："随便什么时候都可以。"

男孩说："我们这儿的事情你不用多操心。"

牛蒡摇摇头，不是否定男孩，而是像眼睛里迷了砂子，快速地摇一下，又摇一下。男孩始终搞不清这个人，这个人到底在动什么念头，他从哪儿来，到哪儿去，这些问题都很费解。牛蒡说："我差不多是该走了，你们这儿太热，我很不习惯。不过我要去的地方，比这儿更热。"他说完这些就不再说话了，转头看看外面的雨景，街上的积水正在一毫米一毫米地爬上台阶。

后来过了一些年，男孩才明白，自己那天在牛蒡的身上看到了什么。他始终坐在钢丝床上，背靠着墙壁，这副样子太像是坐牢了，他的脸上凝集着一个人青年时代所有的愤怒、沮丧、悲伤和迷惘，还有因此而蒙受的羞辱，它们像多种建筑材料涂抹在一起，最后成为一块呆板的灰色水泥墙面。男孩看着那张脸，有时候你在水泥墙上也能看出人脸的轮廓，近似抽象画，越看越真，转瞬之间又恢复了水泥本色的那种幻觉。

朱常勇家还在放着录像片，无聊至极的牛蒡也去看录像，诗人气质总是与众不同的，长发飘洒，沉默不语，当他看录像看到沉思的时候会显出一种忧郁的表情。别人问他："你是谁啊？"他就用普通话回答："顾大宏家的外地亲戚。"别人说："大热天的来探亲啊？"牛蒡说："正好放暑假嘛。"于是人们知道这是个大学生。

这引起了街上一些姑娘的注意，比如在轴承厂上班的丁梅，她一直声称要嫁给一个有文凭的，但是轴承厂有文凭的青年都不爱搭理她，她本人除了轴承厂又不知道该去哪儿物色一个有文凭的，看完了录像片，她就决定爱上牛蒡。过了两天丁梅的姨妈来打探情况，先去了照相馆，找摄影师问讯，后者心情恶劣，不想回答这种无聊的问题。丁梅的姨妈更好奇了，直接闯到他家里，看到牛蒡呆呆地坐在钢丝床上，上身是一件红色的汗衫，有星星点点的破洞，下身是一条田径短裤，露出毛茸茸的腿。他静静地抽着烟，把烟灰弹在床底下，顺手挠了挠大腿内侧。丁梅的姨妈走进来，先问牛蒡：

"你是哪儿的人啊？"

"东北人。"

这算是歪打正着，丁梅的姨妈想起摄影师是二毛子，又问："家里户口是城里还是农村啊？哪个大学念书啊？以后去哪儿工作想好了吗？"

牛蒡又露出那种诡异的笑容，不过丁梅的姨妈没看到，她继续追问："有女朋友了吗？"牛蒡横了她一眼，没有作答，把右手指缝里的香烟再次塞到嘴里，吐出一个灯泡大的烟圈，注视着它向上扩散飘荡。丁梅的姨妈也跟着一起看，好像两个人在看焰火晚会，忽然牛蒡大力吹气，把那烟圈吹散了。丁梅的姨妈猛地回过神来，觉得冷飕飕的。她很识趣地退了出来，到街上遇见屠户，低声抱怨说："顾大宏家里那个亲戚，长头发的，简直像根木头，不对，像冰块。我们家丁梅要是跟他谈朋友，肯定没有共同语言。北方人都那么呆头呆脑吗？"

屠户也低声说："什么他妈的亲戚，那明明是小妍的男朋友嘛。你连这个都看不出来？不过呢，你刚才有一点说错了，我要纠正你——你居然说一个大学生和你们家丁梅没有共同语言，简直是混淆是非，颠倒黑白。"

于是，第二天下午街道主任鲍翠芬来到照相馆，告诫摄影师："未婚同居是非法的。"摄影师想半天不记得自己和关文梨同居过，脸涨得通红说："我哪有？"鲍主任说："你误会了，我指的是你们家那个长头发的，小妍的男朋友吧？"摄影师说："谁说的？"鲍主任索性把屠户供了出来。

摄影师告诉鲍主任，那个家伙是乡下亲戚，不是姐姐的男朋友。鲍主任不信，让登记名字。摄影师说他叫牛蒡，鲍主任就信了，不是乡下亲戚不会叫这种名字。鲍主任又让摄影师带着，去看了看牛蒡，那位正好在睡觉，懵懵懂懂地竖起来，看见摄影师对他狂眨眼睛。鲍主任说："你这个乡下孩子，该去剃个头，太邋遢了。"对于这种构陷，牛蒡非常愤怒，等到鲍主任走了以后他索性扎了个小辫子，在蔷薇街上逛了一圈，那天姐姐不在，人们都觉得这傻瓜有点神经不正常，从清朝以来他们就没见过男人扎辫子的。

　　男孩家里洗澡都是盆浴，用一个非常重的大木盆，放在里屋。里屋充当洗澡间，没有下水道，洗好了必须用一个白铁勺子把水舀进铅桶，倒掉。蔷薇街上的各家各户都是如此，但别的男人夏天至少可以穿条短裤站街上冲凉，这家的男人，一个太丑，一个太美，都不想去招惹是非。洗澡犹如苦力，毫无享受可言。每逢夏天，家里有个规矩，三个人轮流洗澡，每天有一个人专门负责倒水。因为倒水很辛苦，洗好了以后不免又搞得一身臭汗，所以由专人负责比较划算些，出汗也就出一个人（这个人当然是最后一个洗澡）。姐姐不想干这个，就给男孩两块钱，替她服徭役。自从牛蒡来了，徭役的事情责无旁贷地交给了他。他跟着一起洗盆浴，洗完之后还必须按照姐姐的要求，用消毒水把木盆里外擦干净，饶是如此，还是觉得不太卫生。牛蒡自己也受不了，忍了几天，他终于拒绝盆浴，黄昏时拎了一桶水到街上去洗淋浴。这家也出了一个敢于在街上洗澡的男人。薄暮之下，路灯照耀，各家的男人穿着三角裤稀里哗啦，交情好的还互相搓背，挠个痒痒什么的。忽然听见方屠户尖叫起来："啊！有个女人也在洗澡！"

　　一群穿短裤的男人跑过来看热闹，后来发现不是女人，是牛蒡，他湿漉漉的长发贴在背上，他细长的身体和三角裤，难怪猎艳高手方屠户看走了眼。众人一起嘲笑老方，然后抱着胳膊欣赏牛蒡，忽然发现方大聪幼小的男根起了某种变化，有好事者从后面一把捋下了大聪的短裤。大聪刚刚进入发育期，尚不懂得保护自己，很无知地说："为什么我看见男人也会翘鸡鸡？"被羞愧的方屠户一脚踢进了屋子。

牛蒡弯腰，做了一个正面大甩发的动作，只有京剧里才看得到的那种。一头湿发啪地抽在自己后背，露出他的青面獠牙，大骂道："操你妈逼，看什么看？"众人齐声呵斥："这乡下小子，太没规矩了。"牛蒡骂道："我他妈的是省会城市来的，你们这群三级城市的大傻逼！一群神经病！"

这下所有人都感到羞愧了，蔷薇街民风淳朴，从来没见过这么骂人的，蔷薇街骂人都是拐弯抹角的，从来没有像牛蒡这样，把热气腾腾新鲜出笼的大傻逼端到众人面前。众人讪讪地继续回去洗澡，顺便嘀咕牛蒡这家伙到底什么路数，居然这么嚣张。

牛蒡洗好了，很舒服地坐在门槛上，一边抽烟一边晾干他的头发。男孩很费劲地搬出浴盆，听到里屋的姐姐在笑，黄花大闺女不好意思出来看男人洗澡，听是都听见了。姐姐对男孩说："你也出去洗吧，你连强盗都不怕，还怕这个吗？"男孩咬牙横心，也拎了一桶水出去，再回家脱剩一条短裤，冲到街上，鬼头鬼脑看了一圈，然后蹲下来用毛巾蘸着水把自己弄湿。屠户大笑："这他娘的才是女人洗澡呢。"男孩嗷地喊了一嗓子，站起来拎了水桶把自己从头浇到脚，这时听见身后的牛蒡在鼓掌。

6

摄影师并没有结婚，摄影师很讲究尊严，即使他想结婚也不愿意在这种情况下被人赶着上架。话说回来，娶了关文梨，强盗就不来了吗？摄影师心想，这真是他一生中遇到的最垃圾的货色。

挨揍以后，关文梨每天下班都会来一趟，文具用品商店五点半打烊，关文梨从那儿走过来花二十分钟，五点五十分左右她出现在苏华照相馆门口。看见他好好的，她就很放心，每天她都会花十五分钟劝摄影师到乡下去避避，摄影师一言不发。关文梨说，强盗一定会再来的。

　　有一天他们又去跳舞了，这很危险，强盗和独眼有可能在路上等着。但摄影师觉得这种担惊受怕的日子过够了，他必须出去放松放松。

　　他们去了一家新开的舞厅，在角落里跳了一会儿。挨揍以后摄影师拒绝谈论这件事，现在他身心放松，关文梨说："我去找过强盗一次，独眼也在。"

　　摄影师说："你也去谈判吗？"

　　关文梨说："我现在想到这两个人就觉得恶心，想到从前也恶心，我二十多岁的日子现在想起来就是一场噩梦，当时还不知道的噩梦。一看见这两个人，我连谈的力气都没有了，赶紧逃走了。"

　　摄影师说："这两个人为什么会搞在一起呢？太奇怪了。"

　　关文梨说："强盗出狱以后找不到工作，去一家舞厅给人看场子，独眼恰好在舞厅里卖门票，他除了收账不会干别的。两个人遇到了，就合起伙来。强盗也想盘一个舞厅下来，转让金很高，他钱不够，到处敲诈，据我所知不止你一个。以前是零敲碎打，这次大概要一笔整钱，就来找你要一万块。"

　　摄影师说："开舞厅有什么好玩的，这么多人都想开舞厅。"

　　关文梨说："我们老板说，歌舞厅这种娱乐场所现在很挣钱的，不过都是黑门，不是流氓开不成。"

　　他们跳了几支舞，忽然冲进来一群人，手里拿着棍子，把音乐按掉了，对舞客们说："没事的都滚出去。"然后乒乒乓乓砸东西。摄影师带着关文梨走到外面，说：这真是一个巨大的麻烦，怎么才能甩掉那些沾在鞋底上的垃圾呢？总不能把鞋子一起扔了吧？关文梨听懂了他的话，说："你把我比成鞋子？不知道我最讨厌这个比喻吗，但是我原谅你，我要是早点和你结婚就好了。"摄影师说："我没有把你比成鞋子，我才是那只鞋子。"

第二天早上摄影师接到了一个电话，打到解放路口的一家杂货店，杂货店的老板本来不想来喊摄影师，但对方一报自己的名头，杂货店老板就认倒霉了。他走到照相馆门口，对摄影师说："强盗找你。"摄影师想了想，换了身干净的衬衫，把照相馆的门锁了，不紧不慢地跟着老板走过去，接了电话。

他对强盗说："约个地方，我现在就过来……没错，我一个人过来。"

然后他挂了电话，在杂货店买了一包烟，什么都没说就走了。

这件事发生的前一晚，也就是摄影师约关文梨跳舞的时候，朱常勇终于知道了蒯红英和瘸子老炳的奸情。

事情是方大聪说出来的，大聪已经到了什么都明白又什么都不明白的年纪，他知道搞姘头的意思，也知道事情闹出来会出人命（他爸爸就差点被人卸了），唯独不知道出人命意味着什么。他就盼着出人命。大聪用十三岁少年特有的成熟口吻告诉朱常勇："你老婆被瘸子老炳操了。"

朱常勇在一阵五雷轰顶之后问大聪："什么时候的事？"

大聪说："他们天天操。"

于是人们看到朱常勇冲到白柳巷，一脚踢开瘸子老炳家的门，里面空空如也。于是他又冲回家，一脚踢飞了自己家的门，先给了蒯红英两个大嘴巴，然后抄起了菜刀。蒯红英撒腿就跑，朱常勇穿着拖鞋在后面追。那会儿正好是晚上八点，很多人在乘凉，还有冲澡的，眼睁睁看着他们穿过蔷薇街，跑上了解放路。众人叹息，这下要出人命了，但愿蒯红英知道往派出所跑。不料她在解放路绕了个圈子又跑回了蔷薇街，拿刀的在后面追，一边追一边骂："我在日本卖血，你在中国偷男人。"蒯红英狂叫不休，当他们跑过屠户家的时候，方大聪幸灾乐祸地对朱常勇说："老炳操她的时候，她也是这么叫的，我都听见的。"屠户转身给了大聪一个耳光。

一群男人架住朱常勇，他脱力了，对屠户哭诉："为什么她要搞一个瘸子？为什么？"屠户心想，原来你只是因为他瘸才觉得伤自尊啊，如果非要解释，那是因为瘸子有车，跑得快，换了我还真跑不过你。为了表示同情，他回过身又给了方大聪一个耳光。

蒯红英最后还是去了解放路派出所，在那里她交待了自己过去不检点的行为，然后她告诉警察，这个朱常勇是变态流氓危险分子，他从日本带回来黄色录像片，晚上关起门来他偷偷看录像，有一次瞄见他抽屉里藏着一把手枪，都不知道怎么过海关的。做笔录的警察立刻把这件事上报上去，领导觉得问题很严重，当晚把蒯红英留在了派出所。第二天中午调集了四十多个警察，一脚踢开了朱家的大门，那门已经让朱常勇踢坏了，但警察不管，踢门表示他是个相当危险的犯罪分子，踢开了，冲进去按住朱常勇，随即缴获了黄色录像带和一把地摊上的玩具枪，世界又恢复了和平。

于是蒯红英终于可以和老炳生活在一起了。

牛莠直睡到中午，起来发现家里没人。那会儿男孩和他姐姐发现照相馆锁了门，回家拿钥匙开门进去一看，摄影师不在，就去找关文梨，关文梨带着他们四处打听，谁都不知道摄影师去了哪里。他们回到照相馆商量事情，后来警察占领了整条街。

牛莠听见有人敲门，打开门一看是鲍翠芬主任，带着一个小伙子，牛莠不认识他，他叫季国华，绰号猫脸，联防队的。鲍主任说："跟我走一趟。"牛莠伸出头去一看，一群警察正匆匆赶来，他慌了下。猫脸很敏锐地觉察到了，猫脸在做联防队员的时候练就了一身功夫，任何微小的彷徨、焦虑、恐惧、躲闪，都可以在他的眼睛里放大。其实那天鲍主任只是想带牛蒡去居委会登记身份，路上遇到猫脸，顺便喊了过来。那群警察是来抓捕朱常勇的。

猫脸说："你到底是干什么的？别去居委会了，先跟我走一趟派出所。"他伸手来拽牛蒡，牛蒡飞起一脚踢在猫脸的肚子上，后者被踢闷了，倒在地上没喊出声来。鲍主任回过神来的时候牛蒡已经跑出去五十多米。

街道的两头都堵着警察，鲍主任大喊，警察看到了牛蒡。牛蒡又跑了回来，跳上一块水泥洗衣台，接着他就蹿上了屋顶，沿着屋脊像踩平衡木一样碎步快跑。他打错了算盘，上了屋顶太醒目，而且没那么容易下来。警察听说联防队员被踢倒了，也很生气，指着屋顶上的牛蒡说："别费事了，你往那边跑，到头里转个弯就是派出所，跑个屁啊。自己乖乖地下来把事情说清楚。"

牛蒡站在屋顶上才发现周围有那么多警察，全是橄榄绿，圆形大盖帽，远处还有警车。往哪儿跑都过不去，最多跳到谁家院子里，不小心的话可能直接落到井里去。他站在屋顶上不肯下来，警察更生气了，搭了竹梯想爬上去，被牛蒡踹翻了梯子。这就算拒捕了。警察说："好，有种，这小子以前肯定是犯了事的。"

男孩和他姐姐本来是在照相馆里，听说抓朱常勇，很好奇地围观了一下，忽然听见自己家那边传来动静，有人告知：快去看看吧，你们家那长头发的被警察撵上房了，今天真热闹。姐姐跑了过去，男孩跑得慢了点，到那儿两个人都被警察拦住了。远远的，男孩看见牛蒡坐在高处，有几个警察从他的正面爬上屋顶，牛蒡没吭声，也没动，警察踩着瓦片歪歪斜斜地走到他眼前，抡起手铐在他脑袋上敲了一下，反手铐住了，像沙袋一样运了下来。当他落入一堆橄榄绿之中时，猫脸发出尖叫："把顾小妍也抓起来，把顾大宏他们全家都抓起来！"

男孩惊恐地往后退去，忽然觉得肩膀被人按住。他回头一看，摄影师站在那儿，不，那已经不再是摄影师，那只是穿着摄影师的衣服，并且连衣服也是血迹斑斑的一个人，他原先那张英俊的脸现在变得像猪头一样，两眼肿成了一条线，半个耳朵撕裂了，额前的头发少了一片。男孩吃惊地看着他，他无力地张开嘴，吐出了一坨血块。

男孩伸手拽了拽姐姐，姐姐回过头，从牛蒡转向摄影师，一瞬间她的眼睛从绝望变成死灰。她想杀人。

然后他听见牛蒡喊道："我是一个逃犯，跟他们家没关系，他们谁都不知道！"

7

男孩觉得世界是倾斜的，一头喧嚣，一头沉默。当他坐在派出所，有个态度比较和气的老警察向他征询情况，他糊里糊涂地说："是强盗干的。"警察说："什么强盗？那个凌云是强盗？"

男孩说：谁是凌云？哦，你说的是牛蒡。他是一个诗人，笔名叫牛蒡，不过我没见他写过诗。你说他是逃犯，我也不知道他犯了什么罪，我全不知道。我现在跟你说的是我爸爸，他是被强盗打成这样的，你们为什么还不去把强盗抓起来？强盗，他不是强盗，绰号叫强盗，他是关文梨的前夫，我可以带你们去他家。我要把他碎尸万段。

警察说："你爸爸说他自己摔的。"

男孩说一个人怎么可能摔得连耳朵都撕裂了，摔到绞肉机里去了？警察说："当事人不报警，我们没有办法。还是说说凌云的事情吧。他是你姐姐的朋友？"

"我什么都不知道。"男孩厌烦地说。

这是他第一次踏进派出所，心里不由奇怪，住在这条街上很多年，竟然从没来过这儿。普通人若经常出入于派出所，绝非吉祥之兆，第一次踏进派出所既做了被告也做了原告，这仿佛更滑稽。他近似拒绝地扭过头，从窗口望出去的视界很狭小，一堵墙，细长的蓝天，大片的青苔。坐牢能看到的不会比这个更多了，你必须长久地看着它，把每一天变成每一分钟，把每一只蚂蚁看成是每一个人。男孩那时还年少，对监狱的理解还停留在白公馆、渣滓洞的境界，不知道那里的生活也是丰富多彩的。

他问警察："牛蒡到底犯了什么罪？"警察没回答他，收拾起东西走了，于是他一个人坐着，面对一张空空的办公桌，出奇的安静，好像核武器爆炸以后的末日，只有头上的吊扇还在缓慢地运转。

快到黄昏的时候，有一个女警察走了进来，对他说：顾小山，在这份笔录上签个字，你可以先回家了。

他挪出屋子，沿着走廊缓慢地向前，眼睛瞄向每一扇窗户，试图从中找到牛蒡。然而没有，只看见之前那个老警察无聊地靠在椅子上，敲打着他的圆珠笔。正一下，反一下，很像庙里敲木鱼的和尚。下午的太阳正在变身为夕阳，男孩走到派出所门口终于明白，牛蒡是被押到公安局去了。相比之下，歪头顾小山只是一个微不足道的小角色，年方十六，猥琐困顿，世界末日之后遗留下的生物品种。

经过照相馆时看见门锁着，他独自走回家，用钥匙捅开门，发现摄影师在里面坐着，关文梨的两个眼睛肿得不比摄影师逊色多少。男孩说："怎么不去医院？"

关文梨说："去过了，没有内伤，就回来了。"

男孩问："为什么不报警？"

关文梨看看摄影师，摄影师含混不清地说："不用了。"

男孩走过去看了看，摄影师除了耳朵缝了几针之外，其他地方未作任何包扎。看上去像一只白天打瞌睡的猫头鹰。男孩心想，他能带着这么个大脑袋回到蔷薇街已经不容易了，不知道怎么撑下来的，他比姐姐还爱面子，好看了一世终于被人打成这样，在他回家的路上想必是不知道自己的模样，进家门照了镜子是彻底明白了。一瞬间，男孩心里既同情又怨恨他，跑到厨房拿了菜刀往外走。摄影师呆呆地看着他，已经丧失了思考和行动的能力。是关文梨跑过来拦住男孩。

男孩说："你让开。"关文梨说："你也冷静点。"男孩大吼道："你他妈的快给我滚开你这个臭婊子——"关文梨不理，只一下就夺过他手里菜刀。他很软弱，几乎是自动缴械，眼泪不争气地涌了出来，他心想自己终于成为了一个凶狠的怪物，街上孩子最害怕也最乐于嘲笑的那种。

他抹了一把眼泪，对他们说："我去等我姐姐。"然后他走到街上，夕阳已经成形，落在远处的屋顶上。下班时的自行车铃声很密集，很清晰，有个女人对自己家的男人在喊，告诉你，今天好多新闻啊。他撩起汗衫擦了擦眼泪，索性把汗衫脱了，赤膊往巷口走去。

后来男孩知道，那天早晨摄影师去了强盗所在的舞厅，独眼把摄影师领到地下室。那里只有一张凳子和一堆垃圾。强盗就坐在凳子上，对摄影师说，欠条要是没带，现在写也来得及，独眼已经替你写好了，你签个字就行。

摄影师说我不打算写欠条，我这辈子没找任何人借过钱（开照相馆那会儿不算，故此可以看作是嘴硬）。强盗说，我和你正好相反，我这辈子没还过钱。独眼说，好汉不吃眼前亏，你看我就是眼睛没了。摄影师说，我不知道你什么毛病，一个男人要有点气节，被人打瞎了眼睛还给人跑腿，吃点残羹剩饭，这值得吗？独眼笑了，说你嘴硬啊，反正打瞎你一只眼睛你还能继续拍照是不是，看来得把你舌头一起割了才行。摄影师说，我随便了，我就没打算活着回去。

然后他们开始打他。摄影师一开始比较清醒，记得强盗是用鞋底在抽他的脸，强盗一边打一边悠然地说，我不会弄死你的，那样我还得去坐牢，我要把你打得永世难忘，你不是好看吗，关文梨就喜欢你的脸，那我让她喜欢喜欢。然而独眼一直在撺掇，打死他。打过一轮之后，强盗说，写不写欠条？

摄影师说老子不写，操你妈的逼，不是说你随随便便就敢杀人的吗？

于是这么打了三轮，从早晨打到上午，摄影师的脸已经没处再下手了。后来强盗真的打累了，天气很热，摄影师跪在地上，脑袋像一个剥了皮的番茄。摄影师神志不清，完全靠意志力支撑着，好像一个打到了十二回合的职业拳击手，就等着铃声响起，然后按点数判输赢。如果能坚持到最后，他还真未必输掉。独眼走过来摸了摸，说，有水平，打得真够好看的。强盗说，世界上有两种打法，一种是看不出外伤就把人打死了，还有一种是打成了猪头但其实一点事都没有，今天他选择第二种打法。独眼说还是你高明。强盗给自己点了根烟，说，我打不动了，你打。这时摄影师崩溃了，大概没人能受得了拳击比赛还有加时赛的，他说，别打了，我写欠条。

摄影师签字，强盗把摄影师的手指按在自己脸上，然后搬到欠条上按了个血手印。强盗把欠条收了起来，这时独眼忽然对强盗说：哈，你完蛋了，我最多拘留几天，你就等着判刑吧。说完拔腿就跑。强盗愣了一会儿，对摄影师说：操，我要去宰了那个独眼。说完也走了。

摄影师一个人走出地下室，晃到街上。中午街上没人，舞厅还没开张，他从裤兜里摸出香烟，给自己点了一根，坐在马路牙子上。很奇怪，没有人注意到他，他不知道自己什么样子，脸完全麻木，耳朵也塞住了，只知道衬衫上全是血和灰尘，混在一起成了暗红色。街上连一辆三轮都没有，摄影师把烟从嘴唇上撕下来，带着一块血痂。他心想自己真是够混账的，既然写了欠条，又何必送上门挨打呢。想来想去，只有方屠户才是这种戆卵，但方屠户也不曾被人揍成这样。他又安慰自己，这个世界上大多数人都是这样，先挨打再写欠条——不挨打谁会写欠条？挨了打谁会不写欠条？这很像历史使命。

然后他就像喝醉了一样晃回了家，看到很多人在逮捕朱常勇以及牛蒡，很多很多人，他想退回去但是没有了力气，于是他这张脸就此定格。

姐姐的问题比较严重，她是从公安局回来的，走到巷口看见男孩。他打着赤膊，把汗衫搭在肩膀上，正在路灯下喝汽水。天已经黑了，她非常疲惫，伸手拿过男孩的汽水喝光，说："爸爸怎么样了？"

"脸肿了。"男孩说，"没有内伤。"

姐姐说："肿的定义不是这样的，他都快被打成镇关西了。"

男孩说："派出所的警察对我说，你要是不老实交代，就把你送去劳教。你会去劳教吗？"

姐姐悲伤地说："我没有不老实交代，可是也交代不出什么东西。"

男孩说："你从一开始就知道牛蒡是逃犯吧？"

姐姐没回答，一抬手把汽水瓶子抛向了远处，男孩期待着它发出爆裂声，但是没有，它直接飞进了草丛。两个人呆呆地看了一会儿，觉得很无趣，难道那汽水瓶子还会从草丛里跑出来要求他们再扔一次吗？

男孩说："你不如老鬼子，他一个啤酒瓶砸烂了小汽车的挡风玻璃，旁边有人在拍照他还起哄。"

姐姐说："是啊，这戆卵还把店里的啤酒瓶全都发给人家，你说这不是找死吗？"

男孩说："你真的不害怕吗？"

姐姐说："你那时候还小，不记得了，我可都经历过来了——别忘了我们家是一下子死过三口人的。嗯，是的，我还是有点害怕的。"

往前走了一段，看见瘸子老炳的残疾人三轮车停在朱常勇家门口，门歪着，里面黑漆漆的。男孩说："老炳来了。"

姐姐说："不至于吧，太可笑了。这条街都疯了。"

他们回到家，看到关文梨和衣侧卧在钢丝床上，守着摄影师，两个人都睡着了。男孩说："我睡到照相馆去。"

姐姐说："我也去，我们说会话吧，我很累但是睡不着。"

于是又往回走，走到朱常勇家门口听见里面传来蒯红英快乐的呻吟。门关不上，那声音时而婉转时而低徊，断断续续又高亢一下。男孩抬头望天，只见一轮圆月挂在夜空中。他走到门口说："朱常勇回来啦。"里面惊叫一声，就此安静下来。这个夜晚结结实实地沉入了一片精神病的月光之中。

8

男孩得到的唯一的好消息是：强盗不见了。出事的当天他就跑了，当然他并没有把那张带血的欠条还给摄影师。假如摄影师不肯去报警，这张欠条也许某一天就出现了，谁知道呢？摄影师就是不去。后来屠户带着一帮人，提着杀猪刀去找独眼，发现独眼也跑了。

姐姐比较机灵些，问摄影师："你看清那张欠条上写了多少钱？"

摄影师想了想说："记不清了。"

姐姐说："要是写的是十万块，你就完蛋了。"

屠户说："怕什么，让他们来，我卸了他们卖五块钱一斤。"

姐姐说："方叔，你连自己都保护不了，还记得上回的事情吗？"

屠户说："我和你爸爸不一样。我要是出了事，基本上就是孤军奋战，能不给人全歼了都算运气。你爸爸出了事，全城会跳舞的女人都要为他报仇，可以反包围。昨天碧波饭店的女老板也知道了。"他拍拍摄影师的肩膀，说："她说要来看你，我让她晚几天再来，要是看见你这张脸说不定她就不爱你了，太恐怖了，比一九六七年你嘴里塞满了回丝还可怕。那次是李苏华救了你，后来你娶了她。可是老顾，这次你打算娶谁呢？"

摄影师呆呆地坐着，忽然问："找到关文梨了吗？"

众人忧心忡忡，一起摇头叹气。头一天晚上她在，后来没来过。男孩去找过她，家里没人，文具店柜台上换了个老太太，告诉他关文梨辞职不做了，去哪儿不知道。后来屠户偷偷地说："你们都不知道，碧波饭店的女老板可勇猛呢，冲到柜台上给了关文梨两个大嘴巴，关文梨捂着脸什么都没说，这件事你们千万别告诉老顾。碧波饭店的女老板呐，那他妈的是真的爱你们的爸爸，她要悬赏砍下强盗一只手呢。"

摄影师也去过了派出所，交代了牛蒡的问题，挨打的那天他完全说不清事情，就算能说清他也假装自己不会说话，警察看见他这副样子也很害怕，请他回去休养。过了几天他清醒了就主动去派出所，这回想通了，告诉警察：牛蒡的事情我什么都不知道，但是强盗敲诈我，还打我，请你们去抓他，另外关文梨失踪了，我也要报警。警察很客气地回敬他：对不起，你挨打的地界不在这一带，要报警去别的派出所，我们管不了，我们就管你们家窝藏逃犯的事情。于是摄影师又糊涂了，说自己脑袋被打成了失忆症，很多事情都想不起来了。摄影师是这一带的名流，警察都认识他，看着他那张陌生的脸，警察叹息说："老顾，你要向蒯红英学习，有事立即找警察，记得防患于未然。"摄影师这时又清醒了，说，不对，关文梨住在这片的，还归你们管，你们得帮我找到她。然后又说，蒯红英出卖了朱常勇，对此我并不是很赞赏，他娘的，换了我也得拿菜刀剁了她。警察很生气，说这家伙被打得变了性，怎么跟方屠户一个德行了？

摄影师的脑袋已经不能搁在枕头上了，他知道疼了。姐姐说这是个好现象，证明他在康复，知道疼就好，记住了以后就不会送上门去挨揍。摄影师借了一把躺椅，把南瓜一样大的脑袋搁在靠背上，脸正对着大门，长时间坐着。门是关着的，为了防人看到他的惨状。然而那几天来的人真不少，手里都提着慰问品，香蕉苹果，西瓜葡萄，还有一种叫作太阳神口服液的东西，据说吃下去最补元气。摄影师试了一勺，立马饿得想啃桌子，但他的嘴巴肿着只能吃半流质，十分不方便。

关文梨并没有出现。

摄影师失望极了，露出忧伤的表情。很可惜，这张脸上的东西太多了，忧伤已经挤不进去。现在他是钟楼怪人卡西莫多。卡西莫多怎么可能伤心呢？男孩想，唉，卡西莫多的伤心真的是你们不能了解的。

有一天派出所的副所长带着几个穿便装的人来了，副所长说："是这样的，那个叫凌云的人，电视台要拍一条罪犯落网的新闻。你们配合一下，把屋子里收拾收拾。"摄影师说："你们找到关文梨了吗？"副所长摇摇头，觉得他不可理喻。几个穿便装的人走进屋子，自我介绍说："我们是电视台新闻栏目的记者，你好。请问你的脸怎么回事？是被犯罪分子打的吗？"摄影师说："你管不着。"

记者不和他一般见识，谁的脸被揍成这样都不太会有好脾气。他们转了一圈，看了看周围，说："明天中午我们来拍，家里留个人就可以了。"

姐姐说："你们拍什么啊？"

"拍犯罪分子被捕，押出去的镜头。"记者说，"有这样的镜头，对群众更有教育意义。"

"你们这不是弄虚作假吗？"摄影师说，"人早就被带走了。"

"搞宣传嘛，怎么能说弄虚作假？"记者不高兴了。

"朱常勇，老鬼子，他们全都被抓走了。为什么不拍他们？我家里特别好玩吗？"摄影师斜着眼睛问副所长。

副所长说他也不知道，文艺战线的事情。于是记者解释道："我们觉得拍一个流窜到本市来的逃犯更有教育意义。还有，我们是新闻战线。"

"明天我们都在家，你们来。"姐姐在一边说。

摄影师艰难地转过头看看她，心里明白，这意味着她又可以见到牛蒡，至少能看一眼吧。

第二天早上摄影师去了照相馆，把自己锁在里面。第一是不想让牛蒡看到自己的惨状，第二是不想捎带着上了电视新闻。上午时浩浩荡荡来了一群人，先是电视台的，再是警察，四面八方的群众都赶过来看热闹。男孩和姐姐忐忑不安地坐在家里，看着这些人捣鼓电线，布置场面。过了很久，警察从一辆面包车里押出了面容憔悴的牛蒡。

姐姐被警察告知，绝对不允许和牛蒡说话，到里屋去。男孩趁不注意溜到了外面，混杂在人群中看着牛蒡。他的头发被剃干净了，脸上也很干净，换了一件不知道是谁的衬衫，看着有点小。他显得很镇定，按照电视台编导要求的，往哪儿走，站在哪儿，悉数从命。有时他也回头看一看，可能是在找她，不过他很快就被警察按住了脖子。

气氛在热闹中有点悲壮，电视台的导演编了一个很戏剧化的情节，让牛蒡躺在床上，警察进来抓他。钢丝床已经还给方屠户了，老方自告奋勇地把床搬了过来，铺上席子，牛蒡按照导演的要求躺下，警察们很敷衍地扑向他，按住了，铐上，押出去。一点也不好玩，逃犯牛蒡看上去就像是配合着做了个抢新娘的游戏。实际上他踢伤了猫脸，爬上了房顶，他是个悍匪，但在电视节目中，他显得懒惰而无知，疏于防备又不堪一击，确实是法制教育的反面典型。

押出去的时候，导演很不满意，因为牛蒡在笑，还是那种诡异的类似嘲讽的样子。导演说这得重拍，于是押了第二次，牛蒡倒是摒住了，后面的警察笑了。Cut！再来一次。导演说，这小子太趾高气昂了，得把他脑袋押下去一点。警察用力按下牛蒡的脑袋，导演又说这也按得太低了，人物都不在画面中心了，按了好几次，按出了一个比较合适的角度，这下成功了。

男孩心想，用不了多久，人们就可以在电视里看到一个傻瓜，他不会冷笑，没有长头发，也不是诗人，他干过什么事估计人们也不会感兴趣，只有这个低头押走的形象，既沮丧又猥琐。他甚至不如朱常勇和老鬼子，那二位享受着好汉的待遇，他们是本地人，一旦上了电视就会引起恐慌，引起人们评头论足，久久不能忘记。只有牛蒡是恰如其分的，完美的，类似寓言，绝不会活生生地硌在人们心里，只是即时地按照某种战术似的教育一下大家，然后就可以被遗忘了——介于信和不信之间的古怪状态。天哪，你必须做出这副样子，像标本一样扁平而僵硬，曾经存在，已经消灭。

拍完这组镜头，电视台收拾东西，警察押了牛蒡往面包车走去。男孩看见姐姐从里面走出来，站在门边喊着那个诗人，既非凌云也非牛蒡。

瓦西里。

瓦西里大声说："娜佳，我会给你写信的。写情书。"脑袋上挨了一拳，塞进汽车，一路狂按着喇叭推开围观的人群，仿佛根本就是一辆推土机。它还没消失在巷口，就已经被人群合拢、淹没。

男孩再也没见到过这个家伙，也不曾收到过他的一张纸片。

翌日男孩接到了一封通知书，他被录取了，收留他的学校既不是什么高中也不是烹饪职校，而是非常古怪的化工技校。男孩都傻了，心想自己这副样子难道可以去做工人？当初填志愿的时候，不小心选了个"服从分配"。他觉得自己和牛蒡也差不多，无形之中被某种力量押送到一个地方。有明白人告诉他，化工技校，你惨了，那儿是一群无所事事的小流氓，你到了那地方要么被人欺负，要么去欺负别人，绝对没有第三种选择。男孩的专业是化工工艺，听上去挺文静的，说白了就是当操作工。别人告诉他，这就是适合你的专业，搞维修搞化验都不能让歪头参与进去，操作工没问题，那些化工厂的阀门和吊车并不在乎你的脖子是什么样的。

　　揣着这张录取通知书，他的心情坏到了极点，回家一看电视里正在放新闻。摄影师和姐姐两个，一个坐在躺椅里，一个坐在饭桌上，直勾勾地看着电视机，荧屏上高低闪动的光映在他们脸上。男孩问："有牛蒡吗？"姐姐摇摇头。男孩说："这么多天都没有，估计不会有他了。"姐姐说："可惜啊，拍了好几次呢。"

　　最后一条新闻播完，天气预报宣布第四号台风即将登陆。姐姐忽然恶狠狠地骂了一句："去死吧。"

9

　　后来几天姐姐很低落，找不到人玩，幸好台风来了，刮倒了一些树木，蔷薇街像是中了魔法，瓦片在天空飞扬，自行车颤抖，用毛竹和油毡布搭起来的违章建筑塌了很多。人们躲在屋子里张口结舌，看大自然发威。这样的天气像是一种报复，然而台风过去之后，八月的炎热又死死地钳住了一切，这时你也搞不清楚，到底哪一种才算是报复。秋天还很远呢。

　　拉门先生来了一次，看到摄影师的大脑袋倒吸了一口冷气，庆幸自己跑得快，没有被强盗打成南瓜。拉门先生安慰了几句，转身走了，不多久拿来了一管药膏，说是香港人送给他的，涂在伤处最是消炎祛肿。姐姐用尖尖的手指挖了一点，细细地涂在摄影师脸上，冷飕飕的很舒服，把个大脑袋涂得亮晶晶的黏糊糊的，有点恶心。拉门先生对姐姐说："带你去个地方。"

　　"不想出门。"

　　"去吧，我的舞厅。"

　　姐姐瞪视着他，觉得不可思议。拉门先生居然提前完成了他的五

334

年计划，这改变了她对他的看法：一个浮夸无度、志大才疏的青年。然而她有点懒，并不想出去，拉门先生说："只要你觉得好，我就把舞厅盘下来。"姐姐说："说了半天原来还没过手啊。"拉门先生："转让费我都备齐了，随时过手。"姐姐心想，你还管我喜不喜欢，万一到时候亏本了，你全怪我头上，于是摇头说："不去。"拉门先生很伤心。摄影师说："帮他去看看吧，他也找不到人给他出主意。别给人骗了。"拉门先生说："是的是的，师傅，本来想请你去帮我看看的，你最在行，可是你这脸——"摄影师说："闭嘴。"

于是他和姐姐顶着毒日，骑着自行车，沿护城河边的公路一直往北。一路上她都在犯嘀咕，护城河边你说还能有什么像样的地段，居然开舞厅。她虽然念大学，但家里是最早做个体户的一批人，知道做生意顶顶要紧的就是地段，地段好的店面什么都能卖掉，否则就只能等喝西北风。到城北一带，前面出现了一个巨大的屋顶，烂糟糟地趴在一堆低矮的屋顶之上。走近了一看发现是一座古建筑，灰沉沉的透着阴气，前面还有一块空地，竖着一个牌坊，牌坊旁边有个招牌：百乐宫。

"什么百乐宫啊，明明是城隍庙嘛。"姐姐说。

拉门先生说："怎么能说是城隍庙呢，鬼才在城隍庙里跳舞。这里以前是个道观，后来变成毛巾厂的车间，就剩个空壳子大殿，毛巾厂搬了，就成了舞厅。"

姐姐说："我们走吧，我觉得这里不合适。"

拉门先生说："看都没看呢，他们老板还在里面等我，一起进去吧。"

穿过牌坊，来到道观门口，里面黑漆漆的，拉门先生率先跨过高高的门槛走了进去，她觉得身边有什么东西动了一下，扭头望去是一只猫，趴在门口的美人蕉旁边，很警惕地弓起背。她觉得有点怪，再走进去看见拉门先生已经跑到一堆男人中间去了，那些人坐在大殿的一角，她的瞳孔没适应里面的黑，一时看不清，只听见里面的人在说："陈勉，钱带来了吗？"拉门先生说："我再看看，明天做决定。"里面的人说："随便你，你不想要，有的是人要。"另一个人说："我们也是看你熟人才给你这个机会的。"拉门先生虚与委蛇地说："我并没有说不要，我也得筹钱嘛。"

姐姐没说话，闭了一会儿眼睛，再睁开，她看到那些人都是赤膊，脖子上挂着金项链，个别人似乎还纹身了。开舞厅的都是这种人。她没在意，也没刻意去听拉门先生说什么，他那种虚伪的客套话太熟悉了，根本不需要辨别就能听出来。她在大殿里走了一圈，青砖地面，勉强可以跳跳慢四，廉价的灯管，一排破旧的折叠椅，还有一些音响设备。都不值钱，唯一可取的是这儿显得十分开阔，屋顶极高，梁柱错综，电线纵横，两扇大门之间的穿堂风吹得人有点凉意。然后她又想，夏天还不错，到了冬天岂不是要把人冻死？这时有个人从她身边走过去，她太敏感了，立刻注意到他有一个带着胎记的下巴，她像猫一样弓起了背。

拉门先生后来带着她离开了舞厅，拉门先生说："地方不错吧？"

姐姐说："你好像被那帮人揍过哎，自己忘了吗？"

拉门先生说："过去的事情了，我现在和这几个人混得还不错。当然，只是为了生意，世界上没有永远的敌人，只有永远的利益。"

她并不爱听他说这种乱七八糟的格言，问："多少钱的转让金？"

"五千块。"拉门先生说，"所有的设备都归我，不过我还得拿钱出来装潢，这地方现在太破了。"

"你是个戆卵。"

这个词她好几年不骂了，念大学以后她文明了很多，现在忽然又骂出来，拉门先生还觉得挺受用的，以为她只是骂他傻，不知道在她的心里从少女时代就积郁的怒火正在熊熊燃烧。在回去的路上，她听他唠叨着自己的计划：这家舞厅以前叫百乐宫，太庸俗了，他们还真以为自己是百乐门，我要把它重新装潢，改头换面，它的名字叫"妍妍舞厅"你觉得怎么样？姐姐听了快要气得晕厥过去，顾小妍陡然变成了一个舞女的名字。她说："我一点也不喜欢那个道观，你白费心机了。"然而拉门先生陷于他的虚妄之中，他觉得她带了一种偏见，当然，她也是为他好，但生意上的事情她并不是很明白——如果他不把这家舞厅盘下来，明年转让费一涨，他的存款速度跟不上行情。再说，就算做亏本了，他把这家舞厅再转让出去，按照涨价的趋势还是能小赚一笔。有很多人都在做这种转进转出的生意，比做小买卖更发财。

姐姐说："你有没有问问他们，为什么不做了呢？是不是没有生意？这很重要。"

拉门先生说："他们有更好的生意，开酒吧去了。以后我也要开个酒吧。"

姐姐说："你要是被人打过，敲诈过，还觉得和他们做生意很自豪，那你就是个戆卵。"

拉门先生说："我一点没自豪，我可记仇了。但是假如我很清高，不结交他们，又怎么可能去接这个舞厅？这种生意都是在熟人之间过手的。我略施小计骗取他们的信任。你以为我甘心一辈子端咖啡拉门吗？我知道你在背后都喊我'拉门先生'的，这是一个很有侮辱性的绰号。"她不说话，拉门先生又说："我以前答应过你，要开个舞厅给你跳舞，虽然你现在可以在大学的体育馆里跳，但那地方够挤的，根本不能跳狐步嘛。我就想着这件事，这是我给你的承诺，也是给我自己的。"

姐姐听了有点感动，赶紧说："别讲了，有点恶心了。"于是拉门先生就闭嘴了。

过了几天拉门先生把事情都办妥了，跑到蔷薇街把姐姐叫走，男孩也要去凑热闹，但他们不让。又来到这道观前面，拉门先生掏出钥匙打开锁，大门发出吱呀呀的呻吟，午后的阳光落在门槛上，里面有一股深沉的凉意。拉门先生说："这里现在是我的了。"姐姐走进去，里面还是老样子，但因为它真的属于了他，不免也会有一种心理上的亲近感。拉门先生显得有点兴奋，说："它也是你的。"然后跑到后面，推上电闸，打开灯。梁上的艺术灯都卸走了，只剩几个白炽灯泡，黯淡无光，仅仅照亮了它们自身。他在后面捣鼓了一通，一台四喇叭录音机里传来音乐。

"跳个舞吧。"他说。

"不是说设备都给你的吗？"

"他们拆走了，不讲信用。算了，我要重新装潢的，原来那些设备太差。"拉门先生说，"顾小姐，赏脸跳个舞吧。"

那个空壳子的三清殿真的很宽敞，地上虽然积了一层灰，但并不妨碍什么。拉门先生伸出手，姐姐心想这家伙春风得意，扫了他的兴毕竟不太仗义，后来发现他眼里蒙了一层泪水，随着两个人在舞池里转动，感到风吹在身上，也吹干了他的眼泪。她想这到底算怎么回事呢？

拉门先生说："这么多年了，我看着光鲜，其实和瘪三也差不多，我攒钱攒得都想自杀了。我妈是环卫站扫垃圾的，我爸生病连份工作都没有，现在我终于可以出人头地。这种理想你明白吗？"姐姐只好歪着脸说："我明白。"拉门先生说："我知道你有喜欢的男人，我肯定不是你喜欢的那种，我追了你好几年，你越跑越远了，我估计我也追不上你了。我就在这庙里守着等你回来。"姐姐心想，这倒不错，我要是不回来了你干脆在这里出家算了，嘴上敷衍道："天涯何处无芳草呢。"拉门先生说："这个舞厅，不管到什么时候，都向你敞开大门。"姐姐说："我无所谓，我就拜托你一件事，别叫什么'妍妍舞厅'。你爱叫什么叫什么，别把我的名字刻上去。"拉门先生说："其实这代表

338

了我的一种思念，你的名字刻在我心里了。"姐姐说："你能不能别说话，认真跳舞？就这么一会儿的工夫你已经踩了我两脚了。"

于是他们跳舞。她心想，这家伙闭嘴不说话的时候还是很英俊的，她念高中那会儿差一点就被他打动了，他是个不错的人，只是有点蠢，但这种蠢并非发自内心，仅仅是他舞步拙劣。她又想到牛蒡，牛蒡难道不拙劣吗？也很拙劣。这一瞬间她忽然原谅了所有的拙劣，包括摄影师那张被打烂的脸。

这时有两个干部模样的人走进大殿，对他们说："怎么还在跳舞？这儿封门了。"

拉门先生放下姐姐，走过去说："我是这儿的老板，你们有什么事？"

那两个人说："我们没什么事，来贴封条。这地方消防一直通不过，属于易着火的建筑，以后都不给跳舞了。"

拉门先生说："这我才刚转让到手，他们没跟我说过消防的事情。"

那两个人说："我们管不着，我们只管贴封条。"

拉门先生后来说，转让费是要不回来的。姐姐表示同意，她不想再看见他被按在酒桌上挨打的场面。她说："你只能再攒钱了。"拉门先生说："是啊，还好我没把工作辞掉。"于是他又站在波顿酒店的大门口，觉得自己的运气真是糟糕。

这件事并不算很大的挫折，他只损失了五千块。

整个八月快要过完了，天气依旧很热，拉门先生觉得自己精神涣散，不再像过去那样敏感了，什么人提着包进出他都会慢一拍，少了很多踢不死。这令他很烦恼，预感到这份工作快要干不下去了。那段日子他再也没去过蔷薇街。

有一天他在休息室里坐着，帽子里一分钱也没有，觉得有人戳他后脖子，回头一看是姐姐。她说："我来看看你。"

那天她有点狼狈，浑身是汗，脸上沾着灰尘，像一只从脏水里捞出来的玩具。她从包里掏出两千元，交给拉门先生，说："另外把钱还给你。"

那笔钱本来给牛蒡的，放在他包里，后来警察抓走他的时候作为证物把包一起带走了，钱没回来，是摄影师给了姐姐两千元，让她还给拉门先生，免得他过于伤心。

拉门先生拖长了声音说："不急的。"

她说："急不急都得给你，我明天就回学校了。"

拉门先生没说话，只是站起来，把自己屁股下面的凳子让给她，然后给自己点了根烟，站在她面前抽完了，又点了一根。他一直没说话，姐姐很奇怪地看着他，不说话的拉门先生显得严肃而破碎，她看了很久，觉得快要失焦了。拉门先生说："这个酒店很不错的，四星级，你住过星级酒店吗？"她摇摇头。拉门先生说："在上海也没住过？"她说："我没事住酒店干吗？住不起。"拉门先生就走了出去，过了一会儿回来对她说："带你去参观参观。"

她也有点好奇，跟着他进电梯，出电梯，打开了某个房间的门，里面也谈不上豪华，只是比较干净整洁。地毯柔软，床单雪白。窗帘有两层，拉开厚的那层，里面还有一层薄的，像纱一样，隐隐看到城市在眼皮底下。这是全城最高的建筑。拉门先生开了冷气，坐在沙发上说："这里面可以洗澡的。"

姐姐说："我为什么要洗澡？"

拉门先生说："我订了这间房，你在这里睡一夜都可以，里面的洗澡间很不错的，龙头带红色的是热水，带蓝色的是冷水。开了冷气，你可以睡一觉。"他又指指柜子里的饮料，说："这些都可以喝，另算钱的，我付得起。"

姐姐从窗口回来，坐在他对面的床沿上，说："你想什么呢？"

拉门先生说："其实我很想，但是现在不想。我快要干不下去了，就算我请客，请你住一次酒店吧，以后我也不知道会去哪儿。"

她说："你以为我稀罕在这种地方和你在一起？"

拉门先生说："我没有那个意思，其实我最幸福的是那天在道观里，但是我很倒霉，最不幸福的也是那天。我希望你忘记我的倒霉相，以后能记得，我请你很风光地住过酒店。"

姐姐说："我觉得你做的这些，从头到尾都像个梦，都很虚无啊。"

拉门先生眼瞅着她站起来走掉，觉得自己失败透了。他在房间里待了十分钟，外面毫无动静，她不会回来了。她是肯定不会回来的。于是他脱了衣服，给自己洗了个澡，出来以后就直奔大街，去找那几个人。他不知道她在回蔷薇街的路上心里一动，差不多明白了这是要出事，后悔不迭地往酒店赶，回到房间敲了很久的门，他已经走了。

那天拉门先生走到康家三兄弟的舞厅里，下午没有生意，该在的人都在。这是他第一次来讲理，康家三兄弟都在笑，拍拍他肩膀，说他运气不好，只能再接再厉、从零做起了。拉门先生很诧异地看见强盗也在其中，就问他："你回来给他们看场子了？"强盗说："滚。"

拉门先生走到街上，对面有个西瓜摊。他穿过街道，走到摊主面前，问西瓜多少钱一斤。摊主说一毛二。拉门先生又问："西瓜刀呢？"摊主不知道该怎么回答。拉门先生问："西瓜刀多少钱一把？"摊主说十块。拉门先生就花十块钱买了刀，又花五毛钱买了个西瓜，放在花坛上，一刀劈开瓜，说："不错，不用磨刀了。"

按说应该再买张报纸，把刀卷起来，他懒得这么干了，就反手拿着，藏在身后，回到舞厅。那伙人都还在，拉门先生亮出刀，聚在一起的几个人轰地散开了，全都退到后面去抄家伙。拉门先生心想这下完蛋，除了自己以外谁都别想砍得到了，这时看见强盗从旁边的厕所里走出来，毫无防备。拉门先生觉得这个目标也不错，甚至更合适，抡刀劈过去。强盗伸手一挡，西瓜刀并没有把手臂劈断，只是嵌进去一半，拉门先生把刀子勒出来，又照着强盗迅速矮下去的头颅上胡乱砍了三刀。在其余人抄家伙涌上来之前，他扔下西瓜刀，发足狂奔向着派出所投案自首去了。

10

摄影师活到这一年曾经有过不想活的念头，他走了一生中最大的霉运，挨揍不说，莫名其妙牵连了拉门先生坐牢去了。事情就像一串鞭炮接二连三地炸响，摄影师是个脆弱的人，他不能接受自己成为满街男女老少嘲笑的对象，也不能接受一个二十三岁的优秀青年因为他的缘故从此身陷囹圄。他丧失了生活的勇气。

至于这件事的另一个关键人物，他深爱的女人关文梨，一度消失得无影无踪。他们认识十年了，这十年本来可以结婚的，但是阴差阳错，她成了他的情人。考虑到他多年鳏夫，关文梨也离了婚，情人这个词其实很不适用于他们。他们爱跳舞，另一种称谓是"舞搭子"，也未免太宽泛了。终于有一天，在她消失了整整一个月后，他再次跑到派出所去询问，有个年轻的警察很不耐烦地问他："你是关文梨的什么人啊？"摄影师犹豫了一会儿。情人？太书面化了，会引起警察的警惕。舞搭子？太口语了，警察又不会当回事。于是他郑重地说："她是我女朋友。"

当时社会风气虽然很开放，但对"女朋友"这种称呼，仅限于青年人使用，而且得是有正当工作的未婚青年。顾大宏和关文梨的年龄，加起来九十岁，年轻的警察像是被谁咬了一口，抬头看着摄影师。摄影师很是得意，觉得自己终于冲破了某种桎梏，说："对的，关文梨是我的女朋友。"旁边有个老警察乐了，忍不住说："老顾，早点结婚多好呢。"

到了九月里，姐姐去上海继续读她的大学，男孩去了化工技校，一所著名的流氓学校。剩下摄影师一个人守在照相馆里，脸上的伤还没完全好，但至少是恢复原形了，他很颓废地坐在玻璃橱窗后面，那儿贴了他的作品，各种各样的肖像，穿过这些肖像的缝隙可以看到他的脸。偶尔会有人路过，对他喊一声："老顾，还在想关文梨呢？"

那个女人应该不会走远，这座城市并不提倡背井离乡，所有人从出生到老死都得在这里，它富庶、温婉，只有在很偶然的情况下才会给你点厉害尝尝。

她家离蔷薇街不远，男孩的学校很远，每天骑车上下学都会经过她家门口，那是一个大杂院，里面住着乌七八糟的人，到了晴天所有的被褥和内衣内裤都挂在半空中。从街道上望过去可以看到她的窗口，位于大杂院的二楼，挂着碎花窗帘，始终静悄悄的。他注意到窗台上有一盆植物在渐渐枯萎，到秋天时它已经死成了几根秃枝。男孩心想，这下我爸爸大概是失恋了。

摄影师恢复原形以后迅速变成了一个老人，不只是白头发和皱纹，他的脸上居然出现了老人斑一样的瘢痕，额前被揪脱的头发再也没有长出来，而且有点耳聋，听到什么话反应都会慢半拍，一旦听明白了又会变得很容易激动。姐姐说这也不纯粹是挨打造成的，可能他的更年期提前到来了，过几年就好了。他有时候还去靳家花园，坐一个小时，喝杯茶，然后离开。他在舞厅通常都穿布鞋，别人一看这打扮就不会再来骚扰他。那时候的舞厅也变得更为大众化，跳华尔兹的人都少了，通常都是些很简单的四步，并且，永远也不会再有探戈舞曲了。他成了一个在舞厅里默默沉思的人，看起来，他一生中余下的时光都该是这样了。

有一天，关文梨回来了，她没有惊动任何人，当她走进苏华照相馆时，用丝巾裹住头，戴着一副口罩，连摄影师都没认出她来。

她果然没走远，住在城外小镇上的一个亲戚家里。摄影师问她："去那么久干吗呢？"她说本来是想去借钱的，那张欠条上的一万块，不过她真的借不到那么多钱。摄影师说："借不到就早点回来嘛。"关文梨愣了一会儿，对他说："没脸再回来了。"

正如姐姐所倡议的，他们应该结婚，这件事并不难，然而两个曾经在舞厅里如此风光的人，全城唯一在公开场所跳探戈的老帅哥和老美女，无法接受以这种方式落幕。结婚倒像是给自己找了个台阶下，这种羞辱太折磨人。关文梨说，只要她闭上眼睛就会想起摄影师的大脑袋，打得七零八落。这一切缘于她，她看见顾大宏害怕，看见顾小山和顾小妍也害怕，看见强盗和独眼以及这条街上的每个人都会感到害怕。

摄影师也跟着愣了一会儿，问她："那你打算怎么办呢？"

关文梨说："我想去挣点钱。"

挣钱是个好主意。她把所有的积蓄拿出来，在小镇上开了一家杂货店，生意很小，但这件事至少看起来比摄影师更重要，她虽然爱他可是并不打算和他结婚。一切复杂的恩怨情仇就此简单了。

摄影师没说什么就放她走了。

姐姐是一九九一年回到戴城的，她学的专业是通讯工程，这一批毕业生有些运气很不好，找到的工作简直比劳教还不如，也有一些运气好的，后来平步青云，她属于后者，不过时来运转得再等上十年。

那时她找到的工作是在邮电局上班，第一年相当于下车间，必须做个邮递员。她负责投递的那个片区离蔷薇街很远，没有熟人，少了很多不必要的麻烦。人们看见她穿着绿色的制服，骑着绿色的自行车，在清晨与傍晚出现在街道上。那种自行车都是二十八英寸的女式车，正常女孩子根本不敢骑的，她不怕。车后面挎着两个邮件袋，装着各种信件和报刊，有时男孩觉得这是一种报应，十年前她从汪仙居家的奶箱里偷出牛奶，现在必须挨门挨户送信，仿佛是把曾经偷到手的那些东西再偿还给一个空虚的中心。

她变得老实了，说话不那么嚣张，行事低调，偶尔只在家里发发脾气。她最烦有人提起那两个坐牢的男人，简直不能说，像她这么一个人，自认为接近完美，结果她的爱情在号子里蹲着呢，一个判了八年，另一个连影子都找不到了，根本不知道关在哪儿。在她脱下这身邮递员制服之前是休想见到他们之中的任何一个。

她很努力，工作优秀，上过电视。当然不是标兵，她才干了这么几天配不上标兵的称号，而是给标兵做陪衬，发表一下自己的感想。实际上她比标兵也不差，绝无迟到旷工，不怕苦不怕累，想方设法为那些无主的信件找到归属，有时候连人带车栽倒在雨雪纷飞的街道上。男孩在电视上看到她穿着邮递员的制服，非常正派，有一张美丽姣好的脸，简直可以做人民邮政的广告代言人了。男孩心想，嘿，那两个关在牢里的，是不是会有可能在新闻里看到她的模样呢？

有一次他去邮局找她，看见她疲惫地坐在门口台阶上，几个同样疲惫的邮递员一溜排开，他们的自行车也筋疲力尽地歪着车头。那些邮递员在抽烟，她不抽，只是低着头，在下午的阳光中等待着这一天的晚报和余下的信件，像个罪人在等待他的判决书。

定期地，她会收到拉门先生的信，特别简单的一张明信片，从城东那所监狱里寄出来的，上面写着他需要的东西。她很快乐，给他送东西是她最高兴的事情。不过她更惦记的是那个从来也没写过一首诗的诗人，如果这两个男人都站在她眼前，她到底会嫁给谁，只有天知道了。

姐姐工作以后有很多男人追求她，这是必然的，可她最终都没有答应别人。男孩问她是不是在等待着拉门先生出狱，那位还在高墙里糊火柴盒呢，以他的刑期大概还有满满一仓库的火柴盒等待着去完成。她说倒也不是为了他，后来又说："戆卵为什么非要砍人呢？搞得我一生负疚，真他妈的没来由。"她做邮递员以后在家说脏话已经毫无顾忌了。

"那么诗人呢？"

"别提了。"

"还有那个去了美国的，好像是你的初恋男友。"

"凑一桌打麻将吗？"她看着天说。男孩就不再问下去了。

男孩想，这真的像命运的安排，但命运只是在关键时刻伸出手来扭转一下局面吗？把一切变得更简单或是更复杂？也不是这样吧，每当他看到姐姐的样子就会觉得所有人都在时间中，时间就是命运，除此别无他途。

有一天姐姐对男孩说："我看见强盗了。"

男孩说："他在哪儿？"

她说："跟我去看。"

男孩骑着她的自行车，带着她，走了很远的路，来到她的辖区。在一条很破旧的商业街上，她跳下车子，指着马路边的一个报摊说："他在卖报纸。"

那个人，被拉门先生砍成了半傻，手上的筋也断了，如果不是医生妙手回春的话，他就得死掉，拉门先生也得死。他剃着光头，戴着一顶卖报人常见的遮阳帽，如果摘下帽子你会看到清晰的三条刀痕。他的报摊很寒酸，用几把凳子拼起来，上面搁着很少的几份报纸，报纸上压着几枚硬币。他自己就坐在一把折叠帆布小马扎上，看着眼前的硬币发呆。

男孩说："爸爸的欠条还在他手里呢。"

姐姐说："看这样子是不会来要钱了，都两年过去了。"

男孩说："欠条在，总之不是件好事，万一哪天他又想起来了呢？"

姐姐打趣说："他要是真想起来了倒也不错，跑到蔷薇街来，和老顾叙叙旧。"

男孩说："老顾也跟傻子差不多了，他要是看见强盗或许会清醒过来呢。"

她点点头。两个人感到一阵轻松，没错，那张欠条是不会再出现了，它已经变成了强盗身上的刀疤，阴差阳错地，把这个最难搞的家伙、他们全家的阴影，就此定格在了八十年代。某一瞬间男孩甚至觉得，强盗是无辜的。

男孩想，我们都解脱了，包括姐姐，不过也未必。有那么一天，她去送信，遇到几个十七八岁的小流氓调戏她，对她说："女邮递员，打炮吗？"

她不太明白打炮的意思，不过看他们的表情就明白了。她跳下自行车，瞪着这几个人，他们哈哈大笑。后来又跑过来一个年纪比较大的流氓，对那几个人说："你们找死，你们知道她是谁吗？她就是顾小妍。"那几个小流氓摇头，没听说过。年纪大的那个就说："她的男朋友，当年一个人提着西瓜刀冲到康家三兄弟的舞厅，三刀砍残了一个叫强盗的老逼样，警察来抓他，他一脚踢飞了一个联防队的，爬到屋顶上，几十个警察堵着他，后来电视台都去拍新闻了。这人现在还关在牢里呢，等他放出来能把你们一个一个都剁了。"那几个小流氓听了感到非常佩服，臊眉搭眼咋舌而去。

姐姐推着自行车往前走，走了一段，她觉得孤独了，她从来没有感觉到孤独但那次孤独找到了她。她撂下车子，站在街上大哭起来。

11

步入九十年代后，摄影师再也没去跳过舞，他隐退了。如果戴城有个跳舞名人堂什么的，他的照片应该会挂在那里，供后人瞻仰。可惜没有，只能草草落幕，成为人们茶余饭后的一段传奇故事——那个会跳探戈的顾大宏，真的很厉害，又儒雅又傲慢，后来被人打成了傻子，所以做人不要太清高啦。这就是故事的全部意义。

很多人都以为他颓了，其实不然，他很滋润，每隔两个星期去一趟小镇上，找关文梨叙叙。她在镇上先是开了个杂货店，后来又开了个饭馆，里面还有摄影师的股份。那镇子过去很冷清，没想到一夜之间就成了旅游旺地，到一九九二年的时候，饭馆可谓顾客盈门、生意兴隆。她还卖一种很肥很耨的蹄髈，据说是当地特产。每次摄影师去镇上，第二天都会带一个回来，放家里吃一个礼拜。他在镇上过夜。

可他们就是不结婚。

摄影师还是守着他的照相馆，店面破旧，生意越来越差，曾经有人来和他谈转让的事情，他不干，觉得它既然以亡妻的名字命名，那就不能随便倒了，更不能把这名字交给别人。九二年解放路改建，沿街一溜平房全部拆除，造起了楼，贴着马赛克瓷砖，玻璃窗全都是茶色的，照相馆恰好在一幢大楼后面。那地方叫作康城歌舞厅，是康家三兄弟的买卖，里面全是三陪小姐，到了晚上热闹极了，唱歌跳舞，喝酒划拳，轰轰的音乐声从里面传来，卡拉 OK 的嚎叫回荡在夜空中。等到这些声音都消失，筋疲力尽浓妆艳抹的三陪小姐就跑出来吃夜宵。

有时候他们能看见一辆黑色的桑塔纳，里面坐着康家三兄弟，他们已经成了戴城很有名望的生意人，他们开影视公司，有两家歌舞厅，后来还做起了房地产生意，不过这一切都与摄影师无关了。

这条街称之为花街，原先只是因为它名为"蔷薇街"，街上又有很多栀子花，至此它就真的成为花街了，附近的白柳巷顺便也叫柳巷。人们都很快乐地说自己住在花街柳巷。

九十年代，陆续又有人搬离蔷薇街，其中就有方屠户。屠户那时也不再卖肉了，因为没有国营肉店了，他不想做个体户继续抢刀子，根据林雪凤的推测，中国很快就会流行各种冰货——冷冻的鸡鸭鱼肉，冷冻的丸子饺子，甚至冷冻的面条。这在过去是无法想象的，屠户一直记得，人们为了买一块没有冰冻过的"热气肉"，拼杀在菜市场，给他这个剁肉的递香烟抛媚眼，没有人爱吃"冷气肉"。然而冷气时代确实来临了。林雪凤是个商业奇才，她总能准确地预测到行情的变化，屠户在西边的新村里摆起了一个冰货柜台，很快步入正轨。他顺便租了一套三居室，全家迁往新村，蔷薇街的日子就算是永久性地结束了。

摄影师仍然坐在他的照相馆里，旁边的烟杂店和寿衣店都变成了小饭馆，一个卖炒面，一个卖盒饭，到了吃饭的时间油烟弥漫，泡沫塑料盒子四散飞扬。座位不够，食客们就蹲在照相馆门口吃，很煞风景。这且不说，关键是这种小吃店引老鼠，大的在地上跑，小的在梁上蹿，首先把姐姐吓了个半死，其次那些女的再也不肯来光顾他的生意了。

男孩那时已经被化工技校开除，在外面帮人跑婚纱生意，十九岁就挣到了自己那份钱。姐姐比较倒霉，没调进科室里，还在外面做邮递员，不过看上去好日子也不远了。他们都不再管摄影师的私生活，他孤守着照相馆，有一天，他的好运气来了。

他被强盗揍过以后，干了一件非常无聊的事，每天到照相馆里给自己拍一张派司照，一共拍了五十张，全都冲出来。在这些照片上，可以清晰地看到他那张脸的变化过程，从一个狰狞恐怖的大脑袋，逐渐缩小，逐渐恢复原形，后半部分可以看出他很帅，脸上的伤让他更酷。他表情平静，或者说像个无所谓的劳改犯，到了倒数第三张，他似乎是疯了，跑到理发店给自己剃了个板寸，扮出一副恶狠狠的表情，倒数第二张是哈哈大笑，最后一张是伸舌头扮了个鬼脸。他把这些照片贴在一张黑色的卡纸上，全是两寸头像，密密麻麻地排列在上面，观者无不动容。这套照片他要是心情好了就会拿出来，放在柜台上吓吓人，也展露一下自己的摄影功底。他还挺得意，说那次关文梨来找他，本来是可以把她挽留下来的，后来他搬出这套照片，她就吓得跑回镇上去了。

那次有几个外地的摄影家经过解放路，顺便拐进苏华照相馆，他们是来买胶卷和电池的。摄影师正在吃午饭，他的五十张派司照就搁在柜台上，有一个摄影家看见了，吓了一跳，抬头端详摄影师，又招了那几个人一起来看，大伙啧啧赞叹，问他："这是您自拍的吧？"摄影师点头。外地摄影家说："这很厉害啊，非常有力量，可惜尺寸小了点。"摄影师咽下了米饭，跑到里面拿出四个档案袋，里面是五十张扩成十寸的大片。

外地摄影家们看了半天，除了这套以外，还有他当年给姐姐拍的"早晨"，给男孩和关文梨拍的"雨季"，以及其他乱七八糟的荷花梅花樱花玉兰花。外地摄影家很有眼光，说："花就别看了，您的人像拍得不错。而这套照片是世界级的，效果太好了。"摄影师说："是啊，前年不小心摔的。"外地摄影家说："您也别不好意思了，这分明是给人揍的，傻子都能看出来。"摄影师无所谓地说："哦，那就揍的呗。"

那几个摄影家告诉他，南京正在做一个现代艺术展，问他有没有兴趣参加。虽然他籍籍无名，只是一个街边照相馆里衰老无用的小老板，但这套作品从各个方面来讲都不逊色于摄影大师。最关键的是，没有哪个摄影大师能把自己揍成这样再拍一组照片，那种伤痛、悲愤、狂乱，都是独一无二的。摄影师想了想，民间艺术家对这么高深的理论不是很明白，但他觉得去参加展览也不错，这是他一生中从未敢想的梦想。

这件事花了他不少钱，主要是冲印和装裱，还有运输费。他独自去了南京，反正也没人管他。后来男孩才知道，他的作品挂了整整一个墙壁，刊登在两份艺术杂志上。这组照片被他命名为"疼痛"，疼痛1号，疼痛2号，一直到疼痛50号。够吓人的。等他回到戴城时，又上了一次晚报，文化宫给他开了一次摄影作品回顾展，把荷花梅花什么的也拿出来现眼。这下他第二次出名了。

那时人们又想起他了，原来曾经的摄影师顾大宏已经成了知名艺术家，生意又来了。他穿着高帮皮鞋和摄影马甲，坐在一把罕见的导演椅中，跷着二郎腿抽烟。有一天人们惊讶地发现他的头发很长很长了，并且他也不打算把它们剃掉，花白的头发像当年的诗人牛蒡一样，逐渐齐耳，逐渐披肩。现在已经没有人可以和他谈柴米油盐了。

在苏华照相馆的最后一段时光中，他显得满足而自负，作品还在外面展览着，他享受了一个戴城的小老板不可能得到的荣誉。有一天他昏了头，竟然答应给碧波饭店的女老板拍一套裸照，那也不是全裸，而是半裸，但足够让他再挨一顿打了。

那个女老板也是深爱着他的，她很漂亮，就是长得有点肥，不太会跳舞。过去她认为自己有钱，胜过关文梨十倍，现在关文梨也他娘是饭馆女老板了，生意不比她差，她估计这辈子也追不上摄影师了，只有一个要求，在青春逝去之前请他给自己拍一套比较暴露的照片。当然这事得关起门来干，摄影师没二话就答应了。

于是，那天下午，姐姐恰好提前下班回家，街道静悄悄的，隔壁饭馆里的人都在打瞌睡，她看到苏华照相馆的卷帘门关着，觉得奇怪，就掏钥匙开门走进去看个究竟。她以为最惨的事情无过于摄影师又被揍了一顿，结果看见碧波饭店的女老板衣衫凌乱地坐在里面，摄影师脱剩一件汗衫，扎了个小辫，正在狂按快门。姐姐几乎要晕过去，总算她也见过一点世面，没声张，退出去替他们把门，直到他们完工。碧波饭店的女老板出门时还很亲热地拍了拍姐姐的肩膀。

那是家里最后一次爆发大战，男孩亲眼目睹。他觉得好玩极了，摄影师和姐姐都嘟着嘴，互相不服气，互相觉得对方是傻瓜的样子。姐姐说他这么干很可能会被抓进去，如果他一直这么干，肯定抓进去。摄影师说："拍人体艺术的我见过，我去南京都见过了。"

姐姐说："真以为自己是艺术家了？"

摄影师说："反正比你那牛蒡更艺术家，我很有名气的，上过艺术杂志了，你不知道吗？"

姐姐狂怒："我知道，不就是被人狂揍一顿吗？你要是再被人揍一顿，你还能上艺术杂志。"

摄影师狂怒："你一个邮递员竟然嘲笑我？"

姐姐说："你下次要是再拿牛蒡说事，我饶不了你，我天天跟你说强盗。"

摄影师说："你还有个拉门先生呢。"

姐姐说："你还有个独眼呢。"

摄影师说："再啰唆我就一把火烧了这照相馆。"

姐姐有点害怕，嘟哝说："嘴硬吧，你就是因为嘴硬才挨揍，揍完了可以去展览。"摄影师抄起凳子，女邮递员撒腿就跑，跑出去二十米，回过头来对他说："你到底想娶哪个女人？"

摄影师喘了口气，穿好衣服，抓了点钱塞进口袋。那时天色还不太晚，走得紧的话，可以赶上去小镇的最后一班中巴车。他把苏华照相馆的卷帘门拉下来，锁好，往巷口走去。

姐姐大喝道："去哪儿？"

摄影师用他三十多岁时一贯平静的语调，头也不回地说："老子去结婚。"

第八部

光明

罗佳说，赌场就在城西大桥往西，问我到底去不去。我想了想就答应了。

　　那是白露，人们开始斗蟋蟀，同时赌钱。有这种赌场，藏在城市隐秘的角落里，职业赌徒、业余赌徒、蟋蟀玩家混杂在一起，像一个微型的角斗场，罗佳的爸爸也在其中。他已经从牢里放出来一年多了，在这段时间里，他迅速欠下了巨额赌债，输掉了仅有的房子。她搬到郊区住着，农村廉价的房子，既省钱，也免于债主上门骚扰。

　　她说，凡是斗输了的蟋蟀，都会被踩死，因为它输过一次就失去了再斗的资格。但是她的爸爸，简直是一只不死的蟑螂。他永远都在赌，永远都在翻本。

　　那时罗佳已经是我的女朋友了，我们都十八岁，我被技校开除不久，而她早已成为放荡的马路少女。她妈妈已经死了有三年，以前住的房卡房，用来抵债大概不值一千块钱，可是连这都被收走了。她说农宅不错，其实比城里的房子宽敞，但那地方没有煤气，也没有自来水，冬天快要来了，再熬下去她爷爷和奶奶非得冻死一个不可，或者两个全都冻死。她爸爸已经不回家了。

　　"去砸场子吗？"我说。

　　"就去看看。听说他赢了很多钱，我就可以搬家了，但他不想把钱拿出来，也许他赢了钱在外面有女人了。我再也不想住在那个鬼地方了。"

我们骑着自行车打算出发，我看看手表是下午四点，她说一小时就能到。

"赌场给你进去？"我问。我知道那种地方都是秘密场所，怕警察冲。

"我去过的，他们有点认识我。"她说。

"也许不给我进去，我身无分文，不太像个赌钱的。"

"你就说你是去卖蟋蟀的，你歪头的样子最像干这个的。"她说，"我还带了一个蟋蟀呢。"

"你也打算去赌？"

"笨蛋。真正的赌棍是不需要带蟋蟀的，他只要带钱押宝就行了。"她说，"我身上也就剩下两块钱了。"

她从口袋里掏出竹筒，拔出塞子，跳出一只三枪。按照我童年时的经验，谁要是放出一个三枪，就会招致严重的嘲笑。我夸张地笑了起来。她说："有什么好笑的？"抬腿把那只可怜的母蟋蟀踩死了。

"那就走吧。"我说。

在此之前我刚刚被化工技校开除，成为马路少年的一员，成为和她一致的人。我终于到达这个地方，说起来这也不是我努力所得，而是她混惨了。

我在化工技校算是把什么坏事都学会了，刚进学校的时候，我摸了摸自己的歪头，估计第一天就会被人欺负死，这所学校出了名的流氓土匪，生存压力太大。当时我的理想是去烹饪技校做厨子，厨子们当然不欢迎我。

然而我猜错了，那是极为严厉的年份，开学第一天我们所有人都被镇住了，气氛异常肃穆，教学楼正门口挂着横幅，要求整顿学风，警惕和平演变。新生们坐在教室里噤若寒蝉，高大威猛的班主任在教室里穿梭一圈，先是勒令一个穿牛仔裤的学生脱下裤子，仅着一条短裤绕教学楼跑圈。学校没有操场，跑步都得绕教学楼。其次是让一个穿花衬衫的去食堂里铲煤，恢复一下劳动人民的本色。轮到我的时候，班主任很仔细地检查了我脖子，又拉拉我的头发，确认我是天生的歪头和天生的鬈发，这就算下马威了。第二天有两个在走廊里吵架的同学被拎到教务处，一人挨了一个警告处分，我们都吓傻了，连厕所在哪儿还没认清呢，就已经被处分了。头一个月里，高年级的孩子像割草一样纷纷遭到退学和开除，那帮大孩子也懵了，说以前不是这样的，管得可松呢，只要不打老师基本上不会有任何惩罚。这时你抬头看看学校里的横幅就会明白为什么。

那所学校靠近城东的大桥，旁边是护城河，往北走一段路就能看到监狱，罗佳的爸爸就曾经关在这里，我姐姐的男人也是。在八十年代，罗佳曾经一次次地带我来到这里，她以一个明媚而忧伤的形象留在了我的记忆中，然而我已经失去了她。

技校的生活十分乏味，但并不平静。开学没多久我就见识了一场校内斗殴，一个学生被人捅穿了肚子，警车直接开进学校，把一群高年级的学生带走。接下来的日子，更为严厉的管制开始了，牛仔裤绝对不允许穿，军裤也不允许，皮鞋必须得看鞋头，尖头和方头的都不允许，圆头的可以。衬衫不能带花，带条纹的也不行，必须一色的，下摆束在裤子里，领口的扣子只能解开一颗。如果有同学穿打补丁的裤子，那是要受到表扬的。有一次一个笨蛋穿着打补丁的裤子、衬衫和球鞋一起出现，为了求得更多的表扬，结果被班主任赶了出去，说他太像要饭的了。

打架一概处分，见血必开除，打老师的直接送去拘留。有时候不说话的也会倒霉，比如说，校长正好看见你在走廊里站着，他走过来问你四项基本原则是什么，答不上来就绕教学楼跑吧。

学校明文规定不许蓄须，我们之中很多人都没胡子，只有嘴唇上的一溜细黑汗毛，这在许可范围内，汗毛不是胡子，可是有一天又宣布这全都算胡子，必须刮掉，我们都去刮了，刮掉以后又长出来，从此它就是胡子了。

我在十七岁时经过了猛烈的变声期，刮了嘴唇上的汗毛，从此一发不可收拾，这让我高兴，原来歪脖子并不与荷尔蒙有关，我一切正常，在技校这个地方甚至可以变得更凶悍，像个真正的怪物。

那段时间没什么人欺负我，我们班上有一个最强的男人，绰号呆波，他的爸爸妈妈都是跟我爸爸学跳舞的，一九八五年在文化宫俱乐部的第一批学员。呆波佩服我爸爸，按辈分算起来他是我的师侄，不过我不能这么说，他让我做他的师弟我也认了，我在呆波的小团体内混得不错，他们仅仅是嘲笑了我歪头的客观事实，并未将这种羞辱付诸行动。我经常买香烟给他们抽，这是一种示好。很快我也成了一个真正的烟民。

我姐姐曾经嘲笑我抽烟的样子，歪着头，满脸无所谓，残疾而堕落，自以为离经叛道。我告诉她，技校对抽烟的惩罚十分严厉，这种在成年人来说极度普通的行为是校园内的头号禁忌，你甚至可以公开钓马子，但你不能公开抽烟。我也不知道那些老师为什么会痛恨它。惩罚的方式也很特别，不处分，不批评，而是扣津贴。技校每个月发给学生十五元津贴，国家补助的，这笔微末的财产是我们唯一的尊严所在，你可以考试不及格，可以被处分，甚至趾高气昂地卷铺盖滚蛋，可是只要你还待在这鬼地方，每个月的月底看到别人拿钱，自己身无分文变成一个穷鬼，一个戆卵，这极伤自尊。尽管只有十五元，但它可以叫人发疯。所以你应该认识到，我这么干是真正的离经叛道，就像我没事爱摸电门一样。

我们依然在任何可能的场所抽烟，厕所里，楼顶上，树荫下。这所学校基本都是男生，抽烟乃是一项光荣的革命传统，甚至比打架更重要，所有的男生都保持着一种强硬的姿态：我可以穿打补丁的衣服，可以老老实实，可以背诵四项基本原则，但是老子必须抽烟——因为他妈的，抽烟和资产阶级没有一分钱的关系，无产阶级才抽烟，资产阶级都他妈的戒烟了。

抽烟让我有一种孤独感，小小的，微微的。我经常爬到楼顶上，叼着香烟静静地望着护城河，对岸的监狱，带铁丝网的高墙、圆形岗楼以及像勺把一样弯曲静默的大桥。我用这种方式怀念着罗佳，整整十年，我像是穿过了漫长的旅程，到达了一个荒凉而珍贵的地方。我想她简直快想疯了。

那是残疾而堕落的年份。到了九〇年，我被评为年级里的资产阶级自由化。这得说是我活该，在一次文体活动中，我被呆波他们抬起来扔向一个高年级的美女，她是学生会主席的女朋友。她发出惨绝人寰的尖叫，歪头，快点滚开。我闻到她身上好闻的味道，她和罗佳长得有点像，一瞬间我沉醉地闭上眼睛笑了，于是我就资产阶级自由化了。

技校的资产阶级是什么滋味，我算是尝到了。每次开大会都是由这些人做开场白，先汇报自己的思想，再站到墙边，背诵四项基本原则，然后到外面去跑步。有一本白皮小册子供我们学习，每半个月这些资产阶级以及其他受处分的无产阶级汇聚一堂，根据教导主任的要求默写这本政治手册上的一切内容。最可气的是我们这些资产阶级既不会被开除也不会被处分，说白了，只是个虚名。我曾经问过班主任，既然不喜欢我，为什么不让我滚蛋，反正我也不想在这里待下去了。班主任说，如果我们都滚蛋了，学校就没有资产阶级了，那么政治课还找谁去上呢？毕竟不是"文化大革命"，要置我们于死地，无非是教育教育，给大家做一个可供参考的实例——实在对不住，技校这种地方能找到你们资产阶级的也实属难能可贵，忍几天就过去了。

我们每星期都会有一个下午关在会议厅里看录像，里面的士兵烧得不像样子。那会儿已经不打仗了，大家都觉得当兵没什么危险，猛一看到录像，发现共和国还是很需要卫士的。

跑步的时候我总是落在最后一个，连女生都跑得比我快，这很丢人。他们都跑完了，我还在绕着教学楼独自散步，一只手捂着剧痛的小腹，有一次干脆跑吐了。这副惨相引来连片的叫好声，我抬头看到学生会主席和他女朋友，他们在二楼学生会办公室里探出头张望，那狗女人的笑声像花瓣一样落在我头上。

我们走到巷口，罗佳说有点饿了，如果去赌场我们可能会很晚才回来，最好吃过晚饭再上路。我们来到苏华照相馆边上的饭馆，各自要了一份炒面，店里顾客不少，我们找不到座位。我把她带到了照相馆里。

"我爸爸去看他女朋友了。"我掏钥匙开锁，把卷帘门拉起一个三尺高的空隙，再打开门，钻进去，坐在柜台边吃炒面。吃完了我打算消化一会儿，顺便把抽屉里的照片拿出来给她看。一九八八年她是这儿的常客，很多照片都是当时的聋子方小兵拍的。她看得认真，我顺手摸摸她的头发，她说："别乱动，头发乱了。"外面刮着很大的风，我想要是她这样子去城外，用不了多久，头发就会全部乱了。

"聋子搬家了？"

"搬家了，住到那边新村里去了，关在家里继续画彩蛋。他只会干这个。"

"学不会其他东西了？"

"不需要学会，彩蛋已经够他消费一辈子了。"

我们坐在一起，想念了一小会儿方小兵，用圆珠笔在小本上猛写字，骑着他那辆破旧三轮的天真样子，不禁很感慨，光阴如梭，一切都生锈了。很奇怪，时至今日我仍觉得八十年代是光彩焕然的，那种新鲜好闻的气味引导着我，而九十年代在我心里却显得陈旧腐败，从一开始直到它结束都没能挽回。我矫情地说："以前的日子再也不会回来了。"以为她会嘲笑我，不料她说："是啊，好日子结束了。"于是就连小兵都被我抛在了那个业已消失的八十年代中。

后来她又找到了一张更久以前的照片，七年前在照相馆里拍的。我坐在她身边，仿佛感到最初的她又回来了，那个上课时拘谨又美好的小姑娘，和赌博没有一点关系的她。我觉得很伤感，我记忆中的罗佳已经不存在了，但我仍然喜欢眼前的这个人，无论她化蛹为蝶还是化蝶为蛹。她凸出于一切事物的表面，这么多年我并不知道在她身上发生了什么，她怎么会变成这样，而我为什么还是从前的那副样子。

她把那张照片揣进口袋，说："给我吧。"

"我也就剩一张了。"

"你有好多张我的照片。"

"小学的就这一张。"

"我搬家的时候把一本相册弄丢了，小学的照片也就剩几张派司照，难看死了。这张好看。"

她还是很美，但美得和从前不一样。从前她花里胡哨的，喜欢戴蝴蝶结，穿着很优雅的黑色搭扣皮鞋。现在她用牛仔裤和夹克衫彰显其马路少女的身份，前额的头发用吹风机吹得翘起来，抹了亮晶晶的摩丝，模仿香港录像片里的小太妹。既然如此，我就得扮演烂仔，这没什么不好，在我看来，所有人都自以为活在录像片里。

我曾经去过她家里，郊区农村，三开间的二层农宅，在当地来说也算不错了，她家租了楼下一间，往外看就是大片的菜地和房东家的鸡棚。屋子里黑洞洞的，家具破烂不堪，两个老人呆呆地坐在床上，目光沉重，仿佛已经没有力气与生活中的绝望相对抗，只能任由如此，随时准备死掉。那种地方没有自来水，没有厕所，她用马桶，然后倒在农村的粪缸里。这与她马路少女的形象完全不符。她说洗澡更麻烦，到了夏天，每天晚上烧了水给爷爷奶奶擦身，然后是自己。

这非常痛苦，与此同时，她搞不清那些农民是怎么熬日子的。房东告诉她，老人不用那么勤地洗澡，他们没有新陈代谢了，没那么容易发臭。她听了这话觉得更厌倦，有时候在城里玩得很晚，不想走夜路回到村里，她就去医院急诊室睡觉。她一门心思就是挣点钱，赶紧离开那个地方。然而她爸爸不见了，秋天到了他赌蟋蟀去了。

她站起来说："走吧，还要赶很远的路。"

念技校的时候，呆波一直罩着我，他带我去跳舞。呆波的爸妈比较擅长跳国标，在我爸爸门下算是比较出色的，到了呆波这一代完全无视于跳舞的道德观，他专门跳淫舞。春天时，他带着我去了一个地下舞厅，真的是地下室，正门口挂着"春光舞厅"的牌子，沿着台阶往下走，里面空气很糟糕，廉价的腈纶地毯显得非常肮脏。我们钻进去，舞厅像防空洞一样，少许灯光照着舞池中央，围着舞池是一排排的火车座，里面有一些人影在晃动。我以为呆波是来这里找人打手枪的，但是他告诉我，他真正的目的是来服务于那些中年阿姨，她们正如饥似渴地等待着他的手指。呆波问我想不想试试看，我摇头拒绝，实际上是心惊胆寒。呆波说："那你就在这里等着，别乱跑，别去角落里，地上很滑当心摔死你。"

他走进暗处，这个头发梳得光溜溜的家伙，穿着皮鞋，仿佛用直觉就能分辨出地上哪儿有精液，拐着弯消失在一片混沌中。我呆呆地站着，过了一会儿走过来一个清洁工大妈，若无其事地举着黏糊糊的拖把，对我说："去吧，拖干净了，里面好多人呢。"她丝毫没有注意到我是个歪头。

我背着书包走出春光舞厅，到了外面猛力呼吸着既没有尼古丁也没有荷尔蒙的空气，让自己缓过来。我坐在一个消防栓上，给自己点了根烟，看看风景。这一带很破败，街上没什么人，对面的楼房贴着长方形的外墙砖，像秋天的树叶一样凋零坠落。横着看过去，洗头店，烟杂店，包子铺，游戏房，还有一家柯达冲印店。然后我看到一个敞开了门面的台球房，有个女孩正在孤独地打球。

我捏着香烟走过去，她十分专注，只是在伏下身子的一瞬间从长发的间隙中瞄了我一眼，一秒钟后出手，一个黑球落袋。她球打得很好，但出于色盲的缘故，从来只打最简单的。

这是我在九十年代第一次看到她，也可能不是，有时我感觉到她骑着自行车一闪而过，有时我会认为街对面那个靠在行道树上发呆的姑娘就是她。那种触电似的幻觉，仿佛她总是在我身边。

我看着她，稍稍有点疏远。她直起身子，似笑非笑地问我："在哪儿混呢？"

"化工技校。"

"看你从春光舞厅里出来了。"

"我就是进去看看，什么都没干。"

"那可不是你该去的地方。"

"知道。"

她弯下腰继续打球，打完了又给自己开了一局。她问我："要不要一起玩？"

我说我不会，时隔数年，我还是扭不过我的脖子，学不会任何一种球技。她仿佛才想起我们以前的事情，说："给我看看你的脖子，是不是更歪了。"我笑笑，挺起胸膛，这可能是我仅有的心甘情愿挺起胸膛的时刻，它简直像黄金一样稀少，我享受着永恒的时间中绝不停歇的时针与分针的旋转而秒针却悄然停下的瞬间。她说："好像比以前好很多了。"

我问她："你现在在哪里念书？"

"不念书了。"她说，"被二十二中劝退了。"

"就一个人玩，你以前那些朋友呢？"

"闹翻了，不往来了。"她说，"一个人打台球挺好的，你来了我才觉得无聊，跟我学台球吧，我们可以去赢点钱。"

"你爸爸呢？"

"放出来了，干老本行，赌钱。"她开始数落我，"又抽烟啊，胡子也刮了，好像还长高了些。"

我说："你越来越漂亮了。"

她笑笑。她喜欢我赞美她，就像我喜欢听她说脑袋是不是更歪了。我坐在凳子上看她一个人玩，她闲闲地问："在学校里混得怎么样，给人欺负了吧？"

我说："还好，我实习了。"

"很快就能挣钱了。"

"是的。"

她绕着桌子走，仍不时瞟我一眼，带着笑。我很怕从她眼中看到那种厌烦的神色，但是没有，她一直笑吟吟的。这让我觉得她已经原谅了我，或是原谅了自己，要知道当初她几乎是把我和方小兵踹走的。

后来呆波从春光舞厅里爬了出来，他已经筋疲力尽了，跟着他一起出来的还有一个面色潮红的丑阿姨。两个人在街口分手，呆波看见我在台球房，就跑了过来。

呆波说："哎，你在打台球。"

"看她打。"我说，"我的小学同学。"

呆波对她没有兴趣，呆波刚刚爽过，处于他最呆的时候。他要了我一根烟，坐在边上一起看她打台球，看了一会儿说："打得不错。"

她说："要不要来一盘？带花的。"

呆波说："想赌钱吗？"

"赌多少？"

"十块一盘。"

她摇头说："三十。"

呆波点头同意，拿了球杆过来，两个人说好打最简单的，十五个球谁先打进八个就算赢。呆波也会打台球的，虽然比不上他的舞技，但像他这种人总会认为自己无所不能。这次他吃亏了，她一点没给他留面子，甚至连钓鱼式的故意输球都懒得做，干净利落地赢下了三盘，还是那种笑吟吟的样子，眉宇间稍有一点刻毒。呆波傻站在一边，看看我，又看看她，说："你们他妈的故意的。"我说："什么都别说了，还来吗？"呆波说："不来了，没钱了。"我说："你可别赖账，传出去没法做人的。"呆波说："今天我状态不太好，情场得意赌场失意，他妈的居然上了你们的当。"这句话惹得我笑了起来。她嫌恶地撇嘴说："又不是我逼你赌的，有什么不服气的。"呆波说："过两天再比划比划。"掏出一张一百的，我倒找给他十元，他自认倒霉走了。

我们看着那张一百，其中还有我的十元。她说："我请你去吃饭。"

我说："喂，和我在一起，你难道没有感到不甘心吗？"

她说："我看见钱，心里就甜甜的。"

那以后我可以找到她了，我们总是约好时间见面，总是某个台球房。有几次我爽约了，被学校留下来背诵文件，赶到台球房去一看她已经走了，但她总会留下一张纸条，说好什么时候她还会再来。台球房并不是一个很安全的地方，有些人会来招惹她，她总是能巧妙地让人下场打球，赢到一点钱就溜。

我们出城向西，风很大，远处的晚霞像是一炉快要熄灭的炭火。沿途尽是下班的人，有一些从城里往城外，有些相反。这座桥在下班时显得拥挤，但它上方的天空仍然开阔，秋天时甚至能看到候鸟，大雁或是鹳，在极高的地方，似乎是沿着河流向南而去。

我们经过一个又一个新村，经过了城外的寺庙，人渐渐少了，树多了起来。有一段时间我一直看着山，随着我们靠近，它缓慢地升起，挡住了晚霞，于是薄暮忽然降临。山使我失去了参照物，待到快要靠近山脚时，她带着我顺公路转了个弯，向一座小镇骑去。

那地方只剩下公路了，十分荒凉。我说："我可能会去一个婚纱店上班。"

"挺好啊。"她说，"卖婚纱你行吗？"

"我不站柜台，帮工做做运货理货，学点生意。"我说。

这份工是林雪凤介绍给我的，我去过三天，是无报酬的实习，老板觉得我很勤快，答应给我这份差事。看起来像是混口饭吃，但林雪凤私下里告诉我，婚纱将是未来几年最挣钱的行业。红事白事永远都是挣钱的。几十块钱的婚纱放店里翻三倍到十倍的价钱卖出去，那种纱在我看来根本就不是人穿的，只有在结婚的时候女人才能忍受这个。

"他们也招女营业员的，你想不想试试看？"我问。

"多少钱一个月？"

"我是一百五，你想做营业员我可以帮你问问，听说还有提成。知道什么叫提成吗？在你手里卖掉一件，你就可以拿一份钱，多劳多得。"

"那你帮我问问。"她说，"老想靠赌台球挣钱也不是个事。"

"不要再去赌台球了。"

"我只会这个。"

"开店就是靠学的，我以后也想做婚纱生意，弄个门面。等我挣到钱了给你开个台球房，你一个人在里面天天打台球。"

她笑了："可是，这又有什么意思呢？你还是多开几个婚纱店吧。我们这些人唯一的希望就是开些小店，到时候我跟你合股。"

"我的店就是你的店。"

我们终于来到赌场门口，那其实是一所工厂。我们停了车子走进去，里面冷冷清清的，传达室亮着一盏孤灯，黑漆漆的地方有些花坛和宣传栏，后面是车间，都停产了。她带着我往里走，低声说："这帮赌徒都是包了汽车来的。"我说："怕警察抓吗？"她说："就是啊。"

工厂很大，绕了好几个弯，一直走到最里面。有两个把风的人拦住她，她报了她爸爸的名字，那两个人就放我们进去了。那是一个大仓库，里面热闹极了，四张大桌子，一众人等分散着围在桌边，有人下注，有人坐庄，秩序井然同时又充满了不安。桌面上全都是钱。

我对她说过实习的事情。

九〇年我们去化工厂实习，有一天一起在生产区的厕所里尿尿，那种露天的厕所，几十个人轮番进去站在小便池前面。那时忽然就炸了，一个工人在反应釜的锅盖上干活，盖子被巨大的爆炸掀起，他骑在那上面像飞碟一样掠过我们的头顶，看得我们的尿都撒在了鞋子上，然后是一声巨响，锅盖和人在三百米之外着陆了。

有一天我们也会这样吗？我觉得活着真好，死了不好。实际上我已经完全不想在那学校里待着了，我只是找不到一个缺口离开它。那时我觉得自己贫穷而无能，渐渐地明白这是一件致命的事。

后来我讲给她听，我把这件事的恐惧感自动遮蔽了，变得快乐，变得滑稽。她听半天没明白。"为什么会有人骑在锅盖上飞出去？"

"因为他站在反应釜的锅盖上搞维修，反应釜炸了。"

"那他够倒霉的。"她说，"你爸爸不是照相馆老板吗？你为什么要去做化工呢？"

"我们家的照相馆已经快要倒闭了，我爸爸是个没什么本事的人，他只会跳舞和拍照。"

我还说过有个同学自杀，他赌钱，输得太多了。那时他一个月只有十五块津贴，如果上班了可以挣五十元，他估摸着下半生也就只能挣这么多。这个人平时很孬，如果没有人引诱他，他是绝对不会上赌台的。可是他竟写下了一张巨额的欠条，跟着写了一封有很多错别字的遗书，在春天的时候跳到了护城河里。他淹死以后这笔账就烂了。人们说，怎么也没想到技校生会自杀，那似乎应该是重点高中的学生才干的事情。

九一年的时候，对于资产阶级自由化的管制已经松了很多，至少不用再开大会做检讨，学校迅速恢复了原来的混乱和野蛮。这得归功于美军，一月份布什总统调集大军，打起了海湾战争，像我们这种地处太平洋西岸的小城市也受到了感染，无数人在九〇年世界杯的狂欢之后又接着进入战争的电视直播，红外线摄像机拍到夜空中嗖嗖飞过的光线，那不是炮弹，而是导弹，无声地一闪犹如汽车打开了远光灯，其实是一幢幢建筑物以及若干生命在此灰飞烟灭。一下课我们就跑到大会议室里看电视，校长也去了，我们时刻关注着美军此战会否陷入泥潭，仿佛那牵涉着家国命运。我们期待美军能打赢，在所有的录像片里美军都是胜利者，绝不会辜负我们，同时又希望他们打得不要太顺，倘若摧枯拉朽不免会让校长感到痛苦，但即使是校长也不相信萨达姆能挡得住多国部队的进攻。说白了，我们想看到二战的场面，然而地面进攻是如此的无趣，萨达姆毫无招架之功立刻宣布接受停火。多国部队伤亡仅数百人。

　　我对她说这些事，有一些她似乎无法理解，她有着马路少女简单而敏感的心。她不懂战争和死亡，只想赢点钱活下去。

　　夏天时我们本来是可以放假的，但技校给我们安排了一个月的军训。技校没有操场，借了农业中专的地方，每天站在烈日下走正步，或是扮演泥塑木雕。我姐姐在九〇年已经尝过这滋味，差点被太阳晒死过去。我们更惨，排长对技校生丝毫没有同情心，大概觉得我们比大学生更经得起折腾。所有人都累得像狗一样，他们说最后一天可以去打靶，玩真枪，于是所有人都期盼着打靶的那天，好像届时他们就可以抬枪往活人身上射。

　　在农业中专，住校的女生像一群安静的村姑，她们很多都来自县城，蹲在远处看我们军训。有一次军训结束后，呆波试图调戏她们，女生一抖手，把个蝎子塞进了他的衣领。后来他自嘲地说，不能找那些乡下女孩，她们太可怕，上次打台球那个妞倒不错。

我遇到罗佳，告诉她我在军训，她很高兴地说自己就住在农业中专附近，于是她来看我，在烈日下戴着一顶草帽，混迹在玩蝎子的女生之中。那时她看我的目光清澈而安静，偶尔嘲笑我一下也带着童年时的善意，没有任何不甘，我们成了亲密的朋友，好像真的经历了一个青梅竹马的时光，好像未来的道路不存在了。下午散了以后，她在校门口等我一起去打台球，凡此必引起技校同学的妒忌，发出阵阵怪叫。因为她太美丽，这帮畜生不相信我能钓到这种等级的马子。我很得意，她也得意，但我不打算把她介绍给任何一个人。

　　打台球的时候我问过她为什么会从二十二中退学，是不是因为打胎呢？她很坦然地说，没这回事，她没有男朋友，她被劝退是因为打台球把全班男生的钱都赢了过来，有人告到老师那里说她聚赌，这罪名太大，于是就退学了。说完她用球杆戳戳我的脑门，说："打胎！"

　　后来呆波来找我，说还想和她来几盘。呆波在她手里输掉了九十块，如果她就此消失，呆波也无可奈何，但她偏偏出现了。那时的九十块相当于一个工厂学徒两个月的工资。

　　我说我跟她闹翻了，找不到她。呆波很亲热地把我的脖子夹在腋窝里，旁边还有十几个人看着，我只能答应了，然而那几天她并没有出现，呆波在走正步的时候绊了我一跤，说："要是再不来就弄死你。"

　　"我把九十块钱还给你吧。"

　　呆波踢了我一脚："别做梦了，我要的不是钱。"

　　"你要什么？找回自尊吗？"我嘲笑他。

　　"我想认识认识她。"呆波很激动，"你最好照办，不然我真的会弄死你。我罩了你很久了，弄死你一点也不会手软的。"

　　我不得不去找她。

　　那村子在公路边，骑车十分钟就能到，下了公路是土路，被烈日烤得像烧饼一样坚实。我穿着脏兮兮的迷彩服，反戴迷彩帽，很小心地不要让自己骑到沟里去。进了村子，经过温驯的水牛和凶猛的看家狗，到了农宅前面看到她在洗衣服，乖乖地用力搓着盆里的一堆布料。

她晾衣服，让我到里面去坐坐，我不愿意进去。我看见她的爷爷奶奶觉得难受。这时一个男人从里面走出来，那是她爸爸。

这应该是我第二次见到他。他长得可谓清秀，高个子，头发有点凌乱，看上去比我爸爸年轻。如果不是因为事先知道，我绝不会从他的眉宇间体味到一丝赌徒的狡黠和自信。他摇着蒲扇，站在门口看了看我，并没有多说什么，然而我却有一种多年的谜题忽然得以解开的释然。总而言之，我算是正面地见识到了他。

一个赌徒，我最喜欢的人的父亲，他令她沦落至此，罪该万死同时又十分可怜。他没理我，摇着扇子又回去躺着了。

她跟着我走出去，淡淡地问："为打胎那句话来道歉了？"

我敷衍了一下，问她："你爸爸？"

"对啊。"她说，"怎么了？"

我摇摇头。她有点生气了："别看不起他，他是能赢钱的。最近把这村里的农民都赢了过来，你知道，农民没事儿都赌钱，他们也有钱，赌桌上的钱都不数的，用尺量一下就行。我们最近又有钱了，很快就能搬回去。"

我想象着用尺量钱的场面。她说："等到春节他或许能赢更多的钱，农民过春节都没日没夜地赌。不过我不想在这里过冬了。"

"赢农民的钱，太胜之不武了。"

"也不好赢，农民比你想得要精，但他们赌钱不太会做手脚。我爸爸就是在赌场里被人坑了。"

"到底你是想让他继续赌下去呢，还是戒赌呢？"

"我什么都不想，我只想快点弄到一点钱离开这个鬼地方。他只要别再输得要剁手指卖房子，我就很高兴了。其他的账我以后再跟他算，得等他再老一点。我现在斗不过他。"她被自己说得有点不耐烦了，"你找我到底什么事？"

"呆波让你去赌台球。"我沮丧地说。

她点头说："去啊。"我被她的信任打动，我说了我被呆波夹住脖子，说了我情愿退还那九十块但呆波不答应，我说呆波可能还有其他的坏念头。她都听着，时而笑一笑，好像这件事确实有那么一点好玩。

"明天我来找你。"她说，"这本来就是我惹出来的。"

我一个人离开村子，积郁了一天的暑气正在渐渐消散，一阵风吹过，我心想这事真是太愚蠢了。

我们在赌场里走了一圈，没找到她爸爸，只看见两个输得精光的人面红耳赤退了下去，其中一位还对着自己罐子里的蟋蟀不停地吹气。她说斗鸡才这样，给败昏过去的鸡做人工呼吸，吹蟋蟀那纯粹是急糊涂了。

我们找了个地方坐下。等了一会儿，她爸爸始终没有出现。

"别是输光了跑了。"我说。

"大概是输光了。"她说。

我们陷入了一种极度无聊的迷惘中，就坐在那里。她不停地跺脚，两个膝盖连续磕着，过了一会儿她走到赌台边，找人说了几句话，然后回到我身边说："他连输了三天，借钱去了。不知道今天还会不会回来。"

我们坐了很久很久，她懊恼地说："我以为他能赢点儿钱回来，没想到欠得更多了。我猜他不会再回来了，他这次肯定得跑路。冬天快来了。"我试图劝她，但丝毫不起作用。最后她绝望地说："我们走吧。"

我跟着她，刚走出仓库忽然看见无数手电筒的光芒，她比我反应快，拉着我往斜刺里跑，听见身后像炸了锅一样。警察来冲赌场了。我们沿着仓库跑，跑了半圈发现前面都是人，原来是仓库的后门打开了，赌徒们全都逃了出来。后门口同样有埋伏，黑暗中全都是人，乱糟糟的仿佛被包围了。她拉着我上了一架梯子，她在上面，我跟着她，我们努力往上爬。她说："别回头看。"

在一个不知道什么的地方，我和她并排抱膝坐在地上，蜷缩在冰冷的钢板后面。她嘘了一声，示意我不要发出任何声音。很久很久，下面的怪叫、怒吼、咒骂、惨叫声逐渐平息。她说："我们怎么运气这么好？居然撞上警察。"

我说："我爸爸以前跳舞也撞上过，他也在楼顶上躲了一夜。"

她说："你爸爸是运气差，我们是运气好。"我没听懂她的意思。她靠向我，于是我伸手抱住她的肩膀，把上衣脱了盖在她身上。这一晚上我始终在哆嗦，从来没那么冷过。感觉她眯着了一会儿，但又像警觉的小鹿那样迅速地昂起了脖子。我伸手安抚她，这次她没有让我别乱动。

是的，我没有让她去和呆波赌台球。

我梦见她在台球房把呆波赢了下来，更多的人想要和她比划比划，她都赢了，抓着大把的毛票，像她的赌徒父亲一样狡黠而自信，但最终我却输掉了，呆波带走了她，呆波那只在春光舞厅里挣够了外快的手搭在她肩膀上。这让我在梦里叫喊起来。醒来后我认为，如果我开启了这场赌局，最后的结果很可能就是这样。

在接下来的几天里，呆波和其他人一再地夹住我的脖子，把我上下左右地拖来拖去。"去把她叫来。"他们说。我咬牙不松口，我发现这次过不了关了，即使我拿出香烟和钞票，扮演小丑式的角色，或者发怒，都不能让他们满意。有一天我忽然想通了，去他娘的，老子不去军训了。

记了我十二次缺勤之后，化工技校不得不将我除名。老子再也没去过那个地方。班主任来找过我，被我踹了出去。

你们都去死在锅盖上吧。

我对她说，你知道我有多么绝望吗？我担心着随时会失去你，也担心着随时会失去我自己，就像一个扎破的轮胎在一盆脏水里检查哪儿漏了，有时候你会遇到无良的修车摊主，他在那水里藏着钉子，多扎一个洞他就能多挣两块钱的补胎费。你不知道那水里是否藏着钉子，你更无法冲上去把那盆脏水倒掉，看看里面究竟有没有钉子。你不能这么干，你只能揣测，永远揣测。甚至在事过多年以后仍只能想，那里面有否欺骗，有否不公。我就是这么担心着你会离开。有时我又想，也许我们会有一个光明而卑微的未来。

她来找我，问："到底什么时候去赌？"

"不赌了，我被开除了。"我说，"从此我天天跟着你。"

于是我们混在一起了，她没再去台球房，怕我那帮同学堵她。我们镇日游荡在公园里，有时候逛得晚了，我陪着她在医院急诊室里过夜，她睡在吊盐水的床位上假装发烧的病人，我趴在她脚跟，没人来管我们。我醒来的时候会担心她消失，然而她总是蜷缩在病床里，安静而守信。有时我梦见她走掉了，忽地醒过来，她还是在那儿。

有一天她对我说："我怎么可能被那个呆波带走，他只不过是一个在春光舞厅里卖淫的傻逼。"

"那么你做我的女朋友吧。"我说。

这是我多年想说而不能说的话，现在看来到时候了。多年来它就像打斯诺克，你放了一个很刁的球过去，人家要是打进了，这属于你失败，人家要是放回来一个很刁的球，难题还得你自己来解决。

她说："你什么都好，就是歪头。歪头能治好吗？"

"治不好了。"我说，"但也不是歪得很厉害嘛。"

四周安静了下来。又过了很久，天色微亮，下面的人仿佛已经走尽。她拍拍我："下去吧。"我还想抱着她，但确实冻得受不了了，穿了衣服跟着她蹑手蹑脚地爬了下去。一着地她就飞奔向一个不起眼的铁皮桶，一把拽开盖子，借着一丝微光看到里面全都是钱。

她一言不发，把钱往口袋里塞。我有点害怕，问她怎么回事。她说："刚才看见有个人把钱藏进去的。冲赌场都这样。天亮以后，赌徒就会回来拿钱的。"她继续抓钱，简直不知道有多少。我目瞪口呆地看着她，既佩服又恐惧。她说："哇，好多钱！"我说："这要是到了警察手里怕是也会私分掉吧？"她说："别管那么多了。"拐角处一束手电筒光照过来，那边有人厉声说："站住！"她伸手到铁皮桶里抓了最后一把，我拽着她就跑。

　　那个人在后面追着，就这一个，我不知道他是谁，警察呢还是联防队，或者压根就是工厂里的巡逻。反正不能被他抓到。我们在微光渐亮的冰冷的早晨狂奔，既像是走投无路，也像是投奔向一个美丽新世界。建筑和设备飞速后退，我们逃进了一所巨大的车间，看到行车在头顶，很多弯成巨筒状的钢板，很多氧气瓶和乙炔瓶。她在地上的橡胶管上绊了一下，跌跌撞撞地跟着我躲到了一个角落里。紧跟着听到脚步声，那个人喝道："快给我出来！"

　　我不敢动。她伸出头看了看，又缩回来，按住我的肩膀，从衣服里抓出钱塞进我的口袋，以一种坚毅而决绝的口气对我说："分一半给你，我们分头跑，找个地方藏起来。记住别出厂，等到天亮他们收队了就可以混出去了。"

　　"万一被抓住呢？"我说。

　　"那就把钱给他，别把我供出来。"

　　"我永远不会把你供出来的。"

　　"你在哆嗦。"

　　"我没有。"

　　"别哆嗦，哆嗦就跑不动了。"

　　"好。"

　　她抱着我，在我的嘴上亲了一下，像一头敏捷的小鹿，撒腿往黑暗中跑。这时我感到自己即将失去她，我会像从前一样再也找不到她，我甚至希望在这一刹那不要有将来了。这让我悲痛欲绝。不料她又跑了回来，对我说："万一我被逮住了，你一定要捞我出来。快跑吧笨蛋。"

我一直记得九〇年的春天。那次我认为自己遇到了她，我经常觉得那才是真正的结束。故事结束在这里正如街道结束在身后，时间结束在眼前。

那是五月，北京亚运会的火炬传递到了戴城，所谓圣火。这是当年的一件大事，当年人们期盼着亚运会仿佛它是一个历史转折点。到处都很欢乐，到处都很自豪。我们被教育局要求列队迎接圣火，从三月份就筹办的大型晚会。关于这个，我成年以后才觉得有问题，领导可能觉得晚上的火炬会更明亮，但多年后的北京奥运会火炬接力活动都是在白天，那显得光明磊落、意气风发。这只能说戴城是个小地方，九十年代的人们对于大型体育赛事的安排没有什么经验。

晚会在体育场，所有的技校生都得去，还有一部分普通高中，包括著名的打胎中学。重点高中的学生免于此项活动，一是因为体育不太擅长，二是他们学业繁重。那会儿还没有统一的校服，我拿到了一张印着图案的硬纸板，沿着边线剪下，再用浆糊粘起来，就是一顶纸做的棒球帽，上面有亚运会的标识。这帽子确实很难看，脑后有一个烟囱一样的东西竖着，戴在脑袋上像个恐龙。后来我发现是为了给女生的马尾辫留的一个出口。这说明设计帽子的人很懒，他无视于性别。

绝对不能缺席，病假也不行。哪怕开一个微小的口子，这伙技校生都会跑得无影无踪。其实不然，大家也都想去开开眼界的，戴城的体育场很少有人进去过，它常年关闭，绝少有体育赛事，更不会无故向我们开放。

到场以后我们发现上了个当，我们以为会坐在看台上的，没想到全都要站在跑道两侧接受检阅。看台上黑漆漆的，什么人都没有，大

375

白灯照着我们，后脑勺全部翘起来，有无聊的学生摘了地上的草棍插到了别人头上。纪律很差，我们不停地说话，到处都是老师们的呵斥声。后来下雨了。

那是一场五月里的暴雨，我们在露天，所有的纸帽子都糊了，但必须戴在头上。司令台上有个顶棚，淋不到雨，不断有人发言，我什么都听不清，接着是几个常年出现在本地电视节目里的本地歌手上台唱歌，唱着唱着，音响坏掉了，于是用高音喇叭播放着磁带里的歌。那一年开亚运会有很多歌曲，轮番放着，火炬还不来。我猜想是因为下雨，如果火炬出现了会被浇灭，必须等雨停了才行。

谁能想到这突如其来的暴雨呢？也许他们应该把气象台的人枪毙了。片刻之间，地上全都变成了泥浆。我们站在雨水和泥浆中，内心充满自豪，仗着年轻身体好，丝毫没有打算和这场盛会说拜拜。

中间我上了一趟厕所。场面有点混乱，我很容易地溜了出去，贴着看台边缘往前走，一直到通道口，厕所里已经挤满了人。我站在看台下排队，大片的水浇在我的脖子里，既不能往前走也不能后退。整个世界雨水茫茫。有一个人从通道里挤出来，在擦身而过的瞬间，用冰凉的手在我脖子上摸了一下，随即跑到我身后去了。我扭头看去，一个扎马尾辫的女生浑身湿透跑向雨中，疯了一样。

那就是她？我试图确认，但为了那泡不能释然的尿我必须继续排队，否则按我当时的念头就应该跟着她，也疯了一样追过去。

等到我弄好自己出来，雨已经小了，火炬手终于出现了。我不得不快速跑回化工技校的队列中，继续扮演盛会的参与者。

那些火炬手，他们等待已久，现在一个接一个地出现，在硬地跑道上优雅地慢跑着，领头的人向着湿淋淋的我们不断挥手。那是我生平第一次见到火炬手，不由得也很激动，目睹着荣耀与伟大经过眼前，心里涌起层层暖意，跟着人们一起欢呼。按照预定的行程，火炬手从体育场跑出去，沿着街道绕城一圈，我们得跟在后面，然后再跑回体育场，再列队散场回家。音乐一直在鼓噪着，火炬手跑出了体育场，有人招呼我们跟上，事情出了一点小小的差错，我们陷在了泥浆里。最前面的一支队伍调头，试图离开这个地方，不断地有人摔倒。大队人马出现了骚动，火炬手眼看着就跑出了体育场。忽然之间，喇叭里喊了一声："快跟上！"像是什么东西炸了，人们失去了控制，也可能是被激动的情绪鼓舞，他们不再按队列行动，而是一股脑地涌向出口。先是十来个人跑过去，跟着几百个人一起跑，然后是上千人的骚乱。那简直是灾难的场面，前面的人堵在出口，后面跑向出口的人噼里啪啦摔倒在泥浆里，挣扎着爬起来，还有一些人索性放弃了努力，停在雨中等待着场面平静下来。

我在人群中看到了那个马尾辫，她离我有十来米远，这中间堵着最起码两百多个人。人们都在尖叫，出口太窄，有什么东西倒塌了。我在无数个脑袋中死死地盯住她，一寸一寸向前挪，感觉自己快要被挤扁了。然而我并没有靠近她，相反更为遥远。我喊了一声罗佳，她听不到。再一瞬间她被淹没了，像所有梦魇中的场面，我在出口处失去了她。此后的那些年，每一次和她告别我都会有相似的惊恐，甚至是在无人的地方，我也会恍如身陷巨流，万劫不复。

最后我双脚离地被前后左右的人用躯体搬着涌出了体育场，到了外面只见四散奔逃的人，火炬手已经去远了，而我找到她还需要再等上一年。我站在那地方庆幸自己没有被踩死，淋着雨用力呼吸，想象着我们共同的、光明而卑微的未来。

读客

激发个人成长

多年以来，千千万万有经验的读者，都会定期查看熊猫君家的最新书目，挑选满足自己成长需求的新书。

读客图书以"激发个人成长"为使命，在以下三个方面为您精选优质图书：

1. 精神成长

熊猫君家精彩绝伦的小说文库和人文类图书，帮助你成为永远充满梦想、勇气和爱的人！

2. 知识结构成长

熊猫君家的历史类、社科类图书，帮助你了解从宇宙诞生、文明演变直至今日世界之形成的方方面面。

3. 工作技能成长

熊猫君家的经管类、家教类图书，指引你更好地工作、更有效率地生活，减少人生中的烦恼。

每一本读客图书都轻松好读，精彩绝伦，充满无穷阅读乐趣！

认准读客熊猫

读客所有图书，在书脊、腰封、封底和前后勒口
都有"读客熊猫"标志。

两步帮你快速找到读客图书

1. 找读客熊猫

2. 找黑白格子

马上扫二维码，关注"**熊猫君**"

和千万读者一起成长吧！